D0641732

FAIRVIEW BRANCH
Santa Monica Public Library

EL ASCENSO DE LOS ROBOTS

MARTIN FORD

EL ASCENSO DE LOS ROBOTS

La tecnología y la amenaza
de un futuro sin empleo

Título Original: *Rise of the Robots*
Publicado originalmente en Estados Unidos por Basic Books, miembro
de Perseus Books Group

Diseño de portada: Departamento de Arte y Diseño, Área Editorial
Grupo Planeta
Ilustración de portada: © Willyam Bradberry – Shutterstock

Traducción: Andrea Gálvez de Aguinaga y Víctor Manuel Cuchi Espada

© 2015, Martin Ford

Derechos mundiales exclusivos en español

© 2016, Ediciones Culturales Paidós, S.A. de C.V.
Bajo el sello editorial PAIDÓS M.R.
Avenida Presidente Masarik núm. 111, Piso 2
Colonia Polanco V Sección
Delegación Miguel Hidalgo
C.P. 11560, Ciudad de México
www.planetadelibros.com.mx
www.paidos.com.mx

Primera edición: septiembre de 2016
ISBN: 978-607-747-180-6

No se permite la reproducción total o parcial de este libro ni su incorporación a un sistema informático, ni su transmisión en cualquier forma
o por cualquier medio, sea éste electrónico, mecánico, por fotocopia,
por grabación u otros métodos, sin el permiso previo y por escrito de los
titulares del copyright.
La infracción de los derechos mencionados puede ser constitutiva de
delito contra la propiedad intelectual (Arts. 229 y siguientes de la Ley
Federal de Derechos de Autor y Arts. 424 y siguientes del Código Penal).

Impreso en los talleres de EDAMSA Impresiones, S.A. de C.V.
Av. Hidalgo núm. 111, Col. Fracc. San Nicolás Tolentino, Ciudad de México
Impreso y hecho en México – *Printed and made in Mexico*

Para Tristan, Colin,
Elaine y Xiaoxiao

ÍNDICE

INTRODUCCIÓN

Durante la década de los años sesenta del siglo xx, Milton Friedman, premio Nobel de economía, fue invitado a dar una asesoría contratado por el gobierno de un país asiático en vías de desarrollo. Lo llevaron a conocer un proyecto de construcción de grandes dimensiones donde se sorprendió al ver que había una gran cantidad de trabajadores con palas y muy pocas excavadoras, tractores y máquinas para remover tierra. Cuando el economista preguntó por la ausencia de maquinaria, el representante del gobierno a cargo de la obra le explicó que el proyecto se había concebido como un programa para crear empleo. La mordaz respuesta de Friedman se volvió famosa: «¿Y por qué no les dan cucharas en lugar de palas para trabajar?».

El comentario de Friedman refleja el escepticismo de los economistas, y en ocasiones su desdén, ante el temor de que los robots destruyan los puestos de trabajo y creen un desempleo masivo a largo plazo. Históricamente, ese escepticismo parece estar justificado. En Estados Unidos, sobre todo durante el siglo xx, el avance tecnológico siempre ha dado lugar a una sociedad más próspera.

Ciertamente ha habido saltos (y grandes alteraciones) a lo largo del camino. La mecanización de la agricultura causó el desempleo de millones de personas que tuvieron que emigrar a las ciudades industrializadas en busca de trabajo fabril. Más tarde, la automatización y la globalización hicieron que los trabajadores abandonaran el sector de la manufactura y buscaran nuevas alternativas laborales en el sector de servicios. Uno de los problemas más frecuentes en estas transiciones era el desempleo a corto plazo aunque nunca fue sistémico ni permanente.

Se creaban nuevos empleos y los trabajadores desempleados siempre encontraban nuevas oportunidades; es más, esos trabajos nuevos solían ser mejores, exigían más capacitación y estaban mejor pagados. En ninguna época esto fue más cierto que durante las dos décadas posteriores a la Segunda Guerra Mundial. Esta *edad de oro* de la economía estadounidense se caracterizaba por una simbiosis casi perfecta entre los rápidos avances tecnológicos y el bienestar de los trabajadores estadounidenses. A medida que la maquinaria de las fábricas mejoraba, los trabajadores aumentaban la productividad y eso les permitía exigir mejores salarios. Este crecimiento de la productividad en el periodo de posguerra se tradujo en un incremento de los salarios de los trabajadores, quienes al ver aumentados sus ingresos, demandaban cada vez más productos y servicios que ellos mismos estaban produciendo.

Mientras ese círculo virtuoso funcionó e impulsó el desarrollo de la economía estadounidense, los economistas gozaron también de su propia *edad de oro*. Durante ese periodo, eminencias como Paul Samuelson lucharon por convertir la economía en una ciencia con un fuerte fundamento matemático. Poco a poco, complejas técnicas cuantitativas y estadísticas comenzaron a dominar la economía y los economistas empezaron a formular complejos modelos matemáticos que constituyen hoy en día los fundamentos teóricos de esta disciplina. Cuando los economistas de posguerra hacían su trabajo, la próspera economía que se desarrollaba a su alrededor les parecía natural, y daban por sentado que el crecimiento económico sería constante y permanente.

En el libro que Jared Diamond publicó en 2005 con el título *Colapso. Por qué unas sociedades perduran y otras desaparecen* se narra la fatídica historia de la agricultura en Australia. Durante el siglo xix, cuando los europeos colonizaron aquellas latitudes, se encontraron con tierras fértiles y exuberantes. Igual que los economistas norteamericanos de la década de 1950, los colonizadores australianos asumieron que lo que tenían frente a ellos era *normal* y que aquella situación continuaría indefinidamente, por lo que decidieron asentarse y construir granjas y ranchos.

Después de una o dos décadas, los colonos se enfrentaron a la realidad. Descubrieron que el clima era más árido de lo que suponían, y que habían tenido la *fortuna* o el *infortunio* de haber llegado durante un periodo climático extraordinario, el momento preciso para que la agricultura prosperara. Hoy en día en el paisaje australiano abundan los vestigios de ranchos y granjas que tuvieron que ser abandonados en mitad del desierto y que, en su momento, fueron el sueño y la pesadilla de numerosas familias.

Hay argumentos de sobra para creer que el periodo de bonanza económica en Estados Unidos también ha llegado a su fin. Aquella relación simbiótica entre crecimiento productivo e incremento salarial empezó a difuminarse en la década de los setenta, y en 2013 un trabajador percibía alrededor de un 13% menos que en 1973 (ajustando la inflación), a pesar de que la productividad aumentó un 107% y los costos de vivienda, educación y seguridad social se dispararon.[1]

El 2 de enero de 2010 *The Washington Post* publicó un artículo que afirmaba que durante la primera década del siglo xxi no se habían creado empleos,[2] algo que no había sucedido desde la Gran Depresión de 1929. Nunca había habido una década de posguerra en la que el crecimiento laboral fuese menor a 20%. Incluso durante la década de los setenta, asociada a la estanflación económica y a la crisis energética, la creación de empleos se incrementó 27%.[3] La llamada década perdida, que va de 2001 a 2010, resulta especialmente sorprendente si se considera que la economía estadounidense necesitaba crear aproximadamente un millón de empleos anualmente solo para mantener el ritmo de crecimiento de su población económicamente activa; es decir, durante los primeros diez años del siglo XXI dejaron de crearse más de 10 millones de empleos.

La desigualdad salarial ha ido en aumento con cifras que no se veían desde 1929, y ha quedado claro que el dinero que ganaban los trabajadores en los años cincuenta del siglo XX gracias al aumento de la productividad, hoy se lo quedan los propietarios y los inversionistas de las empresas. La proporción del PIB que perciben los trabajadores, en relación con la que percibe el capital, ha ido en picada hasta nuestros días. La *edad de oro* ha concluido y la economía estadounidense está entrando en una nueva era.

Se trata de una era que estará definida por un cambio fundamental en la relación entre los trabajadores y las máquinas. Este cambio desafía una de nuestras certezas más básicas de la tecnología: que las máquinas son herramientas que incrementan la productividad de los trabajadores. Por el contrario, estamos presenciando un momento en el cual las máquinas se están convirtiendo en trabajadores y la delgada línea que existe entre la competencia laboral de los trabajadores y la competencia laboral del capital se está desdibujando como nunca antes: el capital cada vez necesita de menos trabajadores para producir.

Este escenario es consecuencia de la incesante aceleración de la tecnología informática. Aunque la mayoría de las personas están familiarizadas con la Ley de Moore —según la cual la potencia de las computadoras se duplica cada dos años—, no todas han comprendido cabalmente las consecuencias de este enorme progreso exponencial.

Imaginemos que subimos a un automóvil y conducimos a 8 kilómetros por hora; después de un minuto, aceleramos y duplicamos la velocidad a 16 kilómetros por hora, después de otro minuto hacemos lo mismo y así sucesivamente. Lo sorprendente no es que la velocidad se duplique, sino la cantidad de kilómetros que habremos recorrido al final del trayecto. Después del primer minuto habríamos recorrido 132 metros. en el tercer minuto, a una velocidad de 32 kilómetros por hora, habríamos recorrido 528 metros. En el minuto 5 iríamos a 128 kilómetros por hora y habríamos recorrido más de un kilómetro. Al llegar a los 6 minutos necesitaríamos un automóvil más rápido y una pista de carreras.

Ahora imaginemos lo rápido que iríamos en el último minuto, y en la distancia que habríamos recorrido si hubiéramos duplicado la velocidad en 27 minutos sucesivos. Así es como ha avanzado la tecnología informática desde la invención del circuito integrado o microchip en 1958. La revolución actual no solo es consecuencia de la aceleración, sino que esa aceleración se ha dado durante tanto tiempo que el avance que podemos esperar en cualquier año dado es sencillamente inconcebible.

Por cierto, la velocidad del automóvil sería de 1 074 millones de kilómetros por hora. Y en el último minuto, el 28, habríamos recorrido 17 millones de kilómetros. A esa velocidad, llegaríamos a Marte en 5 minutos. En pocas palabras aquí es donde se encuentra el desarrollo tecnológico hoy en día en relación con los primitivos circuitos integrados de finales de los años cincuenta.

Hablando desde el punto de vista de alguien que ha trabajado en el desarrollo de *software* por más de 25 años, he tenido la oportunidad de observar desde primera fila esta aceleración en el desarrollo de la informática y he sido testigo del avance en el diseño de los programas y de los recursos que hacen a los programadores cada vez más eficientes. Como dueño de una pequeña empresa, he podido constatar la manera como la tecnología ha ido transformando las relaciones en mi propio negocio, sobre todo al reducir la necesidad de contratar empleados que desempeñen muchas de las tareas rutinarias que siempre han sido esenciales para la operación de cualquier empresa.

En 2008, al principio de la crisis financiera, empecé a reflexionar seriamente sobre las consecuencias de este aumento exponencial de la informática y, sobre todo, en sus efectos en el mercado laboral y en la economía mundial en los próximos años y decenios. El resultado de aquellas reflexiones fue mi primer libro: *The Lights in the Tunnel: Automation, Accelerating Technology, and the Economy of the Future [Las luces en el túnel: automatización, aceleración tecnológica y economía del futuro]*, publicado en 2009.

Aunque en ese libro hablé sobre la importancia de la aceleración tecnológica, subestimé la velocidad con que se daría. Por ejemplo, en el libro comenté que la industria automotriz estaba trabajando con sistemas para prevenir accidentes por colisiones, y sugerí que, «en un futuro, estos sistemas podrían transformarse en tecnologías que den lugar a automóviles autónomos». Aquel *futuro* llegó en mucho menos tiempo del que supuse: un año después de la publicación del libro, Google sacó al mercado un vehículo que puede conducirse por sí mismo en medio del tráfico. Y desde entonces, los legisladores de Nevada, California y Florida han aprobado leyes que permiten el tránsito de vehículos robóticos en algunas calles de esos estados.

También escribí sobre el progreso en el campo de la inteligencia artificial. En 1997 la supercomputadora de IBM

Deep Blue había vencido a Gary Kasparov, campeón mundial de ajedrez, demostrando la capacidad de la inteligencia artificial. Una vez más, IBM me sorprendió cuando presentó al sucesor de Deep Blue, Watson, la computadora que concursó en el famoso programa de televisión *Jeopardy*. El ajedrez es un juego con reglas muy rígidas; no es sorprendente que una computadora pueda jugarlo y ganar, pero *Jeopardy* es totalmente distinto: es un juego que abarca cualquier rama del conocimiento y que exige la habilidad de saber interpretar el lenguaje incluso para comprender el sentido del humor y el doble sentido. Pues bien, el desempeño de Watson en la competencia no solo fue impresionante sino que de igual forma permitió constatar el potencial de la máquina para adaptarse a la vida cotidiana. El resultado fue tal, que IBM está especializando a Watson en trabajos tanto de atención a clientes como en algunas áreas del servicio médico.

Es un buen ejercicio pensar en lo que nos deparan los próximos años e incluso las próximas décadas. Los avances no se limitarán al desarrollo tecnológico, pues su impacto en el mercado laboral y en la economía mundial está a punto de contradecir lo que sabemos de manera convencional acerca de la relación entre tecnología y economía.

La gran mayoría de las personas cree que la automatización representa una amenaza para los trabajadores con destrezas laborales limitadas y pocos conocimientos, porque esos empleos tienden a ser rutinarios y repetitivos. Pero antes de hacer semejante afirmación, debemos pensar en lo rápido que se mueve esta línea fronteriza. Hasta hace poco tiempo, lo rutinario implicaba ser parte de una cadena de ensamblaje; hoy en día la realidad es muy distinta. No cabe duda de que el trabajo poco especializado continuará siendo afectado, pero también lo serán muchos puestos directivos que han sido exclusivos de los graduados universitarios, quienes están a punto de darse cuenta de que sus trabajos se encuentran en la cuerda floja frente al avance de la automatización y los algoritmos predictivos.

El hecho de que un trabajo sea *rutinario* no lo hace más o menos vulnerable frente al avance tecnológico. La fragilidad laboral radica en la *predictibilidad*. Pensemos en un trabajo que cualquier persona pueda aprender a hacer mediante el estudio detallado de las tareas que desempeña alguien más. ¿Alguien sería capaz de realizar tu trabajo eficientemente si estudiara un registro detallado de las actividades que realizas? ¿Se podría capacitar a alguien para que haga tu trabajo, mediante la repetición de las actividades que tú realizas cotidianamente, como si estuviera practicando para presentar un examen? De ser así, entonces muy probablemente un algoritmo aprenda algún día a hacer tu trabajo o parte de él. Esto es posible gracias al desarrollo de la tecnología de macrodatos: actualmente las organizaciones reúnen gran cantidad de información acerca de casi todos los aspectos de su operación, incluyendo los trabajos y tareas que realizan los empleados. Esta información se almacena a la espera del día en que el algoritmo de aprendizaje de una máquina inteligente empiece a hurgar en los registros dejados por sus predecesores humanos.

La conclusión de todo esto es que adquirir más habilidades y grados académicos no necesariamente nos protege ante la automatización laboral. Pensemos, por ejemplo, en el trabajo de los radiólogos, médicos especializados en la interpretación de imágenes clínicas. Estos especialistas requieren bastante entrenamiento, por lo menos unos trece años de estudios después de concluir el bachillerato; sin embargo, cada día las computadoras se vuelven más capaces de realizar análisis de imágenes. Es muy sencillo imaginar que, en un día no muy lejano, la radiología sea un trabajo ejecutado casi exclusivamente por máquinas.

En general, las computadoras son cada vez más eficientes al desempeñar actividades cada vez más diversas, especialmente cuando se les suministra una buena cantidad de información. En estos últimos años la selección y contratación de personal está siendo amenazada; los salarios de los universitarios recién egresados han ido disminuyendo al mismo tiempo que más de la mitad de ellos se ven forzados a realizar trabajos para los que no se necesita un título. De hecho, como demostraré en este libro, muchos de los empleos para profesionistas preparados —incluyendo los abogados, periodistas, científicos y farmacéuticos— se han erosionado significativamente debido al avance de la tecnología de la información; y no son los únicos. La mayoría de los trabajos son, en cierta medida, rutinarios y predecibles, y son muy pocas las personas contratadas para llevar a cabo tareas verdaderamente creativas.

Conforme las máquinas se hagan cargo de las tareas rutinarias y predecibles, los trabajadores enfrentarán un reto sin precedentes al intentar adaptarse. En el pasado la automatización tecnológica estaba relativamente especializada y afectaba a un sector laboral en particular. Los trabajadores de dicho sector tenían la posibilidad de migrar a alguna industria que estuviera emergiendo en ese momento. La situación hoy en día es completamente diferente. La tecnología de la información se aplica en casi todos los campos y su impacto se da en la mayoría los sectores. Prácticamente todas las industrias reducirán el número de trabajadores desde el momento en el que incorporen la nueva tecnología, transición que puede ocurrir bastante rápido. Paralelamente, las nuevas industrias incorporarán desde su creación suficiente tecnología de punta que les evitará la contratación de muchos empleados. Por ejemplo, compañías nuevas como Google y Facebook, que tienen ventas millonarias y abarcan mercados masivos, cuentan con muy poco personal en relación con su tamaño e influencia mundial. Podemos suponer que cualquier tipo de industria que se cree en el futuro actuará de la misma manera.

Esto indica que nos dirigimos a una transición que someterá a la sociedad y a la economía a una gran tensión. Actualmente la mayor parte de la asesoría que se ofrece a los trabajadores y a los estudiantes que se preparan para entrar al mercado laboral es obsoleta. La cruda realidad es que, en la nueva economía, la gran mayoría de la gente hará todo lo que se espera que haga —estudiar una carrera universitaria, especializarse, hablar distintos idiomas, etcétera— para buscar un trabajo estable y, sin embargo, no lo encontrará.

Más allá del impacto potencialmente devastador que a largo plazo tendrán el desempleo y el subempleo para los individuos y para la sociedad, también la economía pagará un precio muy alto. El círculo virtuoso entre productividad, incrementos salariales y el aumento del gasto de los consumidores colapsará. El efecto positivo de la retroalimentación que se da entre estos tres aspectos económicos ya se ha visto seriamente mermado: hoy nos enfrentamos a una desigualdad no solo salarial sino también en el consumo. El 5% de la población concentra casi 40% del consumo y la tendencia es que este porcentaje de la población disminuya cada vez más. El trabajo remunerado sigue siendo el principal mecanismo mediante el cual los consumidores obtienen poder adquisitivo. Si este mecanismo continúa erosionándose, enfrentaremos el hecho de no contar con suficientes consumidores para sostener el desarrollo de nuestra economía de mercado.

En este libro quedará demostrado que el avance de la tecnología de la información nos está llevando a una economía que depende menos de la mano de obra aunque puede que esta transición no sea necesariamente uniforme o predecible. Dos sectores concretos han opuesto franca resistencia a este proceso cuyos efectos ya se aprecian claramente en la economía general: el de la educación superior y el de salud. Lo irónico es que la incapacidad de la tecnología para transformar esos sectores podría amplificar sus consecuencias negativas en otras direcciones porque los costos tanto de la educación superior como de los servicios de salud son cada vez más gravosos.

El avance tecnológico, desde luego, se combinará con otros retos sociales y medioambientales, como el envejecimiento de la población, el cambio climático y el agotamiento de los recursos naturales. Con frecuencia se cree que la jubilación de la generación del *baby boom* tendrá como consecuencia una reducción de la población laboral que compensará el impacto de la automatización. En general, la velocidad de la innovación se entiende como una fuerza compensatoria con el potencial de minimizar e incluso invertir la presión a la que sometemos el medio ambiente. Sin embargo, veremos que muchas de estas suposiciones tienen una base muy endeble, y está claro que este tema es mucho más complicado. En efecto, la realidad es que si no reconocemos las consecuencias del avance tecnológico y no nos adaptamos a ellas, puede que acabemos por enfrentarnos a una *tormenta perfecta* en la que los impactos de la creciente desigualdad, el desempleo tecnológico y el cambio climático se sentirán de manera simultánea, amplificándose y reforzándose entre sí.

En Silicon Valley la expresión *tecnología disruptiva* es utilizada de manera indiscriminada. Nadie duda de que la tecnología tiene la capacidad de acabar con industrias enteras y alterar profundamente sectores concretos de la economía y del mercado laboral. Pero lo que me cuestiono en este libro tiene un alcance aún mayor: ¿puede la aceleración tecnológica trastocar la totalidad de nuestro sistema, hasta el punto de hacer necesaria una reestructuración fundamental que permita que la prosperidad se sostenga?

Notas

[1] Para consultar las estadísticas del salario medio en la rama de la producción véase *Informe Económico de 2013 del Presidente,* Cuadro B-47: http://www.whitehouse.gov/sites/default/files/docs/erp2013/full_2013_economic_report_of_the_president.pdf. En el cuadro se puede observar que el salario semanal más alto en 1973 era 341 dólares. En diciembre de 2012, el salario medio fue 295 dólares. La información sobre la productividad está publicada en: *Datos económicos de la Reserva Federal y del Banco de la Reserva Federal de San Luis, Sector bursátil no agrícola. Salario nominal por hora del personal, relación 2009=100. Ajustes estacionales*; Departamento del Trabajo de los Estados Unidos; Oficina de Estadísticas Laborales; https://research.stlouisfed.org/fred2/series/OPHNFB/; consultado el 29 de abril de 2014.

[2] Irwin, Neil, «Aughts Were a Lost Decade for the US Economy, Workers», *The Washington Post,* 2 de enero de 2010, <http://www.washingtonpost. com/wp-dyn/content/article/2010/01/01/AR2010010101196.html>.

[3] *Ibid.*

Capítulo 1

La ola de automatización

Un trabajador de un almacén se acerca a un montón de cajas. Las cajas son de varios tamaños, formas y colores y están apiladas sin ningún orden.

Por un momento imaginemos que podemos ver dentro del cerebro de ese trabajador y consideremos la complejidad del problema que debe resolver.

Muchas son cajas normales de color café y están muy juntas entre sí, por lo que la separación entre ellas apenas se distingue. ¿Dónde termina una caja y empieza la otra? Algunas están separadas y desalineadas, y otras están volteadas y solo se ve una esquina. Encima del montón hay una caja pequeña mal colocada en el espacio que hay entre dos cajas más grandes. Aunque la mayoría de las cajas son de cartón café o blanco y no llevan etiquetas, hay otras con logos de alguna empresa y otras de colores con productos destinados directamente a las tiendas.

El cerebro humano es capaz de interpretar esta complicada información visual de manera casi instantánea. El trabajador percibe rápidamente las dimensiones y la orientación de cada caja y, según parece, instintivamente sabe que debe comenzar a mover las cajas desde arriba, así como el orden en que debe moverlas para que no se desequilibre la pila.

Este es exactamente el reto de percepción visual que ha afrontado el cerebro humano para evolucionar. Que el trabajador logre mover las cajas no tendría ninguna importancia si no fuera porque, en este caso, ese trabajador es un robot. Para ser más precisos, es un brazo robótico en forma de serpiente cuya cabeza consiste en una tenaza de sujeción que funciona por succión. El robot tarda más en captar el problema que un ser humano. Mira fijamente las cajas, ajusta su mirada un poco, se lo piensa un poco más y, finalmente, avanza y toma una caja de encima del montón. Con todo, su lentitud se debe al cálculo asombrosamente complejo que exige llevar a cabo esta tarea. Si hay algo que la historia de la tecnología nos ha enseñado es que, muy pronto, este robot funcionará a mucha más velocidad.

De hecho, los ingenieros de Industrial Perception, la nueva empresa de Silicon Valley que diseñó y construyó al robot, creen que la máquina podrá mover una caja por segundo. Comparemos esto con la capacidad máxima de un trabajador humano el cual puede mover una caja cada seis segundos.[1] Huelga decir que el robot puede trabajar continuamente, jamás se cansará ni sufrirá lesiones de espalda. Tampoco pedirá nunca una indemnización.

El robot de Industrial Perception es extraordinario porque su capacidad aúna la percepción visual, el cálculo espacial y la destreza. En otras palabras, se halla en la última frontera de la automatización y competirá por los pocos trabajos manuales rutinarios que aún desempeñan las personas.

En las fábricas los robots no son nada nuevo. En casi todo el sector manufacturero, desde el automotriz hasta el de los semiconductores, se han vuelto indispensables. La nueva planta que la empresa de coches eléctricos Tesla tiene en Fremont, California, utiliza 160 robots industriales muy adaptables para el montaje de cerca de 400 automóviles a la semana. Cuando llega un chasis nuevo a la cadena de montaje, diversos robots descienden sobre él y actúan de una manera coordinada. Las máquinas pueden cambiar por sí solas las herramientas de sus brazos robóticos y realizar una variedad de tareas. Por ejemplo, el mismo robot que instala los asientos cambia de herramientas y coloca los parabrisas.[2] De acuerdo con la Federación Internacional de Robots, entre 2000 y 2012 la demanda global de robots industriales se incrementó en más de 60%, con ventas de alrededor de 28 000 millones de dólares en 2012. El mercado de mayor crecimiento es, por mucho, China, donde las instalaciones robóticas se incrementaron alrededor de 25% anualmente entre 2005 al 2012.[3]

Aunque los robots industriales ofrecen una combinación inigualable de velocidad, precisión y fuerza bruta, en gran medida son actores ciegos que siguen una coreografía basada en unos movimientos extremadamente precisos en el tiempo y en el espacio. Los pocos robots que tienen capacidad de visión solo pueden ver en dos dimensiones y en condiciones de iluminación controlada. Por ejemplo, pueden seleccionar piezas en una superficie plana pero no pueden percibir la profundidad del campo visual, algo que no los hace aptos para entornos que no son predecibles. La consecuencia es que muchas tareas rutinarias de las fábricas aún están a cargo de personas. Estos trabajos suelen intercalarse con los que realizan las máquinas o en los pasos finales del proceso de producción. Un ejemplo sería elegir piezas de un contenedor para pasarlas a la máquina siguiente, o cargar y descargar los camiones que entran y salen de la fábrica.

La tecnología que permite a los robots de Industrial Perception ver en tres dimensiones nos brinda un ejemplo de la forma en que el intercambio de información puede dar lugar a innovaciones en áreas inesperadas. Se podría decir que la visión de los robots se remonta a noviembre de 2006, cuando Nintendo introdujo la consola para videojuegos Wii. Esta consola incorporaba una nueva clase de dispositivo controlador, un control inalámbrico con un acelerómetro capaz de detectar el movimiento en tres dimensiones y transmitir una serie de datos que podían ser interpretados por la consola. Los videojuegos se podían controlar con movimientos corporales y gestos, lo que supuso un cambio drástico en la experiencia del videojuego. La innovación de Nintendo acabó con el estereotipo de los *nerds* pegados a monitores y palancas de control, y abrió las puertas a los videojuegos basados en el movimiento activo.

La innovación de Nintendo también exigió una respuesta competitiva de las otras grandes empresas del sector. Sony, creadora de la consola PlayStation, decidió imitar la idea de Nintendo y presentó su propio control capaz de detectar movimientos. En cambio, Microsoft se propuso superar a Nintendo e inventar algo totalmente diferente: el dispositivo Kinect para la videoconsola Xbox 360 que elimina la necesidad de un control. Este dispositivo es como una cámara web con visión tridimensional y está basado en la tecnología para escanear de imágenes creada por una pequeña empresa israelí llamada PrimeSense. El Kinect puede ver en tres dimensiones usando lo que en esencia es un sonar que funciona a la velocidad de la luz: dispara un rayo infrarrojo a las personas y los objetos de una habitación y calcula la distancia midiendo el tiempo que tarda la luz reflejada en llegar a un sensor de infrarrojos. Con él, los jugadores pueden interactuar con la consola Xbox gesticulando y moviéndose dentro del campo visual de la cámara.

Lo más revolucionario de Kinect era su precio. Por 150 dólares se podía adquirir un dispositivo compacto y ligero con una tecnología de visión muy compleja que antes exigía un equipo voluminoso y podía costar cientos de miles de dólares. Los investigadores del área de la robótica supieron apreciar de inmediato el enorme potencial de la tecnología de Kinect. En pocas semanas, varios equipos universitarios de investigación en ingeniería y muchos innovadores independientes habían copiado la tecnología de Kinect y habían subido a You-Tube videos de robots que podían ver en tres dimensiones.[4] Por otro lado, Industrial Perception también decidió basar su sistema de visión en la tecnología de Kinect, y el resultado es una máquina de bajo costo que se acerca rápidamente a una capacidad casi humana de percibir el entorno, interactuar con él y afrontar la clase de incertidumbre que caracteriza al mundo real.

Un trabajador robótico versátil

El robot de Industrial Perception es una máquina especializada en mover cajas con la máxima eficacia. La empresa Rethink Robotics, ubicada en Boston, ha tomado un camino diferente con Baxter, un robot humanoide muy ligero que se puede adiestrar fácilmente para que realice varias tareas repetitivas. Rethink fue fundada por Rodney Brooks, uno de los investigadores en robótica más importantes del MIT y cofundador de iRobot, la empresa que fabrica los robots aspiradores Roomba y los robots militares que se usan para desactivar bombas en Iraq y Afganistán. Baxter, que cuesta mucho menos que el salario anual de un obrero, es en esencia un robot industrial a pequeña escala pensado para actuar sin ningún peligro junto con las personas.

En contraste con los robots industriales, que exigen una programación compleja y costosa, Baxter se puede adiestrar con solo mover sus brazos de la forma deseada. Si en una fábrica trabajan varios robots Baxter, basta con adiestrar a uno de ellos, y su aprendizaje se puede transferir a otros robots mediante un dispositivo USB. Baxter puede realizar una variedad de tareas como hacer ensamblajes sencillos, trasladar piezas entre cintas transportadoras, empacar productos destinados a la venta u ocuparse de máquinas usadas en la fabricación de metales. Baxter está especialmente dotado para empacar productos en cajas. K'NEX, una empresa de juegos de construcción ubicada en Hatfield, Pensilvania, descubrió que la capacidad de Baxter para empacar sus productos le permitía ahorrar entre un 20% y un 40% de cajas.[5] El robot de Rethink también está dotado de visión bidimensional mediante unas cámaras situadas en las muñecas, y puede tomar piezas e incluso realizar inspecciones básicas de control de calidad.

La inminente expansión de la robótica

Aunque Baxter y el robot que mueve cajas de Industrial Perception son máquinas totalmente distintas, los dos se basan en el mismo tipo de *software*: el Sistema Operativo para Robots (ROS, por sus siglas en inglés), creado inicialmente en el laboratorio de inteligencia artificial de la Universidad de Stanford y luego convertido en una plataforma robótica completa por Willow Garage, Inc., una pequeña empresa que diseña y fabrica robots programables los cuales son utilizados principalmente por los investigadores de universidades. ROS es similar a otros sistemas operativos como Windows de Microsoft, OS X de Apple y Android de Google, pero fue concebido específicamente para construir robots fáciles de programar y controlar. Gracias a que ROS es gratuito y de código abierto —lo que significa que cualquier programador de *software* puede modificar el sistema y mejorarlo—, se está convirtiendo rápidamente en la plataforma común para el desarrollo de la robótica.

La historia de la informática ha dejado claro que si a un sistema operativo común lo combinamos con unos medios de programación económicos y fáciles de usar, se produce una expansión del *software* como hemos visto en los programas para computadoras personales y, más recientemente, en las aplicaciones para iPhone, iPad y Android. De hecho, estas plataformas se encuentran hoy tan saturadas de aplicaciones que es muy difícil concebir una idea que no se haya puesto en práctica anteriormente.

Es muy probable que la robótica siga el mismo derrotero; estamos asistiendo al inicio de una oleada expansiva de innovación que producirá robots destinados a realizar casi cualquier tarea comercial e industrial. Esta expansión se dará gracias a la disponibilidad de *software* y *hardware* estandarizados que facilitarán la creación de diseños nuevos sin que haya necesidad de reinventar nada desde cero. De la misma manera que Kinect ofreció una visión artificial de bajo costo, otros componentes de *hardware* —como los brazos robóticos— disminuirán sus costos de producción conforme esta aumente. En 2013, ya había miles de componentes de *software* que podían ser usados con ROS, y las plataformas de desarrollo eran lo bastante baratas para que cualquiera pudiera diseñar aplicaciones nuevas para robots. Por ejemplo, Willow Garage comercializa un kit completo para robots móviles llamado TurtleBot que cuenta con el mismo sistema de visión de Kinect y cuesta unos 1 200 dólares. Tomando en consideración la inflación, cuesta mucho menos de lo que costaba una computadora con monitor a principios de los noventa, cuando comenzaba la explosión de programas para Windows.

En octubre de 2013 visité la exposición RoboBusiness de Santa Clara, California, y me quedó claro que la industria robótica ya se estaba preparando para una explosión inminente. Empresas de todos los tamaños presentaban robots capaces de realizar tareas de alta precisión, transportar suministros médicos entre departamentos de grandes hospitales u operar de manera autónoma maquinaria pesada agrícola y minera. Había un robot personal llamado Budgee capaz de trasladar hasta 23 kilos de peso por el interior de una casa o una tienda. Había varios robots educativos dedicados a casi todo, desde alentar la creatividad técnica hasta ayudar a niños con autismo o con problemas de aprendizaje. En el *stand* de Rethink Robotik, Baxter había sido entrenado para el día de Halloween, y tomaba pequeñas cajas de dulces que después colocaba en contenedores con forma de calabaza. También había empresas que vendían componentes electrónicos como motores, sensores, sistemas de visión y controladores electrónicos, o *software* especializado para construir robots. Grabit, una empresa de Silicon Valley, presentó una tenaza de sujeción electroadhesiva que permite que un robot tome, transporte y deposite casi cualquier cosa utilizando una carga electrostática controlada. Para redondearlo todo, un bufete jurídico internacional especializado en robótica ayudaba a los empresarios a entender las complejidades de las normas relativas al trabajo, el empleo y la seguridad cuando se usan robots para que sustituyan a personas o trabajen con ellas.

Una de las innovaciones más destacadas de la feria se encontraba en los pasillos, donde los asistentes humanos se mezclaban con docenas de robots de presencia remota de la empresa Suitable Technologies. Estos robots consistían en una pantalla plana y una cámara montada en una base móvil y permitían a las personas que no se encontraban en la feria visitar *stands*, ver demostraciones, hacer preguntas o interactuar con otros asistentes. Suitable Technologies ofrecía esta presencia remota por un precio módico, que permitía visitar la feria a personas que no se encontraban en San Francisco, ahorrándoles miles de dólares en gastos de viaje. Al cabo de muy poco tiempo, los robots —que mostraban una cara humana en la pantalla— ya no parecían desentonar al deambular por los pasillos y conversar con otros asistentes.

Los empleos en manufactura y la deslocalización de las fábricas

En septiembre de 2013, en un artículo de *The New York Times,* Stephanie Clifford narró la historia de Parkdale Mills, una fábrica textil en Gaffney, Carolina del Sur. En la fábrica trabajan cerca de 140 personas. En 1980, el mismo nivel de producción habría exigido más de 2 000 trabajadores. En la fábrica, «las personas intervienen muy poco en el proceso automatizado, y si lo hacen es porque algunas tareas, como mover hilados a medio terminar de una máquina a otra en carretillas elevadoras, salen más baratas si se hacen a mano».[6] Los hilados terminados se transportan automáticamente por unos rieles que hay en el techo hasta las máquinas que empacan y envían los pedidos.

A pesar de todo, esos 140 empleos representan al menos una disminución parcial de la caída que lleva décadas sufriendo el empleo fabril. La industria textil estadounidense fue diezmada en los años noventa cuando la producción se trasladó a países con salarios más bajos, sobre todo China, India y México. Entre 1990 y 2012 se perdieron en este sector cerca de 1.2 millones de puestos de trabajo, más de tres cuartas partes de los que había. Sin embargo, en los últimos años la producción ha repuntado de una manera espectacular. Entre 2009 y 2012, las exportaciones de ropa y tejidos de Estados Unidos crecieron más del 37% hasta alcanzar un total de casi 23 000 millones de dólares.[7] El cambio se debe a la automatización tecnológica, que por su efectividad puede competir hasta con los salarios más bajos en el mundo.

En el sector manufacturero de Estados Unidos y otros países desarrollados, la incorporación de estas complejas innovaciones que ahorran mano de obra ha incidido en el empleo de varias maneras. Mientras que fábricas como Parkdale no generan directamente muchos puestos de trabajo, sí dan lugar a la creación de empleo entre los proveedores y en áreas relacionadas como la conducción de camiones para el transporte de materias primas y productos acabados. Aunque es indudable que robots como Baxter pueden sustituir a trabajadores que realizan actividades rutinarias, también ayudan a que la manufactura estadounidense sea más competitiva frente a países con salarios bajos. De hecho, hoy se está dando una tendencia importante a la *relocalización* a causa de las nuevas tecnologías y de los costos crecientes de la mano de obra en países como China, donde el salario de un obrero típico ha aumentado un 20% anual entre 2005 y 2010. En abril de 2012, el Boston Consulting Group hizo una encuesta entre varios ejecutivos industriales estadounidenses y descubrió que casi la mitad de las empresas con más de 10 000 millones de dólares en ventas estaban buscando la manera de regresar sus fábricas a Estados Unidos o ya habían empezado a hacerlo.[8]

Además de reducir drásticamente los costos de transporte, la relocalización de las fábricas ofrece muchas otras ventajas. Situar las fábricas cerca de los mercados de consumo y de los centros de diseño de productos permite a las empresas acortar los tiempos de producción y responder mejor a las demandas de sus clientes. A medida que la automatización sea más flexible y compleja, es probable que los fabricantes ofrezcan más productos personalizados, permitiendo, por ejemplo, que por medio de internet, y a través de una sencilla interfaz, los consumidores puedan crear sus propios diseños o especifiquen tallas difíciles de encontrar. De este modo, la producción automatizada podrá poner un producto acabado en las manos de un cliente en cuestión de días.

De cualquier forma, hay que hacer una importante advertencia respecto a la relocalización. El escaso número de empleos fabriles creados a causa de ella no serían necesariamente de larga duración. A medida que los robots sean cada vez más aptos y que el uso de tecnologías nuevas como la impresión 3D se vaya extendiendo, esta clase de fábricas acabarán estando totalmente automatizadas. Actualmente, los puestos de trabajo del sector manufacturero en Estados Unidos representan menos de un 10% del empleo total. Por lo tanto, la fabricación mediante robots y la relocalización de fábricas tendrán muy poco impacto en el conjunto del mercado laboral.

Las cosas serán muy distintas en países en desarrollo como China, donde el empleo está mucho más centrado en el sector manufacturero. De hecho, el avance tecnológico ha tenido un enorme impacto en los puestos de trabajo de las fábricas chinas; entre 1995 y 2002, China perdió alrededor del 15% de sus trabajadores en este sector, lo que equivale a unos 16 millones de empleos.[9] Hay evidencias que indican claramente que esta tendencia irá en aumento. En 2012, Foxconn, uno de los principales fabricantes de productos electrónicos, anunció un plan para incorporar más de un millón de robots en sus fábricas. Hace poco, la empresa taiwanesa Delta Electronics, fabricante de adaptadores de corriente, modificó su estrategia de mercado e inició un proyecto para crear robots de bajo costo para ensamblar aparatos de precisión. Delta espera ofrecer un robot de montaje con un solo brazo por unos 10 000 dólares, menos de la mitad de lo que cuesta el robot Baxter de Rethink. Fabricantes europeos de robots industriales como ABB Group y Kuka AG también invierten mucho en el mercado chino y están construyendo fábricas que producirán miles de robots al año.[10]

Parece que el aumento de la automatización también estará impulsado porque los tipos de interés que pagan las grandes empresas en China son artificialmente bajos como resultado de la política gubernamental. Los préstamos se prorrogan sin cesar y el capital principal nunca se paga. Esto hace que la inversión de capital sea muy atractiva aunque el costo de la mano de obra sea muy bajo, y ese es uno de los motivos de que las inversiones representen más de la mitad del PIB de China.[11] Muchos analistas piensan que estos costos de capital artificialmente bajos han tenido como consecuencia muchas malas inversiones en todo el país, como la construcción de numerosas ciudades fantasma que están prácticamente deshabitadas. Del mismo modo, los bajos costos de capital pueden ser un incentivo muy poderoso para que empresas muy grandes inviertan en una automatización muy costosa, incluso en casos donde no tiene mucho sentido comercial hacerlo.

Uno de los retos más importantes de la transición a un montaje robotizado en la industria electrónica china es el diseño de robots con la flexibilidad suficiente para adaptarse a unos ciclos de producción muy rápidos. Foxconn, por ejemplo, tiene instalaciones enormes con dormitorios para los trabajadores. Para cumplir con programas de producción muy agresivos, es posible que miles de trabajadores sean llamados a media noche para que inicien sus labores de inmediato. El resultado es una capacidad asombrosa para aumentar la producción o adaptarla a cambios en el diseño de un producto, sin embargo, también somete a los trabajadores a mucha presión, como se constató durante la epidemia de suicidios en las instalaciones de Foxconn en 2010. Los robots, en cambio, tienen la capacidad de trabajar sin descanso, y como cada vez tienen más aptitudes también son mucho más fáciles de adiestrar para realizar nuevas labores; esto hace que sean una opción más atractiva que los trabajadores humanos, aunque los salarios de estos trabajadores sean muy bajos.

La tendencia hacia más automatización fabril en países en desarrollo no se limita a China. La producción de ropa y zapatos, por ejemplo, todavía es uno de los sectores que demanda más mano de obra en la industria manufacturera, y las fábricas se han ido trasladando de China a países con salarios aún más bajos como Vietnam e Indonesia. En junio de 2013, la firma de calzado deportivo Nike dio a conocer que los aumentos salariales en Indonesia habían impactado negativamente en sus resultados económicos trimestrales. Según su director de finanzas, la solución del problema a largo plazo sería «fabricar sin trabajadores».[12] El aumento de la automatización también se considera una forma de evitar las críticas por las condiciones deplorables de los talleres clandestinos que tienen muchas fábricas textiles del Tercer Mundo.

Puestos de trabajo y sector de servicios

En Estados Unidos y en otras economías desarrolladas, el mayor problema se dará en el sector de servicios, que es donde están empleados la gran mayoría de los trabajadores. Esta tendencia ya es muy clara en los cajeros automáticos y en los supermercados con cobro automático, y se prevé que en la próxima década la automatización del sector de servicios experimentará una expansión que muy probablemente pondrá en peligro millones de empleos.

Momentum Machines, Inc., una empresa de San Francisco, se ha propuesto automatizar por completo la producción de las hamburguesas de calidad *gourmet*. Mientras un trabajador de un establecimiento de comida rápida pone una hamburguesa congelada en el asador, la máquina de Momentum Machines moldea carne picada fresca, la asa sobre pedido e incluso determina el punto de cocción para conservar el jugo de la carne. La máquina, capaz de producir hasta 360 hamburguesas por hora, también tuesta el pan, corta y añade ingredientes frescos como tomates, cebollas y pepinillos, y lo coloca todo en una cinta transportadora para servir el pedido. Mientras que la mayoría de las empresas de robots procuran dar una imagen positiva de su posible impacto en el empleo, Alexandros Vardakostas, cofundador de Momentum Machines, expone sus objetivos con toda franqueza: «Nuestras máquinas no están hechas para ayudar a los empleados a ser más eficientes; están hechas para prescindir de ellos».[13]* La empresa calcula que un restaurante de comida rápida gasta, en promedio, cerca de 135 000 dólares al año en los salarios de los empleados que preparan las hamburguesas, y el gasto total por este concepto en la producción de hamburguesas oscila alrededor de unos 9 000 millones de dólares anuales en Estados Unidos.[14] Momentum Machines cree que su robot se amortizaría en menos de un año y también piensa incorporarlo en puestos de comida ambulantes, tiendas de conveniencia y quizá hasta en máquinas expendedoras. La empresa asegura que eliminar los gastos laborales y reducir el espacio que necesitan las cocinas, dará a los restaurantes la posibilidad de gastar más en la calidad de sus ingredientes y les permitirá ofrecer hamburguesas *gourmet* a precios de comida rápida.

Tales hamburguesas suenan muy tentadoras, pero también tendrán un costo muy alto. Millones de personas trabajan para la industria de la comida rápida y de los refrescos, frecuentemente en empleos de medio tiempo con bajos salarios. Pongamos el ejemplo de McDonald's, uno de los mayores consorcios trasnacionales, que emplea a 1.8 millones de trabajadores en 34 000 restaurantes a nivel mundial.[15] Históricamente, unos salarios bajos, muy pocas prestaciones socia-

---

* La empresa no se da cuenta del impacto potencial que su tecnología tendrá sobre el empleo y, según su sitio web, los planes para apoyar un programa se ofrecerán descontado la capacitación técnica a los trabajadores que se desplazan.

les y una rotación muy elevada han hecho que sea relativamente fácil encontrar empleo en la industria de la comida rápida. Los empleos de este sector, junto con los empleos poco calificados en el comercio minorista, han actuado tradicionalmente como una red de seguridad que ha permitido obtener ingresos a muchas personas cuando no había mejores alternativas. En diciembre de 2013, la Dirección de Estadística Laboral de Estados Unidos afirmó que «el sector dedicado a la preparación y el servicio de alimentos» (donde no entran los meseros de los restaurantes) es uno de los que genera más puestos de trabajos, y dijo también que esta tendencia continuaría hasta 2022, con casi medio millón de empleos nuevos y otro millón de puestos para sustituir a trabajadores que abandonen el sector.[16]

Sin embargo, tras la Gran Recesión, las reglas que se aplicaban al empleo en el sector de la comida rápida están cambiando con rapidez. En 2011, McDonald's puso en marcha una iniciativa para contratar a 50 000 trabajadores en un solo día y recibió más de un millón de solicitudes; estadísticamente hablando, era mucho más difícil conseguir uno de estos Mctrabajos que ser aceptado en Harvard. Aunque los puestos de trabajo en este sector solían estar ocupados por gente joven que buscaba un trabajo de medio tiempo mientras estudiaba, la industria de la comida rápida emplea hoy a muchos más trabajadores adultos cuya principal fuente de ingresos es este salario. Casi el 90% de estos trabajadores tienen más de 20 años y el promedio de edad de todos los trabajadores es de 35 años.[17] Muchos de ellos tienen familias que mantener, algo casi imposible de hacer con un salario de 8.69 dólares por hora. Los bajos salarios de esta industria y la ausencia casi total de prestaciones sociales han sido motivo de muchas críticas. En octubre de 2013, un empleado de McDonald's reveló que cuando llamó a la línea de ayuda económica de la empresa porque tenía una emergencia, se le aconsejó que solicitara ayuda al gobierno.[18] Un estudio realizado por el Centro de Investigaciones Laborales y Educativas de la Universidad de Berkeley en California, reveló que más de la mitad de las familias de trabajadores de la industria de la comida rápida están inscritas en algún programa de asistencia social, y que el costo resultante para los contribuyentes estadounidenses era de más de 7 000 millones de dólares anuales.[19]

En el otoño de 2013, cuando Nueva York vivió un estallido de protestas y huelgas en establecimentos de comida rápida que pronto se extendieron a más de 50 ciudades, el Instituto de Políticas Laborales, un grupo conservador vinculado estrechamente a las industrias de la hotelería y los restaurantes, publicó un anuncio a toda plana en *The Wall Street Journal* advirtiendo que «muy pronto, los trabajadores que exijan un aumento del salario mínimo podrán ser sustituidos por robots». Y aunque estaba claro que el propósito de aquel anuncio era atemorizar a los empleados, la realidad es que, como demuestran los robots de Momentum Machines, la automatización en la industria de la comida rápida es inevitable. Si empresas como Foxconn están instalando robots para que realicen trabajos de alta precisión en el montaje de productos electrónicos, hay pocas razones para creer que no habrá máquinas sirviendo hamburguesas, sándwiches y cafés con leche en la industria de la comida rápida.*

La cadena japonesa de establecimientos de comida rápida Kura, especializada en servir sushi, ha adoptado con mucho éxito una estrategia de automatización. En los 262 establecimientos de la cadena hay robots que ayudan a preparar sushi,

---

*Los economistas clasifican la comida rápida como parte del sector servicios; sin embargo, desde un punto de vista técnico en realidad es una manifestación del trabajo fabril.

y los meseros han sido reemplazados por cintas transportadoras. Para garantizar que los alimentos estén frescos, los robots controlan el tiempo que lleva cada plato de sushi en la cinta y retiran automáticamente los que están a punto de caducar. Los clientes hacen sus pedidos en una pantalla táctil y cuando terminan de comer colocan los platos en una ranura que hay en sus mesas; el sistema calcula la cuenta automáticamente y después limpia los platos para devolverlos a la cocina. En lugar de tener un encargado en cada establecimiento, Kura cuenta con unas oficinas centralizadas desde donde se pueden supervisar todos los aspectos del servicio. El modelo de automatización de Kura permite ofrecer platos de sushi a tan solo 100 yenes (alrededor de un dólar), lo que le da una ventaja muy grande frente a sus competidores.[20]

Es fácil imaginar que muchas de las estrategias que han servido a Kura, en especial la producción automatizada de la comida y la supervisión a distancia, acabarán siendo adoptadas por la industria de la comida rápida. Ya se han dado algunos pasos en esta dirección: en 2011, McDonald's anunció que instalaría pantallas táctiles para hacer los pedidos en los 7 000 establecimientos que tiene en Europa.[21] Cuando una de las grandes cadenas del sector empiece a obtener una ventaja importante gracias a la automatización, las otras cadenas tendrán que imitarla. La automatización también ofrece la posibilidad de competir en aspectos que van más allá de la reducción de los costos salariales. La producción robótica se considerará más higiénica, porque menos trabajadores tocarán los alimentos. La comodidad, la rapidez y la exactitud de los pedidos aumentará, igual que aumentará la capacidad de hacer pedidos personalizados. Cuando las preferencias de un cliente se registren en un establecimiento, la automatización permitirá que el mismo cliente obtenga el mismo resultado en otros.

Dado todo esto, creo que es muy fácil imaginar que un establecimiento típico de comida rápida acabará recortando su plantilla en un 50% o incluso más. Por lo menos en Estados Unidos, el mercado de la comida rápida está tan saturado que parece poco probable que un establecimiento nuevo pueda compensar una reducción tan drástica del personal que necesita. Y esto significa que una gran parte de los puestos de trabajo previstos por la Oficina de Estadística Laboral no se harán realidad.

La otra gran concentración de trabajos con salarios bajos se encuentra en el sector del comercio minorista. Según economistas de la Oficina de Estadística Laboral, después de *enfermero titulado* la ocupación que creará más puestos de trabajo (se espera que más de 700 000) en la década que finaliza en 2020 será la de dependiente de tienda o *vendedor minorista*.[22] Sin embargo, la tecnología también tiene aquí el potencial para hacer que las previsiones del gobierno parezcan demasiado optimistas. Lo que sí se puede prever es que habrá tres fuerzas que determinarán el empleo en este sector.

La primera es la continua alteración de la industria debido a las ventas por internet de empresas como Amazon, eBay o Netflix. La ventaja competitiva de estas empresas frente a las tiendas convencionales ya se ha reflejado en el cierre de grandes cadenas como Circuit City, Borders o Blockbuster. En varias ciudades de Estados Unidos, Amazon y eBay entregan productos el mismo día con el objetivo de anular una de las mayores ventajas que aún ofrecen las tiendas convencionales: la posibilidad de obtener una gratificación inmediata después de realizar una compra.

En teoría, la invasión de las tiendas por internet no tendría que destruir puestos de trabajo, porque los trabajadores pasarían de ser vendedores de tienda a trabajar en los grandes almacenes y centros de distribución de las empresas que operan por internet. Pero la realidad es que los trabajos en estos almacenes son mucho más fáciles de automatizar. En 2012, Amazon compró Kiva Systems, una empresa dedicada a la gestión de almacenes mediante robots. Los robots de Kiva, que son similares a enormes discos de hockey ambulantes, están diseñados para trasladar materiales dentro de los almacenes. En lugar de que haya trabajadores deambulando por los pasillos seleccionando productos, los robots de Kiva los llevan directamente a los operarios que empacan los pedidos. Los robots se desplazan por su cuenta siguiendo una cuadrícula formada por códigos de barras que hay en el suelo, y se usan en la automatización de los almacenes de muchas empresas además de Amazon, Toys "R" Us, Gap, Walgreens y Staples.[23] Un año después de la adquisición, Amazon tenía unos 1 400 robots Kiva funcionando pero el proceso de integración de máquinas en almacenes grandes no había hecho más que comenzar. Un analista de Wall Street calcula que los robots reducirán los costos de estas empresas para surtir los pedidos hasta en un 40%.[24]

Por otro lado, Kroger, una de las principales cadenas de supermercados en Estados Unidos, también trabaja con centros de distribución muy automatizados. Por ejemplo, el sistema recibe una tarima llena de cajas de un solo producto, retira las cajas de la tarima y luego añade las que sean necesarias a otra tarima que contiene otros productos y que será enviada a una tienda. Los almacenes automatizados eliminan por completo la necesidad de intervención humana, salvo para la carga y descarga de camiones.[25] El impacto inmediato que tienen en el empleo estos sistemas automatizados es evidente, y el sindicato de transportistas y otros mayoristas se han enfrentado a Kroger en muchas ocasiones. Tanto los robots de Kiva como el sistema de Kroger dejan algunos trabajos en manos de personas, sobre todo si son trabajos que exigen destreza y reconocimiento visual, como el empacado final de productos. Sin embargo, estos son precisamente los trabajos que empresas como Industrial Perception y sus robots ya están empezando a invadir.

La segunda fuerza de transformación probablemente será el crecimiento explosivo de la automatización en el sector del autoservicio, es decir, en las máquinas expendedoras y los videocajeros. En un estudio se calculó que el valor de los productos y servicios vendidos por este sector pasaría de unos 740 000 millones de dólares en 2010 a más de 1.1 billones de dólares en 2015.[26] Las máquinas de autoservicio han cambiado mucho desde que solo servían refrescos, botanas y café instantáneo de mala calidad, y ahora son máquinas complejas que venden productos electrónicos como iPods e iPads de Apple en aeropuertos y hoteles de lujo. La empresa AVT, uno de los principales fabricantes de sistemas automatizados de autoservicio, asegura que puede diseñar una máquina capaz de despachar prácticamente cualquier producto. Las máquinas de autoservicio han hecho posible que se reduzcan drásticamente tres de los costos más importantes de la venta al menudeo: 1) el alquiler de un local, 2) el pago de salarios y 3) el hurto por parte de clientes o empleados. Además, funcionan las 24 horas del día. Muchas de estas máquinas cuentan con pantallas de video donde aparece publicidad dependiendo de la zona en la que estén ubicadas para seducir a potenciales consumidores, igual que podría hacerlo un vendedor humano. También pueden registrar las direcciones electrónicas de los clientes para enviarles facturas. En esencia, estas máquinas presentan muchas de las ventajas de comprar por internet y, además, ofrecen una entrega inmediata.

Aunque la proliferación de máquinas de autoservicio y videocajeros eliminará puestos de trabajo tradicionales, también generará empleos en el área de mantenimiento, reabastecimiento y reparación. El número de esos nuevos empleos, sin embargo, será más limitado de lo que podemos imaginar. Las máquinas más modernas están conectadas directamente a internet y constantemente envían datos sobre las ventas realizadas y sobre su estado; además, también están diseñadas para minimizar los gastos laborales asociados a su funcionamiento.

En 2010, David Dunning era el supervisor de operaciones responsable del mantenimiento y el reabastecimiento de los 189 videocajeros Redbox del área de Chicago.[27] Redbox tiene más de 42 000 videocajeros en tiendas, almacenes y supermercados de Estados Unidos y Canadá, y alquila unos 2 millones de videos al día.[28] Dunning supervisaba el área de Chicago con solo siete empleados porque el reabastecimiento de los cajeros está muy automatizado; en realidad, el aspecto más duro del trabajo es limpiar la pantalla del videocajero, un proceso que lleva unos 2 minutos por máquina. Dunning y su equipo se reparten el tiempo de trabajo entre el almacén al que llegan las películas nuevas, y sus coches u hogares desde donde controlan las máquinas por medio de internet. Los videocajeros están diseñados para que su mantenimiento se pueda hacer a distancia. Por ejemplo, si una máquina se atasca, la información llega inmediatamente a los técnicos, que se conectan con sus portátiles para arreglar el problema sin necesidad de acudir al lugar. En general, las películas nuevas llegan a los videocajeros los martes, pero pueden llegar antes y, en ese caso, los videocajeros ponen las películas a disposición de público en el momento oportuno. Eso permite a los técnicos programar el reabastecimiento para evitar el tráfico.

Aunque los empleos de Dunning y su equipo son interesantes y hasta envidiables, son una fracción pequeñísima de los puestos de trabajo que antes solía generar una cadena de alquiler de videos. Por ejemplo, la ya desaparecida cadena

Blockbuster llegó a tener decenas de tiendas en el área de Chicago y cada una contaba con su propio personal de ventas.[29] En su época de auge, Blockbuster tenía 9 000 tiendas y 60 000 empleados, es decir, cada tienda contaba aproximadamente con 7 trabajadores, más o menos los mismos que Redbox emplea para toda la zona que cubre el equipo de Dunning.

La tercera fuerza que afectará al trabajo en el sector del comercio minorista será el aumento de la automatización y el uso de robots en los comercios tradicionales que pretendan seguir siendo competitivos. Las mismas innovaciones que permiten que los robots manufactureros amplíen su capacidad en áreas como la destreza y el reconocimiento visual, harán que la automatización en el comercio minorista pase del trabajo en los almacenes a funciones más variadas y complejas como la reposición de productos en estanterías. De hecho, ya en 2005 Walmart investigaba la posibilidad de usar robots que recorrieran los pasillos de sus tiendas durante la noche y escanearan automáticamente los códigos de barras para inventariar los productos.[30]

Al mismo tiempo, el pago en caja con autoservicio y los puntos de información serán más comunes y más fáciles de usar. Los dispositivos móviles también se convertirán en medios de autoservicio cada vez más importantes. Los futuros consumidores dependerán más y más de sus teléfonos para comprar, pagar y obtener ayuda e información sobre los productos disponibles en entornos de venta tradicionales. El papel de los dispositivos móviles en las ventas ya se ha empezado a notar. Walmart, por ejemplo, está probando un programa que permite a los compradores escanear el código de barras de los productos que meten en el carrito, llegar a las cajas y pagar con sus teléfonos para no hacer largas filas.[31] La empresa de alquiler de automóviles Silvercar permite reservar y recoger un vehículo sin tratar con intermediarios. El cliente simplemente escanea un código de barras para abrir el coche y se pone al volante.[32] Es fácil imaginar que cuando la tecnología del lenguaje natural —como Siri de Apple o el aún más potente sistema Watson de IBM— siga avanzando y sea cada vez más asequible, los consumidores solicitarán ayuda a sus teléfonos móviles de una manera muy similar a como hoy solicitan la ayuda de un empleado en una tienda. La diferencia, naturalmente, reside en que el cliente jamás tendrá que esperar al empleado: el asistente virtual siempre estará disponible y casi nunca dará una respuesta incorrecta.

Aunque muchos comercios quizá elijan introducir la automatización en sus entornos de venta tradicionales, otros rediseñarán por completo sus tiendas convirtiéndolas, en cierto modo, en máquinas expendedoras a gran escala. Estas tiendas pueden consistir en un almacén totalmente automatizado, con una sala de exposición donde los clientes puedan examinar los productos y hacer pedidos que unos robots entregarán de inmediato o cargarán en vehículos. Más allá de la vía tecnológica que acabe siguiendo el sector comercial, es difícil imaginar que el resultado no sea la introducción de más robots y más máquinas, con la pérdida consiguiente de puestos de trabajo para seres humanos.

La robótica en la nube

Quizá uno de los factores más importantes de la revolución robótica sea la *robótica en la nube*, es decir, la migración a potentes sistemas informáticos centralizados de gran parte de la inteligencia que anima a los robots móviles. La robótica en la nube ha sido posible gracias a la espectacular rapidez que ha alcanzado la transmisión de datos; hoy es posible dejar gran parte del procesamiento exigido por la robótica avanzada en manos de grandes bases de datos y así dar a los robots acceso a toda una red de recursos. Esto permite construir robots menos costosos por estar dotados de menos potencia y memoria, y también permite actualizar el *software* de muchas máquinas a la vez. Si un robot emplea esta inteligencia informática centralizada para aprender y adaptarse a su entorno, ese aprendizaje estará instantáneamente a disposición de cualquier otra máquina que acceda al sistema, y será fácil extenderlo a un gran número de robots. En 2011, Google anunció su apoyo a la robótica en la nube y hoy ofrece una plataforma que permite a robots aprovechar todos los servicios diseñados para dispositivos Android.*

El impacto de la robótica en la nube quizá sea más espectacular en áreas como el reconocimiento visual, donde hace falta acceder a grandes bases de datos y contar con mucha capacidad de procesamiento. Imaginemos, por ejemplo, el gran reto tecnológico que implica construir un robot capaz de efectuar tareas del hogar; un sirviente robótico encargado de ordenar una habitación debería tener la capacidad de reconocer una cantidad ilimitada de objetos y decidir qué hacer con ellos. Comparemos este desafío con el de los robots para mover cajas de Industrial Perception de los que hemos hablado antes. La capacidad de esos robots para distinguir y tomar cajas aunque estén amontonadas sin orden es impresionante, pero se limitan a trabajar con cajas y están muy lejos de tener la capacidad de reconocer y manipular prácticamente cualquier objeto, con cualquier forma y en cualquier configuración.

Incorporar esta capacidad tan exhaustiva de percepción y reconocimiento visual en un robot económicamente asequi-

---

* El mayor interés de Google en la robótica quedó asentado en 2013, cuando en 6 meses compró 8 compañías robóticas, una de las cuales fue Industrial Perception.

ble supone un reto descomunal. Sin embargo, la robótica en la nube nos deja entrever el camino a una posible solución. En 2010, Google introdujo un servicio llamado Goggles para dispositivos móviles dotados de cámara, y desde entonces ha perfeccionado mucho esta tecnología. Goggles nos permite tomar una fotografía de un objeto, como un edificio emblemático, un libro, una obra de arte o un producto comercial, y luego el sistema reconoce automáticamente el objeto y nos envía información sobre él. Aunque incorporar a un robot los circuitos necesarios para reconocer casi cualquier objeto sería extraordinariamente difícil y costoso, es fácil imaginar robots futuros que puedan reconocer los objetos de su entorno accediendo a una inmensa base de datos centralizada y formada por imágenes similar a la que utiliza el sistema Goggles. Esta fototeca en la nube se actualizará constantemente y cualquier robot que tenga acceso a ella podrá mejorar instantáneamente su capacidad de reconocimiento visual.

Sin duda, la robótica en la nube contribuirá de una manera crucial a la construcción de robots más capaces, pero también planteará problemas importantes, sobre todo en el campo de la seguridad. Más allá de su incómodo parecido con Skynet —la inteligencia artificial de las películas de la serie Terminator protagonizadas por Arnold Schwarzenegger—, existe el problema más práctico e inmediato de la vulnerabilidad frente a los *hackers* y a los ciberataques, una inquietud especialmente importante si, por ejemplo, la robótica en la nube desempeña en el futuro un rol predominante en nuestra infraestructura de transporte. Por ejemplo, si el movimiento de alimentos u otros productos esenciales dependiera de camiones y trenes automatizados bajo un control centralizado, este sistema podría ser extremadamente vulnerable. Ya existe una gran preocupación sobre la vulnerabilidad frente a ataques cibernéticos de la maquinaria industrial y de infraestructuras vitales como la red de distribución eléctrica. Esta vulnerabilidad quedó demostrada por el gusano Stuxnet, creado por los gobiernos de Israel y Estados Unidos en 2010 para inutilizar las centrifugadoras utilizadas en el programa nuclear iraní. Si los componentes de las infraestructuras básicas llegaran a depender algún día de una inteligencia artificial centralizada, estas inquietudes se elevarían hasta lo inimaginable.

Los robots y la agricultura

De todos los sectores que forman la economía estadounidense, la agricultura ha sufrido el cambio más grande y drástico a consecuencia del avance tecnológico. La mayoría de estas nuevas tecnologías fueron, desde luego, de naturaleza mecánica, y aparecieron mucho antes que las tecnologías de la información más avanzadas. A finales del siglo XIX, casi la mitad la población laboral estadounidense trabajaba en granjas; para el año 2000 solo el 2% se dedicada a estas tareas.

En los países desarrollados, cultivos como el trigo, el maíz y el algodón se siembran, cultivan y cosechan mecánicamente, y el trabajo humano requerido por hectárea se ha convertido prácticamente en algo insignificante. Muchos aspectos de la crianza y el manejo del ganado también se han mecanizado, como la ordeña en las plantas lecheras y la estandarización del tamaño y el peso de los pollos que requieren las máquinas que los sacrifican y los empaquetan en las productoras avícolas.

El resto del trabajo pesado que los seres humanos aún realizan en el sistema agrícola es la recolección de frutas, verduras y plantas de ornato que ha logrado resistirse a la automatización, porque requiere una percepción visual detallada y una gran habilidad para seleccionar los frutos según el color, la textura y el aroma que tienen al madurar. Para una máquina, el reconocimiento visual representa un obstáculo porque depende de las condiciones de luminosidad, que suelen ser variables, y las frutas pueden estar orientadas de distintas formas y estar parcial o totalmente ocultas por las hojas.

Las mismas innovaciones que impulsan la robótica en los almacenes y en las fábricas, están siendo utilizadas para superar la frontera aún existente entre las máquinas y el trabajo agrícola que depende de la visión y el tacto. En San Diego, California, la empresa Vision Robotics está desarrollando una especie de pulpo robot que puede recolectar naranjas. El robot tendrá una visión tridimensional que situará los frutos de un naranjo dado en un modelo generado por computadora; luego, esa información pasará al robot para que los ocho brazos recojan las naranjas.[33] En la zona de Boston, Harvest Automation se ha centrado en construir robots para automatizar operaciones tanto en viveros como en invernaderos, porque la empresa calcula que poco más del 30% de los costos del cuidado de plantas de ornato se deriva del trabajo manual; además, cree que a largo plazo sus robots se encargarán del 40% del trabajo agrícola manual que se requiere hoy en Europa y en Estados Unidos.[34] Actualmente, hay robots experimentales a cargo de la vendimia en viñedos de Francia, los cuales usan tecnología de visión artificial combinada con algoritmos para determinar qué racimos deben cortar.[35] En Japón, un nuevo robot es capaz de seleccionar cada ocho segundos una fresa que esté lista para ser consumida; la máquina puede hacer esta selección basándose en cambios sutiles de la coloración de los frutos. Huelga decir que el robot trabaja sin cesar y que hace de noche la mayor parte del trabajo.[36]

Los robots agrícolas avanzados son especialmente atractivos para países sin inmigración que no pueden pagar salarios bajos. Australia y Japón, por ejemplo, son dos países con una población activa que envejece con rapidez. Por cuestiones de seguridad, el estado de Israel también se puede considerar una isla en cuanto a movilidad laboral. Muchas frutas y verduras se deben cosechar en una época determinada, y la falta de trabajadores en el momento preciso puede suponer un gran problema.

Además de reducir la necesidad de mano de obra, la automatización agrícola tiene el potencial de convertir la agricultura en una actividad mucho más eficiente usando menos recursos. Las computadoras tienen la capacidad de supervisar y administrar los cultivos de una manera tan detallada que sería inconcebible para un trabajador humano. El Centro Australiano de Siembra Robótica de la Universidad de Sidney (ACFR, por sus siglas en inglés) tiene el objetivo de convertir a Australia en el principal proveedor de alimentos para la población de Asia, que no deja de crecer, a pesar de ser un país que casi no cuenta con tierras de cultivo ni agua. Los robots del ACFR recorren los campos de cultivo tomando muestras de la tierra alrededor de cada planta e inyectan la cantidad exacta de agua o de fertilizante que haga falta.[37] La precisión en el suministro de fertilizantes y pesticidas a plantas concretas e incluso a frutos concretos de una planta podría reducir la cantidad de estos productos químicos hasta en un 80%, lo que a su vez disminuiría drásticamente la contaminación de ríos, lagos y otros acuíferos.[38]*

En la mayoría de los países en vías de desarrollo, la agricultura es muy ineficaz. Las familias campesinas trabajan parcelas muy pequeñas, el capital que se invierte es mínimo y la tecnología moderna no existe. Cultivar la tierra exige

---

* La agricultura de precisión —o la habilidad de monitorizar y administrar plantas e incluso frutos específicos— forma parte del fenómeno de los macrodatos. Esto se aborda con mayor precisión en el capítulo 4.

mucho trabajo, pero casi siempre tiene que dar de comer a más personas de las necesarias para realizarlo. El crecimiento demográfico alcanza los 9 000 millones de seres humanos y seguirá aumentando en las décadas venideras ejerciendo una presión cada vez mayor para labrar cualquier pedazo de tierra cultivable y producir más alimentos. El avance de la tecnología agrícola desempeñará un papel importante, sobre todo en países con poca agua y con ecosistemas modificados y dañados por el uso de productos químicos. Con todo, el aumento de la automatización también hará que la tierra dé trabajo a menos personas. Históricamente, los trabajadores agrícolas de los países subdesarrollados se han trasladado a las ciudades y los centros industrializados en busca de trabajo en la industria fabril, pero, como hemos visto, esas mismas fábricas se están transformando a causa de la automatización tecnológica. De hecho, es bastante difícil imaginar cuántos países en vías de desarrollo van a sobrevivir en esta aceleración tecnológica sin sufrir importantes crisis de desempleo.

En Estados Unidos, la agricultura robótica tiene la capacidad de acabar con muchos de los supuestos que se ocultan detrás de las políticas migratorias, un área que hoy está muy polarizada políticamente. Su impacto es muy evidente en zonas que solían emplear a un gran número de campesinos. En California, hay robots que recolectan almendras sacudiendo los árboles, sin necesidad de visión artificial; las almendras caen al suelo y otra máquina las recoge. Muchos granjeros californianos han pasado de cultivos tradicionales como el tomate a la producción de almendras, porque se pueden recolectar de manera automática. No es casualidad que la producción agrícola haya caído un 11% durante la primera década del siglo XXI, aunque la producción total de cultivos como el de la almendra se haya disparado.[39]

A medida que la robótica y las tecnologías avanzadas de autoservicio se extiendan a casi todos los sectores de la economía estadounidense, los trabajadores más expuestos serán los que realizan trabajos que requieren poca formación y especialización y que, a su vez, son los peor pagados. Sin embargo, los nuevos empleos generados por la economía estadounidense están hechos para este tipo de perfil, y la economía estadounidense debería generar cerca de un millón de puestos de trabajo al año tan solo para seguir el ritmo del crecimiento demográfico. Y aun si no consideramos la posibilidad de una reducción de esta clase de empleos a causa del avance tecnológico, cualquier disminución en su ritmo de creación tendrá consecuencias terribles para el empleo a largo plazo.

Muchos economistas y políticos pueden subestimar esta situación y no considerarla un problema. Después de todo, los trabajos rutinarios, poco calificados y con salarios bajos no son muy apreciados, por lo menos en economías avanzadas, y cuando los economistas debaten el impacto de la tecnología en esta clase de trabajos, es frecuente oírles hablar de *libertad*, en el sentido de que los trabajadores que pierdan estos trabajos no calificados *serán libres* para formarse mejor y encontrar mejores oportunidades. Naturalmente, el supuesto que está por debajo de esta mentalidad es que una economía dinámica como la estadounidense seguirá generando nuevos empleos más calificados y mejor pagados para esos trabajadores *liberados*, siempre y cuando adquieran la formación necesaria.

Esta suposición tiene fundamentos muy poco sólidos. En los dos siguientes capítulos veremos el impacto que ya ha tenido la automatización en los salarios y los empleos de los estadounidenses, y examinaremos las características de la tecnología de la información que la convierten en una fuerza especialmente disruptiva. Esta discusión será un punto de partida para explorar con detalle un relato que contradice la creencia popular sobre los puestos de trabajo más vulnerables a la automatización y sobre la viabilidad de una solución basada en más educación y formación: los robots también pretenden acaparar los empleos más calificados que son remunerados con salarios elevados.

Notas

[1] Markoff, John, «Trabajo especializado sin trabajador», *The New York Times*, 18 de agosto de 2012, <http://www. Nytimes.com/2012/08/19/business/new-wave-of-adept-robots-is-charging-global-industry.html>.

[2] Lavrinc, Damon, «Un vistazo a la fábrica robótica Tesla».Wired.com, 16 de julio de 2013, <http://www.wired.com/autopia/2013/07/tesla-plant-video/>.

[3] Página web de la Federación Internacional Robótica, estadísticas de robots industriales 2013, <http://www.Ifr.org/idustrial-robots/stadistics/>.

[4] Tanz, Jason, «Hackers de Kinect están cambiando el futuro de la robótica», *Wired Magazine*, julio 2011, <http://www.wired.com/magazine/2011/06/mf_kinect/>.

[5] Shein, Esther, «Empresarios asignan a robots nuevas tareas», 1 de agosto de 2013 en *Computerworld*; <http://www.computerworld.com/s/article/9241118/Businesses_adopting_robots:for_new_tasks>.

[6] Clifford, Stephanie, «El retorno de plantas textiles a Estados Unidos que prácticamente no tienen personal humano», 12 de septiembre de 2013, en *The New York Times*, en <http://www.nytimes.com/2013/09/20/business/us.textile-factories-return.html>

[7] *Ibíd.*

[8] Sobre el aumento salarial en China y los informes del Grupo Consultor Bostoniano véase «Regresando a casa», *The Economist*, 19 de enero de 2013, <http://www.economist.com/news/special-report721569570-growingnumber-american-companies-are-moving-their-manufacturing-back-united>.

[9] Baum, Caroline, «¿De qué manera roban los chinos?», 14 de octubre de 2003, *Bloomberg News*, <http://www.bloomberg.com/apps/news?pid=newsarchive&sid=aRI4bAft7Xw4>.

[10] Mozur, Paul *et al.*, «Los robots quizá revolucionen la manufactura china», 24 de septiembre *The Wall Street Journal*, <http://online.wsj.com/news/articles/SB10001424052702303759604579093122607195610>.

[11] Para conocer más sobre el valor artificial en China, véase Michael Pettis, *Evitando la caída: La reestructuración económica de China*, Washington, D.C., Carnegie Endowment for International Peace, 2013.

[12] Jopson, Barney, «Lo que hace Nike para evitar las alzas en los salarios asiáticos», 27 de junio de 2013, *The Financial Times*, <http://www.ft.com/intl/cms/s/0/277197a6-df6a-11e2-881f-00144feab7de.html>.

[13] El cofundador de Momentum Machines, Alexandros Vardakostas, citado por Wade Roush, «Hamburguesas, café, guitarras y automóviles: informe del laboratorio Lemnos», 13 de junio de 2012, en *Xconomy.com*, <http://www.xconomy.com/san-francisco/2012/06/12/hamburgers-coffee-guitars-and-cars-a-report-from-lemnos-labs/>.

[14] Sitio web del corporativo McDonald's, http://www.aboutmcfonalds.com/mccd/our_company.htlm.

[15] Departamento del Trabajo de Estados Unidos, comunicado de prensa de la Oficina de Estadísticas Laborales, 19 de diciembre de 2013, USDL. 132393, Prospección laboral-2012-2022, gráfica 8, <http://www.bls.gov/news.relese/pdf/ecopro.pdf>

[16] Página web de Momentum Machines: <http://momentummachines.com>; David Szondy, «Consumidores y productores de hamburguesas bajo la aceleración industrial», 25 de noviembre de 2012, en *Gizmag.com*, <http://www.gizmag.com/hamburger-machine/25159/>.

[17] Samuels, Alana, «Se inicia en Nueva York una ola nacional de protestas contra la industria de la comida rápida», 29 de agosto de 2013, *Los Angeles Times*, <http://www.articles.latimes.com/2013/aug/29/business/la-fi-mo-fastfoodprotests-20130829>.

[18] Velasco, Schuyler, «Línea de ayuda dice a trabajador de McDonald's que solicite vales de comida», 24 de octubre de 2013, en Christian Science Monitor, <http://www.csmonitor.com/Business/2013/1024/McDonald-s-helpline-to-employee-Go-on-food-stamps.

[19] Allegretto, Sylvia *et al.*, «Comida rápida, salarios pobres: el costo público de los salarios bajos en la industria de la comida rápida», 15 de octubre de 2013, en Centro de Investigaciones Laborales y Educativas de la Universidad de Berkeley, <http://laborcenter.bercklay.edu/publiccosts/fast_food_poverty_wages.pdf>.

[20] Tabuchi, Hiroko, «Unas cintas transportadoras dan beneficios a una cadena de restaurantes de sushi», 30 de diciembre de 2010, en *The New York Times*; <http://www.nytimes.com/2010/12/31/business/global/31sushi.html>.

[21] Summer, Stuart, «McDonald's instala pantallas táctiles para hacer los pedidos», 18 de mayo de 2011, en *Computing*; <http://computing.co.uk/ctg/news/20720226/mcdonalds-implement-touch-screen>..

[22] Departamento de Trabajo de Estados Unidos, Dirección de Estadísticas Laborales, *Libro de bolsillo de la prospectiva laboral*, 29 de marzo de 2012, <http://www.bls.gov//ooh/About/Projections-Overview.html>.

[23] Smith, Ned, «Unos robots selectivos engrasan las ruedas del comercio en línea», 2 de junio de 2011, en *Business News Daily*; <http://www.busi nessnews-daily.com/1038-robots-steamline-order-fulfillment-e-comerce-pickpack-and-ship-warehouse-operations.html>.

[24] Bensinger, Greg, «Antes de los drones de Amazon llegan los robots», 8 de diciembre de 2013, *The Wall Street Journal*, <http://online.wsj.com/news/articles/SB10001424052702303302045792460124217123 86>.

[25] Trebilcock, Bob, «Automatización: Kroger cambia la distribución», 4 de junio de 2011, en *Modern Material Handling*, <http://www.mmh com/article/automation_kroger_changesthe_game>.

[26] Samuels, Alana, «El trabajo en el servicio de ventas desaparece porque el consumidor opta por el autoservicio», 4 de marzo de 2011 en *Los Angeles Times*; <http://www.articles.latimes.com/2011/mar/04/business/la-fi-robotretail-20110304>.

[27] Blog de la compañía Redbox, «Un día en la vida de un ninja de Redbox», 12 de abril de 2010, <http://blog.redbox.com/2010/04/a-day-in-thelife-of-a-redbox-ninja.html>.

[28] Página web de Redbox, http://www.redbox.com/career-technology.

[29] Morris, Meghan, «Cierran las tiendas Blockbuster que quedaban en Estados Unidos», 6 de noviembre de 2013, en *Crain's Chicago Business*, <http://www.chicagobusiness.com/article/20131106/NEWS07/131109882/its-curtains-for-blockbusters-remaining-u-s-stores>.

[30] Gilbert, Alorie, «¿Por qué hay tantos nervios por los robots, Walmart?», 8 de julio de 2005, en CNET News, <http://news.cnet.com/830110784_3-5779674-7.html>.

[31] Wohl, Jessica, «Walmart prueba aplicaciones de iPhone para el pago en línea», 6 de septiembre de 2012, en *Reuters*, <http://www.reuters.com/article/2012/09/06/us.walmart-iphones-checkout-idUSEBRE-8851DO20120906>.

[32] Sumers, Brian, «Nueva empresa de alquiler de automóviles en el Aeropuerto Internacional de Los Ángeles, solo ofrece Audis A4 sin necesidad de intermediarios», 6 de octubre de 2013, en *Daily Breeze*, <http://www.dailybreeze.com/general-news/20131006/new-lax.car-rental-company-offers-only-audi-a4s-x2014-and-no-clerks>.

[32] Página web de la empresa Vision Robotics, <http://www.visionrobotices.com>.

[34] Página web de la empresa Harvest Automation, <http://www.harvastai.com/agricultural-robots-manual-labor-php>.

[35] Murray, Peter, «La automatización llega a los viñedos franceses con un robot capaz de recolectar uva», 26 de noviembre de 2012, en *SingularityHub*, <http://www.singularityhub.com/2012/11/26/automation-reaches-french.vineyards-with-a-vine-prining-robot>.

[36] «El último robot puede recolectar fresas», 26 de septiembre de 2013, en *Japan Times*, <http://www.japantimes.co.jp/news/2013/09/26/business/lates-robot.can-pick-strawberry-fields-forever>.

[37] Página web del Centro Australiano de Robots de Campo, <http://inspired.sydney.edu.au/robotics/>.

[38] Sohn, Emily, «Los robots en las granjas», 12 de abril de 2011, en *Discovery News*, <http://news.discovery.com/tech/robotics/robots-farming-agriculture-110412.html>.

[39] Samuels, Alana, «En Estados Unidos se incrementa la automatización y los trabajos de mano de obra se reducen», 17 de diciembre de 2010, en *Los Angeles Times*, <http://www.articles.Latimes.com/2010/dec/17/business/lafi-no-help-wanted-20101217>.

Capítulo 2
¿Será diferente esta vez?

La mañana del domingo 31 de marzo de 1968, Martin Luther King Jr. se paró en el púlpito de la catedral de Washington, uno de los templos más grandes del mundo —dos veces mayor que la abadía de Westminster de Londres—, donde se encontraban reunidas miles de personas. Era tal la afluencia, que la gente se apiñaba en el coro, los pasillos, las naves y las escaleras. Al menos un millar de personas más estaban en la calle o frente a la iglesia de Saint Albans, situada muy cerca de la catedral, donde había altavoces para escuchar el sermón. El que sería el último sermón dominical de King se titulaba «Seguir despiertos en una gran revolución». La gran mayoría de los asistentes estaban vinculados a los movimientos de derechos humanos, pero el pastor quería captar la atención de un público aún más amplio, como explicó en su pronunciamiento:

> No se puede negar que estamos viviendo una gran revolución. De hecho, somos testigos de una triple revolución: la tecnológica, que se expande bajo la automatización y la informática; la armamentista con miras a una guerra de armas nucleares que puede llevar a la extinción de la humanidad; y la que lucha en defensa de los derechos humanos, que busca la libertad y que está teniendo lugar alrededor del mundo.[1]

Cinco días después, la catedral volvía a estar abarrotada, ahora por los asistentes al funeral de Martin Luther King Jr., que había sido asesinado un día antes en Memphis. Entre los asistentes se hallaba el entonces presidente Lyndon Johnson, los nueve jueces del Tribunal Supremo, altos funcionarios del gabinete presidencial y destacados miembros del Congreso estadounidense.[2]

La expresión *triple revolución* hacía referencia a un informe escrito por un grupo formado por académicos, periodistas, y tecnólogos que se hacía llamar «Comité *Ad Hoc* sobre la Triple Revolución». Entre sus miembros había un premio Nobel, el físico Linus Pauling, y dos economistas que recibirían el mismo premio más adelante, Gunnar Myrdal y Friedrich Hayek. Dos de las fuerzas revolucionarias identificadas en el informe —el armamento nuclear y el movimiento por los derechos civiles— están grabadas de manera indeleble en la narración de la década de los sesenta del siglo xx. La tercera revolución, a la que estaba dedicada la mayor parte del documento, cayó en el olvido. El informe predecía que la automatización tendría como consecuencia una economía donde la producción sería «potencialmente ilimitada gracias a sistemas informáticos con muy poca intervención humana».[3] Las consecuencias de tal automatización serían un desempleo generalizado, una desigualdad social sin precedentes y una caída drástica en el mercado de bienes y servicios porque los consumidores no tendrían el poder adquisitivo necesario para impulsar el crecimiento económico. Ante esto, el comité proponía una solución radical: implantar una renta básica garantizada basada *en la economía de la abundancia* creada por la automatización, que sustituiría a los programas de ayuda social que había en aquel entonces para luchar contra la pobreza.*

* El Comité de la Triple Revolución no abogaba por la aplicación inmediata de una renta garantizada; en su lugar proponía nueve políticas de transición. Muchas de ellas eran convencionales e incluían propuestas como que se incre-

El informe de la Triple Revolución fue entregado a los medios de comunicación y enviado en marzo de 1964 al presidente Johnson, al secretario de Trabajo y a líderes del Congreso. El documento iba acompañado de una carta de presentación donde se decía que si no se implementaban las propuestas del informe, «la nación caería en un caos económico y social sin precedentes». Al día siguiente, *The New York Times* y muchos otros periódicos y revistas publicaron reportajes y editoriales, la mayoría de carácter crítico, sobre el informe, y algunos publicaron el informe completo.[4]

La Triple Revolución marcó el auge de la oleada de preocupación por el impacto de la automatización que había surgido tras el final de la Segunda Guerra Mundial. En la historia de la humanidad, el fantasma de un desempleo masivo como consecuencia de la tecnología ha generado temor desde el movimiento ludita en 1812. Pero, a diferencia de aquella movilización obrera de principios del siglo xix, en las décadas de 1950 y 1960, quienes estaban especialmente preocupados por lo que estaba sucediendo eran algunos de los intelectuales más destacados de Estados Unidos.

En 1949, *The New York Times* solicitó un artículo a Norbert Wiener, un matemático mundialmente reconocido que trabajaba en el Instituto Tecnológico de Massachusetts (MIT por sus siglas en inglés), en el que diera su punto de vista sobre el futuro de las computadoras y la automatización.[5] Wiener había sido un niño prodigio que entró en la universidad a los 11 años de edad y que a los 17 ya había obtenido un doctorado. Luego fundó el campo de la cibernética e hizo

mentara gradualmente el presupuesto destinado a la educación, la creación de trabajos en el sector público y la construcción de viviendas de bajo costo. El informe también defendía la expansión de los sindicatos y sugería que los trabajadores que estaban organizados defendieran no solo a quienes estaban empleados sino también a los que se encontraban desempleados.

importantes contribuciones a la matemática aplicada, la ciencia informática, la robótica y la automatización controlada por computadora. En el artículo que escribió solo tres años después de que se construyera la primera computadora electrónica de uso general en la Universidad de Pensilvania,* Wiener aseguraba que «todo lo que se pueda hacer de una manera clara e inteligible, se puede hacer con una máquina»; sin embargo, advertía que eso podría llevarnos a una «revolución industrial caracterizada por una crueldad sin límites», impulsada por máquinas capaces de «abaratar hasta tal punto el valor económico del trabajo rutinario en la industria, que no sería necesario contratar a personas».†

Tres años después, un futuro distópico muy similar al imaginado por Wiener renacía en las páginas de la primera novela de Kurt Vonnegut, *La pianola*, en la que describía una economía automatizada donde las máquinas industriales realizaban todo el trabajo mientras que la mayoría de la población se enfrentaba a una existencia sin sentido y a un futuro desalentador. Vonnegut llegó a ser un autor reconocido y a lo largo de su vida sintió que aquella predicción de su primera novela se materializaba día a día.[6]

Cuatro meses después de que la administración Johnson recibiera el informe de la Triple Revolución, el presidente firmó una ley para crear la Comisión Nacional de Tecnología, Automatización y Progreso Económico.[7] Tras el acto de fir-

---

*La ENIAC (Computadora Integradora Numérica Electrónica, por sus siglas en inglés) fue construida en la Universidad de Pensilvania en 1946; era una computadora programable que fue financiada por el ejército estadounidense y cuyo propósito era producir gráficas que serían utilizadas por la artillería.

† Debido a un malentendido, el artículo de Weiner no se publicó en 1949. En 2012, un académico que hacía un trabajo de investigación en la biblioteca del Instituto Tecnológico de Massachusetts encontró una copia de aquel borrador, el mismo que fue publicado en mayo de ese mismo año por el periodista John Markoff en la sección de ciencia de *The New York Times*.

ma, Johnson dijo que «la automatización puede ser una vía a la prosperidad si tenemos la suficiente visión, si comprendemos que ese es el camino y si somos lo bastante sabios para planificar nuestro futuro». La recién creada comisión —como la mayoría de las comisiones— pronto cayó en el olvido tras haber redactado tres voluminosos informes.[8]

La ironía de la preocupación por la automatización en los años de posguerra fue que la economía ofrecía pocas pruebas que sustentaran esa inquietud. Cuando en 1964 se dio a conocer el Informe de la Triple Revolución, el índice de desempleo apenas alcanzaba el 5%, y en 1969 había caído a 3.5%. En las cuatro recesiones que se dieron entre 1948 y 1969, el desempleo nunca superó el 7% y pronto descendía nuevamente cuando empezaba una recuperación.[9] La incorporación de nuevas tecnologías dio lugar a un aumento de la productividad, y la mejor parte de ese crecimiento se la llevaron los trabajadores en forma de aumentos salariales.

A principios de 1970, el foco de preocupación pasó al embargo de petróleo por parte de la Organización de Países Exportadores de Petróleo (OPEP) y a los años de estanflación que le siguieron. La idea de que las máquinas y las computadoras serían la causa de un desempleo masivo fue desapareciendo poco a poco de la opinión pública. Los mismos economistas la veían como algo que carecía de fundamento, y los que se atrevían a hablar de ella eran tachados de *neoluditas*..

Puesto que las calamitosas predicciones del informe de la Triple Revolución no se cumplieron, podemos preguntarnos si los autores se equivocaron o si, igual que muchos otros antes, nos alertaron demasiado pronto.

Siendo uno de los pioneros de la tecnología de la información, Norbert Wiener sabía que la computadora digital era completamente distinta a la tecnología mecánica que la había precedido. Era un cambio paradigmático que iniciaba una nueva era y que quizá haría estragos a la sociedad. Sin embargo, Wiener expresó su punto de vista cuando las computadoras eran gigantescas y para realizar cálculos usaban miles de válvulas de vacío que se calentaban mucho o simplemente se fundían.[10] Pasarían décadas antes de que el progreso llevara la tecnología digital a un nivel que justificara esas inquietudes.

Esas décadas han quedado atrás y ahora la oportunidad es propicia para emprender una revaloración sin prejuicios del impacto que tiene la tecnología en la economía. Los datos indican que si bien la preocupación por este impacto pasó a un segundo plano en el pensamiento económico, algo que había sido fundamental en los años de prosperidad de la posguerra empezó a cambiar en la economía de Estados Unidos. La casi perfecta correlación que tradicionalmente existía entre el aumento de la productividad y los aumentos salariales se agotó: los salarios de la mayoría de los estadounidenses se estancaron e incluso se redujeron, la desigualdad de las rentas se disparó a niveles que no se habían visto desde la caída de la Bolsa en 1929, y se empezó a oír con frecuencia una frase nueva: «Recuperación económica sin generación de empleo». En este proceso podemos ver por lo menos siete tendencias económicas que, en conjunto, indican el papel transformador de la tecnología de la información.

Siete tendencias fatales

Estanflación salarial

El año 1973 destaca en la historia de Estados Unidos. En octubre, la administración Nixon se vio envuelta en el escándalo Watergate y la OPEP inició el embargo que provocaría largas colas de automovilistas en las gasolineras de todo el país. Mientras la administración Nixon se iba a pique, se produjo otro acontecimiento que nadie había previsto y que superaría el impacto del escándalo Watergate y de la crisis petrolera: 1973 fue el año en que el salario de los trabajadores llegó a su máximo nivel. Un trabajador típico del sector privado (casi la mitad de los trabajadores de aquella época) ganaba lo que hoy equivaldría a 767 dólares a la semana. Al año siguiente, los salarios empezaron a bajar y desde entonces no se han recuperado. Después de cuatro décadas, ese mismo trabajador estaría recibiendo 664 dólares semanales, lo que equivale a una caída del 13%.[11]

La historia mejora un poco si miramos los ingresos medios de las familias. Entre 1949 y 1973 estos ingresos pasaron de 25 000 dólares anuales a casi 50 000, y su crecimiento coincidía casi exactamente con el del PIB per cápita. Tres décadas después, esos ingresos han aumentado un 22% y rondan los 61 000 dólares, pero su crecimiento se ha debido a la incorporación de la mujer al mercado laboral. Si los salarios hubieran crecido al mismo ritmo que tenían antes, una familia típica estaría percibiendo cerca de 90 000 dólares anuales, un 50% más de los 61 000 dólares que gana hoy.[12]

La figura 2.1 muestra la relación entre productividad laboral* (que mide el valor de lo que produce un trabajador por

---

*La productividad laboral se mide a partir del valor de la producción (que puede ser de bienes o de servicios) creada por un trabajador por hora. Este cálculo es tan importante que se usa para estimar el rendimiento económico que define la prosperidad de una nación. Los países desarrollados e industrializados tienen una alta productividad debido a que sus trabajadores tienen la posibilidad de acceder más fácilmente a una tecnología más avanzada, están mejor nutridos, disfrutan de ambientes más saludables, generalmente tienen un nivel educativo alto y están calificados. Los países pobres carecen de estas cosas y son, por lo tanto, menos productivos; su gente tiene que trabajar más horas y esforzarse más para generar el mismo nivel de producción.

hora de trabajo) y la compensación (que incluye el salario y otros beneficios extrasalariales) que percibían los trabajadores del sector privado en 1948. El primer segmento de la gráfica, de 1948 a 1973, muestra lo que los economistas suelen esperar que suceda. El aumento de la productividad va paralelo al aumento de la compensación. La prosperidad aumenta y es compartida por todos los que contribuyen al crecimiento económico. Después de mediados de la década de 1970, las dos líneas de la gráfica se van separando cada vez más, hasta tal punto que los frutos de la innovación hoy en día benefician mucho más a los empresarios y a los inversionistas que a los trabajadores.

Figura 2.1. Crecimiento de la compensación real por hora para trabajadores del sector productivo que no desempeñan funciones de supervisión en comparación con la productividad (1948-2011).

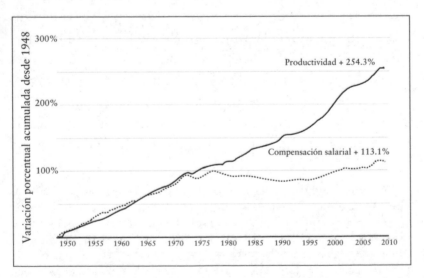

FUENTE: Lawrence Mishel, Instituto de Políticas Económicas, basado en un análisis inédito de datos del Departamento de Estadística Laboral y del programa de Productividad y Costos de Empleo, y en datos del Departamento de Análisis del PIB.[13]

A pesar de la claridad de esta gráfica, hay muchos economistas que aún no reconocen plenamente la divergencia entre el crecimiento de la compensación y el de la productividad. En la figura 2.2 se comparan los índices de crecimiento de las dos en distintos periodos. Es evidente que la productividad supera las compensaciones desde la década de 1980 hasta hoy. La diferencia más significativa se observa entre los años 2000 y 2009: aunque en este periodo el crecimiento de la productividad fue casi el mismo que durante el periodo 1947-1973 —la edad de oro de los años de posguerra—, la compensación se queda muy atrás. Es difícil ver esta gráfica y no tener la impresión de que el crecimiento productivo supera claramente los aumentos salariales de los trabajadores.

La mayoría de los autores de libros de texto universitarios de economía aún no se dan cuenta de esta situación. Por ejemplo, tomemos el libro de texto introductorio más utilizado en la Universidad de Stanford, *Principios de economía* de John B. Taylor y AkilaWeerapana.[14] En él se incluye una figura muy similar a la figura 2.2, pero los autores insisten en que hay una relación estrecha entre salarios y productividad, ignorando el hecho de que el crecimiento productivo se ha alejado a pasos agigantados del crecimiento salarial desde la década de 1980. Taylor y Weerapana se quedan muy cortos cuando dicen que «la relación no es perfecta». En otro libro de texto, también titulado *Principios de economía*,[15] que fue coescrito por el profesor de Princeton y expresidente de la Reserva Federal, Ben Bernanke, se asegura que el lento crecimiento de los salarios a partir del año 2000 es el resultado de un mercado laboral debilitado por la recesión de 2001, y que «los salarios se equipararán al aumento de la productividad cuando el mercado regrese a la normalidad», una afirmación que parece ignorar que la correlación entre el crecimiento de los salarios y de la productividad se empezó a deteriorar mucho antes de que nacieran los alumnos que hoy asisten a la universidad.*

Figura 2.2. Crecimiento de la productividad y crecimiento de la compensación.

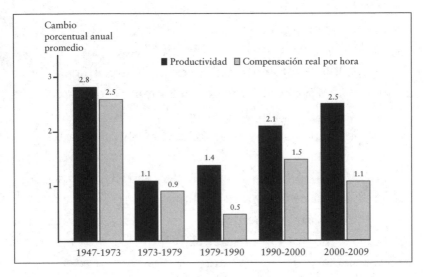

FUENTE: Oficina de Estadística Laboral de Estados Unidos.[16]

*También hay un problema técnico que se plantea cuando se habla de la brecha existente entre el crecimiento salarial y el crecimiento de la productividad. Ambos deben ajustarse a la inflación. El procedimiento más común y el método que emplea la Oficina de Estadísticas Laborales de Estados Unidos es utilizar dos medidas distintas de la inflación. Los salarios se ajustan utilizando el índice de precios al consumo (IPC), que refleja el precio de los productos y servicios donde los trabajadores gastan su dinero. La productividad se mide con el deflactor del Producto Interno Bruto, que es una forma de medir la inflación de toda la economía. En otras palabras, el deflactor del PIB incorpora precios de productos que los consumidores no compran. Una diferencia especialmente importante es que las computadoras y la tecnología de la información —que han visto una deflación constante en sus precios debido a la Ley de Moore— son muy importantes para el deflactor del PIB y no para el IPC (la mayoría de las computadoras las compran empresas y no personas). Algunos economistas —en especial los conservadores— desaseguran que el deflactor del PIB se debería usar tanto para los salarios como para la productividad. Cuando se utiliza este método la diferencia entre el crecimiento salarial y el crecimiento productivo se reduce considerablemente. Sin embargo, esta aproximación omite el nivel de inflación que afecta al salario de los trabajadores..

Un mercado a la baja para los trabajadores y al alza para las empresas

A principios del siglo XX, el economista y estadístico británico Arthur Bowley examinó décadas de información sobre los salarios en el Reino Unido y demostró que la proporción entre las partes de la renta nacional correspondientes al trabajo y al capital había sido relativamente constante, al menos durante largos periodos. Esta relación aparentemente inalterable se convirtió en un principio económico conocido como Ley de Bowley, uno de los hechos más sorprendentes, pero mejor establecidos, en la economía estadística.[17]

Como muestra la figura 2.3, durante el periodo de posguerra la parte de la renta nacional estadounidense correspondiente al trabajo varió muy poco, tal como predecía la Ley de Bowley. Sin embargo, a partir de mediados de la década de los setenta, esta ley empezó a fallar estrepitosamente cuando la parte del trabajo inició una caída gradual y se desplomó por completo a principios del siglo XXI. Esta caída es aún más extraordinaria si tomamos en cuenta que esta parte incluye a todas las personas que tienen ingresos. En otras palabras, las cantidades exorbitantes que cobran los ejecutivos de Wall Street y las grandes estrellas del deporte y del cine se consideran salarios, y está claro que esos salarios, lejos de menguar, han llegado a cantidades sin precedentes. Una gráfica que mostrara la parte de la renta nacional correspondiente a los trabajadores normales —el 99% inferior de la distribución de las rentas— mostraría una caída aún peor.

Mientras la proporción de la renta nacional correspondiente a los trabajadores caía en picada, la correspondiente a las empresas no dejaba de crecer. En abril de 2012, un titular de *The Wall Street Journal* rezaba: «Para las grandes empresas, la vida es maravillosa». El artículo relataba que las empresas

Figura 2.3. PIB estadounidense destinado al trabajo.

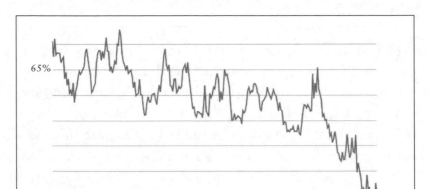

FUENTE: Oficina de Estadística Laboral de Estados Unidos y Banco de la Reserva Federal de San Luis (FRED).[18]

se habían recuperado con asombrosa rapidez de la mayor crisis económica sufrida desde la Gran Depresión de 1929. Mientras que millones de trabajadores están desempleados o aceptan trabajos con salarios muy bajos o de pocas horas a causa de la recesión, el sector corporativo es ahora «más productivo, genera más beneficios, va sobrado de dinero y está menos endeudado».[19] En esta Gran Recesión, las corporaciones se han hecho expertas en producir más con menos trabajadores. En 2011, las grandes empresas generaron un promedio de 420 000 dólares de ingresos por empleado, un aumento de más del 11% desde 2007, cuando el promedio había sido de 378 000 dólares.[20] El gasto en nuevas instalaciones y nuevos equipos, incluyendo tecnología de la información, de las empresas del índice S&P 500, se ha duplicado en tan solo un año, haciendo que la inversión de capital como porcentaje de los ingresos haya vuelto a niveles anteriores a la crisis.

Los beneficios de las empresas como porcentaje del PIB también se han disparado después de la Gran Recesión (véase la figura 2.4). Nótese que a pesar de la precipitada caída de los beneficios durante la crisis de 2008-2009, la velocidad a la que se ha recuperado la rentabilidad no tiene precedentes en ninguna otra recesión.

La caída de la participación de los trabajadores en la renta nacional no se limita a Estados Unidos. En junio de 2013, [21] los economistas Loukas Karabarbounis y Brent Neiman, de la Escuela de Negocios de la Universidad de Chicago, analizaron datos de 56 países y hallaron que en 38 de ellos se había dado una caída significativa de la participación de los trabajadores en la renta nacional. Más aún, observaron que en Japón, Canadá, Francia, Italia, Alemania y China esta caída había sido mayor que en Estados Unidos en un periodo de 10 años. En China —el país que se supone está acaparando más empleos—, la caída fue en picada y triplicó la de Estados Unidos.

Figura 2.4. Beneficios de las empresas como porcentaje del PIB.

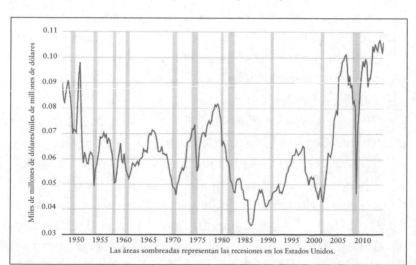

FUENTE: Banco de la Reserva Federal de San Luis (FRED).[22]

Karabarbounis y Neiman concluyeron que este desplome mundial de la participación de los trabajadores se había debido a una «mayor eficiencia de los sectores que producen capital que cabe atribuir a los avances en la informática y en la tecnología de la información».[23] Los autores también observaron que una participación estable de los trabajadores sigue siendo «una característica fundamental de los modelos macroeconómicos».[24] Es decir, parece que solo los economistas no han entendido las implicaciones de la divergencia entre el crecimiento productivo y el aumento salarial a partir de 1973, y siguen incluyendo tranquilamente la Ley de Bowley en las ecuaciones de sus modelos económicos.

La caída de la participación en el mercado de trabajo

Una tendencia separada de la anterior ha sido la caída de la participación en el mercado de trabajo. A raíz de la crisis económica de 2008-2009, era frecuente que el desempleo cayera, no porque se generaran puestos de trabajo, sino porque muchos trabajadores, desanimados, abandonaban el mercado laboral. A diferencia del índice de desempleo, que solo considera a quienes buscan trabajo, el índice de participación en el mercado de trabajo también toma en cuenta a los trabajadores que se han dado por vencidos.

Como muestra la figura 2.5, el índice de participación en el mercado de trabajo se disparó entre 1970 y 1990, cuando se incorporaron muchas mujeres. La tendencia general disfraza el hecho de que el porcentaje de varones en el mercado laboral se ha ido reduciendo de una manera constante desde 1950, pasando del 86%, que ha sido el porcentaje más alto, al 70% en 2013. La participación de la mujer llegó a su máximo del 60% en el año 2000, cuando el índice de participación general de aquel año en el mercado laboral era del 67%.[25]

Figura 2.5. Índice de participación en el mercado de trabajo.

FUENTE: Oficina de Estadística Laboral de Estados Unidos y Banco de la Reserva Federal de San Luis (FRED).[26]

El índice de participación de la fuerza laboral ha ido descendiendo desde entonces, y aunque esto se deba en parte a las jubilaciones de la generación del *baby boom* y en parte a que los jóvenes buscan más educación, esas tendencias demográficas no explican del todo el descenso. El índice de participación de los adultos entre 25 y 54 años de edad —los que ya tienen edad para haber cursado estudios superiores pero aún no pueden jubilarse— ha pasado del 84.5% del año 2000 al 81% de 2013.[27] En otras palabras, tanto el índice de participación en el mercado de trabajo como el índice de participación de los adultos que se encuentran en plenitud laboral han caído alrededor de un 3% desde el año 2000, y cerca de la mitad de esa caída fue anterior a la crisis de 2008.

Esta caída ha ido acompañada de una explosión de solicitudes para percibir una pensión por incapacidad laboral. En la primera década del nuevo milenio, el número de estas solicitudes pasó de 1.2 millones anuales a casi 3 millones.[28] Al no haber pruebas de que hubiera una epidemia de accidentes laborales en esa época, muchos analistas sospechan que estas pensiones se están utilizando como una especie de subsidio de desempleo permanente como último recurso. Visto todo esto, parece claro que aparte de la simple demografía o factores económicos cíclicos, algo está llevando a mucha gente a abandonar el mercado de trabajo.

Reducción de la creación de empleo, recuperaciones que no generan empleo y aumento del desempleo de larga duración

En los últimos 50 años, la economía de Estados Unidos ha generado cada vez menos empleos. Solo en la década de 1990 pudo mantener a duras penas el ritmo de la generación de puestos de trabajo de la década anterior, en gran medida gracias al boom tecnológico de la segunda mitad de la década. La recesión que se inició en diciembre de 2007 y la posterior crisis financiera han sido desastrosas para la creación de empleo desde entonces. Al final de 2010 había el mismo número de empleos que en diciembre de 1999. Ya antes de la Gran Recesión, en la primera década del siglo XXI todo indicaba que se iba a llegar al porcentaje más bajo de generación de empleo desde la Segunda Guerra Mundial.

Como muestra la figura 2.6, el total de puestos de trabajo de la economía solo había aumentado un 5.8% hasta el final de 2007. Si se extrapolan estas cifras a toda la década se observa que, aunque la crisis no hubiera estallado, en los primeros 10 años del segundo milenio el empleo solo habría crecido un 8%, menos de la mitad del que hubo entre 1980 y 1990.

Este ritmo tan lamentable en la creación de empleo resulta alarmante si pensamos que la economía necesita crear nuevos empleos —entre 75 000 y 150 000 al mes, según distintos

Figura 2.6. Creación de empleo por década en Estados Unidos.

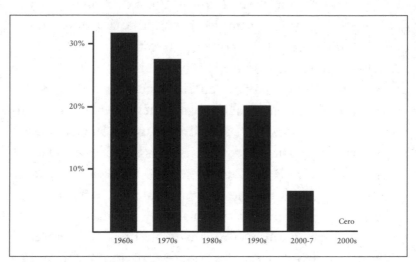

FUENTE: Oficina de Estadística Laboral de Estados Unidos y Banco de la Reserva Federal de San Luis (FRED).[29]

cálculos— solo para mantener el ritmo del crecimiento de la población.[30] Incluso tomando la estimación más baja, la primera década del siglo XXI presenta un déficit de unos 9 millones de empleos.

Además, todo indica que cuando una recesión económica ahoga la economía, el mercado laboral necesita cada vez más tiempo para recuperarse. Los despidos temporales han ido seguidos de una recuperación económica que no crea empleo. Un estudio realizado por el Banco de la Reserva Federal de Cleveland en 2010 revela que, en periodos recientes de baja actividad económica, los desempleados que han encontrado otro trabajo han sido cada vez menos. Es decir, el problema no solo radica en que en estos periodos se pierden más empleos, sino que en los periodos de recuperación se generan muy pocos empleos nuevos. Después de que la Gran Recesión se iniciara en diciembre de 2007, la tasa de desempleo aumentó cinco puntos a lo largo de casi dos años hasta alcan-

zar un máximo del 10.1%. El análisis de la Reserva Federal
de Cleveland también señaló que el 95% de aquel aumento
del 5% en la tasa de desempleo correspondía a trabajadores
que no habían podido encontrar un trabajo nuevo.[31] A su
vez, esto produjo un gran aumento del desempleo a largo
plazo, que llegó a su máximo en 2010, cuando el 45% de los
trabajadores desempleados llevaban 6 meses o más sin encontrar empleo.[32] La figura 2.7 muestra los meses que ha tardado
el mercado de trabajo en recuperarse tras recesiones recientes.
La Gran Recesión de 2007 está teniendo un periodo de recuperación muy largo que no genera empleo, y hasta mayo de
2014 —seis años y medio después de la debacle— las cifras
de empleo no han regresado al nivel anterior a la recesión.

El desempleo de larga duración es un gran problema. La
capacitación laboral de los trabajadores que han estado sin
empleo durante mucho tiempo se erosiona, y el riesgo de que
se desanimen aumenta porque muchos empleadores parecen

Figura 2.7. Recesiones en los Estados Unidos: meses que le tomó al mercado
laboral recuperarse (medición hecha desde los inicios de la recesión).

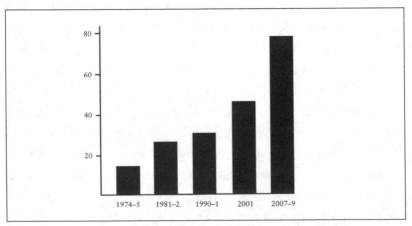

FUENTE: Oficina de Estadísticas Laborales de los Estados Unidos, y Banco de la Reserva Federal de San Luis.[33]

discriminarlos negándose siquiera a examinar sus currículos. Un experimento de campo puesto en práctica por un estudiante de doctorado en Economía de la Northeastern University, Rand Ghayad, reveló que un desempleado reciente y sin experiencia tiene muchas más probabilidades de ser entrevistado para un trabajo que un desempleado con la experiencia necesaria pero que lleva sin trabajo más de seis meses.[34] Otro estudio, en este caso del Instituto Urban, descubrió que no había diferencias notables entre los desempleados de larga duración y otros trabajadores, dando a entender que ser un desempleado de larga duración —con el sufrimiento y el estigma que conlleva esta etiqueta— es cuestión de mala suerte.[35] Lo cierto es que si alguien pierde su trabajo en un momento especialmente desfavorable y no logra encontrar otro empleo en los seis meses siguientes (algo muy probable en una economía en caída libre), las probabilidades de que lo haga se reducen extremadamente independientemente de la calificado que pueda estar.

El gran aumento de la desigualdad

La diferencia entre los ricos y el resto de la población ha ido en aumento desde la década de los setenta. Entre 1993 y 2010, algo más de la mitad de la renta nacional de Estados Unidos correspondía al 1% de la población que tenía las rentas más altas.[36] Desde entonces, esta situación ha empeorado. Un análisis publicado en septiembre de 2013 por el economista Emmanuel Saez, de la Universidad de California en Berkeley, reveló que un sorprendente 95% del aumento total de la renta entre 2009 y 2012 acabó en las manos del 1% más rico de la población.[37] Aunque el movimiento Occupy Wall Street se ha ido diluyendo, está muy claro que la desigualdad de las rentas en Estados Unidos no solo es muy alta, sino que aumentará.

Aunque la desigualdad ha ido en aumento en casi todos los países industrializados, el caso de Estados Unidos es muy significativo. Según estudios de la Agencia Central de Inteligencia (CIA), la desigualdad de las rentas en Estados Unidos es equiparable a la de Filipinas, y es mucho mayor que la de Egipto, Yemen o Túnez.[38] Hay estudios que indican que la movilidad económica, una medida de la probabilidad de que los hijos de familias pobres puedan ascender en la escala económica, es significativamente menor en Estados Unidos que en casi todos los países europeos. En otras palabras, uno de los valores más básicos de la cultura estadounidense —la creencia de que cualquiera puede triunfar mediante el trabajo y la perseverancia— tiene muy poca base en la realidad estadística.

La desigualdad puede ser muy difícil de percibir para muchas personas. La mayoría de la gente tiende a dirigir su atención a lo local. Se preocupan por cómo les van las cosas en relación con sus vecinos, no en relación con un gestor de fondos de alto riesgo al que seguramente nunca conocerán. Varias encuestas han revelado que la mayoría de los estadounidenses subestiman enormemente la importancia actual de la desigualdad, y si se les pide que elijan una distribución *ideal* de la renta nacional, se decantan por una que, en el mundo real, solo existe en las socialdemocracias escandinavas.[39]*

Pero la desigualdad tiene implicaciones muy reales que van más allá de la simple frustración por no poder ser iguales que el vecino. Sobre todo está el hecho de que el éxito abrumador de quienes están en el extremo superior parece estar correlacionado con las perspectivas decrecientes de casi todos

---

*Esto es cierto sin importar el partido político. En un estudio realizado por Dan Ariely, de la Universidad de Duke, más del 90% de los republicanos y el 93% de los demócratas prefieren una distribución de la renta similar a la de Suecia en contraste con la de Estados Unidos.

los demás. El viejo proverbio de que la marea creciente levanta todos los barcos, carece de sentido para quien no ha tenido un aumento de sueldo importante desde la administración Nixon.

También existe el riesgo evidente de que la élite financiera se haga con el control político. En Estados Unidos, más que en cualquier otra democracia avanzada, la política está guiada casi en su totalidad por el dinero. Las personas más pudientes y las organizaciones que controlan, dirigen las políticas del gobierno a través de grupos de presión o aportaciones económicas con unos resultados que en muchas ocasiones son contrarios a lo que quiere la población. Quienes están en la cima de la distribución de la renta están cada vez más alejados del resto de la sociedad, y viven en una especie de burbuja que los aísla de casi todas las realidades a las que se enfrenta el estadounidense promedio, y existe un riesgo muy real de que no estén dispuestos a apoyar inversiones en las infraestructuras y los bienes públicos de los que depende el resto de la población.

Las exorbitantes fortunas de los más ricos pueden acabar amenazando la democracia. Con todo, el problema más acuciante para la mayoría de las personas de clase media y clase trabajadora es que las oportunidades del mercado laboral son cada vez peores.

Salarios decrecientes y desempleo para los recién titulados

Prácticamente todo el mundo da por sentado que tener una carrera universitaria es la clave para entrar a formar parte de la clase media. En 2012, el sueldo por hora de un titulado universitario era un 80% mayor que el de alguien que solo hubiera cursado secundaria.[40] Estas primas salariales para los titulados son un reflejo de lo que los economistas llaman

Cambio Tecnológico que Favorece la Capacitación (CTFC).*
La idea que hay detrás del CTFC es que la tecnología de la
información ha automatizado o ha reducido la necesidad de
capacitación de gran parte del trabajo que realizan los empleados menos calificados, y al mismo tiempo ha aumentado
el valor relativo de las tareas intelectualmente más complejas
que suelen realizar los titulados universitarios.

Los títulos universitarios y profesionales todavía conllevan mejores salarios, pero desde principios de este siglo las
perspectivas no son tan halagüeñas para los recién graduados
que no han cursado estudios de posgrado. Según un estudio,
los salarios de los licenciados jóvenes se han reducido en un
15% entre 2000 y 2010, y esta caída ya se inició mucho antes
de la crisis financiera de 2008.

Además, muchos recién titulados están subempleados.
No es fácil para ellos encontrar un trabajo que aproveche sus
conocimientos y constituya el primer paso de una carrera
profesional que les permita acceder a la clase media.

En términos generales, los titulados universitarios obtienen unos ingresos más elevados que los trabajadores que solo
han cursado secundaria, pero esto se debe en gran medida a
que las perspectivas de los trabajadores menos educados son
cada vez más sombrías. En julio de 2013, poco menos de la
mitad de los trabajadores estadounidenses de 20 a 24 años de
edad que no estudiaban, no tenían trabajo de jornada com-

---

* El cambio tecnológico que favorece determinadas competencias laborales y las primas salariales de los titulados ofrecen una explicación parcial sobre
la creciente desigualdad salarial. Sin embargo, casi una tercera parte de la población adulta de Estados Unidos tiene una carrera universitaria, por lo que si
este fuera el único motivo habría una desigualdad menos acentuada de la que
actualmente existe. La verdadera desigualdad se da por la diferencia tan pronunciada con los más poderosos. Las exageradas fortunas pertenecientes al 1%
de la sociedad no pueden ser atribuidas a una mejor educación o una mayor
capacitación.

pleta. Y solo el 15% de los trabajadores de 16 a 19 años de edad que no estudiaban tenían uno.[41] Invertir en educación universitaria pensando que resolverá el futuro laboral ya es cosa del pasado, pero casi siempre es mucho mejor que la otra alternativa.

A partir de julio de 2013 menos de la mitad de los trabajadores estadounidenses de entre 20 y 24 años que no estuvieran inscritos en la universidad no tenían trabajo de tiempo completo. Solamente 15% de los trabajadores de entre 16 y 19 años que no fueran estudiantes tenían un trabajo de tiempo completo.[41] Invertir en educación universitaria pensando en que esto resolverá el futuro laboral ha quedado en el pasado; sin embargo, sigue dando algunas ventajas frente a aquellos que no la tienen.

La polarización y los trabajos de medio tiempo

Otro problema es que los trabajos que se crean durante las recuperaciones económicas suelen ser peores que los destruidos por las recesiones. En un estudio realizado en 2012, los economistas Nir Jaimovich y Henry E. Siu analizaron datos de recesiones recientes en Estados Unidos y descubrieron que los trabajos con más probabilidades de desaparecer del todo son los «buenos trabajos» típicos de la clase media, y que los trabajos que se tienden a crear durante las recuperaciones suelen concentrarse en sectores con salarios bajos, como las ventas en el comercio minorista, la hotelería o la preparación de alimentos, y en menor medida en profesiones muy calificadas que exigen años de educación.[42] Esta situación se ha dado especialmente durante la recuperación iniciada en 2009.[43]

Muchos de estos empleos nuevos con salarios bajos también son de medio tiempo. Entre el inicio de la Gran Recesión en diciembre de 2007 y agosto de 2013, desaparecieron cerca de 5 millones de puestos de trabajo de tiempo completo, pero el número de trabajos de medio tiempo aumentó en cerca de 3 millones.[44] Con todo, este aumento de los trabajos de medio tiempo se ha dado por completo entre trabajadores que han visto recortado su horario laboral, o que deseaban un trabajo de tiempo completo pero no lo han podido conseguir.

La tendencia de la economía a eliminar trabajos de mediana calificación propios de la clase media y reemplazarlos con una combinación de trabajos del sector servicios con sueldos bajos, y trabajos para profesionales muy calificados que no suelen estar al alcance de la mayoría de los trabajadores, ha recibido el nombre de *polarización del mercado laboral.* Esta polarización ha dado lugar a un mercado de trabajo en forma de reloj de arena: los trabajadores que no pueden conseguir alguno de los puestos de trabajo deseables de la parte superior del reloj, terminan en la parte inferior.

Esta polarización ha sido estudiada a fondo por el economista del MIT David Autor. En un artículo publicado en 2010, Autor identificaba cuatro categorías ocupacionales de gama media que se han visto especialmente afectadas por la polarización: ventas, oficina/administración, producción/oficios/reparación y operarios/obreros/peones. Entre 1979 y 2009, el porcentaje de trabajadores estadounidenses empleados en estas cuatro áreas bajó del 57.3% al 45.7%, con un notable aumento de la destrucción de puestos de trabajo entre 2007 y 2009.[45] El mismo artículo también deja claro que esta polarización no se limita a Estados Unidos; también se presenta en casi todas las economías desarrolladas; en 16 países de la Unión Europea ha descendido significativamente el porcentaje de trabajadores en puestos de tipo medio entre 1993 y 2006.[46]

Autor concluye que las principales fuerzas que impulsan la polarización del mercado laboral son «la automatización del trabajo rutinario y, en menor medida, la integración internacional de mercados laborales mediante el comercio y, más recientemente, a través de la deslocalización».[47] En su artículo más reciente, en el que demuestran la relación entre la polarización y las recuperaciones económicas que no crean empleo, Jaimovich y Siu señalan que el 92% de los puestos de trabajo perdidos en ocupaciones de tipo medio se pierden antes de transcurrido un año desde que inicia una recesión.[48] En otras palabras, la polarización no es necesariamente algo que sucede de acuerdo con algún plan, ni se desarrolla de una manera gradual y continua. Más bien es un proceso orgánico que está profundamente entretejido con el ciclo comercial; durante una recesión, los trabajos rutinarios se eliminan por razones económicas, pero las organizaciones descubren entonces que, una vez iniciada la recuperación, el avance de la tecnología de la información les permite realizar su actividad sin necesidad de volver a contratar trabajadores. Chrystia Freeland, de Reuters, lo expresa de manera muy elocuente cuando asegura que «a la rana de la clase media no se le hierve poco a poco, sino que periódicamente se le cuece a fuego alto».[49]

Una narración tecnológica

Es muy fácil crear una narración hipotética donde el avance tecnológico —y la resultante automatización del trabajo rutinario— es el único causante de estas siete tendencias fatales de la economía. La *edad de oro* de 1947 a 1973 se caracterizó por un importante progreso tecnológico y un gran aumento de la productividad. Como esto era antes de la tecnología de la información, la innovación se dio especialmente en las áreas como la mecánica, la química y la ingeniería aeroespacial. Pensemos, por ejemplo, en la evolución de los aviones al pasar de los motores de combustión interna a los motores de reacción, que son más confiables y que ofrecen más rendimiento. Este periodo ejemplifica lo que dicen tantos libros de texto de economía: la innovación y el crecimiento de la productividad hicieron que los trabajadores fueran más valorados y pudieran exigir mejores salarios.

En los años setenta, la economía sufrió el impacto de la crisis del petróleo y entró en un periodo sin precedentes de altos índices de desempleo combinados con una inflación muy alta. La productividad cayó de una manera espectacular, el ritmo de la innovación se estancó y el progreso tecnológico se hizo más difícil. Los aviones a reacción cambiaron muy poco, y aunque en ese periodo se fundaron empresas como Apple y Microsoft, el pleno impacto de la tecnología de la información aún estaba muy lejos.

Durante los años ochenta la innovación aumentó, pero se centró más en el sector de la tecnología de la información. Esta clase de innovación repercutió en los trabajadores de una manera diferente: el valor de los que tenían la calificación necesaria aumentó con la incorporación de la computadora, igual que las innovaciones tecnológicas de la posguerra aumentaron el valor de casi todos los trabajadores. Pero para muchos otros trabajadores el efecto de las computadoras fue menos positivo. Ciertas clases de trabajos empezaron a desaparecer o a exigir menor calificación, restando valor a los trabajadores que los desempeñaban hasta que pudieran reciclarse y aprender a usar la nueva tecnología. A medida que la importancia de la tecnología de la información iba en aumento, el peso de los trabajadores en los resultados de las empresas empezó a menguar. Los aviones a reacción, que prácticamente no habían cambiado, empezaron a incluir computadoras en la instrumentación y los mecanismos de control.

En los años noventa, la innovación en el campo de la tecnología de la información se aceleró aún más, e internet despegó en la segunda mitad de la década. Las tendencias iniciadas en los años ochenta continuaron, pero aquel decenio también fue testigo de la burbuja tecnológica y de la creación de millones de nuevos puestos de trabajo, sobre todo en el sector de la informática. Se trataba de empleos bien remunerados dedicados a administrar las computadoras y las redes informáticas que estaban desempeñando un papel fundamental en toda clase de empresas. Como resultado, los salarios aumentaron en este periodo, pero con un crecimiento muy inferior al de la productividad. La innovación se centró aún más en la tecnología de la información. A la recesión de 1990-1991 le siguió una recuperación sin creación de empleo, mientras que los trabajadores, muchos de los cuales habían perdido empleos de tipo medio, se esforzaban por encontrar otros puestos de trabajo. El mercado laboral se fue polarizando poco a poco. Mientras, los aviones a reacción tenían casi el mismo diseño que en los años setenta, pero ahora contaban con sistemas de vuelo automático que accionaban los controles en respuesta a la información proporcionada por los pilotos y, en general, los vuelos se fueron automatizando cada vez más.

A partir del año 2000, la tecnología de la información continuó su aceleración, y la productividad aumentó cuando las empresas empezaron a aprovechar plenamente todas las innovaciones. Muchos de los puestos de trabajo de calidad que se crearon en los años noventa fueron desapareciendo a medida que las empresas automatizaban o deslocalizaban muchos trabajos o externalizaban sus departamentos de informática a servicios informáticos centralizados en *la nube*. En todos los sectores de la economía, las computadoras y las máquinas reemplazaban a más y más trabajadores en lugar de darles más valor, y los aumentos salariales siguieron estando muy por debajo del aumento de la productividad. El porcentaje de la renta nacional correspondiente a los trabajadores se redujo drásticamente. El mercado laboral continuó polarizándose y las recuperaciones sin creación de empleo se convirtieron en la norma. Aunque los reactores seguían básicamente igual que en los años setenta, el uso de la computadora en el diseño y en las simulaciones dio lugar a muchas mejoras en áreas como el ahorro de combustible. La tecnología de la información incorporada a los aviones se hizo aún más compleja y la automatización total de los vuelos permitía que los aviones despegaran, volaran a su destino y aterrizaran sin intervención humana.

Habrá quien piense que esta narración es demasiado simplista, o quizá totalmente equivocada. Después de todo, ¿no había sido la globalización, o quizá la Reaganomía, lo que causó la problemática que vivimos hoy? Como ya he dicho, esta narración es hipotética y sirve para argumentar la importancia de la tecnología en estas siete tendencias económicas. Cada una de estas tendencias ha sido estudiada por equipos de economistas y otros expertos que han intentado descubrir las causas subyacentes, y la tecnología casi siempre se ha considerado uno de los factores principales, si no el principal. Con todo, el argumento de que la tecnología de la información es una fuerza económica disruptiva no adquiere todo su peso hasta que se consideran las siete tendencias en su conjunto.

Además de la tecnología de la información, hay otras tres causas posibles que probablemente contribuyeron a generar todas, o casi todas, las siete tendencias económicas: la globalización, el crecimiento del sector financiero y la política (donde incluyo factores como la desregulación o el declive de los sindicatos).

Globalización

Es indiscutible que la globalización ha tenido un impacto enorme en ciertas industrias y regiones, como en el caso del cinturón industrial estadounidense o *rustbelt*. Pero la globalización, y en especial la relación comercial con China, no pueden ser responsables, por sí solas, de las cuatro décadas de estancamiento de los salarios de la mayoría de los trabajadores estadounidenses.

En primer lugar el comercio global golpea directamente al sector mercantil, en otras palabras, a la industria que produce bienes y servicios que pueden ser transportados a otras localidades. La gran mayoría de los empleados estadounidenses trabajan actualmente en áreas del gobierno, la educación, el sistema de salud, la seguridad social, servicios alimentarios, y la venta al menudeo. La gran mayoría no está compitiendo directamente con trabajadores del otro lado del mundo, por lo que la globalización no está bajando sus salarios.

En segundo lugar, aunque puede parecer que prácticamente todo lo que se vende en grandes cadenas como Walmart está hecho en China, casi todo el gasto de consumo de los estadounidenses se queda en Estados Unidos. Un estudio realizado en 2011 por los economistas del Banco de la Reserva Federal de San Francisco, Galina Hale y Bart Hobijn, reveló que el 82% de los bienes y servicios que compran los estadounidenses se producen íntegramente en Estados Unidos, y que esto se debe principalmente a que gastamos la mayor parte de nuestro dinero en servicios no comercializables. El valor total de las importaciones de China equivale a menos del 3% del gasto de consumo en Estados Unidos.[50]

Como revela la figura 2.8, es indiscutible que el porcentaje de trabajadores estadounidenses empleados en el sector fabril ha caído drásticamente desde principios de los años

cincuenta. Esta tendencia empezó décadas antes de que el
Tratado de Libre Comercio de América del Norte entrara en
vigor en los años noventa, y de que se produjera el *boom* de
la economía china en la década de 2000. De hecho, la caída
parece haber acabado al final de la Gran Recesión, ya que el
empleo fabril ha crecido más que el mercado laboral en su
conjunto.

Una fuerza de mayor impacto ha sido muy consistente en
la eliminación de trabajos en el sector manufacturero. Esa
fuerza es el avance tecnológico. Aun cuando el número de
trabajadores ha ido decreciendo como un porcentaje del empleo total, el valor de los bienes manufacturados en los Estados Unidos, ajustado por la inflación, ha aumentado drásticamente con el tiempo. Estamos haciendo más cosas pero al
hacerlas utilizamos cada vez menos trabajadores.

Figura 2.8. Porcentaje de trabajadores estadounidenses en el sector industrial..

FUENTE: Oficina de Estadística Laboral de Estados Unidos y Banco de la Reserva
Federal de San Luis (FRED).[51]

Financiamiento

En 1950, el sector financiero representaba el 2.8% de la economía estadounidense. En 2011, aquel porcentaje se había triplicado hasta el 8.7% del PIB. En las tres últimas décadas, las compensaciones de los trabajadores del sector financiero también se han disparado y hoy son un 70% mayores que la media de otras industrias.[52] Los activos de los bancos han pasado del 55% del PIB en 1980, al 95% en 2000, mientras que los beneficios generados en el sector financiero han aumentado más del doble y han pasado del 13% de todos los beneficios empresariales entre 1978 y 1997, al 30% entre 1998 y 2007.[53] Se mida como se mida, el peso del sector financiero en la actividad económica de Estados Unidos ha crecido de una manera espectacular y, aunque quizá no tanto, ha ocurrido lo mismo en casi todos los países industrializados.

La principal acusación dirigida contra el financiamiento de la economía es que gran parte de esta actividad se orienta a la obtención de renta. En otras palabras, el sector financiero no genera valor real ni añade nada al bienestar de la sociedad: solo inventa maneras de generar beneficios y apropiarse de la riqueza de otros ámbitos de la economía. Quizá la mejor descripción de este fenómeno sea la del periodista Matt Taibbi, que en un artículo publicado en 2009 en la revista *Rolling Stone* tachó al grupo Goldman Sachs de «vampiro que hace presa de la humanidad y la desangra succionando cualquier recurso que huela a dinero».[54]

Los economistas que han estudiado el financiamiento se han dado cuenta de que el crecimiento del sector financiero está íntimamente relacionado con el aumento de la desigualdad y con la disminución del peso del trabajo en la renta nacional.[55] Puesto que el sector financiero impone una especie de tributo al resto de la economía y los beneficios que obtiene van a parar a quienes se encuentran en la cima de la distribución de la renta, es razonable concluir que ha influido en muchas de las tendencias que hemos examinado. Con todo, parece difícil culpar al financiamiento de ser el principal causante de la eliminación de trabajos rutinarios o de la polarización.

También es importante entender que el crecimiento del sector financiero ha dependido en gran medida de los avances en la tecnología de la información. Prácticamente ninguna de las innovaciones financieras de los últimos decenios —como las obligaciones garantizadas por deuda o los derivados financieros exóticos— habría sido posible sin el acceso a computadoras muy potentes. Del mismo modo, los algoritmos para la automatización de transacciones son responsables de casi dos terceras partes de la actividad bursátil y los grupos de inversión de Wall Street han creado enormes centros de informática muy próximos a las bolsas con el fin de obtener ventajas comerciales en fracciones de segundo. Entre 2005 y 2012, el tiempo medio necesario para realizar una operación bursátil bajó de 10 segundos a solo 0,0008 segundos,[56] y la robótica y las transacciones de alta velocidad tuvieron mucho que ver en el hundimiento momentáneo o *flash crash* de la Bolsa en mayo de 2010, cuando el índice Dow Jones, en solo unos minutos, se desplomó cerca de 1 000 puntos y se recuperaró después.

Desde esta perspectiva, el financiamiento, más que ser otra explicación para las siete tendencias económicas, es, al menos en cierta medida, una ramificación de los avances de la tecnología de la información. En esto hay una importante lección para el futuro: mientras el progreso implacable de la tecnología de la información continúe podemos estar seguros de que, si no hay regulaciones que lo impidan, los innovadores financieros hallarán maneras de aprovechar estos avances;

y, como nos dice la historia, no siempre lo harán en beneficio del conjunto de la sociedad.

Política

En los años cincuenta, más de una tercera parte de los trabajadores del sector privado estadounidense estaban sindicalizados. En 2010, aquella proporción había caído hasta el 7%.[57] En su momento más álgido, los sindicatos daban un gran apoyo a la clase media. El hecho de que los trabajadores pudieran quedarse con la mejor parte del crecimiento productivo durante los años cincuenta y sesenta puede atribuirse, al menos en parte, al poder de negociación de los sindicatos durante ese periodo. Pero la situación actual es muy diferente, y la principal lucha de los sindicatos se centra, simplemente, en mantener sus niveles de afiliación.

La rápida pérdida de poder de los sindicatos es una de las consecuencias más visibles de la derechización de la economía estadounidense en las tres últimas décadas. En el libro *Winner Take All Politics*, los politólogos Jacob S. Hacker y Paul Pierson argumentan de una manera muy convincente que la política estadounidense ha sido la principal causa de la desigualdad en Estados Unidos. El panorama político estadounidense empezó a cambiar en 1978 con un asalto continuo y organizado de grupos conservadores con intereses comerciales. En las décadas siguientes se desregularon las industrias, los impuestos para los más ricos y para las empresas bajaron hasta unos niveles históricos, y los lugares de trabajo se volvieron más y más inhóspitos para los sindicatos. Esto no se debió a políticas electorales, sino a las presiones continuas de los grupos con intereses comerciales. Mientras el poder de los sindicatos se reducía, la presencia de *lobbies* en Washington se disparaba y la batalla política que se libraba en la capital era cada vez más asimétrica.

Aunque parece que la situación política estadounidense es básicamente perjudicial para la clase media, el impacto de los avances tecnológicos se da en un amplio abanico de países desarrollados y subdesarrollados. La desigualdad crece en casi todos los países industrializados, y la proporción de la renta nacional correspondiente al trabajo va a la baja. La polarización del mercado laboral se ha observado en la mayoría de los países europeos. Y en Canadá —donde los sindicatos siguen teniendo mucha fuerza— la desigualdad va en aumento, la renta media de las familias ha caído en términos reales desde 1980, y la afiliación a sindicatos en el sector privado se ha reducido a medida que los trabajos fabriles han ido desapareciendo.[58]

En cierto modo, la cuestión que se plantea aquí es de categorización: si un país no implementa políticas diseñadas para mitigar el impacto de los cambios estructurales causados por el avance tecnológico, ¿este problema se debe a la tecnología o a la política? Sea cual sea la respuesta, hay pocas dudas de que Estados Unidos ha sido un caso único por las decisiones políticas que ha tomado: en lugar, simplemente, de no aplicar políticas que podrían haber frenado las fuerzas que han llevado al país a mayores niveles de desigualdad, en muchas ocasiones ha tomado decisiones que aún han dado más impulso a esas fuerzas.

Mirando al futuro

El debate sobre las causas de la elevada desigualdad y de las décadas de estancamiento salarial en Estados Unidos seguramente seguirá como hasta ahora, y puesto que trata de temas que se prestan a una gran polarización —los sindicatos, los impuestos para los ricos, la libertad de comercio, el papel que debe desempeñar el gobierno— es indudable que será un diálogo teñido por la ideología. Creo que las pruebas que he presentado hasta ahora demuestran que la tecnología de la información ha desempeñado un papel importante, aunque no necesariamente predominante, en las últimas décadas. Más allá de eso, dejaré que los historiadores económicos investiguen en sus datos para que, algún día, nos revelen cuáles han sido las fuerzas que nos han llevado hasta donde estamos. La verdadera cuestión, y el principal tema de este libro, es qué será lo más importante en el futuro. Muchas de las fuerzas que han tenido un gran impacto en la economía y en el clima político del último medio siglo, ya no tendrán mucho que decir. Fuera del sector público, los sindicatos ya no cuentan; la mujer participa en todos los ámbitos laborales y educativos; y la deslocalización de la producción se ha reducido y, en algunos casos, las fábricas han vuelto a Estados Unidos.

Entre las fuerzas que conformarán el futuro, la tecnología de la información destaca por su avance exponencial. Los cambios provocados por la tecnología son cada vez más evidentes, incluso en países con un clima político mucho más sensible al bienestar de los trabajadores. A medida que avance la frontera tecnológica, muchos trabajos que hoy consideramos *protegidos* de la automatización porque no son rutinarios, acabarán siendo tan rutinarios como predecibles. La brecha creada por la polarización en el mercado laboral se irá ensanchando: por un lado, la robótica y el autoservicio automatizado eliminarán puestos de trabajo muy poco calificados; por otro, los algoritmos cada vez más inteligentes amenazarán los puestos de trabajo más calificados. De hecho, en un estudio publicado en 2013, Carl Benedickt Frey y Michael A. Osborne, de la Universidad de Oxford, concluyeron que casi el 50% de todos los puestos de trabajo en Estados Unidos pueden ser afectado por la automatización en las siguientes 2 décadas.[59]

Aunque es prácticamente seguro que la aceleración de la tecnología de la información tendrá un impacto inmenso en el mercado laboral y la economía del futuro, seguirá estando profundamente entrelazada con otras fuerzas muy poderosas. La línea entre la tecnología y la globalización se irá desdibujando cuando los trabajos que exigen más capacitación se hagan vulnerables a la deslocalización electrónica. Si, como parece probable, el avance tecnológico hace que la desigualdad en Estados Unidos y en otros países industrializados aún sea mayor, la influencia política de la élite financiera no dejará de aumentar. Esto puede dificultar aún más la aplicación de políticas que puedan contrarrestar el cambio estructural que se dé en la economía y mejorar las perspectivas de quienes se hallen en los niveles medios e inferiores de la distribución de la renta.

En mi libro de 2009 *Las luces al final del túnel* decía que, «mientras que los tecnólogos piensan y escriben sobre las máquinas inteligentes, la idea de que la tecnología pueda sustituir algún día a gran parte de la fuerza laboral y provocar un desempleo estructural permanente, es casi inconcebible para la mayoría de los economistas». Con todo, cabe señalar que algunos economistas se están tomando la automatización más en serio. En 2011, Erik Brynjolfsson y Andrew McAfee, del Instituto Tecnológico de Massachusetts (MIT), publicaron el libro electrónico *La carrera contra las máquinas* y ayudaron a implantar estas ideas en el pensamiento económico dominante. Otros economistas, como Paul Krugman y Jeffrey Sachs, también han escrito sobre el posible impacto de las máquinas inteligentes.[60] Con todo, la idea de que la tecnología pueda transformar profundamente el mercado laboral y, en última instancia, exigir cambios fundamentales en nuestro sistema económico y en el contrato social, sigue estando prácticamente ausente del discurso público.

Efectivamente, entre los economistas y los financieros suele darse una tendencia casi refleja a no hacer caso de quien diga que esta vez quizá sea distinto. Es muy probable que esta actitud sea adecuada cuando se habla de los aspectos de la economía que dependen principalmente de la conducta humana y de la psicología del mercado. Es casi seguro que los aspectos psicológicos de la reciente burbuja inmobiliaria y de su estallido difirieron muy poco de los de otras crisis financieras de la historia, y muchas maquinaciones políticas de la primera República romana se podrían publicar sin problema en cualquier revista de política actual. Hay cosas que nunca cambian.

Sin embargo, podría ser un error aplicar el mismo razonamiento al impacto del avance tecnológico. Hasta que el primer avión logró tener la potencia suficiente para volar en Kitty Hawk, Carolina del Norte, era un hecho incontestable —apoyado por datos que se remontaban al principio de los tiempos— que los seres humanos amarrados a artefactos más pesados que el aire no podían volar. De la misma manera que aquella realidad cambió en un instante, se está dando un fenómeno similar en casi todos los campos tecnológicos. Este momento siempre es distinto cuando se trata de la tecnología: después de todo, esa es la esencia de la innovación. En última instancia, la respuesta a la cuestión de si las máquinas inteligentes eclipsarán algún día la capacidad de la gente normal para llevar a cabo gran parte del trabajo que exige la economía, surgirá de la tecnología que llegue en el futuro, no de los datos que ofrece la historia económica.

En el capítulo siguiente examinaremos la naturaleza de la tecnología de la información y de su implacable aceleración, las características que la distinguen, y las formas en que ya está transformando importantes esferas de la economía.

Notas

[1] Sobre el último discurso de Martin Luther King Jr. véase Ben A. Franklins, «El doctor King da a entender que cancelaría la movilización de marzo si se le ayuda», 1 de abril de 1968 en *The New York Times*. Véase también a Nan Robertson, «El presidente Johnson asiste como representante del gobierno estadounidense y de su administración durante el funeral del doctor Martin Luther King en la catedral de Washington a la que asistieron más de 4 000 personas», 6 de abril de 1968 en *The New York Times*.

[2] El texto completo de Martin Luther King «Permanecer despierto a través de una gran revolución» está disponible en: <http://www.mlk-kpp01.stanford.edu/index.php/kingprapers/article/remaining_awake:through_a_great_revolution/>.

[3] Sobre el texto de la Triple Revolución y la lista de firmas véase: <http://www.educationanddemocracy.org/FSCfiles/C_CC2a_TripleRevolution.htm>. Las imágenes originales del documento han sido escaneadas junto con la carta dirigida al presidente Johnson y se encuentran disponibles en: <http://osulibrary.oregonstate.edu/special/collections/coll/auling/peace/papers/1964p.7-04.html>.

[4] Pomfret, John D., «Renta garantizada para todos, empleados y desempleados», 22 de marzo de 1964, *The New York Times*; y Brian Steensland, *El obsoleto bienestar revolucionario: Estados Unidos lucha por garantizar una política de subsidio*, Princeton University Press, pp. 43-44.

[5] Wiener, Norbert, artículo sobre la automatización citado en Markoff John «Durante 1949 se imaginó una era de robots», 20 de mayo de 2013 en *The New York Times*.

[6] Carta dirigida a Robert Weide el 12 de enero de 1983 y que está citada en Wakefield Dan, *Cartas de Kurt Vonnegut*, Nueva York, Delacorte Press, 2012, p. 293.

[7] Del texto de Lyndon B. Johnson *Comentarios sobre la firma para el tratado de la creación de la Comisión Nacional de Tecnología, Automatización y Progreso Económico*, 19 de agosto de 1964, véase Peters Gehard, y T. Wolley Hohn, «El proyecto presidencial», <http://www.presidency.uscb.edu/ ws/?pid=26449>.

[8] El informe de la Comisión Nacional de Tecnología, Automatización y Progreso Económico se puede consultar en línea en: <http://www.catalog. hathitrust.org/Recird/009143593>, <http://catalog.hathtrust.org/Record/007424268>, y <http://www.rand.org/content/dam/rand/pubs/papers/2013/P3478.pdf>.

[9] Para información sobre los índices de desempleo en las décadas de 1950 y 1960 véase «Breve historia del desempleo en Estados Unidos», en la página web de *The Washington Post*, <http://washingtonpost.com/wp-srv/special/business/us-unemployment-rate-history/>.

[10] Para una descripción vívida del diseño y el funcionamiento de las primeras computadoras digitales y de los equipos que los construyeron, véase Dyson George, *Turning's Cathedral: The Origines of the Digital Universe*, Nueva York, ed. Vintage, 2012.

[11] Para consultar el listado de sueldos en el trabajo no supervisado o en la industria ver la tabla B-47 en el Informe Económico del Presidente de 2013, <http://www.whitehouse,gov/sites/default/files/docs/erp2013/full_2013_economic_report_of_the_president.pdf>. Como se menciona en la introducción, la tabla muestra que los sueldos más altos eran de 341 dólares a la semana en 1973 y de 295 en diciembre de 2012. El cálculo fue realizado a partir de la información sobre la percepción salarial en 1984 y fue ajustado al año 2013 utilizando la información que brinda el Departamento de Estadísticas Laborales.

[12] Para conocer los ingresos medios de una familia en comparación con el PIB, véase Tyler Cowen, *The Great Stagnation: How America Ate All the Low-Hanging Fruit of Modern History, Got Sick, and Will (Eventally) Feel Better*, Duton, Nueva York, 2005, p. 15 y Kenworthy Lane, «Crecimiento lento en los ingresos de la clase media en Estados Unidos», 3 de septiembre de 2008, <http://www.lanekemeworthy.net/2008/09/03/slow-income-growth-for-middle-america/>. He ajustado los indicadores para reflejar la realidad de 2013.

[13] Mishel, Lawrence, «Las diferencias entre el crecimiento productivo y el crecimiento medio en la compensación», Instituto de Política Económica, 26 de abril de 2012, <http://www.epi.org/publication/ib330-productivity-vs-compensation/>.

[14] John B. Taylor y Akila Weerapana, *Principles of Economics*, Mason (Ohio), Cengage Learning, 2012, p. 344 (trad. cast.: *Principios de economía*, 6.ª edición, México, D.F., Cengage Learning, 2012). En concreto, véase el diagrama de barras y el comentario correspondiente en el margen izquierdo. Taylor es un economista muy reputado a quien se conoce especialmente por la llamada «regla de Taylor», una pauta de política monetaria que emplean los bancos centrales (incluida la Reserva Federal) para fijar tipos de interés.

[15] Robert H. Frank y Ben S. Bernanke, *Principles of Economics*, 3.ª ed., Nueva York, McGraw Hill/Irwin, 2007, pp. 596-597 (trad. cast.: *Principios de economía*, Madrid, McGraw Hill Interamericana de España, 2007).

[16] Diferencia entre crecimiento productivo y crecimiento salarial, Departamento de Estadística Laboral de Estados Unidos, 24 de febrero de 2011, <http://www.bls.gov/opub/ted/2011/ted_20110224.htm>.

[17] John Maynard Keynes citado por David Hackett Fischer en T*he Great Wave: Price Revolutions and the Rhythm of History*, Oxford University Press, Nueva York, 1966, p. 294.

[18] Gráfica de la participación laboral en el PIB, los datos de la fuente son: Información de la Reserva Federal Económica, Banco de la Reserva Federal de San Luis; PIB del sector no agrícola de Estados Unidos: Participación Laboral, índice 2009=100, ajustado estacionalmente (PRS85006173); Departamen-

to Laboral de Estados Unidos; Departamento Laboral Estadístico; <https://
research.stlouisfed.org/fred2/series/PRS85006173>, acceso el 29 de abril de
2014. La escala vertical es un índice establecido en 100 durante el 2009. Los
porcentajes de la participación laboral mostradas en la gráfica (65% y 58%)
fueron añadidos para mostrar transparencia. Véase también a Margaret Jacob-
son y Filippo Occhino, «Detrás de la debacle de la Participación Laboral en el
PIB, Reserva Federal del Banco de Cleveland», 3 de febrero de 2012, <http://
www.clevelandfed.org/research/trends/2012/0212/01gropro.cfm>.

[19] Thurm, Scott, «Para las grandes empresas, la vida es maravillosa», 9 de
abril de 2012 en The Wall Street Journal, <http://online.wsj.com/article/SB10
001424052702303815404577331660464739018.html>.

[20] *Ibid.*

[21] Karabarbounis, Loukas, y Brent Neiman, *El declive global de la participación laboral*, Departamento Nacional de Investigación Económica, documento de trabajo n.º 19136, emitido en junio de 2013, <http://www.nber.org/
papers/w19136.pdf; véase también <http://faculty.chicagobooth.edu/loukas.
karabarbounis/reserch/labor_share.pdf>.

[22] Ganancias corporativas / gráfica del PIB. Fuentes: Información de la Reserva Federal Económica, Banco de la Reserva Federal de San Luis: Ganancias
corporativas después de los impuestos, miles de millones de dólares ajustados
estacionalmente en tasas anuales (PIB), <http://reserch.stlouisfed.org/fred2/
graph/?id=CP>, acceso el 29 de abril de 2014.

[23] Karabarbounis, Loukas, y Brent Neiman, *op.cit.*, p.1

[24] Karabarbounis, Loukas, y Brent Neiman, *op.cit.*

[25] Las gráficas muestran las tasas de participación de hombres y mujeres
y pueden verse en la página web de la Reserva Federal Económica, <http://re-
search.stlouis.org/fred2/series/LNS11300002>.

[26] Gráfica de la tasa de participación laboral. Fuentes: Estudios Económicos de la Reserva Federal, Banco de la Reserva Federal de San Luis: porcentaje
de la tasa de participación de la fuerza laboral civil, ajustada estacionalmente,
<http://research.stlouis.org/fred2/graph/?id=CIVPART>, acceso el 29 de abril
de 2014.

[27] La gráfica de la tasa de participación de la fuerza laboral de adultos
entre los 25 a los 54 años puede verse en: <http://research.stlouis.org/fred2/
graph/?g=16S>.

[28] Sobre el gran número de solicitudes por discapacidad véase Williem Van
Zandeghe, «Interpretaciones sobre el declive de la participación de las fuerzas
laborales», *Economic Review- First Quarter 2012*, del Banco de la Reserva Federal de la Ciudad de Kansas, p. 29, <http://research.stlouis.org/fred2/series/
PAYEMS/>, entrada el 10 de junio de 2014.

[29] TFuente de información: Reserva Federal de Información Económica
(FRED), Banco de la Reserva Federal de San Luis; todos los empleados; total
de empleados no agrícolas, miles de personas, ajuste estacional, Departamen-

to de Trabajo de Estados Unidos, Departamento de Estadísticas, <http://research.stlouisfed.org/fred2/series/PAYEMS/>, página consultada el 10 de juniode 2014.

[30] Sobre el número de empleos que se necesitan generar debido al crecimiento demográfico, véase Catherine Rampell, «¿Cuántos trabajos tendrían que ser creados mensualmente?», 6 de mayo del 2011 en el blog de Economía del *The New York Times*, <http://economix.blogs.nytimes.com/2011/05/06/how-many-jobs-should-we-be-adding-each-month/>.

[31] Tasci, Murat, «La nueva norma de reactivación económica se da sin necesidad de una recuperación laboral», Reserva Federal del Banco de Cleveland; 22 de marzo de 2010 en *Research Commentary*; <http://www.cleveland.org/research/commentary/2010/2010-1.cfm>.

[32] Centro de Presupuesto y Políticas Prioritarias, libro de gráficas: «El legado de la Gran Recesión», 6 de septiembre de 2013, <http://www.cbpp.org/research/economy/chart-book-the-legacy-of-the-great-recession?fa=view&id=3252>.

[33] Fuente: Reserva de Información Económica Federal, Banco de la Reserva Federal de San Luis: Total de empleados: total de trabajos no agrícolas, miles de personas, ajuste estacional; Departamento de Trabajo de Estados Unidos: Departamento de Trabajo y Estadística, <http://research.stlouisfed.org/fred2/series/PAYEMS/>, página consultada el 10 de junio de 2014.

[34] El experimento de Ghayad es descrito por Mathew O'Brien, «La terrorífica realidad del desempleo prolongado», 13 de abril de 2013 en The Atlantic,<http://www.theatlantic.com/business/archive/2013/04/the-terrifyingreality-of-long-term-unemployment/274957/>.

[35] En relación con el informe del Instituto Urban sobre el desempleo a largo plazo véase a Mathew O'Brien, «¿Quiénes son los desempleados de larga duración», 23 de agosto de 2013 en *The Atlantic*, <http://www.theatlantic.com/business/archive/2013/04/the-terrifing-reality-of.long-term-unemployment/274957/>.

[36] «The Gap Widens Again», *The Economist*, 10 de marzo de 2012, <http://www.economist.com/node/21549944>.

[37] Emmanuel Saez, «Striking It Richer: The Evolution of Top incomes in the United States», Universidad de California en Berkeley, 3 de septiembre de 2013, <http://elsa.berkeley.edu/~saez/saez-UStopincomes-2012.pdf>.

[38] Libro de la CIA sobre lo que está pasando en el mundo; Comparación nacional en la distribución salarial familiar medido en el índice de GINI, <http://www.cia.gov/library/publications/the.world-fact-book/rankorder/2172rank.html>, consultado el 29 de abril de 2014.

[39] Ariely, Dan, «A los norteamericanos les gustaría vivir en un país más equitativo, pero no se dan cuenta», 2 de agosto de 2012 en *The Atlantic*, <http://www.theatlantic.com/business/archive2012/08/americans-want.to-live-in-a-much.more-equal-country-they-just-dont-realice-it/260639/>.

[40] James, Jonathan, «La prima de los salarios de los universitarios», Reserva Federal del Banco de Cleveland, 8 de agosto de 2012 en Economic Commentary, <http://cleveland.fed.org/research/commentary/2012/2012-10.cfm>.

[41] Carew, Diana G., «No hay reactivación económica que integre a los jóvenes», blog del Instituto de Políticas Progresivas el 5 de agosto de 2013, <http://www.progressivepolicy.org/2013/08/no-recovery-for-youngpeople/>.

[42] Jaimovich, Nir *et al.*, «El ciclo que está de moda: polarización laboral y recuperaciones sin creación de empleos», Departamento Nacional de Estudios Económicos, investigación n.º 18334 publicado en agosto de 2012, <http://www.nber.org/papers/w18334>, y en <http://www.faculty.arts.ubc.ca/hsiu/research/polar20120331.pdf>.

[43] Como ejemplo de ello véase Casselman, Bem, «Aumento laboral con salarios bajos creados en las nubes», 3 de abril de 2013 en *The Wall Street Journal*; <http://online.wsj.com/article/SB1000142412788732463590457846436540306303038.html>.

[44] Esta información está tomada del informe mensual realizado por el Departamento de Estadística Laboral de Estados Unidos en diciembre de 2007, <http://www.bls.gov/news.release/archives/empresit_01042008.pdf>; en el Cuadro A-5 se muestra la actividad de 122 millones de empleos activos y alrededor de 24 millones de trabajos de media jornada. En el informe de agosto de 2013 se muestra en el cuadro A-8 que hay 117 trabajos de jornada completa y 27 millones de media jornada, <http://www.bls.gov/news.relase/archives/empsit_09062013.pdf>.

[45] Autor, David, «La polarización de las oportunidades de empleo en el mercado laboral de Estados Unidos y las consecuencias en los puestos y en los salarios», artículo coeditado por el Centro para el Progreso Americano y Proyecto Hamilton en abril de 2010, <http://economics.mit.edu/files/5554>.

[46] *Ibid.*, p. 4.

[47] *Ibid.*, p. 2.

[48] Jaimovich y Sui, «El ciclo que está de moda: Polarización laboral y recuperaciones sin creación de empleos», p. 2.

[49] Freeland, Chrystia, «El aumento de terribles y agradables empleos», 12 de abril de 2012 en Reuters, <http://reuters.com/article/2012/04/12/column-freeland-middleclass-idUSL2E8FCCZZ20120412>.

[50] Hale Galina *et al.*, «La cantidad de mercancía hecha en China que circula en Estados Unidos», Banco de la Reserva Federal de San Francisco, 8 de agosto de 2011 en *Escritos sobre economía*, <http://www.frbsf.org/economic-reserch/publications/economic-letter/2011/august/us-mae-in-china/>.

[51] Fuente de información: Reserva Federal de Información Económica, Banco de la Reserva Federal de San Luis: Empleados manufactureros, miles de personas ajustadas estacionalmente, divididos entre los empleados totales: Empleados no agrícolas, miles de personas ajustadas estacionalmente; Depar-

tamento de Empleo: Departamento de Estadística Laboral, <https://research.stlouisfed.org/fred/series/PAYMES/>, consultado el 10 de junio de 2014.

[52] Bartlett, Bruce, «La financiación es la causa del malestar económico», 11 de junio de 2013 en blog *Economix de The New York Times*, <http://economix.blogs.nytimes.com/2013/06/11/financialiation-as-a-cause-of-economicmalaise/>; Delog, Brad, «La financiación de la economía estadounidense», 18 de octubre de 2011 en blog, <http://delong.typepad.com/sdj/2011/10/the-financialization-of-the-american-economy.htlm>.

[53] Johnson, Simon *et al.*; *13 banqueros: la embestida de Wall Street y lapróxima caída financiera*; Pantheon; Nueva York, 2010, pp. 85-86.

[54] Taibbi, Matt, «La gran máquina de burbujas americana», 9 de julio de 2009, en la revista *Rolling Stone*, <http://www.rollingstone.com/politics/news/the-great-american-bubble-machine-20100405>.

[55] Hay una serie de publicaciones económicas que demuestran la relación entre financiación e inequidad. Para un estudio detallado véase James K. Galbraith: «Inequidad e insensibilidad: Un estudio económico mundial poco antes de la crisis económica», Nueva York, Oxford University Press, 2012. Sobre la relación que existe entre la financiación y el declive en la participación de la clase trabajadora véase el Informe Salarial Global de diciembre de 2012 por la Organización Internacional de los Trabajadores, <http://www.ilo.org/wcmsp5/groups/public-dgreports/-dcomm/-publ/documents/publication/wcms_194843.pdf>.

[56] Poppick, Susie, «Cuatro formas que tiene el mercado que pueden sorprenderte», 28 de enero de 2013, en CNN Money; <http://money.cnn.com/gallery/investing/2013/01/28/stock-market-crash.moneymag/index.html>.

[57] Yglesia, Matthew, «Los sindicatos del sector privado siempre han estado a la deriva», 20 de marzo de 2013, en *Slate*, blog de Moneybox, <http://www.slate.com/blogs/moneybox/2013/03/20private_sector_labor_unions_have_always_been_in_decline.html>.

[58] Para conocer más sobre el sindicalismo y el salario medio de los canadienses véase Corak, Miles, «Entender sobre política no es tan fácil: la economía de la decadente clase media», 7 de agosto de 2013, en el blog de economía para políticas públicas, <http://milescorak.com/2013/08/07/the-simple-economics-of-the-declining-middle-class-and-the-not-so-simple-politics/>, y «Sindicatos a la deriva en el sector privado», 2 de septiembre de 2012, CBC News Canada, <http://www.cbc.ca/news/canada/unions-on-decline-in-private-sector-.1150562>.

[59] Benedickt, Carl *et al.*, «El futuro del empleo: ¿cómo de susceptibles son los empleos a ser informatizados?; Programa de la Universidad de Oxford sobre el impacto tecnológico en el futuro», 17 de septiembre de 2013, <http://www.futuretech.ox.ac.uk/files/The Future of_Employment_OMS_Working_Paper_1pdf>.

[60] Krugman, Paul, «Robots y ladrones magnates», 9 de diciembre de 2013, en *The New York Times*; <http://www.nytimes.com/2012/12/10/opinion/krugman-robots-and-robber-barons.html?gwh=054BD73AB17F28CD31B3999AABFD7E86>; Sachs, Jennifer *et al.*, «Inteligencia artificial y miseria a largo plazo», Departamento Nacional de Investigación Económica, artículo 18629 publicado el 12 de diciembre de 2012, <http://www.nber.org./papers/w18629.pdf>.

Capítulo 3

Tecnología de la información:

una fuerza disruptiva sin precedentes

Imaginemos que abrimos una cuenta bancaria con un centavo de dólar y a partir del día siguiente duplicamos el saldo cada día. Al tercer día, la cuenta pasaría de tener 2 centavos a tener 4. Al quinto día, el total habría pasado de 8 a 16 centavos. Poco antes de un mes, el saldo ya sería de más de un millón de dólares. Si hubiéramos depositado ese centavo inicial en 1949, al mismo tiempo que Norbert Wiener escribía su ensayo sobre el futuro de la informática, y hubiéramos dejado que la Ley de Moore siguiera su curso —duplicando el saldo de la cuenta más o menos cada dos años—, en 2015 nuestra cuenta tecnológica tendría casi 86 millones de dólares y el saldo se seguiría duplicando a medida que pasara el tiempo. Las innovaciones en el campo de la informática también siguen este ritmo de progreso, y en los años y las décadas siguientes se superará con creces todo lo logrado en el pasado.

Aunque la Ley de Moore es la mejor para medir el aumento de potencia de las computadoras, el avance de la tecnología de la información se está produciendo en muchos frentes distintos. Por ejemplo, la capacidad de memoria de una computadora y la cantidad de información digital que se puede transmitir por una línea de fibra óptica han crecido de manera exponencial. Y esta aceleración no se limita al *hardware* informático: la potencia de algunos algoritmos de *software* ha llegado a niveles que ni la Ley de Moore podía predecir.

Aunque la aceleración exponencial nos da una idea muy buena del avance de la tecnología de la información durante periodos relativamente largos, la realidad a corto plazo es más compleja. En general, el progreso no es suave ni constante: a veces avanza de un salto y después hace una pausa para asimilar las nuevas capacidades y establecer las bases para el siguiente periodo de avance rápido. También hay bucles de retroalimentación e intrincadas interdependencias entre distintos campos de la tecnología. El progreso en un campo puede dar lugar a innovaciones en otro. A medida que la tecnología de la información avanza, sus tentáculos se adentran cada vez más en las organizaciones y en la economía en general, casi siempre transformando la manera de trabajar de las personas de una manera que fomenta el avance de la tecnología misma. Por ejemplo, la aparición de internet y del *software* de colaboración ha permitido la deslocalización del desarrollo de *software*; a su vez, esto ha dado lugar a un gran aumento del número de programadores, y la suma de todo este talento da lugar a más avances.

Aceleración contra estancamiento

Aunque las tecnologías de la información y la comunicación han avanzado en los últimos años de una manera exponencial, la innovación en otras áreas ha sido gradual. Cabe citar el diseño básico de los automóviles, las casas, los aviones, los electrodomésticos o las infraestructuras para la energía y el transporte, que no han cambiado de manera significativa desde mediados del siglo xx. La célebre frase: «Nos prometieron coches voladores y a cambio nos han dado 140 caracteres», pronunciada por Peter Thiel, cofundador de PayPal, refleja el sentir de una generación que esperaba un futuro mucho más emocionante.

Esta ausencia de un progreso general contrasta con el progreso que se vivió entre finales del siglo xix y mediados del siglo xx. En aquel periodo se generalizó el uso del agua corriente en las casas, de los automóviles, de los aviones, de la bombilla eléctrica, de los electrodomésticos, de la salubridad pública y de la red eléctrica y otros servicios públicos. Todo esto ofreció una calidad de vida mejor a la mayoría de la población de los países industrializados.

Algunos economistas han tomado nota de la lentitud de los avances en casi todas las esferas de la tecnología y la han relacionado con las tendencias económicas que hemos visto en el capítulo anterior, sobre todo con el estancamiento de los ingresos de la gran mayoría de los estadounidenses. Uno de los principios básicos de la economía actual es que este cambio tecnológico es esencial para que la economía crezca a largo plazo. Robert Solow, el economista que formuló esta teoría, recibió el Premio Nobel por su trabajo en 1987. Si la innovación es el principal motor de la prosperidad, quizá el estancamiento salarial se deba más al ritmo con el que se generan nuevos inventos y nuevas ideas que al impacto de la tecnología en las clases media y trabajadora. Quizá las computadoras no sean tan importantes y debamos fijarnos más en el ritmo del progreso en general.

Son varios los economistas que han mirado en esta dirección. Tyler Cowen, de la Universidad George Mason, publicó en 2011 un libro titulado *The Great Stagnation* [*El gran estancamiento*], donde proponía que la economía estadounidense ya había llegado a un estancamiento temporal tras haber consumido todos los frutos que estaban al alcance de la mano, como la innovación accesible, las tierras gratuitas y el talento humano infrautilizado. Robert J. Gordon, de la Universidad de Northwestern, es aún más pesimista, y en un artículo publicado en 2012 asegura que el crecimiento económico de

Estados Unidos está obstaculizado por la lentitud de la innovación y una serie de *vientos en contra*, entre los que se cuentan un endeudamiento sin precedentes, el envejecimiento de
la población económicamente activa y los déficits en el sector
educativo.[1]

Para poder comprender cuáles fueron las causas que influyeron en el ritmo de la innovación, debemos considerar el
proceso histórico por el que atraviesan todas las innovaciones
tecnológicas. Un ejemplo que sirve para ilustrar esta dinámica es la historia de la aviación. El primer vuelo controlado e
impulsado por un motor ocurrió en diciembre de 1903, y
duró aproximadamente 13 segundos; el progreso se aceleró a
partir de ese humilde comienzo, pero aquel nivel tan primitivo de la tecnología significaba que pasarían años antes de
que un avión fuera práctico. En 1905, Wilburn Wright se
mantuvo en el aire casi 40 minutos y recorrió una distancia
de unos 40 kilómetros. Sin embargo, unos años después las
cosas empezaron a ir mejor. La tecnología aeronáutica avanzó
siguiendo una curva exponencial y con un ritmo espectacular.
En la Primera Guerra Mundial, los aviones se enzarzaban en
veloces batallas aéreas. El progreso siguió acelerándose dos
décadas más, y aparecieron aviones de combate de gran velocidad como el Spitfire, el Zero o el P-51. Sin embargo, en la
Segunda Guerra Mundial el progreso se redujo de una manera significativa cuando los aviones de hélice llegaron a su
potencial técnico definitivo y solo cabía hacer cambios de
poca envergadura.

Esta trayectoria exponencial, que tiene forma de *S*, se estanca cuando llega a su punto de madurez, y explica bien la
historia de cualquier clase de tecnología. Al acercarse el fin de
la Segunda Guerra Mundial entró en escena una tecnología
nueva: el motor a reacción, que superaba a cualquier motor de
hélice y que seguía su propia curva en *S* (véase la figura 3.1).

Si queremos acelerar de una manera drástica el ritmo de la innovación en el diseño de aeronaves, debemos hallar otra curva en S que represente una tecnología de mayor rendimiento y económicamente viable.* El problema, claro está, es que por ahora no la hemos hallado. Puesto que no podemos descubrirla por el simple hecho de quererlo, deberemos esperar a que la tecnología madure, siempre y cuando esa curva exista.

La cuestión esencial es que, si bien muchos factores (como los niveles de inversión en investigación y desarrollo o la presencia de un entorno regulador favorable) pueden tener un impacto en la posición relativa de una tecnología con curva en S, el factor más importante es el conjunto de leyes físicas que rigen la esfera de la tecnología en cuestión. La industria aeronáutica aún no tiene la tecnología necesaria para construir un prototipo que supere al modelo actual, y esto se debe a las leyes de la física y a las limitaciones que imponen en nuestro conocimiento técnico y científico. Si esperamos contar con otro ciclo de innovación rápida en una amplia gama de áreas tecnológicas —algo parecido a lo que sucedió entre 1870 y 1960— vamos a tener que encontrar curvas en S para cada una de esas áreas, lo que supone un reto gigantesco.

Hay un motivo importante para ser optimistas: el impacto positivo que la aceleración de la tecnología de la información tendrá en la investigación y el desarrollo en otros campos; por ejemplo, la secuenciación del genoma humano habría sido imposible sin una gran potencia de procesamiento. La simulación y el diseño asistidos por computadora han ampliado en gran medida el potencial para la experimenta-

---

* El Concorde supersónico, por ejemplo, ofreció una nueva curva en S en términos de rendimiento, pero no fue una opción tecnológica viable económicamente y nunca pudo captar más que a una porción muy pequeña del mercado de la aviación comercial. El Concorde estuvo en servicio de 1976 a 2003.

Figura 3.1. Las curvas *S* en la tecnología aeronáutica.

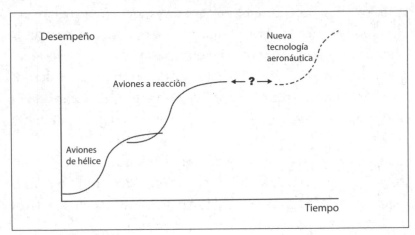

ción de nuevas ideas en una gran variedad de áreas de investigación.

Un ejemplo del éxito de la tecnología de la información que ha tenido un gran impacto en todos nosotros ha sido el avance informático en las prospecciones de petróleo y de gas. A medida que ha disminuido la oferta mundial de yacimientos accesibles de gas y petróleo, nuevas técnicas, como las imágenes subterráneas en tres dimensiones, se han convertido en herramientas indispensables para la localización de nuevas reservas. La empresa petrolera nacional de Arabia Saudita, Aramco, tiene un centro informático gigantesco donde unas potentes supercomputadoras se encargan de mantener el flujo de petróleo. Muchas personas se sorprenderían al saber que una de las consecuencias más importantes de la Ley de Moore es que las plantas energéticas a nivel mundial han afrontado con éxito el ritmo creciente de la demanda.

Con la aparición de los microprocesadores, las posibilidades de hacer cálculos y manipular datos han aumentado. Antes había pocas computadoras, y eran enormes, caras y lentas, pero las que tenemos ahora son pequeñas, baratas, potentes y están en todas partes. Si pudiéramos multiplicar el aumento de la capacidad informática de una sola computadora desde 1960 por la cantidad de microprocesadores nuevos que han aparecido desde entonces, el resultado sería prácticamente incalculable. Parece imposible imaginar que este aumento espectacular de nuestra capacidad informática no tuviera tarde o temprano profundas consecuencias en una infinidad de campos técnicos y científicos. Sin embargo, el principal determinante de la posición en las curvas en S tecnológicas que deberemos alcanzar para lograr una innovación verdaderamente significativa, son todavía las leyes imperantes en la naturaleza. La capacidad informática no puede cambiar esa realidad, pero puede ayudar a los investigadores a llenar algunos huecos.

Los economistas que creen que hemos llegado a un estancamiento tecnológico suelen tener una gran fe en la relación entre el ritmo de la innovación y la materialización de una prosperidad para todos, pensando que si podemos poner en marcha un progreso tecnológico general, los ingresos medios, una vez más, aumentarían en términos reales. Aunque me gustaría pensar que esto será así, en el mundo real hay pruebas suficientes que indican que no va a suceder. Para poder entender por qué, veamos qué hace que la tecnología de la información sea especial y cómo se interrelacionará con innovaciones en otras áreas.

¿Por qué la tecnología de la información es diferente?

La asombrosa aceleración del *hardware* informático en las últimas décadas indica que, de alguna manera, nos las hemos arreglado para permanecer en la parte más pendiente de la curva en *S* durante mucho más tiempo del que ha sido posible en otras esferas de la tecnología. Lo cierto es que la Ley de Moore ha supuesto que se haya ascendido con éxito por una cascada de curvas en *S* que representan cada una de las tecnologías para la fabricación de semiconductores. Por ejemplo, el proceso litográfico usado para diseñar circuitos integrados se basó en las técnicas de imagen óptica. Cuando el tamaño de los semiconductores se redujo hasta el punto de que la longitud de onda de la luz visible era demasiado larga para permitir más avances, la industria de los semiconductores pasó a la litografía de rayos X.[2] La figura 3.2 ilustra esta cascada de curvas en *S*.

Una de las características de la tecnología de la información ha sido la relativa accesibilidad de las sucesivas curvas en *S*. La clave del aceleramiento sostenido no se debe tanto a que los frutos estén al alcance de la mano, como a que se puede trepar al árbol. Pero trepar a ese árbol ha sido un proceso muy complejo, impulsado por una fuerte competitividad que ha exigido grandes inversiones. También es el resultado de mucha cooperación y planificación. Para ayudar a coordinar todos estos esfuerzos, la industria ha publicado un documento llamado Mapa de Ruta Internacional para la Tecnología de Semiconductores (MRTIS) donde se ofrece una detallada previsión para 15 años del despliegue de la Ley de Moore.

Tal como están hoy las cosas, el *hardware* informático llegará a tener muy pronto la misma clase de retos que caracterizan a otras ramas de la tecnología. En otras palabras, llegar a la siguiente curva en *S* exigirá un salto enorme que quizá no se pueda dar. La trayectoria histórica que ha seguido la Ley de Moore ha sido reducir el tamaño de los transistores para que puedan caber más y más circuitos en un chip. A principios de la década de 2020, el tamaño de los componentes de los chips informáticos se habrá reducido hasta unos 5 nanómetros (milmillonésimas de metro) y estará llegando a su límite. Sin embargo, varias estrategias, como el diseño de chips tridimensionales y el uso de materiales exóticos basados en el carbono, permitirán que este progreso continúe.[3]*

Aunque el avance en la capacidad del *hardware* de las computadoras se estancara, habría toda una serie de vías por las que podría continuar el progreso. La tecnología de la información existe en la intersección de dos realidades diferentes. La Ley de Moore ha dominado el ámbito de los átomos, donde la innovación se centra en crear dispositivos

*La idea detrás del chip en 3D es empezar a apilar circuitos verticalmente en múltiples capas. En agosto de 2013, Samsung Electronics empezó a manufacturar chips de memorias flash 3D; si esta técnica llega a ser económicamente viable para los procesadores mucho más sofisticados diseñados por empresas como Intel o ADM (Advanced Micro Devices), podría representar el futuro de la Ley de Moore. Otra posibilidad es que se pase del silicio a materiales exóticos basados en el carbono. Los nanotubos de grafeno y carbono, resultado de recientes investigaciones en nanotecnología, pueden ofrecer un medio nuevo para la informática de muy alto rendimiento. Investigadores de la Universidad de Stanford ya han creado una computadora rudimentaria basada en nanotubos de carbono, aunque su rendimiento está muy por debajo de los procesadores comerciales hechos con silicio.

Figura 3.2. La Ley de Moore como una escalada de curvas en *S*.

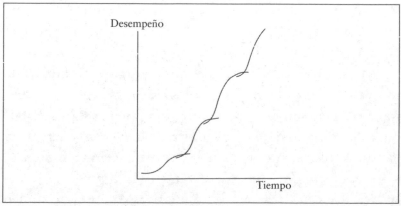

cada vez más rápidos y en disipar o eliminar el calor que generan. En cambio, el ámbito de los bits es un espacio totalmente abstracto donde los algoritmos, la arquitectura (el diseño conceptual de los sistemas informáticos) y las matemáticas aplicadas marcan el ritmo del progreso. En algunas áreas, los algoritmos ya han avanzado a un ritmo mucho mayor que el *hardware*. En un análisis reciente, Martin Grötschel, del Instituto Zuse en Berlín, descubrió que usando las computadoras y el *software* que existían en 1982 habría tardado 82 años en resolver un problema especialmente complejo de la organización de la producción. En 2003, el mismo problema se resolvió en un minuto, una rapidez 43 millones de veces mayor. El *hardware* informático llegó a ser unas mil veces más rápido durante el mismo periodo, lo que significa que el rendimiento de los algoritmos empleados fue 43 000 veces mayor.[4]

No todo el *software* ha mejorado con tanta rapidez, sobre todo en áreas donde debe interactuar directamente con la gente. En una entrevista con James Fallows, de *The Atlantic*, en agosto de 2013, el informático que había supervisado el desarrollo de Excel y Word para Microsoft, Charles Simonyi, dijo que el *software* en general no había aprovechado los avances que se habían dado en el *hardware*. Cuando se le preguntó qué era lo que más podía mejorar en el futuro, Simonyi dijo: «La respuesta más sencilla es que ya no haya nadie que haga tareas rutinarias o repetitivas».[5]

Las mejoras en la interconexión de grandes cantidades de procesadores baratos en gigantescos sistemas de procesamiento en paralelo también ofrece un gran potencial. Si reelaboramos la tecnología de los dispositivos de *hardware* actuales y los convertimos en diseños teóricos completamente nuevos, se podrían producir grandes avances en la potencia informática. Una prueba clara de que un diseño arquitectónico muy complejo basado en complejas interconexiones es capaz de un procesamiento asombroso, es el cerebro humano, la computadora de uso general más potente que existe. Al crear el cerebro, la evolución no tuvo el lujo de la Ley de Moore. El *hardware* de un cerebro humano no es más rápido que el del cerebro de un ratón, y es de miles a millones de veces más lento que un circuito integrado moderno; la diferencia radica en la sofisticación de su diseño.[6] Por cierto, lo último en capacidad informática y quizá en inteligencia artificial se podría conquistar si algún día los investigadores logran combinar la velocidad del *hardware* de hoy con algo que se acerque al nivel de complejidad del diseño del cerebro humano. Ya se han dado pasos muy pequeños en esta dirección: en 2011, IBM lanzó un chip informático cognitivo —inspirado en el cerebro humano y al que acertadamente llamó SYNAPSE—, y desde entonces ha creado un nuevo lenguaje de programación para acompañar al *hardware*.[7]

Más allá de la aceleración implacable del *hardware*, y en muchos casos del *software*, creo que hay otras dos características que definen la tecnología de la información. La primera es que se ha convertido en una tecnología de uso general: hay muy pocos aspectos en nuestra vida cotidiana, y especialmente en la operación de todo tipo de negocios, que no estén significativamente influenciados por la tecnología de la información o incluso que sean muy dependientes de ella. Computadoras, redes e internet están irremediablemente integrados en nuestros sistemas económicos, sociales y financieros. La tecnología de la información está en todas partes y hasta es difícil imaginar la vida sin ella.

Muchos observadores han comparado la tecnología de la información con la electricidad, la otra tecnología transformadora de uso general cuyo uso se extendió en la primera mitad del siglo XX. En su libro de 2008, *The Big Switch*, Nicholas Carr argumenta de una manera muy convincente la similitud entre la tecnología de la información y un servicio público como la red eléctrica. Aunque muchas de estas comparaciones son adecuadas, la verdad es que la electricidad impuso estándares muy altos. La electrificación tuvo un impacto que transformó las empresas, la economía en general, las instituciones sociales y las vidas individuales de una manera asombrosa y con muchísimos aspectos positivos. Sería muy difícil encontrar una sola persona en un país desarrollado como Estados Unidos que no haya mejorado su calidad de vida tras la electrificación. Es probable que el impacto transformador de la tecnología de la información sea más sutil y que para muchas personas no sea tan positivo. La razón tiene que ver con la otra gran característica de la tecnología de la información: su capacidad cognitiva.

La tecnología de la información encapsula la inteligencia en una medida que no tiene precedentes en la historia del progreso tecnológico. Las computadoras toman decisiones y resuelven problemas. Son máquinas que «piensan» en un sentido limitado y especializado: nadie discutiría que las computadoras de hoy se acercan a algo parecido a la inteligencia del ser humano, aunque en muchas ocasiones este no sea el objetivo. Las computadoras son cada vez mejores realizando tareas especializadas, rutinarias y predecibles, y es muy probable que pronto superen a muchas de las personas que realizan esos trabajos.

En gran medida, el progreso de la economía humana se ha debido a la especialización profesional, o como diría Adam Smith, a «la división del trabajo». Una de las paradojas del progreso en la era informática es que a medida que el trabajo se hace cada vez más especializado, en muchos casos también se puede prestar más a la automatización. Muchos expertos dirían que en términos de inteligencia «general» la mejor tecnología de hoy apenas supera la inteligencia de un insecto. Pero los insectos no son capaces de hacer aterrizar un *jet*, realizar una reservación en un restaurante o invertir en Wall Street. Las computadoras de hoy hacen todas estas cosas, y muy pronto invadirán muchas otras áreas con agresividad.

Ventaja comparativa e inteligencia artificial

Los economistas reacios a la idea de que las máquinas podrían ser responsables algún día de gran parte del desempleo, se suelen basar en una de las teorías más importantes de la economía, la de la ventaja comparativa.[8] Para ver cómo funciona la ventaja comparativa hablaremos de dos personajes: Jane es una mujer excepcional. Después de muchos años de formación y un historial casi incomparable en su desempeño, se le considera una de las mejores neurocirujanas a nivel mundial. Antes de empezar la carrera de medicina se inscribió en uno de los mejores institutos gastronómicos de Francia, por lo que hoy también se le considera una de las mejores cocineras *gourmet*. Tom es un tipo común. Y aunque es un excelente cocinero que ha sido reconocido en muchas ocasiones, ni siquiera se acerca a lo que Jane puede hacer en la cocina. Huelga decir que Tom no podría ni acercarse a un quirófano. Dado que Tom no puede competir con Jane como cocinero, y mucho menos como cirujano. ¿Existe alguna posibilidad de que ellos tengan un acuerdo para que sus vidas mejoren? La ventaja comparativa dice que sí, y nos dice que Jane podría contratar a Tom como cocinero. ¿Por qué haría esto, si ella sabe cocinar mejor? La respuesta es que Jane podría tener más tiempo y energía para aquello en lo que es realmente excepcional —y con lo que gana más dinero—, la neurocirugía.

La idea básica detrás de la ventaja comparativa es que uno siempre puede encontrar un trabajo si se especializa en aquello en lo que es «menos malo» en relación con otras personas. Con ello, también se ofrece a otros la oportunidad de especializarse y ganar más dinero. En el caso de Tom, lo menos malo es cocinar. Jane es más afortunada (y mucho más rica), porque en su caso lo menos malo es algo en lo que es muy buena, y ese talento tiene un valor muy alto en el mercado. En la historia de la economía, la ventaja comparativa ha sido el motor principal de una especialización cada vez mayor y del intercambio entre individuos y naciones.

Cambiemos la historia: imaginemos que Jane tiene la posibilidad de clonarse de una manera fácil y económica. Si nos gustan las películas de ciencia ficción recordaremos la película *Matrix Reloaded*, donde Neo pelea contra decenas de copias del agente Smith. En esa lucha concreta Neo acaba triunfando, pero está claro que Tom no será tan afortunado si su intención es seguir trabajando para Jane. La ventaja comparativa funciona debido al llamado *costo de oportunidad*: si una persona elige hacer una cosa, necesariamente pierde la oportunidad de hacer otra. El tiempo y el espacio son limitados, y Jane no podría estar en dos lugares y hacer dos cosas a la vez.

Las máquinas, y especialmente las aplicaciones de *software*, se pueden reproducir con facilidad. En muchos casos se pueden clonar con un costo bajo en comparación con el de emplear a una persona. Cuando la inteligencia se pueda reproducir, el concepto de costo de oportunidad cambiará por completo porque Jane podrá operar a alguien y cocinar al mismo tiempo. De ser así, ¿para qué necesitaría a Tom? También es muy probable que los clones de Jane empezarán a sustituir a neurocirujanos menos dotados que ella. En la era de las máquinas inteligentes, la ventaja comparativa se deberá replantear.

Imaginemos el impacto de una gran empresa que pudiera formar a un solo empleado y después clonarlo para crear un ejército de trabajadores con la misma experiencia y los mismos conocimientos y que, además, a partir de ese momento, fueran capaces de seguir aprendiendo y de adaptarse a nuevas situaciones. Cuando la inteligencia encapsulada en la tecnología de la información se reproduzca y se extienda entre las organizaciones, tendrá el potencial de redefinir fundamentalmente la relación entre personas y máquinas. Para muchos trabajadores, las computadoras dejarán de ser instrumentos para aumentar su productividad y serán sus sustitutos. Naturalmente, este resultado aumentará de una manera espectacular la productividad de muchas empresas e industrias, pero también hará que necesiten mucha menos mano de obra.

La tiranía de cola larga

La influencia de esta inteligencia artificial distribuida es más patente en la industria misma de la tecnología de la información. Internet ha engendrado empresas enormemente rentables e influyentes cuya plantilla de personal es asombrosamente pequeña. Por ejemplo, en 2012 Google generó casi 14 000 millones de dólares de beneficios y empleaba a menos de 38 000 personas.[9] Comparemos esto con la industria automotriz: en 1979, General Motors tenía 840 000 trabajadores pero solo ganó 11 000 millones de dólares, un 20% menos que lo ganado por Google. Y este cálculo se ha hecho teniendo en cuenta la inflación.[10] Ford, Chrysler y American Motors empleaban a cientos de miles de trabajadores. Más allá de esos empleos directos, la industria automotriz también creó millones de empleos indirectos típicos de la clase media para conductores, mecánicos o agentes de seguros o de alquiler de automóviles.

Naturalmente, el sector de internet también ofrece oportunidades periféricas. Se suele decir que la nueva economía informática fomenta la igualdad porque, después de todo, cualquiera puede escribir un blog e insertar publicidad en él, publicar un libro electrónico, vender cosas en eBay o desarrollar aplicaciones para el iPhone. Pero aunque estas oportunidades existen, son totalmente diferentes de los trabajos de clase media generados por la industria automotriz en los años ochenta. Las pruebas indican claramente que los ingresos generados por actividades en línea casi siempre siguen una distribución en la que el ganador se queda con todo. Aunque, en teoría, internet iguala las oportunidades y no presenta barreras de acceso, los resultados que produce casi siempre son muy desiguales.

Si hacemos una gráfica del tráfico que llega a las páginas web, de los beneficios de los anuncios en línea, de las descargas de música de iTunes, de los libros vendidos por Amazon, de las aplicaciones descargadas de las tiendas AppStore o Google Play, o de casi cualquier otra actividad en internet, casi siempre terminaremos con algo parecido a la figura 3.3. Esta distribución de cola larga es fundamental en los modelos de negocio de las empresas que dominan el sector de internet. Empresas como Google, eBay o Amazon son capaces de generar ingresos desde cualquier punto de la distribución. Si una empresa controla un mercado grande, sumar cantidades incluso muy pequeñas a lo largo de toda la curva se traduce en unos ingresos totales que pueden llegar fácilmente a miles de millones de dólares.

Los mercados de bienes y servicios que se prestan a la digitalización, evolucionarán inevitablemente hacia esta distribución en la que el ganador se queda con todo. Por ejemplo, las ventas de libros y música, los anuncios clasificados o el alquiler de películas cada vez están más acaparados por un pequeño número de centros de distribución en línea, y una consecuencia muy clara ha sido la eliminación de muchos puestos de trabajo para periodistas o dependientes de tienda, por citar solo dos ejemplos.

Una distribución de cola larga es fantástica si uno es el propietario. Sin embargo, cuando se ocupa un solo punto en la distribución, las cosas cambian. Al final de la cola larga, los ingresos de la mayoría de las actividades en línea disminuyen con rapidez y se quedan en unas cuantas monedas. Puede que no haya ningún problema si uno tiene otra fuente de ingreso s o vive en el sótano de la casa de sus padres. El problema es que, a medida que la tecnología digital siga transformando industrias, más y más puestos de trabajo que son una fuente principal de ingresos van a desaparecer.

Cuanta más gente pierda las fuentes de ingresos fijos que les permiten pertenecer a la clase media, más tenderán a buscar oportunidades de cola larga en la economía digital. Pero serán muy pocos los afortunados que tengan éxito: la inmensa mayoría luchará por mantener un nivel de vida que se acerque al de la clase media. Como ha señalado Jaron Lanier, un visionario de la tecnología, es probable que muchas per-

Figura 3.3. Distribución de cola larga. El ganador se lleva todo.

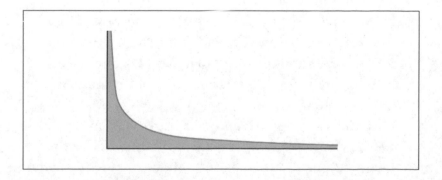

sonas se vean obligadas a trabajar en la economía sumergida.[11] Los jóvenes adultos que encuentran atractiva la libertad de la economía subterránea descubrirán sus inconvenientes cuando empiecen a pensar en formar un hogar, en tener hijos o en jubilarse. Naturalmente, en Estados Unidos y en otras economías desarrolladas siempre ha habido gente con un estilo de vida marginal que, hasta cierto punto, se aprovechaba de la riqueza generada por la clase media. La presencia de una clase media sólida es uno de los principales factores que diferencian una nación avanzada de otra empobrecida, y su erosión en Estados Unidos es cada vez más patente.

Seguramente, la mayoría de los *tecnooptimistas* no estarían de acuerdo con este planteamiento, porque ven la tecnología de la información como un factor de empoderamiento universal. Quizá no sea coincidencia que también tienden a tener mucho éxito en la nueva economía. Los tecnooptimistas suelen hallarse en el extremo izquierdo de una cola larga, o mejor aún, han fundado una empresa que posee toda la distribución. En un programa especial de la cadena de televisión pública PBS emitido en 2012, se preguntó al inventor y futurista Ray Kurzweil por la posibilidad de una *brecha digital* en el sentido de que solo un pequeño porcentaje de la población será capaz de prosperar en esta nueva economía de la información. Kurzweil rechazó esta posibilidad y señaló la capacidad de empoderamiento que ofrecen tecnologías como la telefonía móvil. «Cualquiera que tenga un *smartphone* —dijo—, lleva encima una capacidad que hace 20 o 30 años costaba miles de millones de dólares.»[12] Lo que no dijo es cómo puede usar una persona normal esta tecnología para obtener unos ingresos con los que pueda vivir.

Está claro que los teléfonos celulares han mejorado la calidad de vida, pero esto ha ocurrido, sobre todo, en países en desarrollo que carecen de otras infraestructuras de comunicación. Sin duda, la anécdota más conocida y celebrada en este sentido es la de los pescadores de sardinas de Kerala, una región en la costa suroeste de la India. En 2007, el economista Robert Jensen publicó un estudio donde relataba que la telefonía móvil había permitido a los pescadores determinar cuáles eran los pueblos con mejor mercado para sus productos.[13] Antes de la aparición de esta tecnología inalámbrica, elegir un pueblo concreto se basaba en supuestos que no solían coincidir con la oferta y la demanda. Sin embargo, con los nuevos teléfonos, los pescadores podían saber dónde había compradores, y el resultado fue un mercado mejor, con precios más estables y menos pérdidas.

Para los tecnooptimistas, los pescadores de sardinas de Kerala se han convertido en una especie de abanderados de los países en desarrollo, y su historia ha aparecido en muchos libros y artículos de revistas.[14] Es indudable que los teléfonos celulares han sido valiosos para estos pescadores del Tercer Mundo, pero hay pocas pruebas que indiquen que un ciudadano común y corriente de un país desarrollado —o incluso de un país pobre— pueda obtener unos ingresos respetables con un teléfono celular. Hasta a los buenos desarrolladores de *software* les parece difícil obtener ingresos de sus programas para celulares, y el motivo, no hace falta decirlo, es la omnipresente distribución de cola larga. Si visitamos cualquier foro en línea donde participen programadores de Android o iOS, hallaremos muchos comentarios lamentando la naturaleza «el ganador se queda con todo» de estos ecosistemas y las dificultades para obtener ingresos de las aplicaciones. Desde un punto de vista práctico, a la mayoría de las personas de clase media que pierden su trabajo, el acceso a un teléfono celular puede ofrecerles poco más que jugar a Angry Birds mientras esperan en la cola de la oficina de empleo.

Una cuestión moral

Si volvemos a pensar en aquel centavo que se iba duplicando para representar el avance exponencial de la tecnología digital, está claro que el inmenso saldo de la cuenta tecnológica actual se debe a décadas de esfuerzo de incontables organizaciones y personas. En efecto, el inicio de este progreso se remonta por lo menos a principios del siglo XVII, con la máquina diferencial de Charles Babbage.

Aunque las innovaciones que han dado lugar a la fantástica influencia y riqueza de la economía de la información de hoy son fundamentales, su importancia no se puede comparar con el trabajo pionero de Alan Turing o John von Neumann. La diferencia es que hasta los avances más graduales de hoy aprovechan ese saldo extraordinario. En cierto sentido, los innovadores que triunfan en la actualidad se parecen un poco al corredor de la Maratón de Boston que en 1980 se coló en la carrera un kilómetro antes de la línea de meta.

Naturalmente, todos los innovadores se han apoyado en quienes los han precedido. Unos de los mejores ejemplos es la introducción del Modelo T por Henry Ford. Pero, como hemos visto, la tecnología de la información es totalmente diferente. La capacidad sin parangón de la tecnología de la información para introducir máquinas inteligentes en todos los niveles de las organizaciones y sustituir a los trabajadores, y su tendencia a crear escenarios de «el ganador se queda con todo», tendrán inmensas consecuencias para la sociedad y la economía.

En algún momento deberemos plantearnos una cuestión moral fundamental: ¿debería la población en general tener acceso a ese saldo tecnológico acumulado? Está claro que el gran público se ha beneficiado mucho de los avances de la tecnología digital desde el punto de vista de la reducción de los precios, la utilidad y la libertad de acceso a la información y el entretenimiento. Pero eso nos devuelve al problema del argumento de Kurzweil sobre los teléfonos celulares: con ellos no se paga la renta mensualmente.

También deberíamos tener presente que gran parte de la investigación básica que permitió el progreso en el sector de la tecnología de la información fue sufragada por los contribuyentes estadounidenses. La Agencia de Investigación de Proyectos Avanzados de Defensa (DARPA, por sus siglas en inglés) creó y patrocinó la red informática que evolucionó hasta lo que hoy es internet.* La Ley de Moore se debe, en parte, a investigaciones realizadas en universidades con ayuda de la Fundación Nacional de la Ciencia. La Asociación de la Industria de Semiconductores, que es el brazo político de este sector, es un lobby muy activo que pide más fondos públicos para la investigación. En cierta medida, la tecnología informática de hoy existe porque, en las décadas posteriores a la Segunda Guerra Mundial, millones de contribuyentes de clase media sufragaron la inversión pública en aquella investigación básica. Con toda seguridad, aquellos contribuyentes prestaron su apoyo esperando que los frutos de esa investigación crearan un futuro más próspero para sus hijos y nietos. Pero las tendencias que vimos al final del último capítulo indican que vamos hacia un resultado muy distinto.

Más allá de la cuestión moral básica de si una pequeña élite debería beneficiarse del capital tecnológico acumulado por la sociedad, también hay cuestiones prácticas relativas a la salud general de una economía donde la desigualdad de las rentas llega a ser extrema. La continuidad del progreso depende de que exista un mercado vivo para las innovaciones

---

*DARPA también aportó el respaldo financiero inicial para el desarrollo de Siri (actualmente la tecnología del asistente virtual de Apple) y ha suscrito el desarrollo de los nuevos chips de computación cognitiva de SYNAPSE, de IBM.

futuras, y eso exige que exista una distribución razonable del poder adquisitivo.

En capítulos posteriores veremos con más detalle algunas consecuencias sociales y económicas de carácter general del progreso implacable de la tecnología digital. Pero antes veremos que estas innovaciones amenazan cada vez más puestos de trabajo muy calificados que hoy ocupan personas con formación académica o profesional.

Notas

[1] Robert J. Gordon, «¿Ya ha terminado el crecimiento económico de Estados Unidos? La dubitativa innovación confronta seis desventuras», Oficina Nacional de Investigación Económica, artículo 18315, publicado en agosto de 2012, <http://www.nber.org/papers/w18315, véase también <http://facultyweb.at.northwestern.edu/economics/gordon/is%20us%20economic%20 growth%20over.pdf>.

[2] Para una explicación más detallada sobre la fabricación en curva en S de los semiconductores, véase Murrae J. Bowden «La ley de Moore y la curva en S en la tecnología», *Current Issues in Technology Management*, Instituto Stevens en Tecnología, invierno de 2004, <https://www.stevens.edu/howe/si tes/default/files/bowden_0.pdf>.

[3] Véase, por ejemplo, Michel Kanellos, «Con los chips en 3D, Samsung deja la Ley de Moore atrás», *Forbes.com*, 14 de agosto de 2013; <http://www.forbes.com/sites/michaelkanellos/2013/08/14/with-3d-chips-samsung-leavesmoores- law-behind>; John Markoff, «Investigadores construyen una computadora con nanotubos de carbono», *The New York Times,* 25 de septiembre de 2013, <http://www.nytimes.com/2013/09/26/science/researchers-build-aworking-carbon-nanotube-computer.html?ref=johnmarkoff&_r=0>.

[4] Consejo de Asesores en Ciencia y Tecnología del presidente, «Informe al presidente y al Congreso: el diseño de un futuro digital: Fondo Federal de Investigación y Desarrollo de Redes y Tecnología de la Información», diciembre de 2010, p. 71, <http://www.whitehouse.gov/sites/default/files/microsites/ostp/pcast-nitrd-report-2010.pdf>.

[5] James Fallows, «¿Por qué el *software* es tan lento?», *The Atlantic*, 14 de agosto de 2013, <http://www.theatlantic.com/magazine/archive/2013/09/why-is-software-so-slow/309422/>.

[6] El escritor de ciencia Joy Casad calcula que la velocidad a la que las neuronas transmiten señales es alrededor de medio milisegundo. Esto es muy lento

en comparación con lo que sucede con los chips de computadora. Véase Joy Cassad «¿Cuán rápido es un pensamiento?», *Examiner.com,* 20 de agosto de 2009, <http://www.examiner.com/article/how-fast-is-a thought>.

[7] Comunicado de prensa, «Investigadores de IBM crean nuevas bases para el programa chips de SYNAPSE» 8 de agosto de 2013, http://finance.yahoo.com/news/ibm-research-creates-foundation-program-040100103.html.

[8] Véase, por ejemplo, «El despertar de las máquinas», *The Economist,* Free Exchange Blog, 20 de octubre de 2010, http://www.economist.com/blogs/freeexchange/2010/10/technology.

[9] Página web de Google de relaciones con sus inversionistas; http://investor.google.com/financial/tables.html.

[10] Los datos históricos de General Motors pueden encontrarse en http://money.cnn.com/magazines/fortune/fortune500_archive/snapshots/1979/563.html. General Motors ganó 3 500 millones de dólares en 1979, que equivalen a 11 000 millones de dólares de 2012.

[11] Scott Timberg; «Jaron Lanier: internet destruyó a la clase media», *Salon.com,* 12 de mayo de 2013, http://www.salon.com/2013/05/12/jaron_lanier_the_internet_destroyed_the_middle_class/.

[12] El video puede ser visto en: https://www.youtube.com/watch?v=wb2cI_gJUok, o al buscar en YouTube «Man vs. Machine: Will Human Workers Become Obsolete?», Los comentarios de Kurzweil se encuentran en el minuto 05:40.

[13] Robert Jensen, «La tecnología digital proporciona información (tecnología) del funcionamiento del mercado y bienestar social en el sector pesquero del sur de India», *Quarterly Journal of Economics,* 122, núm. 3, 2007, pp. 879-924.

[14] Algunas de las publicaciones en que ha sido contada la historia de los pescadores de sardinas de Kerala son: *The Rational Optimist* por Matt Ridley; *A History of the World in 100 Objects* por Neil MacGregor; *The Mobile Wave* por Michael Saylor; *Race Against the Machine* por Erik Brynjolfsson y Andrew McAfee; *Content* Nation por John Blossom; *Planet India* por Mira Kamdar; y «Por el precio del pescado», *The Economist,* 10 de mayo de 2007. Y ahora este libro se une al listado.

Capítulo 4

Los empleos de cuello blanco están en riesgo

El 11 de octubre de 2009, los Angels de Los Ángeles eliminaron a los Red Socks de Boston en la primera ronda de los *play-offs* de la Liga Americana, y se ganaron el derecho a enfrentarse a los Yankees de Nueva York en la Serie Mundial. El triunfo de los Angels fue un momento especialmente emotivo porque solo seis meses antes uno de sus mejores jugadores, el *pitcher* Nick Adenhart, había muerto en un accidente tras ser embestido por un conductor ebrio. Un periodista deportivo inició la crónica del partido con estas palabras:

> Las cosas pintaban mal para los Angels cuando perdían por dos carreras en la novena entrada, pero se recuperaron gracias a un batazo decisivo de Vladimir Guerrero, que el domingo les dio una ventaja de 7-6 sobre los Red Socks de Boston en Fenway Park.
>
> Guerrero llegó a la caja de bateo con una desventaja de 2-4; pero anotó un batazo con el que empujó a dos corredores de los Angels. «Si hablamos de honrar a Nick Adenhart y de lo que le sucedió en abril en Anaheim, sí, probablemente ha sido el mejor batazo [de mi carrera] —dijo Guerrero—. Se lo dedico a mi compañero fallecido.»
>
> Guerrero ha jugado bien toda la temporada, sobre todo en los partidos con luz de día. En 26 partidos jugados de día ha obtenido .794 en OPS [porcentaje de embase más bateos], ha anotado cinco *home runs* y ha ponchado a 13 corredores.[1]

Seguramente, el autor no habrá recibido ningún premio por esta crónica. Pero es una crónica extraordinaria, y no porque sea legible, gramaticalmente correcta u ofrezca una buena descripción del partido, sino porque el autor es un programa informático.

El *software* en cuestión, llamado StatsMonkey, fue creado por investigadores y estudiantes del Laboratorio de Inteligencia Artificial de la Universidad de Northwestern. El objetivo de StatsMonkey es automatizar la redacción de crónicas deportivas transformando los datos de un partido en un relato convincente. El sistema va más allá de elaborar una lista con los datos, y escribe relatos que incluyen los mismos detalles que escribiría un periodista deportivo. StatsMonkey realiza un análisis estadístico para elegir los momentos más destacados de un partido y, con un lenguaje fluido, genera un texto que resume la dinámica del juego y las jugadas más importantes.

En 2010, los investigadores de la Universidad de Northwestern que habían supervisado al equipo de estudiantes de informática y de periodismo que habían trabajado en StatsMonkey, buscaron capital de riesgo para crear una nueva empresa, a la que llamaron Narrative Science, para comercializar esta tecnología. La empresa contrató a un equipo de científicos e ingenieros informáticos que desecharon el *software* original de StatsMonkey y crearon un sistema de inteligencia artificial mucho más completo y con mayor potencia al que llamaron Quill («Pluma»).

La tecnología de Narrative Science la utilizan importantes medios de comunicación como *Forbes* para redactar artículos sobre diversas áreas que incluyen deportes, negocios y política. El *software* redacta una noticia cada 30 segundos, y muchas se publican en sitios web muy populares que prefieren no reconocer el uso de sus servicios. En 2011, en un congreso de la industria, el redactor de *Wired* Steven Levy pidió a Kristian Hammond, cofundador de Narrative Science, que predijera el porcentaje de artículos que se escribirían usando algoritmos en los próximos 15 años. Su respuesta fue contundente: más del 90%.[2]

Narrative Science ha dirigido sus miras más allá de la industria periodística. Quill es un sistema de uso general para el análisis y la redacción de escritos capaz de generar informes de alta calidad para consumo interno o externo de muchas industrias. Empieza recopilando información de una variedad de fuentes como bases de datos de transacciones, informes financieros y de ventas, sitios web e incluso redes sociales. A continuación realiza un análisis en el que define cuáles son los hechos y las ideas más importantes e interesantes, y redacta un texto coherente con toda la información obtenida. La empresa afirma que el trabajo es equiparable al del mejor analista humano. Cuando el sistema se ha configurado, Quill puede generar informes comerciales casi al instante y los entrega sin intervención humana.[3] Puesto que uno de los primeros inversionistas de Narrative Science fue In-Q-Tel, el fondo de capital de riesgo de la CIA, es muy probable que Quill se use para automatizar la traducción de datos duros recopilados por los servicios de inteligencia de Estados Unidos a un formato narrativo fácil de entender.

La tecnología de Quill indica hasta qué punto son vulnerables a la automatización tareas que antes eran exclusivas de profesionales calificados con estudios superiores. Naturalmente, el trabajo basado en el conocimiento exige una amplia gama de aptitudes. Entre otras cosas, un analista tiene que saber obtener información de una variedad de sistemas, elaborar modelos estadísticos o financieros, y redactar informes fáciles de entender. En principio, la redacción —que es tanto un arte como una ciencia— parece una de las últimas disciplinas que se podrían automatizar. Sin embargo, esto ya está sucediendo y los algoritmos usados mejoran cada día más. De hecho, puesto que las tareas basadas en el conocimiento se pueden automatizar solo con *software*, estos puestos de trabajo pueden ser más vulnerables que otros menos calificados, pero que requieren manipular objetos.

Por otro lado, muchos patrones se quejan de la redacción deficiente de los titulados universitarios. Una encuesta reciente a directivos de varias empresas reveló que más de la mitad de los empleados con licenciaturas y casi la cuarta parte de los empleados con posgrados redactaban mal y, en algunos casos, hasta leían mal.[4] Si, como asegura Narrative Science, la inteligencia artificial puede rivalizar con los mejores analistas humanos, el futuro de los puestos de trabajo basados en el conocimiento es muy incierto para los titulados universitarios, sobre todo para los menos preparados.

Macrodatos (*Big Data*) y el aprendizaje automático

El sistema de redacción de Quill solo es una de las muchas aplicaciones de *software* que se están desarrollando para aprovechar la enorme cantidad de información que se está recopilando y acumulando en empresas, organizaciones y gobiernos de todo el mundo. Se calcula que el total de la información reunida se mide en miles de exabytes (un exabyte equivale a 1 000 millones de gigabytes). Esta cantidad aumenta siguiendo su propia Ley de Moore y se duplica cada tres años.[5] Puesto que casi toda la información se almacena en formato digital, puede ser tratada por computadora. Los servidores de Google trabajan con cerca de 24 petabytes de datos al día (equivalentes a 1 millón de gigabytes), y casi todos corresponden a consultas hechas a su buscador.[6]

Todos estos datos proceden de una multitud de fuentes diferentes. En el caso de internet, estos datos se relacionan con visitas a páginas, búsquedas, correos electrónicos, interacciones en redes sociales o publicidad interactiva, solo por citar unos ejemplos. En el caso de las empresas, hay contactos con clientes, transacciones, comunicaciones internas y datos sobre finanzas, contabilidad o *marketing*. Fuera de la red, en el mundo real, hay sensores que envían constantemente datos sobre diversos aspectos de fábricas, hospitales, automóviles, aviones, máquinas industriales o artículos de consumo.

La gran mayoría de estos datos son lo que un científico informático llamaría datos «no estructurados». En otras palabras, se recopilan en tal variedad de formatos que difícilmente se pueden cotejar o comparar. Es algo muy diferente a los sistemas tradicionales de bases de datos relacionales donde la información se organiza en filas y columnas que hacen que la búsqueda y la recuperación de los datos sea muy rápida, fiable y precisa. La naturaleza no estructurada de los macrodatos ha impulsado el desarrollo de métodos nuevos para hacer uso de la información procedente de una variedad de fuentes. La rápida mejora en este campo solo es un ejemplo más de que las computadoras están empezando a encargarse de tareas que antes estaban a cargo de personas. Después de todo, una de las características más exclusivas del ser humano es su capacidad para procesar continuamente torrentes de información no estructurada procedentes de su entorno. La diferencia, claro está, es que en el ámbito de los macrodatos las computadoras son capaces de hacer lo mismo a una escala que para una persona sería imposible. Los macrodatos están teniendo un impacto revolucionario en una gama muy amplia de áreas, incluyendo la industria, la política, la medicina y casi cualquier campo de las ciencias naturales y sociales.

Las principales empresas de comercio minorista recurren a los macrodatos para obtener un nivel de conocimiento sin precedentes de las preferencias de los consumidores. Con esta información pueden hacer ofertas muy apegadas a esas preferencias con el fin de aumentar sus beneficios y crear lealtad en los consumidores. Departamentos de policía de todo el mundo están empleando análisis algorítmicos para predecir los momentos y lugares en los que hay más probabilidades de que se produzcan delitos. El portal ciudadano del ayuntamiento de Chicago permite a los residentes ver tendencias históricas y datos en tiempo real sobre una variedad de áreas de la vida de una gran urbe como son el uso de energía, la delincuencia, el transporte urbano, las escuelas, los centros médicos e incluso el número de baches arreglados en un periodo dado. Instrumentos que permiten visualizar de maneras nuevas datos recopilados a partir de interacciones en redes sociales y de sensores integrados en puertas, torniquetes o escaleras automáticas, ofrecen a los planificadores urbanos y a los administradores públicos representaciones gráficas de la forma en que la gente se mueve, trabaja e interactúa en entornos urbanos, un desarrollo que quizá nos ayude a que las ciudades sean más eficientes y habitables.

Con todo, también hay una cara oscura. La empresa Target ha ofrecido un ejemplo de que los datos muy detallados sobre los consumidores se pueden usar de una manera muy polémica. Un científico que trabajaba para Target halló una serie de correlaciones muy complejas relacionadas con la compra de 25 clases de productos para la cosmética y la salud que indicaban un estado incipiente de embarazo. Este análisis incluso podía calcular la fecha aproximada del nacimiento de un bebé. Target empezó a bombardear a mujeres con ofertas para embarazadas en unas etapas tan iniciales del embarazo que, en algunos casos, las interesadas aún no habían dado a conocer su estado a sus familiares más cercanos. En un artículo publicado a principios de 2012 en *The New York Times*, se decía que el padre de una adolescente se había quejado con la dirección de una tienda por haber enviado al correo electrónico de su hija información acerca de productos para embarazadas; al final resultó que Target sabía más que él.[7] Algunos críticos temen que esta historia más bien desagradable solo sea el comienzo y que los macrodatos se usen cada vez más para generar predicciones que puedan violar la privacidad de las personas o incluso su libertad.

Los conocimientos obtenidos a partir de macrodatos suelen surgir de correlaciones que no dicen nada sobre las causas del fenómeno que se estudia. Un algoritmo puede hallar que si A es correcto, es probable que B también lo sea. Pero no puede decir si A es causa de B o viceversa, o si A y B se deben a un factor externo. Sin embargo, en muchos casos, y sobre todo en el ámbito de la empresa donde el éxito se mide por la rentabilidad y la eficacia y no por la comprensión de las cosas, las correlaciones pueden tener un valor extraordinario. Los macrodatos pueden ofrecer a la dirección de una empresa un nivel sin precedentes de conocimiento en una gama muy amplia de tareas: es posible analizar, con un nivel de detalle que no tiene precedentes, desde el funcionamiento de una sola máquina hasta el rendimiento global de una multinacional.

Esta ingente cantidad de datos, que no deja de crecer, se ve cada vez más como un recurso del que se puede extraer provecho tanto ahora como en el futuro. Cabe suponer que, de la misma manera que las industrias del petróleo y del gas se benefician de los avances tecnológicos, la mejora de la potencia y la capacidad de las computadoras, del *software* y de las técnicas de análisis permitirán a las empresas descubrir nuevos conocimientos que les darán más beneficios. De hecho, estas expectativas hacen que empresas como Facebook sean muy valoradas por los inversionistas.

El aprendizaje automático, una técnica por la que una computadora procesa datos y acaba escribiendo su propio programa basándose en las relaciones estadísticas que descubre, es uno de los métodos más eficaces para extraer todo ese valor. El procedimiento suele ser este: primero se adiestra o entrena a un algoritmo con unos datos conocidos, y luego se le plantean problemas similares con datos nuevos. Una aplicación muy habitual de este aprendizaje automático son los filtros de *spam* o correos electrónicos no deseados. El algoritmo se adiestra con el análisis de millones de correos electrónicos que ya han sido separados en correos deseados y no deseados. Nadie se sienta y programa el sistema para que reconozca cada variante concebible de la palabra *viagra*: el *software* lo hace por su cuenta. El resultado es un programa que puede identificar automáticamente la gran mayoría de los correos electrónicos de propaganda (*junk*) y que se adapta para detectar los correos nuevos de esta clase que vayan apareciendo. Unos algoritmos de aprendizaje basados en los mismos principios son los que recomiendan libros en Amazon, películas en Netflix y posibles citas amorosas en Match.com.

Una de las demostraciones más claras del poder del aprendizaje automático fue cuando Google introdujo su sistema de traducción en internet. Sus algoritmos utilizan lo que se podría llamar un enfoque piedra de Rosetta analizando y comparando millones de páginas de texto que ya han sido traducidas a distintos idiomas. El equipo de desarrollo de Google empezó centrándose en documentos oficiales elaborados por Naciones Unidas y después extendieron el proyecto a la web, donde el buscador de la empresa encontró muchos ejemplos para alimentar el autoaprendizaje de los algoritmos. El gran número de documentos usados para entrenar el sistema superó a todo lo que se había visto con anterioridad. Franz Och, director el proyecto, señaló que el equipo había construido «modelos de lenguaje muy, muy grandes, más grandes de lo que nunca se había hecho en la historia de la humanidad».[8]

En 2005, Google participó en el concurso de sistemas de traducción automática que organiza cada año la Oficina Nacional de Estándares y Tecnología, una agencia dependiente del Departamento de Comercio de Estados Unidos encargada de establecer patrones de medición. Con sus algoritmos, el sistema de Google superó sin problemas a sus competidores, que usan expertos en idiomas y en lingüística y que programan sus sistemas para que se adentren en la maraña de reglas gramaticales, contradicciones e incoherencias propias del lenguaje humano. La lección más importante a extraer de todo esto es que el conocimiento que se obtiene de inmensos conjuntos de datos supera el obtenido con los esfuerzos de los mejores programadores. Aunque el sistema de Google aún no se puede equiparar con un traductor humano, hace traducciones directas e inversas entre más de 500 idiomas. Esto supone un avance enorme en la comunicación: por primera vez en la historia de la humanidad, cualquier persona puede traducir cualquier documento a cualquier idioma de una manera instantánea y gratuita.

Aunque hay muchos enfoques diferentes de aprendizaje automatizado, uno de los más potentes y fascinantes es el basado en el empleo de redes neuronales, que utilizan los mismos principios básicos que el cerebro humano. Aunque el cerebro contiene unos 100 000 millones de neuronas que establecen billones de conexiones entre ellas, es posible construir sistemas de aprendizaje muy potentes usando configuraciones mucho más rudimentarias de neuronas simuladas.

Una neurona funciona como los juguetes de plástico con sorpresa (*pop-up*) que son tan populares entre los niños pequeños. Cuando el niño aprieta un botón, del extremo superior del juguete surge una figura que puede ser un personaje de dibujos animados o un animal. Si se presiona el botón con suavidad no pasará nada. Si se presiona con un poco más de fuerza seguirá sin pasar nada. Pero si se supera cierto umbral de fuerza la figura aparecerá. Una neurona funciona casi igual, con la excepción de que el botón puede ser presionado por una combinación de *inputs* o entradas.

Para visualizar una red neuronal, imaginemos uno de esos inventos del profesor Franz de Copenhague con varias hileras de juguetes dispuestas en el suelo. Sobre el botón que activa cada juguete hay tres dedos mecánicos. En lugar de hacer que aparezca una figura, los juguetes están configurados para que cuando se active uno, varios de los dedos mecánicos de la hilera siguiente presionen sobre sus propios botones. La clave de la capacidad de la red neuronal para aprender es que la fuerza ejercida por cada dedo en su botón respectivo se puede ajustar.

Para adiestrar la red neuronal alimentamos la primera hilera de neuronas con datos conocidos. Por ejemplo, imaginemos que damos a la red imágenes de letras escritas a mano. Estos datos de entrada o *input* hacen que algunos dedos mecánicos presionen con distinta fuerza dependiendo de su calibración. A su vez, esto hace que algunas neuronas se activen y presionen los botones de la hilera siguiente. La respuesta o *output* se obtiene de la última hilera de neuronas. En este caso, la salida será un código binario que identifique la letra del alfabeto que corresponda con la imagen de entrada. En un principio, la respuesta será errónea, pero nuestra máquina también incluye un mecanismo de comparación y retroalimentación. La salida se compara con la respuesta correcta que ya es conocida, y esto se traduce automáticamente en adaptaciones de los dedos mecánicos de cada fila, lo que a su vez altera la secuencia de activación de las neuronas. A medida que la red se adiestra con miles de imágenes conocidas y la fuerza que ejercen los dedos se calibra continuamente, la respuesta de la red es cada vez mejor. El adiestramiento de la red finaliza cuando sus respuestas ya no pueden mejorar.

Así es, en esencia, el uso de redes neuronales para reconocer imágenes, palabras habladas, traducir idiomas o realizar una variedad de tareas. El resultado es un programa —en esencia, una lista de todas las calibraciones finales para los dedos mecánicos— que se puede usar para configurar nuevas redes neurales, todas capaces de generar respuestas automáticamente a partir de datos nuevos.

Las primeras redes neuronales artificiales se remontan a finales de los años cuarenta y desde entonces se han usado para reconocer patrones. Sin embargo, durante los últimos años se han dado una serie de avances que han mejorado mucho su rendimiento, sobre todo si se emplean múltiples capas de neuronas en una tecnología que recibe el nombre de *aprendizaje profundo*. El asistente Siri de Apple ya utiliza sistemas de aprendizaje profundo para reconocer la voz, y estos sistemas también acelerarán el progreso de una amplia gama de aplicaciones basadas en el análisis y el reconocimiento de patrones. Por ejemplo, una red neuronal de aprendizaje profundo diseñada en 2011 por científicos de la Universidad de Lugano en Suiza, fue capaz de identificar correctamente más del 99% de las imágenes de una gran base de datos de señales de tráfico superando a los expertos humanos que competían con ella. Investigadores de Facebook han desarrollado un sistema experimental con nueve niveles de neuronas artificiales que puede determinar si dos fotografías son de la misma persona un 97.25% de las veces, aunque varíen las condiciones de iluminación o la orientación de las caras; en comparación, la precisión de observadores humanos es del 97.53%.[9]

Geoffrey Hinton, de la Universidad de Toronto, uno de los principales investigadores en este campo, señala que la tecnología de aprendizaje profundo «crece a la perfección. En esencia, lo único que hace falta para que mejore es hacerla más grande y más rápida».[10] En otras palabras, aun sin tener en cuenta posibles mejoras en cuanto a diseño, es indudable que los sistemas de aprendizaje automático basados en redes de aprendizaje profundo seguirán progresando simplemente como consecuencia de la Ley de Moore.

Los macrodatos y los algoritmos inteligentes que los acompañan están teniendo un impacto inmediato en muchos puestos de trabajo y en muchas carreras profesionales, porque las empresas, y especialmente las grandes corporaciones, siguen cada vez más un gran número de parámetros y datos estadísticos relativos al trabajo y las interacciones sociales de sus empleados. Las empresas recurren cada vez más a los llamados «análisis de personal» para contratar, evaluar, ascender o despedir a sus empleados. La cantidad de datos que se recopilan sobre cada persona y sobre el trabajo que realiza es asombrosa. Algunas empresas toman nota de cada tecla que se pulsa. También se recopilan datos sobre correos electrónicos, llamadas telefónicas, búsquedas en páginas web, consultas a bases de datos, accesos a archivos, entradas y salidas de instalaciones, y muchísimas otras clases de información, con o sin el conocimiento de los empleados.[11] Aunque el objetivo inicial de tantos análisis es controlar y evaluar de una manera eficaz el rendimiento de los empleados, con el tiempo se podrían usar para otros fines, incluyendo el desarrollo de *software* para automatizar gran parte del trabajo que realizan estas personas.

Es muy probable que la revolución de los macrodatos tenga dos consecuencias especialmente importantes para los puestos de trabajo basados en el conocimiento. En primer lugar, los datos almacenados pueden dar lugar, en muchos casos, a la automatización directa de unas tareas concretas. Los algoritmos inteligentes suelen tener el mismo éxito que una persona que practica la ejecución de unas tareas concretas para aprender un trabajo nuevo. Consideremos, por ejemplo, que en noviembre de 2013 Google solicitó la patente de un sistema diseñado para generar automáticamente respuestas a correos electrónicos y comentarios en redes sociales.[12] El sistema funciona analizando los correos electrónicos y las interacciones en redes sociales de un usuario. Luego, basándose en lo aprendido, escribirá automáticamente respuestas a correos electrónicos, mensajes de Twitter o blogs con las maneras y el estilo de la persona estudiada. Es fácil imaginar que un sistema como este se pueda llegar a utilizar para automatizar muchas comunicaciones de orden rutinario.

Los vehículos automatizados de Google, que aparecieron en 2011, también nos dan una idea del camino que podría seguir la automatización basada en datos. Google no se propuso reproducir la forma de conducir de una persona y, en realidad, esto habría estado más allá de la capacidad actual de la inteligencia artificial. En cambio, ha simplificado el reto diseñando un potente sistema para procesar datos y poniéndolo sobre ruedas. Los coches de Google se guían por la información de un sistema GPS y por grandes cantidades de datos cartográficos muy detallados. Además, los vehículos cuentan con radares, telémetros láser y otros sistemas que ofrecen un flujo continuo de datos en tiempo real y permiten que el coche se adapte a situaciones imprevistas como un peatón que atraviesa la avenida. Puede que conducir no sea una profesión de cuello blanco, pero la estrategia usada por Google se puede extender a muchas áreas. Primero, empleando cantidades masivas de datos históricos para crear un *mapa* general que permita a los algoritmos realizar tareas rutinarias. Luego, incorporando sistemas de autoaprendizaje que se puedan adaptar a variaciones o situaciones imprevistas. El resultado será un *software* inteligente capaz de llevar a cabo, con un alto grado de fiabilidad, muchas tareas basadas en el conocimiento.

El segundo y quizá más importante impacto en los trabajos basados en el conocimiento se dará como resultado de la forma en que los macrodatos cambian las organizaciones y sus métodos de gestión. Los macrodatos y los algoritmos predictivos tienen el potencial de transformar la naturaleza y el número de los puestos de trabajo basados en conocimientos que hay en industrias y organizaciones de todos los ámbitos. Las predicciones extraídas de los datos se usarán cada vez más para sustituir cualidades humanas como el juicio y la experiencia. A medida que los altos directivos tomen cada vez más decisiones basándose en datos ofrecidos por sistemas automatizados, la necesidad de una extensa infraestructura analítica y de gestión realizada por personas se irá reduciendo. Donde hoy hay equipos de trabajadores del conocimiento que recopilan y analizan información para usarla en distintos niveles de gestión, mañana puede que solo haya un gerente que se encargue de todo usando un potente algoritmo. Las organizaciones tenderán a simplificarse. Muchos cuadros intermedios desaparecerán, y lo mismo ocurrirá con muchos puestos de trabajo que hoy ocupan oficinistas y analistas. La empresa WorkFusion, con sede en Nueva York, ofrece un ejemplo especialmente vívido del dramático impacto que tendrá la automatización de trabajos de cuello blanco en las organizaciones.

WorkFusion ofrece a las empresas una plataforma de *software* inteligente que combina la automatización con la externalización informática en red para gestionar casi por completo la ejecución de proyectos que antes necesitaban de muchas personas.

El *software* de WorkFusion empieza analizando un proyecto para determinar cuáles son las tareas que se pueden automatizar directamente, cuáles se pueden llevar a cabo externalizándolas en una red informática, y cuáles pueden ser desempeñadas por profesionales de la empresa. Luego, el sistema publica automáticamente anuncios de trabajo en sitios web como Elance o Craigslist, y gestiona la selección y contratación de trabajadores independientes calificados. Una vez contratados los trabajadores, el *software* les asigna tareas y evalúa su rendimiento. Esto lo hace pidiendo a los trabajadores que respondan a una serie de preguntas de las que ya conoce la respuesta, como prueba para medir su precisión. También hace un seguimiento de factores de productividad como la velocidad al escribir con un teclado, y ajusta automáticamente las tareas a las capacidades de cada persona. Si una persona en concreto no es capaz de finalizar una tarea dada, el sistema envía automáticamente la tarea a otra persona que sí tenga las habilidades necesarias.

Si bien el *software* automatiza casi por completo la gestión del proyecto y reduce drásticamente la necesidad de tener empleados en la empresa, está claro que este enfoque significa crear oportunidades nuevas para trabajadores autónomos. Con todo, la historia no termina aquí: a medida que los trabajadores terminan las tareas que les han sido asignadas, los algoritmos de aprendizaje automático de WorkFusion buscan nuevos mecanismos que les permitan automatizar aún más el proceso. En otras palabras, aunque los trabajadores independientes trabajen bajo las reglas del sistema, su trabajo se transforma en datos que adiestran a las máquinas para que la automatización los sustituya gradualmente.

Uno de los primeros proyectos de la empresa fue recuperar la información necesaria para actualizar una colección de cerca de 40 000 discos. Antes, el cliente realizaba esta operación una vez al año contratando colaboradores a los que pagaba por hora, lo que suponía un costo de 4 dólares por disco. Tras adoptar la plataforma deWorkFusion, el cliente pudo actualizar la colección cada mes a un costo de 20 centavos por disco. WorkFusion ha descubierto que cuando su sistema de algoritmos de aprendizaje aumenta la automatización de un proceso, los costos suelen caer en un 50% durante el primer año y otro 25% al año siguiente.[13]

Informática cognitiva y el Watson de IBM

En otoño de 2004, Charles Lickel, ejecutivo de IBM, cenaba con un pequeño equipo de investigadores en un restaurante cerca de Poughkeepsie, Nueva York, y se llevó una sorpresa al ver que a las siete en punto de la noche los clientes del restaurante se levantaban de sus mesas para mirar el televisor que había en el bar. Ocurría que Ken Jennings, ganador en más de 50 programas seguidos del concurso *Jeopardy!*, había vuelto para tratar de mejorar su récord. Charles Lickel observó que los clientes del restaurante estaban tan interesados en el programa que no volvieron a sus mesas hasta que el programa terminó.[14]

Según varios testigos, aquel incidente marcó la génesis de la idea de construir un equipo informático capaz de ganar a los mejores campeones de *Jeopardy!*. IBM tenía una larga trayectoria de inversión en proyectos llamados *grandes desafíos* que demostraban las tecnologías de la empresa y generaban una publicidad que no se podía pagar con dinero. Siete años antes habían aceptado el *gran desafío* de crear la computadora

Deep Blue, que logró derrotar al campeón mundial de ajedrez Gary Kaspárov en un torneo de seis partidos y que relacionó la marca IBM con el momento histórico en que una máquina llegó a la cumbre del ajedrez. Los ejecutivos de IBM querían un nuevo desafío que cautivara al público, posicionara a la empresa como una de las más importantes en tecnología de la información y dejara claro que el testigo de la innovación no había pasado a manos de Google ni de ninguna otra empresa de Silicon Valley.

La idea de concursar en *Jeopardy!* fue un gran desafío que culminaría en un concurso emitido por televisión entre los mejores participantes humanos y la computadora de IBM. Muy pronto, el proyecto empezó a captar la atención de los altos directivos de la empresa y de los científicos que tendrían que construir aquel sistema. Una computadora que pudiera ganar *Jeopardy!* debía tener unas capacidades que iban mucho más allá de todo lo visto hasta entonces. Muchos investigadores temían que la empresa se arriesgara a un gran fracaso y quedara en evidencia en cadena nacional.

La verdad es que no había ninguna razón para creer que el triunfo de Deep Blue en el ajedrez sería extrapolable a *Jeopardy!*. El ajedrez es un juego con unas reglas muy precisas que se aplican a un campo estrictamente limitado: es casi ideal para una computadora. En cierto modo, IBM tuvo éxito porque usaba un *hardware* muy personalizado. Deep Blue era un sistema del tamaño de un refrigerador repleto de procesadores que fueron especialmente diseñados para jugar al ajedrez. Sus algoritmos de *fuerza bruta* aplicaban toda la potencia de la máquina a calcular los movimientos posibles tras una jugada. Luego, para cada uno de esos movimientos el *software* era capaz de prever lo que sucedería al cabo de muchas jugadas realizando innumerables permutaciones, en un proceso laborioso que casi siempre producía un curso de acción óptimo. Deep Blue era, sobre todo, un ejercicio de puro cálculo matemático; toda la información que necesitaba para jugar una partida estaba codificada en un formato que podía procesar directamente. Ningún requisito estipulaba que actuara como un jugador humano.

Jeopardy! planteaba un escenario totalmente diferente que, a diferencia del ajedrez, era esencialmente abierto. Podía abarcar casi cualquier tema accesible para una persona culta: ciencia, historia, cine, literatura, geografía o cultura popular, por solo citar algunos. Por otro lado, la computadora también debería afrontar una serie de retos técnicos de gran envergadura. El primero era la necesidad de que entendiera el lenguaje natural: debería recibir la información y dar sus respuestas en el mismo formato que los competidores humanos. El reto que planteaba *Jeopardy!* era especialmente difícil porque el espectáculo, además de ser una competencia justa, tenía que ofrecer entretenimiento a millones de espectadores. Los guionistas del programa suelen incluir preguntas llenas de humor, ironía y juegos de palabras que parecen concebidas para provocar respuestas ridículas por parte de una máquina.

Como señala un documento de IBM que describe la tecnología de Watson, decimos que tenemos narices que gotean y pies que huelen, que un hombre sabio no es lo mismo que un sabelotodo, o que por mucho madrugar no amanece más temprano.[15] Para entender expresiones así, una computadora tendría que resolver con éxito las ambigüedades del lenguaje y tener un nivel de comprensión general muy superior al de los algoritmos informáticos diseñados para procesar millones de datos. A manera de ejemplo, consideremos la frase «Si la metes has perdido», que fue uno de los reactivos en un programa de *Jeopardy!* en julio de 2000; como estaba en la fila superior del tablero de juego se consideraba una pregunta muy sencilla. La respuesta correcta era «La bola blanca», algo que escapa por completo a cualquier algoritmo *normal*.*

Todos estos retos fueron entendidos por David Ferrucci, el experto en inteligencia artificial que dirigió el equipo que construyó Watson. Ferrucci había dirigido anteriormente a un pequeño grupo de investigadores de IBM dedicado a crear un sistema que pudiera responder a preguntas hechas en lenguaje natural. El equipo creó un sistema llamado Piquant y lo inscribió en un concurso organizado por la Oficina Nacional de Estándares y Tecnología, la misma agencia que patrocinaba el concurso de traducción automática en el que se impuso Google. En el concurso, los sistemas que competían tenían que buscar en cerca de un millón de documentos para responder a las preguntas que se les hacían, y no había un límite de tiempo. En algunos casos, los algoritmos tardaban varios minutos en responder.[16] Este reto era mucho más sencillo que jugar *Jeopardy!*, donde las preguntas abarcan una gama casi ilimitada de conocimientos, y la máquina debe responder correctamente en unos segundos si quiere tener alguna posibilidad de ganar a los mejores jugadores humanos.

Piquant (al igual que sus competidores) no solo era lento; también era impreciso. El sistema daba respuestas correctas alrededor del 35% de las veces, un porcentaje no mucho mayor que el que se puede lograr usando el buscador de Google.[17] Cuando el equipo de Ferrucci trató de crear un prototipo para *Jeopardy!* basado en Piquant, los resultados fueron desastrosos. La idea de que Piquant pudiera competir algún día en *Jeopardy!* contra Ken Jennings parecía una broma. Ferrucci reconoció que tendrían que empezar de cero y que el proyecto era de tal envergadura que haría falta por lo menos

---

* En *Jeopardy!* las pistas tienen forma de respuestas y el concursante debe formular una pregunta cuya respuesta correcta sea una pista dada..

un lustro para llevarlo a buen fin. En IBM le dieron luz verde y en 2007 empezó a construir «la obra de ingeniería más inteligente que el hombre haya visto jamás».[18] Para ello recurrió a todos los recursos de la empresa y formó un equipo de trabajo que contaba con los mejores expertos en inteligencia artificial de IBM y con académicos del MIT y de la universidad Carnegie Mellon.[19]

El equipo de Ferrucci, que con el tiempo acabó contando con 20 investigadores, empezó reuniendo una gran cantidad de información que serviría de base para las respuestas de Watson. Esta información equivalía a 200 millones de páginas e incluía diccionarios, libros de referencia, obras de literatura, archivos de periódicos, páginas web y casi todo el contenido de Wikipedia. Después se recopilaron los datos históricos de *Jeopardy!* y más de 180 000 preguntas para que los algoritmos de aprendizaje automático de Watson empezaran a trabajar. Por otro lado, las respuestas de los mejores concursantes también se usaron para refinar la estrategia de apuestas de la computadora.[20] El desarrollo de Watson exigió miles de algoritmos separados, cada uno centrado en una tarea concreta como la búsqueda en textos, la comparación de fechas, horas y lugares, el análisis gramatical de las preguntas o la traducción de la información en bruto para las respuestas a un formato adecuado.

Watson empezaba analizando las palabras de una pregunta para tratar de entender qué era exactamente lo que debía buscar. Este paso, aparentemente sencillo, puede ser un reto tremendo para una computadora. Consideremos, por ejemplo, una pregunta que apareció en una categoría titulada «Lincoln blogs» y que se usó en el adiestramiento de Watson: «El secretario Chase me la acaba de presentar por tercera vez; adivina, amigo: a la tercera va la vencida». Para tener alguna posibilidad de responder correctamente, la máquina primero tendría que entender que el caso inicial de la palabra *la* actúa como un parámetro a sustituir con la respuesta que debe buscar.[21]

Cuando logra una comprensión básica de la pregunta, Watson ejecuta simultáneamente cientos de algoritmos, cada uno con un enfoque diferente en su intento de extraer una posible respuesta de los masivos corpus de material de referencia almacenados en su memoria. En el ejemplo anterior, Watson sabía que la palabra *Lincoln* era importante, pero *blogs* era una palabra que seguramente actuaba como distracción: a diferencia de un ser humano, la máquina no entendía que los guionistas imaginaran a Lincoln como un bloguero.

A medida que los distintos algoritmos de búsqueda ofrecen centenares de respuestas posibles, Watson las clasifica y las compara. Una estrategia de la máquina es insertar una respuesta posible en la pregunta original para formar un enunciado, y luego busca en el material de referencia algo que corrobore la información. Por ejemplo, si uno de los algoritmos llega a la respuesta correcta *dimisión*, Watson busca en la base de datos un enunciado parecido a «El secretario Chase presentó su dimisión a Lincoln por tercera vez». Esto daría lugar a un montón de coincidencias aproximadas, y la confianza de la computadora en esa respuesta concreta aumentaría. Para clasificar las posibles respuestas, Watson también se basa en grandes cantidades de datos históricos; sabe con precisión qué algoritmos tienen el mejor historial con distintos tipos de preguntas y valora más sus respuestas. La capacidad de Watson para clasificar respuestas enunciadas correctamente en lenguaje natural y determinar si tiene o no la certeza suficiente para presionar el timbre de *Jeopardy!*, es una de las características que definen el sistema y lo sitúa en la vanguardia de la inteligencia artificial. La máquina de IBM «sabe qué es lo que sabe», algo que es parte de la naturaleza humana, pero que escapa a casi todos los equipos informáticos que se enfrentan a grandes cantidades de datos que no están estructurados y que están pensados para que los entiendan personas.

Watson derrotó a dos campeones de *Jeopardy!*, Ken Jennings y Brad Rutter, en dos concursos que fueron emitidos por televisión en febrero de 2011, e IBM recibió la publicidad y el reconocimiento que esperaba. Mucho antes de que la histeria de los medios de comunicación por aquel logro se empezara a desvanecer, empezó a tomar cuerpo una aplicación mucho más importante: IBM decidió explotar las capacidades deWatson en el mundo real, y una de las áreas más prometedoras era la medicina. Reutilizado como sistema de diagnóstico, Watson ofrece la posibilidad de extraer respuestas precisas de una asombrosa cantidad de información médica procedente de libros de texto, revistas científicas, estudios clínicos e incluso notas de médicos y enfermeras sobre pacientes concretos. Ningún médico, por sí solo, podría acercarse a la capacidad de Watson para rebuscar en esta inmensa colección de datos y descubrir relaciones que pueden no ser obvias, sobre todo si la información se obtiene de fuentes que cruzan las fronteras entre especialidades médicas.* En 2013, Watson estaba ayudando a diagnosticar problemas y a perfeccionar los tratamientos de pacientes de los principales centros médicos, incluyendo la Clínica de Cleveland y el Centro Oncológico MD Anderson de la Universidad de Texas.

---

*Según el libro de 2011 de Stephen Baker *La final de* Jeopardy!, el líder del proyecto Watson, David Ferrucci, tuvo un problema dental que le generó mucho dolor durante meses. Después de varias visitas a distintos dentistas y de una endodoncia innecesaria, Ferrucci fue derivado a otra rama de la medicina y ahí solucionaron su problema. El problema se describió en un artículo de una revista médica. Ferrucci no dudó que una máquina como Watson podría haber dado el diagnóstico correcto casi al instante..

Como parte de su esfuerzo para convertir a Watson en una herramienta práctica, los investigadores de IBM se enfrentan a uno de los principales principios de la gran revolución de los macrodatos: la idea de que la predicción basada en la correlación es suficiente, y que una profunda comprensión de la causalidad es tanto inalcanzable como innecesaria. Una característica nueva de Watson, a la que llamaron *WatsonPaths*, va más allá de simplemente proporcionar una respuesta, y además permite a los investigadores ver las fuentes particulares empleadas por Watson en su consulta, la lógica que utiliza en sus análisis y las inferencias que formula en el camino para generar una respuesta. En otras palabras, Watson está avanzando gradualmente hacia ofrecer una visión más clara de por qué algo es verdad. WatsonPaths también está siendo utilizada como una herramienta para ayudar a los estudiantes de medicina a generar diagnósticos médicos. Menos de tres años después de que un equipo de investigadores tuviera éxito en la construcción y formación de Watson, los roles se han invertido —por lo menos hasta cierto punto—, y la gente ahora está aprendiendo de la forma en que razona el sistema cuando se le presenta un problema complejo. [22]

Otras aplicaciones obvias para el sistema Watson se encuentran en áreas como el servicio al cliente y el soporte técnico. En 2013, IBM anunció que trabajaría con la empresa Fluid, Inc., un importante proveedor y consultor de servicios de compras por internet. El proyecto tiene como objetivo permitir que los sitios de compras en línea reproduzcan la clase de asistencia personalizada y con lenguaje natural que se obtiene de un empleado de ventas experto como los que trabajan en tiendas al menudeo. Si alguien que va a ir de campamento y necesitara una casa de campaña dijera algo como: «Voy a llevar a mi familia de campamento al norte del estado de Nueva York en el mes de octubre y necesito una tienda de campaña. ¿Qué debo tomar en cuenta?», a continuación se le ofrecería una serie de recomendaciones específicas sobre tiendas de campaña, así como un listado de otros artículos que quizá no hubiera considerado comprar.[23] Como sugerí en el capítulo 1, es solo cuestión de tiempo para que ese tipo de servicio esté disponible en los teléfonos móviles, y los consumidores sean capaces de solicitar asistencia en lenguaje natural de la misma manera que lo hacen en las tiendas convencionales.

La empresa MD Buyline, Inc., especializada en el suministro a hospitales de información e investigación acerca de la última tecnología para el cuidado de la salud, tiene previsto utilizar a Watson para responder a las preguntas más técnicas que surgen cuando los hospitales necesitan comprar nuevos equipos. El sistema se basaría en especificaciones de productos, precios, estudios clínicos e investigaciones para hacer recomendaciones específicas e instantáneas a los médicos y los gerentes de compras.[24] Watson también está buscando un papel en la industria financiera, donde el sistema puede proporcionar asesoría financiera personalizada ahondando en una gran cantidad de información sobre clientes específicos, así como también sobre el mercado y las condiciones económicas. El despliegue de Watson en los centros de llamadas de atención al cliente hace que quizá esta sea el área donde causará más perjuicio a corto plazo; y parece que no es casualidad que después de un año del triunfo en *Jeopardy!*, IBM estuviera trabajando con Citigroup explorando aplicaciones del sistema para las ingentes operaciones bancarias de su división minorista.[25]

La nueva tecnología de IBM se encuentra todavía en sus primeros años. Watson —al igual que los sistemas de la competencia que sin lugar a dudas están a punto de surgir— tiene el potencial de revolucionar la forma en que se formulan las preguntas y las respuestas, así como el análisis de la información y la manera en que se aborda, tanto internamente en los negocios como en los contratos con los clientes. No hay forma de escapar de la realidad de que, sin embargo, una gran parte de los análisis realizados por los sistemas de este tipo hubieran sido realizados de otra manera por trabajadores del conocimiento humano.

Componentes en la nube

En noviembre de 2013, IBM anunció que el sistema de Watson se movería a la nube desde los equipos especializados que alojan el sistema de *Jeopardy!*. En otras palabras, Watson podría ahora residir en enormes colecciones de servidores conectados a internet. Los desarrolladores podrían enlazarse directamente con el sistema e incorporar la revolucionaria tecnología de la informática cognitiva de IBM a programas de *software* y aplicaciones móviles. Esta última versión de Watson también era más del doble de rápida que su predecesor, el jugador de «Jeopardy! ». IBM prevé la rápida aparición de todo un ecosistema de aplicaciones de lenguaje inteligente, que lleva la etiqueta de Tecnología Watson.[26]

El desplazamiento de la vanguardia de la inteligencia artificial a la nube puede ser visto como un poderoso motor que acelerará la automatización de los trabajos de cuello blanco. La informática en la nube se ha convertido en el foco de una intensa competencia entre las principales empresas de la tecnología de la información, incluyendo a Amazon, Google y Microsoft. Google, por ejemplo, ofrece a los desarrolladores un programa de aprendizaje automático establecido en la nube, así como un motor de procesamiento a gran escala que permite a los programadores resolver problemas informáticos muy complejos a través de la ejecución de su *software* en inmensas redes de servidores que actúan como supercomputadoras. Amazon es el líder de la industria en el suministro de servicios informáticos en la nube. Cycle Computing es una pequeña empresa especializada en informática a gran escala que fue capaz de resolver a través del servicio de la nube de Amazon, y en tan solo 18 horas, un complejo problema que le habría tomado más de 260 años a una computadora personal. La empresa estima que antes de la llegada de la informática a la nube le habría costado aproximadamente 68 millones de dólares construir una supercomputadora que fuera capaz de realizar su objetivo. En contraste, es posible alquilar 10 000 servidores en la nube de Amazon por alrededor de 90 dólares la hora.[27]

Al igual que el campo de la robótica está preparado para un crecimiento explosivo, mientras los componentes de *hardware* y *software* utilizados en el diseño de las máquinas se vuelven más baratos y tienen mayor capacidad, un fenómeno parecido se está dando en la tecnología que impulsa la automatización del trabajo del conocimiento. Cuando tecnologías como Watson, las redes neuronales de aprendizaje profundo o los mecanismos de escritura narrativa estén alojados en la nube, se convertirán en componentes que podrán ser aprovechados en un sinnúmero de formas nuevas. De la misma manera en que los piratas informáticos se dieron cuenta muy rápidamente de que Kinect de Microsoft podría utilizarse como una forma barata de lograr la visión en 3D en robots, los programadores podrán encontrar inesperadas, y tal vez revolucionarias, aplicaciones que podrán utilizar para los componentes de *software* basados en la nube. Cada uno de estos componentes es, de hecho, una caja negra, lo que significa que pueden utilizarlos programadores que no tienen ningún conocimiento detallado de cómo funcionan.

El resultado final será innovador, y todas las tecnologías creadas por equipos de especialistas se convertirán rápidamente en algo accesible, incluso para programadores *amateur*.

Mientras que las innovaciones en robótica producen máquinas tangibles que a menudo se asocian con determinados puestos de trabajo (un robot haciendo una hamburguesa o un robot haciendo montaje de precisión), el progreso en la automatización de *software* probablemente sea mucho menos visible para el público; a menudo se llevará a cabo en lo profundo de las corporaciones y tendrá impactos más globales en las organizaciones y las personas que emplean. La automatización de los trabajos de cuello blanco será a menudo la historia de consultores de tecnología de la información que descienden a las grandes organizaciones y construyen sistemas totalmente personalizados que tienen el potencial de revolucionar la forma en que opera el negocio, mientras que al mismo tiempo se elimina la necesidad de potencialmente cientos o incluso miles de trabajadores expertos. De hecho, uno de los motivos de IBM para crear la tecnología de Watson fue ofrecer a su división de consultoría, que junto con las ventas de *software* representan en la actualidad la gran mayoría de los ingresos de la empresa, una ventaja competitiva. Al mismo tiempo, los empresarios ya están encontrando maneras de utilizar los mismos componentes en la nube para crear productos de automatización asequibles orientados a los negocios tanto pequeños como medianos.

La informática en la nube ha tenido un impacto significativo en los trabajos relacionados con la tecnología de la información. Durante el boom tecnológico de la década de 1990, un gran número de puestos de trabajo bien remunerados fueron creados por empresas y organizaciones de todos los tamaños que necesitaban profesionales de la tecnología de la información para que administraran e instalaran computadoras personales, redes y *software*. Sin embargo, a partir de la primera década del siglo XXI, esta tendencia empezó a cambiar a medida que las empresas externalizaron a grandes centros de informática centralizados muchas de las funciones de la tecnología de la información.

Las inmensas instalaciones que almacenan los sistemas y servicios de la informática en la nube se benefician de enormes economías emergentes, mientras que las funciones administrativas que una vez desempeñaron ejércitos de trabajadores calificados en tecnologías de la información han sido sustituidas por la automatización. Facebook, por ejemplo, emplea una aplicación de *software* inteligente llamada Cyborg que monitoriza continuamente decenas de miles de servidores, detecta problemas, y en muchos casos puede repararlos de manera totalmente autónoma. Un ejecutivo de Facebook señaló en noviembre de 2013 que el sistema Cyborg resuelve de forma rutinaria miles de problemas que de otra manera tendrían que ser abordados manualmente, y dijo también que actualmente un solo técnico puede hacerse cargo hasta de 20 000 computadoras.[28]

Los centros de datos para la informática de la nube se construyen a menudo en áreas relativamente rurales donde la tierra y, sobre todo la energía eléctrica, son abundantes y baratas. Estados y gobiernos locales compiten intensamente por las instalaciones, ofreciendo a empresas como Google, Facebook y Apple generosos descuentos en impuestos y otros incentivos financieros. Su objetivo principal, por supuesto, es la creación de muchos puestos de trabajo para los residentes locales, pero tales esperanzas rara vez se cumplen. En 2011, Michael Rosenwald, de *The Washington Post*, informó que un centro de datos colosal había sido construido por Apple, Inc., y que valía 1 000 millones de dólares, en el pueblo de Maiden, en Carolina del Norte, pero solamente se habían creado

50 puestos de tiempo completo. Los residentes no podían «comprender cómo instalaciones tan caras que ocupan cientos de hectáreas pueden crear tan pocos puestos de trabajo».[29] La explicación, por supuesto, es que los algoritmos como Cyborg están haciendo el trabajo pesado.

El impacto en el empleo va más allá de los centros de datos y se extiende a las empresas que ofrecen servicios de informática en la nube. En 2012, Roman Stanek, el director ejecutivo de la empresa Good Data, una empresa situada en San Francisco que utiliza los servicios de la nube de Amazon para llevar a cabo el análisis de datos de unos 6 000 clientes, señaló que «antes, cada empresa necesitaba al menos cinco personas para hacer este trabajo; esto es 30 000 personas. Yo hago ese mismo trabajo con 180 personas. No sé lo que van a hacer los demás, pero este trabajo ya no es para ellos. Es una consolidación de "el ganador se queda con todo"».[30]

La desaparición de miles de puestos de trabajo calificados en la tecnología de la información es el inicio del extenso impacto que se dará en el resto de los empleos basados en el conocimiento. Como dijo el cofundador de Netscape y capitalista de riesgo Marc Andreessen: «El *software* está comiéndose al mundo». Más tarde que temprano, ese *software* se encontrará alojado en la nube. Desde ese punto panorámico finalmente estará en condiciones de invadir virtualmente todos los lugares de trabajo, y se tragará casi cualquier trabajo de cuello blanco que implique sentarse ante una computadora a manipular información.

Algoritmos en la frontera

Si hay un mito sobre la tecnología de la información que debe ser erradicado es la creencia de que las computadoras pueden hacer solamente aquello para lo que están específicamente programados. Como hemos visto, los algoritmos de aprendizaje automático procesan datos de forma rutinaria, revelan nuevas relaciones estadísticas y, en esencia, escriben sus propios programas a partir de lo que descubren. En algunos casos, las computadoras están llegando aún más allá, y han empezado a invadir espacios que casi todo el mundo asume que son de competencia exclusiva de la mente humana: las máquinas han empezado a demostrar curiosidad y creatividad.

En 2009, Hod Lipson, director del Laboratorio de Máquinas Creativas de la Universidad de Cornell, y su estudiante de doctorado, Michael Schmidt, construyeron un sistema que ha demostrado ser capaz de descubrir de forma independiente leyes fundamentales de la naturaleza. Lipson y Schmidt elaboraron un péndulo doble —un aparato que está conformado por un péndulo que se une a otro por la parte de abajo—. Cuando ambos péndulos se balancean, el movimiento es extremadamente complejo y aparentemente caótico. El movimiento del péndulo es capturado a través de sensores y cámaras que producen un flujo de datos. Con los resultados que obtuvieron de este experimento hicieron un programa que tiene la capacidad de controlar la posición de salida del péndulo; en otras palabras, crearon un científico artificial con la capacidad de llevar a cabo sus propios experimentos.

Utilizaron el programa para soltar repetidamente el péndulo y calcular los datos del movimiento para averiguar las ecuaciones matemáticas que describen el comportamiento que tiene. El algoritmo tenía un control total sobre el experimento, ya que fue capaz de decidir cómo y cuándo soltar el péndulo, es decir, no es algo aleatorio: después de realizar una prueba, el programa elegía el punto de partida inicial que daría la explicación de las leyes subyacentes al movimiento del péndulo. Lipson señaló que el sistema no es un algoritmo pasivo que esté a la espera observando, sino que hace preguntas y a esto se le llama *curiosidad*.[31] El programa, que después fue llamado Eureqa, tardó solo unas horas en averiguar algunas de las leyes de la física que describen el movimiento del péndulo —incluyendo la segunda ley de Newton—, y fue capaz de hacerlo sin haber tenido información previa ni programación sobre física o sobre las leyes de movimiento.

Eureqa utiliza programación genética, una técnica inspirada en la evolución biológica en la que los algoritmos realizan una combinación aleatoria de varios bloques matemáticos para crear unas ecuaciones que luego son probadas para ver cómo se ajustan a los datos.* Las ecuaciones que no pasan la prueba son descartadas, mientras que las que muestran ventaja se retienen y recombinan de maneras diferentes para que el sistema finalmente converja en un modelo matemático preciso.[32] El proceso para encontrar una ecuación que describa el comportamiento de un sistema natural no es de ninguna manera algo trivial. Como dice Lipson: «Anteriormente, un científico podría dedicar toda su carrera a encontrar un modelo predictivo».[33] Y Schmidt añadió: «Los físicos como Newton y Kepler hubieran podido utilizar una computadora empleando este algoritmo para averiguar las leyes que explican la caída de una manzana o el movimiento de los planetas en tan solo un par de horas».[34]

---

*Esto es mucho más avanzado que la técnica estadística llamada «regresión» que se usa normalmente. Con la regresión (tanto lineal como no lineal), la forma de la ecuación se establece de antemano y los parámetros de la ecuación se optimizan para que encajen con los datos. En cambio, el programa Eureqa es capaz de determinar de manera independiente ecuaciones de cualquier forma utilizando una variedad de componentes matemáticos que incluyen operaciones aritméticas, funciones trigonométricas y funciones logarítmicas, constantes, etcétera.

Cuando Schmidt y Lipson publicaron el artículo en el que describían su algoritmo les llegó un mundo de solicitudes de diversos científicos para poder acceder al *software*, por lo que decidieron poner a Eureqa disponible en internet desde finales de 2009. Desde entonces, el programa ha producido una cantidad de resultados que son de gran utilidad para el conocimiento científico, entre los que se encuentra una abreviatura de la ecuación que describe la bioquímica de las bacterias que los científicos siguen luchando por comprender.[35] En 2011, Schmidt fundó Nutonian, Inc., una empresa radicada en el área de Boston enfocada en la comercialización de Eureqa como una herramienta de análisis de macrodatos, tanto para uso empresarial como académico. Uno de los resultados es que Eureqa —igual que Watson de IBM— está actualmente alojada en la nube y se encuentra disponible como un componente para crear aplicaciones para otros desarrolladores de *software*.

La gran mayoría tendemos a asociar el concepto de creatividad exclusivamente con el cerebro humano, pero vale la pena recordar que el cerebro en sí mismo —con mucho, el invento más complejo que existe— es producto de la evolución. Por lo que no es sorprendente que en los intentos para construir máquinas creativas se incorporen técnicas de programación genética, la cual permite a los algoritmos informáticos diseñarse por sí mismos a través del proceso darwiniano conocido como selección natural. Las instrucciones de los programas se generan inicialmente al azar, y luego se mezclan varias veces utilizando técnicas que simulan la reproducción sexual. De vez en cuando, una mutación aleatoria es lanzada para ayudar a impulsar el proceso en direcciones totalmente nuevas. A medida que evolucionan los nuevos algoritmos, se someten a una prueba de aptitud que los lleva a la supervivencia o, mucho más frecuentemente, a su desaparición.

El consultor, informático y profesor de la Universidad de Stanford John Koza es uno de los principales investigadores en esta materia y ha realizado un trabajo muy vasto utilizando algoritmos genéticos como «máquinas de invención automatizada».* Koza ha aislado al menos 76 casos de algoritmos genéticos que han producido diseños tan competitivos como los realizados por humanos en los campos de la ciencia y de la ingeniería, incluyendo el diseño de circuitos eléctricos, sistemas mecánicos, óptica, reparación de *software* e ingeniería civil. En la mayoría de los casos, los algoritmos han reproducido diseños ya existentes, pero hay por lo menos dos casos registrados de programas de genética que han generado nuevas invenciones patentables.[36] Koza sostiene que los algoritmos genéticos pueden tener una gran ventaja frente a los diseñadores humanos, ya que no los limitan ideas preconcebidas; es decir, están más cerca de conseguir una aproximación atípica al problema.[37]

Los postulados de Lipson sobre la curiosidad de Eureqa, y la discusión que expone Koza en relación a que los algoritmos no actúan por ideas preconcebidas, sugieren que la creatividad puede ser algo que las computadoras son capaces de conseguir. La última prueba de este tipo de teorías podría ser confirmada si una computadora fuera capaz de generar una obra de arte, porque la creatividad genuinamente artística —quizá más que cualquier otra actividad intelectual— es algo que asociamos exclusivamente con la mente humana. Citando al articulista de la revista *Time*, Lev Grossman: «Crear una obra de arte es una de esas actividades que solo un

***

* Además de su trabajo como programador genético, Koza es inventor del boleto de lotería que se raspa y el promotor del programa «la solución constitucional» cuya idea es elegir al presidente de los Estados Unidos por elección popular y que los estados se comprometan a adjudicar los votos de los colegios electorales basándose en el resultado del voto popular del país entero.

ser humano puede realizar. Es un acto de autoexpresión; no se supone que pueda hacerse si no se tiene un ser».[38] Aceptar la posibilidad de que una computadora pueda ser un artista legítimo requeriría una reevaluación fundamental de nuestras suposiciones sobre la naturaleza de las máquinas.

En la película de 2004 *Yo, robot*, el protagonista, Will Smith, le pregunta a un robot: «¿Puede un robot escribir una sinfonía o convertir un lienzo en una hermosa obra de arte?», y el robot responde: «¿Lo puedes hacer tú?». Lo que está sugiriendo es que la gran mayoría de la gente no es capaz de hacer ninguna de las dos cosas. En el mundo real de nuestros días, sin embargo, la pregunta hecha por Smith, provocaría que el robot diera una respuesta más contundente: «Sí».

En julio de 2012, la Orquesta Sinfónica de Londres interpretó una pieza llamada *Tránsitos-Hacia el abismo*. Uno de los críticos que asistió al concierto dijo que era una pieza «artística y encantadora».[39] Este evento se caracterizó por ser el primero en el que una de las mejores orquestas a nivel mundial interpretaba música compuesta en su totalidad por una máquina. La obra fue compuesta por Iamus, un grupo de computadoras que ejecutan un algoritmo de inteligencia artificial especializado en la música. Iamus, nombrado así en honor del personaje de la mitología griega que tenía la habilidad de entender el lenguaje de las aves, fue diseñado por investigadores de la Universidad de Málaga en España. El programa se inicia con un mínimo de información, como la clase de instrumentos que interpretarán la música, y después, sin contar ya con la intervención de los humanos, crea una muy compleja composición —que suele provocar una respuesta emotiva por parte del público— en pocos minutos. Iamus ya ha realizado millones de piezas en estilo clásico moderno y será adaptado en el futuro para generar cualquier tipo de expresión musical. De igual manera que Eureqa, Iamus ahora es una empresa que comercializa esta tecnología. La empresa Melomics Media, Inc., está diseñada para vender música en una tienda en línea parecida a iTunes; la diferencia es que las composiciones creadas por Iamus se ofrecen libres de derechos de autor, permitiendo que los compradores utilicen la música de la manera que deseen.

La música no es la única manifestación artística creada por computadoras. Simon Colton, un profesor de informática creativa de la Universidad de Londres, construyó un programa de inteligencia artificial llamado The Painting Fool (*El loco que pinta*) del que espera que algún día sea reconocido como pintor (véase la figura 4.1). «El objetivo de este proyecto no es generar un programa donde las fotografías se vean como si hubieran sido pintadas; esto ya lo hace Photoshop desde hace años —señala Colton—. El objetivo es ver si un programa informático es aceptado como creativo por derecho propio.»[40]

Colton desarrolló un conjunto de aptitudes en el sistema a las que llama *comportamientos apreciativos y de imaginación*. El *software* puede identificar en fotografías las emociones de las personas y luego pintar un retrato abstracto que intenta transmitir el estado emocional. También puede generar objetos imaginarios utilizando técnicas basadas en programación genética. El *software* de Colton tiene incluso la capacidad de ser autocrítico mediante la integración de otra aplicación llamada Darci, que es obra de investigadores de la Universidad Brigham Young. Los desarrolladores de Darci empezaron con una base de datos de cuadros que habían sido descritos por seres humanos con adjetivos como *oscuro*, *triste* o *inspirador*. Enseguida, entrenaron una red neuronal para hacer asociaciones y le dieron libertad para clasificar otras pinturas. The Painting Fool es capaz de utilizar la retroalimentación de Darci para decidir si está o no logrando los objetivos mientras pinta.[41]

Con esto no estoy tratando de decir que pronto un gran número de artistas o compositores estarán desempleados, sino que las técnicas utilizadas para construir *software* creativo, muchas de las cuales se basan en programación genética, pueden ser reutilizadas en un sinnúmero de nuevas maneras. Si las computadoras pueden componer obras musicales y diseñar componentes electrónicos, entonces es probable que muy pronto sean capaces de formular nuevos mecanismos jurídicos o quizá encuentren una manera distinta de aproximarse a problemas administrativos. Por el momento, los trabajos de oficina con mayor riesgo continuarán siendo los que son más rutinarios y predecibles, pero en todas las demás ramas se está avanzando rápidamente.

En ningún otro lado, el ritmo del avance tecnológico es más evidente que en Wall Street. Donde anteriormente las operaciones financieras dependían en gran medida de la comunicación que se establecía entre la gente, ya fuera en los pisos de las bolsas o telefónicamente, ahora están siendo dominadas por máquinas que se comunican por enlaces de fibra

Figura 4.1. Obra de arte original creada por *software*.

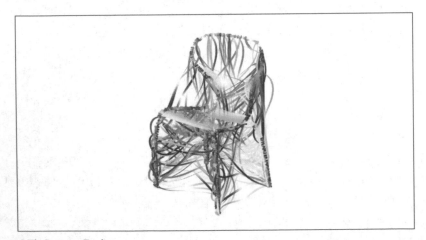

©ThePaintingFool.com

óptica. Según algunos cálculos, los algoritmos que operan en bolsa son responsables por lo menos de la mitad, o quizá hasta del 70%, de las transacciones en el mercado bursátil. Estos complejos operadores robotizados —muchos de los cuales son impulsados por tecnologías que están en la frontera de las investigaciones sobre inteligencia artificial— hacen más que simples transacciones de rutina. De hecho, lo que hacen es tratar de obtener ganancias detectando y *atrapando* acciones frente a transacciones enormes iniciadas por fondos de inversión y de pensiones. Tratan de engañar a otros algoritmos lanzando ofertas al sistema que en fracciones de segundo desaparecen. Tanto las agencias Bloomberg como Dow News Service ofrecen productos que son legibles por máquinas especialmente diseñadas para alimentar el voraz apetito de noticias financieras por parte de los algoritmos, que pueden, tal vez en cuestión de milisegundos, convertirlas en operaciones rentables. Los servicios de noticias también proporcionan información en tiempo real que permite a las máquinas ver cuáles son los elementos que están atrayendo la mayor atención.[42] Twitter, Facebook y la blogosfera también son alimentados por estos algoritmos que compiten. En un artículo publicado en 2013 por la revista científica *Nature*, un grupo de físicos que estudiaron los mercados financieros a nivel global identificaron «una ecología emergente de máquinas competitivas que ofrecen multitud de algoritmos depredadores», y sugirieron que las operaciones bursátiles automatizadas han progresado más allá del control, e incluso.[43]

En el terreno de lucha constante que habitan estos algoritmos, las cosas se desarrollan a un ritmo tan acelerado que el agente de bolsa humano más competente sería incapaz de comprender. De hecho, la velocidad —que en algunos casos se mide en millonésimas o incluso milmillonésimas de segundo— es tan fundamental para conseguir el triunfo de algoritmos en las transacciones, que las firmas de Wall Street han invertido colectivamente miles de millones de dólares en la construcción de instalaciones informáticas y vías de comunicación que están diseñadas para producir pequeñas ventajas en la velocidad. Por ejemplo, en 2009, una empresa llamada Spread Networks gastó alrededor de 200 millones de dólares para conectar Nueva York con Chicago a través de un nuevo cable de fibra óptica que se extiende por 1 300 kilómetros en línea recta. Para conseguir su objetivo y no alertar a la competencia, la empresa operó con cautela y perforó un túnel en las montañas de Allegheny. Cuando el nuevo camino de fibra óptica empezó a funcionar ofreció una ventaja en velocidad de tal vez tres o cuatro milésimas de segundo en comparación con las vías de comunicación existentes. Esto fue suficiente para permitir que cualquier sistema de comercio algorítmico que empleara la nueva ruta dominara a su competencia. Para hacer frente a la debacle, las firmas de Wall Street se alinearon y contrataron servicios de banda ancha, que según los informes tuvo un costo diez veces mayor que el de los cables originales. Actualmente se está montando un cableado similar que atraviesa el océano Atlántico para conectar Londres con Nueva York, con el que se estima un recorte en el tiempo de una transacción de unas cinco milésimas de segundo.[44]

El impacto de esta automatización es clara: aunque el mercado de valores continuó su trayectoria ascendente en 2012 y 2013, los grandes consorcios bancarios de Wall Street anunciaron despidos masivos, que a menudo dieron como resultado la eliminación de decenas de miles de puestos de trabajo. A principios del siglo XXI, las firmas de Wall Street establecidas en la ciudad de Nueva York tenían cerca de 150 000 empleados financieros; en 2013, la cantidad de transacciones realizadas y las ganancias de la industria bancaria se dispararon, aunque la cantidad de puestos laborales eliminados fue casi de 50 000.[45] En el contexto del colapso general del empleo, Wall Street creó al menos un puesto de trabajo de muy alto perfil: a finales de 2012, David Ferrucci, el científico que dirigió el proyecto para construir Watson, dejó IBM tras ser reclutado por Wall Street para incorporar al mundo bursátil los últimos avances en la inteligencia artificial y, presumiblemente, tratar de obtener una ventaja competitiva para los algoritmos de negociación de la empresa en que trabaja.[46]

Deslocalización y puestos de trabajo calificados

Si bien la tendencia hacia una mayor automatización en los puestos de trabajo de administración es evidente, el ataque más espectacular se dará en el futuro contra los profesionales que estén verdaderamente especializados. Esto no necesariamente sucede con la deslocalización, mediante la cual los trabajos especializados se trasladan electrónicamente a países donde los salarios son menores. Profesionales titulados y especializados, como abogados, radiólogos y, especialmente, programadores y trabajadores de la tecnología de la información, ya han sufrido un impacto significativo. En la India, por ejemplo, hay ejércitos de trabajadores en los centros de llamadas o *call centers* y de profesionales en tecnología de la información, así como contadores especializados en impuestos en el código tributario de Estados Unidos, y abogados que han sido formados en aquel país, pero que son especialistas en derecho estadounidense y se encuentran listos para realizar trabajos de investigación jurídica a menor costo para las empresas estadounidenses que participan en litigios internos. Y aunque el fenómeno de la deslocalización puede parecer totalmente ajeno a las pérdidas de puestos de trabajo causadas por las computadoras y los algoritmos, es precisamente lo contrario: la deslocalización es muy a menudo un precursor de la automatización, y los empleos que genera en los países con salarios bajos llegarán a permanecer durante un periodo limitado hasta que la tecnología siga avanzando. Aún más, los adelantos en la inteligencia artificial pueden hacer que sea más fácil llevar al extranjero puestos de trabajo que no han podido automatizarse del todo.

La mayoría de los economistas ven en la práctica de la deslocalización otro ejemplo de la globalización en el comercio y afirman que, invariablemente, ambas partes se benefician. El profesor de Harvard N. Gregory Mankiw, por ejemplo, mientras ejercía como presidente del Consejo de Asesores Económicos de la Casa Blanca durante la administración del presidente GeorgeW. Bush, aseguró en 2003 que la deslocalización era «la última manifestación de la ganancia del comercio de la que han hablado los economistas por lo menos desde Adam Smith».[47] Sin embargo, hay pruebas de sobra que sostienen lo contrario. El comercio de bienes tangibles crea un gran número de puestos de trabajo periféricos en áreas como el transporte, la distribución y la venta al menudeo. También hay fuerzas naturales que tienden a mitigar el impacto de la globalización en cierto grado; por ejemplo, una empresa que elige trasladar una fábrica a China sufre los gastos de envío y un retraso significativo hasta que los productos terminados llegan a los mercados de consumo. Por el contrario, la deslocalización electrónica se da casi sin sufrir fricción y no está sujeta a los inconvenientes mencionados. Los trabajos se trasladan casi instantáneamente a lugares donde se pagan salarios muy bajos, y los costos que esto implica son mínimos. Si se crean puestos de trabajo periféricos, seguramente estarán en el país donde residen los trabajadores.

Yo diría que ver la deslocalización a través del libre comercio es usar una lente equivocada. En realidad se parece mucho más a la migración virtual. Pongamos por ejemplo que un enorme centro de llamadas fuera construido al sur de San Diego, justo en la frontera con México. Diariamente se contratarían miles de trabajadores que serían transportados por autobuses desde la frontera mexicana a la empresa, se les pagaría un sueldo y al final de la jornada laboral esos mismos autobuses que los trasladaron por la mañana los llevarían de vuelta. ¿Cuál es la diferencia entre esta situación (que sin duda sería interpretada como un problema migratorio) y el traslado de los trabajos electrónicamente a la India o Filipinas? En ambos casos, los trabajadores están «entrando en territorio» estadounidense y en los dos lugares se brindan servicios que benefician directamente a la economía de este país; pues bien, la gran diferencia es que en el caso de los trabajadores mexicanos que entran y salen, probablemente se favorecería a la economía californiana. Podrían abrirse puestos de trabajo para choferes de autobús y sin duda habría empleo para mantener la enorme instalación situada en el lado estadounidense de la frontera; algunos de los trabajadores podrían comprar su almuerzo o una taza de café mientras están trabajando, y con todo lo anterior habría una inyección de capital en la economía local. La empresa propietaria de la instalación de California pagaría impuestos sobre la propiedad. Cuando los trabajos están ubicados en otro país y los trabajadores entran «virtualmente» a Estados Unidos, la economía nacional no recibe ningún beneficio. Me parece un tanto irónica la manera en que los conservadores estadounidenses quieren asegurar la frontera en contra de inmigrantes que están dispuestos a trabajar en actividades que pocos estadounidenses quieren realizar mientras que, por otro lado, se muestran muy poco preocupados por que las *fronteras virtuales* estén totalmente abiertas para trabajadores especializados que aceptan trabajos que definitivamente los estadounidenses sí quieren ocupar.

La postura de economistas como Mankiw valora las ganancias y pasa por alto la acentuada desigualdad que se genera tras el impacto de la deslocalización en los grupos de personas que sufren o se benefician con este tipo de prácticas. Por otro lado, un grupo relativamente pequeño pero significativo de personas, que potencialmente podría medirse en millones, puede estar sujeto a sufrir reducciones significativas en sus ingresos, su calidad de vida y sus perspectivas de futuro. Muchos de ellos pueden haber invertido sustancialmente en educación y en capacitación, y algunos podrían perder todos sus ingresos. Mankiw podría argumentar que el beneficio que reciben los consumidores compensa estas pérdidas. Por desgracia, aunque los compradores puedan beneficiarse de precios relativamente más bajos como consecuencia de la deslocalización, este ahorro se difumina entre decenas o incluso millones de personas, dando como resultado quizá un ahorro de centavos que tiene un efecto nulo en el bienestar individual. No sería necesario decirlo, pero no todas las ganancias van a los consumidores: una fracción significativa de las ganancias terminará en los bolsillos de unos pocos ya ricos ejecutivos, inversionistas y propietarios de negocios. Y aunque esta relación asimétrica es, quizá de manera no sorprendente, conocida por los trabajadores, la gran mayoría de los economistas parece desconocerla.

Uno de los pocos economistas que reconocen el potencial disruptivo de la deslocalización es el actual vicepresidente de la Junta de Gobernadores de la Reserva Federal, Alan Blinder, quien en 2007 escribió un artículo de opinión en *The Washington Post* titulado «El libre comercio me parece estupendo, pero la deslocalización me pone nervioso».[48] Blinder ha realizado una serie de estudios que evalúan el impacto que tendrá en un futuro la deslocalización, y en ellos calcula que aproximadamente de 30 a 40 millones de puestos laborales pueden ser deslocalizados, lo que representa más o menos una cuarta parte de la fuerza de trabajo estadounidense. Y como bien dice: «Hasta ahora apenas hemos visto la punta del iceberg de la deslocalización, y las dimensiones que llegará a tener pueden ser sorprendentes».[49]

Prácticamente cualquier actividad relacionada con la manipulación de información y que de alguna manera no esté anclada localmente —por ejemplo, que el cliente no necesite mantener un intercambio frente a frente con quien interactúa— está potencialmente en riesgo de ser deslocalizada en un futuro relativamente cercano, y poco tiempo después será automatizada por completo. La automatización completa es simplemente el siguiente paso lógico a seguir. A medida que la tecnología avanza podemos suponer que cada vez serán más las actividades rutinarias realizadas por trabajadores deslocalizados, quienes con el tiempo serán sustituidos en su totalidad por máquinas. Esto ya ha sucedido con algunos centros de llamadas que han sido reemplazados por tecnología de voz. Sistemas especializados en el lenguaje tan poderosos como el de Watson de IBM están entrando en los centros de llamadas, por lo que una cantidad enorme de trabajos deslocalizados está a punto de desaparecer.

Mientras este proceso se da, es muy probable que las empresas —y las naciones— que han realizado grandes inversiones en la deslocalización buscando una ruta hacia la rentabilidad y la prosperidad, no tengan más alternativa que ascender en la cadena de valor. Cuantos más trabajos rutinarios sean automatizados, más trabajos especializados estarán bajo la mira de la deslocalización. Algo que está siendo desatendido es el alcance que puede llegar a tener el avance de la inteligencia artificial, y que la revolución de los macrodatos puede actuar como una especie de catalizador, haciendo que una gama mucho más amplia de trabajos especializados sean susceptibles de ser deslocalizados. Como hemos visto, uno de los principios de la gestión basada en macrodatos es que los conocimientos obtenidos a partir del análisis de algoritmos pueden sustituir cada vez más al juicio y a la experiencia humanos. Incluso antes de que los avances en los programas de inteligencia artificial alcancen el nivel donde la automatización total sea posible, se convertirán en poderosas herramientas que encapsulen cada vez mayor cantidad de conocimiento analítico e institucional para darle a una empresa ventaja competitiva. Un trabajador deslocalizado que sea inteligente y que maneje este tipo de herramientas podría prontamente competir con profesionales experimentados de los países desarrollados que ganan salarios más altos.

Cuando se considera la deslocalización combinada con la automatización, el impacto que se da sobre el empleo es asombroso. En 2013, investigadores del Colegio Martin, de la Universidad de Oxford, llevaron a cabo un detallado estudio de más de 700 tipos de trabajos que existen en Estados Unidos, y llegaron a la conclusión de que casi el 50% de los puestos de trabajo se prestarán a una automatización completa.[50] Alan Blinder y Alan Krueger, de la Universidad de Princeton, realizaron un análisis similar respecto a la deslocalización, en el que detallaron que alrededor del 25% de los empleos de Estados Unidos están en riesgo de ser finalmente trasladados a países con salarios más bajos.[51] ¡Esperemos que haya una superposición significativa entre estas dos opiniones! Sí, con toda seguridad hay demasiada superposición cuando se trata de realizar una descripción de las actividades laborales. La historia es diferente a lo largo de la dimensión del tiempo. La deslocalización llegará primero y en un grado importante acelerará el impacto de la automatización, incluso mientras arrastra con ella trabajos especializados a la zona de amenaza.

Al mismo tiempo que las herramientas de la inteligencia artificial hacen más fácil para los trabajadores deslocalizados la competencia con sus homólogos originarios de países desarrollados que están mejor pagados, las suposiciones que tenemos sobre qué tipo de trabajos pueden ser potencialmente deslocalizados van cambiando debido al avance tecnológico. Por ejemplo, casi todo el mundo cree que los trabajos que requieren manipulación física en un espacio determinado siempre estarán a salvo. Sin embargo, los pilotos militares ubicados en el oeste de Estados Unidos operan habitualmente drones no tripulados en Afganistán. De la misma manera, es fácil imaginar que maquinaria de control remoto puede ser operada por trabajadores deslocalizados que cuentan con la percepción visual y la destreza que, por el momento, los robots autónomos no tienen. La necesidad de interacción frente a frente es otro de los factores que se asumen para anclar un trabajo localmente. Sin embargo, los robots de telepresencia están empujando esta frontera y han sido integrados por empresas deslocalizadas que se encargan de la enseñanza del inglés en escuelas coreanas y filipinas. En un futuro no muy lejano, los avances en la realidad virtual facilitarán aún más que los trabajadores crucen fronteras y traten directamente con sus clientes.

Mientras la deslocalización se acelera, los licenciados universitarios estadounidenses y de otros países desarrollados se enfrentan a una desalentadora competencia, no solo en relación con los salarios, sino también con la capacidad cognitiva. La suma poblacional de China y la India asciende a más de 2 600 millones de personas —más de 8 veces la población de Estados Unidos—. De ellas, quienes tienen más habilidades cognitivas, el 5%, son unos 130 millones de personas —que equivalen a más del 40% del total de la población de todo Estados Unidos—, lo que quiere decir, en una curva de distribución, que hay mucha más gente muy inteligente en la India y en China que en Estados Unidos; esto no necesariamente es un motivo de preocupación, siempre y cuando las economías nacionales de estos países tengan la capacidad de crear oportunidades para tantos trabajadores. Hasta el momento, las pruebas indican lo contrario. La India ha creado una industria nacional estratégica especializada en electrónica cuyo objetivo es captar los trabajos que tienen los estadounidenses y los europeos en esta área. Y aunque China tenga una tasa de crecimiento en su economía que sigue siendo la envidia de todo el mundo, año tras año lucha para crear suficientes puestos para trabajadores de cuello blanco que den cabida a su creciente población de nuevos licenciados universitarios. A mediados de 2013, las autoridades chinas reconocieron que solo la mitad de los licenciados universitarios habían sido capaces de encontrar puestos de trabajo, mientras que más del 20% de los licenciados del año anterior se mantenían desempleados, aunque estos números están inflados porque consideran el trabajo temporal, el independiente, la inscripción universitaria y el programa *make-work* como parte del pleno empleo.[52]

Hasta el momento, la falta de competencia en idiomas europeos e inglés ha impedido en gran medida que los trabajadores calificados de China entren en una disputa agresiva dentro de la industria de la deslocalización. Sin embargo, parece que la tecnología será la que eventualmente acabe con esta barrera. Tecnologías como las redes neuronales de aprendizaje profundo están preparándose para pasar del reino de la ciencia ficción al mundo real la traducción instantánea de voz a través de máquinas, y esto podría suceder en los próximos años. En 2013, Hugo Barra, el ejecutivo de Google Android, indicó que está a la espera de un *traductor universal* que podría ser utilizado ya sea en persona o por teléfono y que posiblemente estará disponible dentro de poco tiempo. Barra también señaló que Google ya tiene disponible la traducción de voz en tiempo real y que es «casi perfecta» entre inglés y portugués.[53] A medida que más y más puestos de trabajo de cuello blanco rutinarios caen a la automatización en todos los países del mundo, parece inevitable que la competencia se intensificará, causando la disminución en el número de empleos que quedan fuera del alcance de las máquinas. Ante la ausencia de barreras para la inmigración virtual, las perspectivas de empleo para los trabajadores con educación universitaria que no sean especialmente sobresalientes parecen bastante deprimentes; aquellas personas que estén mejor preparadas y sean más capaces no dudarán en ir más allá de las fronteras nacionales.

La educación y la colaboración con las máquinas

A medida que se da el avance tecnológico más puestos de trabajo se vuelven susceptibles a la automatización, la solución convencional siempre había sido brindar a los trabajadores más educación y capacitación para que pudieran participar en nuevos roles laborales. Como ya hemos visto en el capítulo 1, millones de trabajos de salarios bajos en actividades como la comida rápida y las ventas corren el riesgo de ser ocupados por robots y máquinas de autoservicio. Podemos estar seguros de que una mayor educación y formación serán la solución primaria ofrecida para estos trabajadores. Sin embargo, el cometido de este capítulo ha sido demostrar que la carrera entre la tecnología y la educación está acercándose al final: las máquinas también están haciéndose cargo de los puestos de trabajo más calificados.

Entre los economistas que se inclinaron en esta dirección está surgiendo una nueva tendencia: los trabajos del futuro necesitarán de la colaboración con las máquinas. Erik Brynjolfsson y Andrew McAfee, del Instituto Tecnológico de Massachusetts, han apoyado fuertemente esta postura y asesoran a los trabajadores para que aprendan *a correr con las máquinas*, y no contra ellas. Y aunque *eso puede* ser muy aconsejable, no es particularmente novedoso. Aprender a trabajar con la tecnología dominante ha sido siempre una buena estrategia a la que solíamos llamar *aprendizaje de habilidades informáticas*. Sin embargo, debemos ser muy escépticos en pensar que esta última iteración puede llegar a ser la solución más adecuada mientras que la tecnología de la información continúa su trayectoria exponencial.

El cartel del niño mitad máquina, mitad humano, y la idea de la simbiosis se ha materializado en el relativamente oscuro juego de *ajedrez estilo libre*. Después de una década de que la computadora Deep Blue de IBM derrotara al campeón mundial de ajedrez Gari Kaspárov se reconoce que, en los concursos de uno-a-uno entre computadoras y seres humanos, las máquinas tienen el dominio absoluto. El *ajedrez estilo libre,* sin embargo, es un deporte en equipo. Grupos de personas que no son necesariamente jugadores de ajedrez de clase mundial individual, compiten entre sí y se les permite consultar libremente con los programas informáticos de ajedrez a medida que evalúan cada movimiento. Hacia 2014, cuando los equipos humanos de ajedrez tuvieron *acceso* a múltiples algoritmos, fueron capaces de conseguir la ventaja frente a cualquier computadora que enfrentaban.

Hay una serie de problemas obvios respecto a la idea de que la colaboración hombre-máquina, en lugar de automatización completa, llegará a dominar los lugares de trabajo del futuro. El primero es que el continuo dominio de los equipos de hombre-máquina en el ajedrez de *estilo libre* no está asegurado. Para mí, el proceso que estos equipos utilizan, evaluando y comparando los resultados de diferentes algoritmos de ajedrez antes de decidir el mejor movimiento, tiene un parecido incómodamente cercano a lo que hace el Watson de IBM al disparar cientos de algoritmos de búsqueda de información para después obtener el resultado correcto. Creo que no es muy aventurado sugerir que una *metacomputadora* de ajedrez con acceso a múltiples algoritmos puede en última instancia derrotar a los equipos humanos, especialmente si la velocidad es un factor importante.

En segundo lugar, incluso si el equipo humanos-máquina ofrece una ventaja gradual hacia al futuro, una cuestión de suma importancia es si *los patrones estarán dispuestos a* realizar las inversiones necesarias para poder aprovechar esa ventaja. A pesar de los lemas y las consignas que las empresas dirigen a sus empleados, la realidad es que la mayoría de las empresas no están dispuestas a pagar una prima importante por el rendimiento *de primera clase* cuando este viene del trabajo más rutinario requerido en sus operaciones. *Si tienen* alguna duda acerca de esto, *les sugiero* que traten de llamar a su compañía de cable. Las empresas *harán la inversión* en áreas que son centrales para su actividad, es decir, en las funciones que dan a la empresa una ventaja competitiva. Una vez más, este escenario no es nuevo. Y más importante aún, en realidad no involucra a ningún nuevo participante. Los individuos que las empresas puedan contratar y después emparejar con la mejor tecnología disponible son las mismas personas que, de cierta manera, son inmunes al desempleo en la actualidad. Se trata de una pequeña población de trabajadores de élite. En el libro de 2013, *La media está por encima, el economista* Tyler Cowen cita a una fuente del *estilo libre de ajedrez* quien dice que los mejores jugadores son *monstruos genéticos*.[54] Eso hace que la idea de la colaboración con las máquinas difícilmente suene como una solución sistémica para las masas de personas que se quedarán desempleadas. Y, como acabamos de ver, a esto se suma el problema de la deslocalización y la gran migración (real o virtual) que tendrá lugar, como en el caso de los 2 600 millones de indios y chinos que estarán ansiosos por acceder a alguno de esos puestos de trabajo de élite.

También hay buenas razones para suponer que muchos puestos de trabajo de colaboración con las máquinas van a ser relativamente cortos. Recordemos el ejemplo de cómo WorkFusion y los algoritmos de aprendizaje automático de la compañía automatizaron de forma progresiva el trabajo realizado por profesionales independientes. La conclusión es que si usted se encuentra trabajando con, o bajo la dirección de un sistema de *software* inteligente, es muy probable —siendo usted consciente de ello o no— que también está entrenando al *software que lo llegará a reemplazar.*

Sin embargo, otra observación que, para muchos casos, los trabajadores que buscan un empleo de colaboración con máquinas deberían tener muy presente es: «Ten mucho cuidado con lo que deseas». Como un ejemplo, considere las tendencias actuales en el descubrimiento jurídico. Cuando las empresas se involucran en un litigio se vuelve necesario tamizar entre enormes cantidades de documentos internos y decidir cuáles son potencialmente relevantes para el caso que les ocupa. Las leyes requieren que los documentos se proporcionen a la parte contraria, y no puede haber sanciones legales esenciales por no producir nada que pudiera ser pertinente. Una de las paradojas de la oficina sin papeles es que gran número de dichos documentos, especialmente los escritos en forma de correos electrónicos, ha crecido desorbitantemente desde los días de las máquinas de escribir y el papel. Para hacer frente a estos volúmenes tan abrumadores, los bufetes de abogados están empleando nuevas técnicas.

El primer enfoque consiste en la automatización completa. El llamado software de descubrimiento electrónico se basa en algoritmos de gran alcance que pueden analizar millones de documentos electrónicos y de forma automática desentrañar los más relevantes. Estos algoritmos van más allá de simples búsquedas con palabras clave y a menudo incorporan técnicas de aprendizaje automático que permiten aislar los conceptos correspondientes, aun cuando las frases específicas no están presentes.[55] Una consecuencia directa ha sido la evaporación de un gran número de puestos de trabajo para los abogados y asistentes legales que alguna vez pudieron haber clasificado y guardado laboriosamente *en cajas* de cartón los documentos en papel que fueran necesarios.

También hay un segundo enfoque de uso común; los bufetes de abogados pueden externalizar este trabajo de descubrimiento a los especialistas que contratan a tropas de abogados recién egresados. Estos graduados son generalmente víctimas de la burbuja de inscripción del colegio de abogados. Incapaces de encontrar un empleo como litigantes, y a menudo agobiados por las deudas de los préstamos estudiantiles que pidieron, terminan trabajando como documentalistas. Cada abogado se sienta delante de un monitor donde una corriente continua de documentos aparece en la pantalla. Junto con el documento hay dos botones que dicen: *Relevante* y *No relevante*, respectivamente. Los egresados de las facultades de derecho escanean el documento en la pantalla y hacen clic en el botón correspondiente. A continuación aparece un nuevo documento.[56] A veces tienen que hacer esta operación hasta 80 veces por hora.[57] Para estos jóvenes abogados no hay salas de audiencia, ni oportunidad de aprender o de crecer en su profesión, y tampoco hay posibilidad de progresar. En su lugar hay, hora tras hora, dos botones por apretar: *Relevante* y No relevante.*

Una pregunta obvia con respecto a estos dos enfoques que son opuestos es si el modelo de colaboración es razonable. Incluso con los salarios relativamente bajos (de los abogados) realizados por estos trabajadores, el enfoque automático parece mucho más rentable. En cuanto a la baja calidad de estos puestos de trabajo, es posible asumir que simplemente he seleccionado un ejemplo de distopía. Después de todo, ¿no es cierto que la mayoría de los trabajos de colaboración con las máquinas ponen a los seres humanos al control, por lo que son quienes supervisan a las máquinas y se dedican a una actividad gratificante, en lugar de someterse en calidad de engranajes a un proceso mecanizado?

El problema con esta hipótesis es que la información no está sustentada. En el libro *Los supertrituradores,* del profesor de la Universidad de Yale Ian Ayres, que fue publicado en 2007, cita estudio tras estudio en los que se demuestra que los enfoques algorítmicos superan por lo general a los expertos humanos. Cuando la gente está a cargo del control global del proceso, casi invariablemente los resultados no son los esperados. Aun cuando a los expertos humanos se les da acceso a los resultados algorítmicos anticipadamente, siguen produciendo un rendimiento inferior a las máquinas que ac-

---

* Si usted encuentra este tipo de trabajo interesante, pero carece de la formación suficiente en derecho, asegúrese de revisar el servicio Mechanical Turk- de Amazon, en el cual se ofrecen muchas oportunidades similares. BinCam, por ejemplo, coloca cámaras en su bote de basura, rastrea todo lo que tira, y luego se contabiliza automáticamente el récord a los medios sociales. La idea es, al parecer, avergonzarte por tirar alimentos y olvidar el reciclado. Como hemos visto, el reconocimiento visual (o tipos de basura, en este caso) sigue siendo un gran reto para las computadoras, por lo que se emplea a gente para realizar esta tarea. El mismo hecho de que este servicio sea económicamente viable debe dar una idea del nivel de salario que se recibe por él.

túan de forma autónoma. En la medida en que las personas agregan valor al proceso, es mejor tenerlos proporcionando entradas específicas para el sistema en lugar de darles el control global. Como dice Ayres, «Se están acumulando pruebas a favor de un mecanismo de articulación diferente y mucho más degradante para deshumanizar la combinación de expertos y de experiencia (algorítmica)».[58]

Mi punto aquí es que mientras los trabajos de colaboración hombre-máquina sin duda existen, parece probable que serán relativamente pocos en número* y frecuencia y tendrán una vida corta. En la gran mayoría de los casos también pueden ser poco gratificantes o incluso deshumanizantes. Teniendo en cuenta esto parece difícil justificar la sugerencia de que tenemos que hacer un gran esfuerzo para educar a la gente de manera específica para que obtengan uno de estos puestos de trabajo. Para ser francos, me parece que este argumento está tratando de tapar el sol con un dedo (especializar aún más al trabajador para mantenerlo en circulación). Me parece que ante lo que se nos avecina debemos tener una respuesta política mucho más inteligente.

---

* En *La media está por encima* Tyler Cowen estima que tal vez de 10 a 15% de la fuerza laboral estadounidense estará bien equipada para trabajos de colaboración con máquinas. Creo que, a largo plazo, incluso esta estimación podría ser optimista, sobre todo si tenemos en cuenta el impacto de la deslocalización. ¿Cuántos puestos de trabajo de colaboración con las máquinas también anclarán a nivel local? (Una excepción a mi escepticismo acerca de los trabajos de colaboración con las máquinas puede estar en el cuidado de la salud. Como se discutió en el capítulo 6, creo que con el tiempo podría ser posible crear un nuevo tipo de profesional de la medicina con mucho menos entrenamiento que un médico, este profesional trabajaría junto con un sistema basado en inteligencia artificial para diagnósticos y tratamientos. La atención sanitaria es un caso especial, sin embargo, ya que los médicos requieren una cantidad extraordinaria de formación y no es probable que vaya a darse una gran escasez de médicos en el futuro.)

Algunos de los primeros trabajos a caer en la automatización de cuello blanco serán los puestos que han sido tomados por los nuevos egresados universitarios. Como vimos en el capítulo 2, ya hay pruebas que sugieren que este proceso está en marcha. Entre 2003 y 2012 el ingreso medio de los egresados universitarios estadounidenses con títulos de licenciatura se redujo de casi 52 000 dólares a poco menos de 46 000, medidos en dólares de 2012. Durante el mismo periodo, la deuda total de préstamos estudiantiles se triplicó de cerca de 300 000 millones de dólares a 900 000 millones .[59]

El subempleo entre los recién egresados es desenfrenado, y casi todos los estudiantes provenientes de cualquier carrera conocen a alguien cuyo título universitario lo ha llevado a trabajar en una cafetería. En marzo de 2013, los economistas canadienses Paul Beaudry, David A. Green y Benjamin M. Sand publicaron un artículo académico titulado «El gran cambio en la demanda de habilidades y tareas cognitivas».[60] Ese título lo dice todo: los economistas encontraron que alrededor del año 2000 la demanda global de mano de obra calificada en los Estados Unidos alcanzó su punto máximo y luego entró en declive precipitado. El resultado es que los nuevos graduados de la universidad cada vez más se han visto obligados a tomar empleos relativamente poco calificados, desplazando a menudo en el proceso a trabajadores que no están titulados.

Incluso aquellos egresados con títulos científicos y técnicos se han visto afectados de manera significativa. Como hemos visto, el mercado de trabajo en la tecnología de la información, en particular, se transformó por el aumento de la automatización asociada a la tendencia hacia la computación en la nube, así como por la deslocalización. La creencia ampliamente sostenida de que un título en ingeniería o en ciencias de la computación garantiza un puesto de trabajo es en gran parte un mito. Un análisis de abril de 2013, realizado por el Instituto de Política Económica, encontró que en los colegios de los Estados Unidos el número de nuevos egresados con títulos de ingeniería y ciencias de la computación excede 50% al número de graduados que en efecto encuentran empleo en estas disciplinas. El estudio concluye que «la oferta de egresados es sustancialmente mayor que la demanda de los mismos en la industria».[61] Cada vez es más claro que un gran número de personas harán todo lo que deben para conseguir un título de educación superior, y sin embargo no encontrarán un punto de apoyo en la economía del futuro.

Mientras que algunos de los economistas que centran sus esfuerzos en buscar entre montones de datos históricos finalmente han empezado a distinguir el impacto que tiene el avance tecnológico en los empleos mejor calificados, por lo general son bastante cautelosos sobre el intento de proyectar esa tendencia a futuro. Los investigadores que trabajan en el campo de la inteligencia artificial son mucho menos reticentes. Noriko Arai, una matemática del Instituto Nacional de Informática de Japón, está liderando un proyecto para desarrollar un sistema capaz de pasar la prueba de acceso a la Universidad de Tokio. Arai cree que si una computadora puede demostrar una combinación de aptitudes de lenguaje y la habilidad analítica necesaria para conseguir entrar a la Universidad de más alto rango de Japón, entonces será muy probable que también pueda ser capaz, con el tiempo, de desempeñar muchos de los puestos de trabajo adoptados por los egresados universitarios. También prevé la posibilidad de un desplazamiento masivo de empleos en los próximos 10 a 20 años. Una de las motivaciones principales para su proyecto es tratar de cuantificar el impacto potencial de la inteligencia artificial en el mercado de trabajo. Arai se preocupa de que podría ser una *catástrofe* que 10 a 20% de los trabajadores calificados sean sustituidos por la automatización y dice que «no puede comenzar a pensar en lo que significaría 50%». Después añade que sería «mucho más que una catástrofe y que tales números no pueden ser descartados si la inteligencia artificial se sigue desarrollando tan bien como lo ha venido haciendo».[62]

La propia industria de la enseñanza superior ha sido históricamente uno de los sectores de empleo principales para trabajadores altamente calificados. Especialmente para aquellos que aspiran a un título de doctorado, una trayectoria típica en este campo ha sido la de llegar a la escuela como un estudiante de primer año, y luego nunca salir. En el siguiente capítulo veremos cómo esa industria, y un gran número de carreras, también pueden estar a punto de sufrir un trastorno tecnológico masivo.

Notas

[1] David Carr, «¡Se acercan los robots! ¡Oh, ya llegaron!», blog de *The New York Times*, 19 de octubre de 2009; <http://mediadecoder.blogs.nytimes.com/2009/10/19/the-robots-are-coming-oh-theyre-here>.

[2] Steven Levy, «¿Puede un algoritmo escribir un reportaje mejor que un humano?», *Wired*, 24 de abril de 2012, <http://www.wired.com/2012/04/can-an-algorithm-write-a-better-news-story-than-a-human-reporter>.

[3] Página web de la compañía Narrative Science, <http://narrativescience.com>.

[4] George Leef, «Los conocimientos que deben tener los graduados universitarios», Pope Center for Education Policy, 14 de diciembre de 2006, <http://www.popecenter.org/commentaries/article.html?id=1770>.

[5] Keneth Neil Cukier y Viktor Mayer-Schoenberger, «El despertar de los datos masivos», Foreign Affairs, mayo-junio de 2013, <http://www.foreignaffairs.com/articles/139104/kenneth-neil-cukier-and-viktor-mayer-schoenberger/the-rise-of-big-data>.

[6] Thomas H.Davenport , Paul Barth y Randy Bean, «De qué modo los datos masivos son algo diferente», MIT *Sloan Management Review*, 20 de julio de 2012, http://sloanreview.mit.edu/article/how-big-data-is-different.

[7] Charles Duhigg, «Cómo las compañías conocen tus secretos», *The New York Times*, 16 de febrero de 2012, http://www.nytimes.com/2012/02/19/magazine/shopping-habits.html.

[8] Citado en Steven Levy, *In the Plex: How Google Thinks, Works, and Shapes Our Lives*, Nueva York, Simon and Schuster, 2011, p. 64.

[9] Tom Simonite; Facebook genera *software* que reconoce visualmente casi tan bien como tú; Revista de tecnología de MIT, 17 de marzo de 2014; http://www.technologyreview.com/news/525586/facebook-creates-software-that-matches-fces-almost-as-you-do.

[10] Citado en Markoff John; «Los científicos ven esperanza en los proyectos de aprendizaje de Deep Blue», *The New York Times,* 23 de noviembre de 2012, http://www.nytimes.com/2012/11/24/science/scientists-see-advances-in-deep-learning-a-part-of-artificial-intelligence.html.

[11] Don Peck, «En tu trabajo te están vigilando», *The Athlantic,* Diciembre, 2013, http://www.theatlantic.com/magazine/archive/2013/12/theyre-watching-you-at-work/354681/.

[12] Patente de los Estados Unidos núm. 8,589,407; «Generación automatizada de sugerencias para reacciones personalizadas en las redes sociales»; 19 de noviembre de 2013; http://patft.uspto.gov/netacgi/nph-Parser?Sect1=PTO2&Sect2=HITOFF&p=1&u=%2Fnetahtml%2FPTO%2Fsearch-adv.htm&r=1&f=G&l=50&d=PALL&S1=08589407&OS=PN/08589407&RS=PN/08589407.

[13] Esta información sobre WorkFusion está basada en una conversación telefónica sostenida con Adam Devine, vicepresidente de Product Marketing & Strategic Partnership at WorkFusion, el 14 de mayo de 2014.

[14] Esta anécdota fue contada por Steve Baker en *La final de Jeopardy: el hombre vs la máquina y su misión para saberlo todo,* Nueva York, Houghton Mifflin, Harcourt, 2011, p. 20. La anécdota sobre el restaurante también se narra en John E. Kelly III, *Smart Machines: IBM's Watson and the Era of Cognitive Computing,* Nueva York, Columbia University Press, 2013, p. 27; aunque en el libro de Baker se cuenta que algunos empleados de IBM creían en la idea de construir un jugador de *Jeopardy!* antes de aquella cena.

[15] Rob High, «La era de los sistemas cognitivos: un acercamiento a Watson de IBM para saber cómo funciona», *IBM Redbooks*, 2012, p. 2, http://www.redbooks.ibm.com/redpapers/pdfs/redp4955.pdf.

[16] Baker, *La final de Jeopardy: el hombre vs la máquina y su misión para saberlo todo,* p. 30.

[17] *Ibid.,* pp. 9 y 26.

[18] *Ibid.,* p. 68.

[19] *Idem.*

[20] *Ibid.,* p. 78.

[21] David Ferrucci *et al.,* «Construir a Watson: un acercamiento al proyecto Deep Blue», *AI Magazine,* Otoño de 2010, http://www.aaai.org/Magazine/Watson/watson.php.

[22] Comunicado de prensa de IBM, «Investigación de IBM da a conocer dos nuevos proyectos relacionados con Watson en colaboración con la Clínica

de Cleveland»; 15 de octubre de 2013, http://www-03.ibm.com/press/us/en/pressrelease/42203.wss.

[23] Estudio de caso de IBM, «IBM Watson/Fluid, Inc.,», 4 de noviembre de 2013, http://www-03.ibm.com/innovation/us/watson/pdf/Fluid_case_stu dy_11_4_2013.pdf.

[24] Estudio de caso de IBM, «IBM Watson/MD Buyonline, Inc.», 4 de noviembre de 2013, http://www-03.ibm.com/innovation/us/watson/pdf/MDB_case_study_11_4_2013.pdf.

[25] Comunicado de prensa de IBM, «IBM y Citi entran en un acuerdo de exploración para el uso de tecnologías de Watson», 5 de marzo de 2012, http://www-03.ibm.com/press/us/en/pressrelease/37029.wss.

[26] Comunicado de prensa de IBM, «La siguiente empresa de Watson de IBM: alimentar una nueva era de aplicaciones cognitivas construidas en la nube por los desarrolladores», 14 de noviembre de 2013, http://www-03.ibm.com/press/us/en/pressrelease/42451.wss.

[27] Quentin Hardy, «IBM anuncia que Watson será más potente a través del internet», *The New York Times,* 13 de noviembre de 2013, http://www.nytimes.com/2013/11/14/technology/ibm-to-announce-more-powerful-watson-via-the-internet.html?_r=0.

[28] Nick Heath, «Tratemos de no tener un sólo humano: ¿Cómo puede un informático de Facebook hacerse cargo de 20 000 computadoras?», *ZDNet,* 25 de noviembre de 2013, http://www.zdnet.com/lets-try-and-not-have-a-human-do-it-how-one-facebook-techie-can-run-20000-servers-7000023524.

[29] Michael S. Rosenwald, «Las nubes traen centros de alta tecnología a los pueblos más no muchos empleos», *The Washington Post,* 24 de noviembre de 2011, http://www.washingtonpost.com/business/economy/cloud-centers-bring-high-tech-flash-but-not-many-jobs-to-beaten-down-towns/2011/11/08/gIQAccTQtN_print.html.

[30] Quentin Hardy, «Activa en la nube, Amazon da una nueva forma a la computación», *The New York Times,* 27 de agosto de 2012, http://www.nytimes.com/2012/08/28/technology/active-in-cloud-amazon-reshapes-computing.html.

[31] Mark Stevenson, *Un paseo optimista por el futuro, un hombre curioso se propone responder la pregunta ¿qué sigue?,* Nueva York, Penguin Group, 2011, p. 101

[32] Michael Schmidt, y Hod Lipson, «Destilando las leyes naturales de forma libre a partir de datos experimentales», *Science,* 324, 3 de abril de 2009, http://creativemachines.cornell.edu/sites/default/files/Science09_Schmidt.pdf.

[33] Stevenson, *Un paseo optimista por el futuro,* p. 104.

[34] Comunicado de prensa de la Fundación Nacional de Ciencia, «Quizá los robots sueñen con ovejas eléctricas, pero ¿pueden hacer ciencia?», 2 de abril de 2009, http://www.nsf.gov/mobile/news/news_summ.jsp?cntn_id=114495.

[35] Asaf Shtull-Trauring, «El momento 'Eureqa' de un profesor israelita», *Haaretz,* 3 de febrero de 2012, http://www.haaretz.com/weekend/magazine/an-israeli-professor-s-eureqa-moment-1.410881.

[36] John R. Koza, «Resultados competitivos humanos producidos por la programación genética», *Genetic Programming and Evolvable Machines* 11, núms. 3 y 4, septiembre de 2010, http://dl.acm.org/citation.cfm?id=1831232.

[37] sitio web de John Koza, http://www.genetic-programming.com/#_What_is_Genetic, también: http://eventful.com/events/john-r-koza-routine-human-competitive-machine-intelligence-/E0–001–000292572–0.

[38] Lev Grossman, «2045 el año en el que el hombre se vuelve inmortal», *Time,* 10 de febrero de 2011, http://content.time.com/time/magazine/article/0,9171,2048299,00.html.

[39] Citado en Sylvia Smith, «Iamus: ¿es ésta la respuesta a Mozart en el siglo XXI?», *BBC News,* 2 de enero de 2013, http://www.bbc.co.uk/news/technology-20889644.

[40] Citado en Kadim Shubber, «Artistas artificiales: cuando las computadoras se vuelven creativas», *Wired Magazine-UK,* 13 de agosto de 2007, http://www.wired.co.uk/news/archive/2013–08/07/can-computers-be-creative/viewgallery/306906.

[41] Shubber, «Artistas artificiales: cuando las computadoras se vuelven creativas».

[42] «Bloomberg refuerza la oferta de máquina que escribe noticias», *The Trade,* 19 de febrero de 2010, en http://www.thetradenews.com/News/Operations_Technology/Market_data/Bloomberg_bolsters_machine-readable_news_offering.aspx.

[43] Neil Johnson *et al.*, «Aumento abrupto en nueva máquina ecológica va más allá del tiempo de respuesta humana», *Nature,* 11 de septiembre de 2013, http://www.nature.com/srep/2013/130911/srep02627/full/srep02627.html.

[44] Christopher Steiner, *Automatiza esto: ¿Cómo los algoritmos llegaron a controlar nuestro mundo?,* Nueva York Portfolio/Penguin, 2012; pp. 116-120.

[45] Max Raskin e Ilan Kolet, «Gráfica del día: Los trabajos de Wall Street se hunden mientras los beneficios se disparan», *Bloomberg News,* 23 de abril de 2013, http://www.bloomberg.com/news/2013–04–24/wall-street-jobs-plunge-as-profits-soar-chart-of-the-day.html.

[46] Steve Lohr, «David Ferrucci, la vida después de Watson», blog de *The New York Times,* 6 de mayo de 2013, http://bits.blogs.nytimes.com/2013/05/06/david-ferrucci-life-after-watson/?_r=1.

[47] Como se cita en Alan S. Blinder, «Deslocalización: ¿la próxima revolución industrial?, *Foreign Affairs,* marzo-abril de 2006, http://www.foreignaffairs.com/articles/61514/alan-s-blinder/offshoring-the-next-industrial-revolution.

[48] Alan S. Blinder, «El libre comercio me parece estupendo, pero la deslocalización me pone nervioso», *The Washington Post,* 6 de mayo de 2007,

http://www.washingtonpost.com/wp-dyn/content/article/2007/05/04/AR2007050402555.html.

[49] Blinder, «Deslocalización: ¿la próxima revolución industrial?».

[50] Carl Benedikt Frey, y Michael A. Osborne, «El futuro del trabajo: ¿qué tan susceptibles son los empleos de ser automatizados?», Oxford Martin School, Programa sobre el impacto de la tecnología en el futuro, 17 de septiembre de 2013, p. 38, http://www.futuretech.ox.ac.uk/sites/futuretech.ox.ac.uk/files/The_Future_of_Employment_OMS_Working_Paper_1.pdf.

[51] Alan S. Blinder, «Bajo la mesurabilidad de la deslocalización», *VOX*, 9 de octubre de 2009, http://www.voxeu.org/article/twenty-five-percent-us-jobs-are-offshorable.

[52] Keith Bradsher, «Los egresados chinos dicen: no muchas gracias a los empleos en las fábricas», *The New York Times*, 24 de enero de 2013, http://www.nytimes.com/2013/01/25/business/as-graduates-rise-in-china-office-jobs-fail-to-keep-up.html; KeithBradsher, «La tambaleante economía china reduce las perspectivas de empleo para sus egresados», *The New York Times*, 16 de junio de 2013, http://www.nytimes.com/2013/06/17/business/global/faltering-economy-in-china-dims-job-prospects-for-graduates.html?pagewanted=all.

[53] Eric Mack, «Google tiene un traductor universal casi perfecto, al menos para portugués», *CNET News*, 28 de julio de 2013, http://news.cnet.com/8301-17938_105-57595825-1/google-has-a-near-perfect-universal-translator-for-portuguese-at-least/.

[54] Tylor Cowen, *Average Is Over: Powering America Beyond the Age of the Great Stagnation*, Nueva York, Dutton, 2013, p. 79.

[55] John Markoff, «Ejércitos de costosos abogados reemplazados por *software* barato», *The New York Times*, 4 de marzo de 2011, http://www.nytimes.com/2011/03/05/science/05legal.html.

[56] Airin Greenwood, «Los abogados están aburridos», *Washington City Paper*, 8 de noviembre de 2007, http://www.washingtoncitypaper.com/articles/34054/attorney-at-blah.

[57] Eric Geiger Smith, «¿Impactante? Los abogados temporales deben revisar 80 documentos por hora», *Business Insider, 21 de octubre de 2009*, http://www.businessinsider.com/temp-attorney-told-to-review-80-documents-per-hour-2009-10.

[58] Ian Ayres, *Super Crunchers: Why Thinking in Numbers Is the New Way to Be Smart* Nueva York, Bantam Books, 2007, p. 117.

[59] «La gráfica del año de Peter Thiels», blog de *The Washington Post*, 30 de diciembre de 2013, http://www.washingtonpost.com/blogs/wonkblog/wp/2013/12/30/peter-thiels-graph-of-the-year/.

[60] Paul Beaudry, David A. Green y Benjamin M. Sand, «El gran revés en la demanda de trabajos especializados y de conocimientos», publicación de la Oficina Nacional de Estudios Económicos, NBER, núm. 18901, marzo de 2013, http://www.nber.org/papers/w18901.

[61] Hal Salzman, Daniel Kuehn y B. Lindsay Lowell, «Trabajadores invitados a los trabajos especializados en el mercado laboral de Estados Unidos», Instituto de Políticas Económicas, 24 de abril de 2013, http://www.epi.org/publication/bp359-guestworkers-high-skill-labor-market-analysis/.

[62] Como se cita en Michael Fitzpatrik , «Las computadoras dieron un salto a las aulas», *The New York Times,* 29 de diciembre de 2013, http://www.nytimes.com/2013/12/30/world/asia/computers-jump-to-the-head-of-the-class.html.

Capítulo 5

La transformación de la educación superior

En marzo de 2013 un pequeño grupo de académicos, constituido primordialmente por profesores e instructores de inglés, hizo una protesta en línea como respuesta a la noticia de que los ensayos en las pruebas estandarizadas serían calificados por máquinas. La declaración, titulada «Académicos en contra de la evaluación de ensayos estudiantiles especializados por parte de máquinas»,[1] refleja la premisa del grupo de que la evaluación algorítmica de ensayos escritos es, entre otras cosas: simplista, inexacta, arbitraria y discriminatoria, por no decir de que sería efectuada «por un dispositivo que, de hecho, no sabe leer». En menos de dos meses, la protesta había sido firmada por casi cuatro mil profesionistas del sector educativo y por intelectuales, entre los que se incluía a Noam Chomsky.

El uso de las computadoras en los exámenes de grado no es algo nuevo; las máquinas han realizado la tarea trivial de calificar las pruebas de opción múltiple desde hace años. En este contexto son vistas como dispositivos que ahorran mano de obra. Pero cuando los algoritmos comienzan a invadir un área que, se creía, dependía en absoluto de la habilidad y del juicio humanos, muchos académicos empezaron a mirar a la tecnología como una amenaza. La evaluación de ensayos por parte de máquinas se sustenta en técnicas de inteligencia artificial avanzada; la estrategia básica que se utiliza para calificar los ensayos de los estudiantes es bastante similar a la metodología detrás de la traducción en línea que tiene Google. Los algoritmos de aprendizaje automático están entrenados en primer lugar para analizar un gran número de muestras de redacción y ortografía que ya han sido calificadas previamente por instructores humanos. Los algoritmos son luego soltados para calificar nuevos ensayos de estudiantes y son capaces de hacerlo de forma prácticamente instantánea.

En la declaración «Académicos en contra de la evaluación por parte de máquinas» es certera su afirmación de que las máquinas que efectúan la evaluación «no saben leer». Como hemos visto en otras aplicaciones de grandes volúmenes de datos y aprendizaje automático, eso no importa. Las técnicas basadas en el análisis de las correlaciones estadísticas muy a menudo igualan o incluso superan los mejores esfuerzos de los expertos humanos. De hecho, un análisis realizado en 2012 por investigadores del Colegio de Educación de la Universidad de Akron, en el que compararon la evaluación realizada por una máquina con la efectuada por los humanos, demuestran que la máquina «tuvo niveles prácticamente idénticos de precisión, y que en algunos casos el *software* demostró ser más fiable». En el estudio participaron nueve empresas que ofrecen servicios de clasificación automática y se revisaron más de 16 000 ensayos de estudiantes de pregrado de escuelas públicas en seis estados de los Estados Unidos.[2]

Les Perelman, exdirector del programa de escritura del Instituto Tecnológico de Massachusetts, es uno de los mayores críticos de la evaluación automatizada, y uno de los primeros partidarios del documento de 2013 oponiéndose a esta práctica. Perelman ha sido capaz, en varias ocasiones, de construir ensayos completamente absurdos que han engañado a los algoritmos de evaluación y han adjudicado las mayores puntuaciones a ese tipo de trabajos. A mí me parece que si la habilidad necesaria para juntar tonterías que engañen al *software* es más o menos comparable a la capacidad que se requiere para escribir un ensayo coherente, se debilita el argumento de Perelman en cuanto a que el sistema podría ser engañado fácilmente. La verdadera pregunta es si un estudiante que carece de la capacidad para escribir fluidamente puede estar por encima del *software* de evaluación, y el estudio de la Universidad de Akron parece sugerir lo contrario. Perelman, sin embargo, manifiesta por lo menos una preocupación válida: la posibilidad de que los estudiantes sean entrenados para satisfacer a los algoritmos, de modo que «les den crédito desproporcionado por ensayos largos y de escritura locuaz».[3]

A pesar de la controversia que genera, es prácticamente un hecho que la evaluación algorítmica será implementada a medida que las escuelas continúen buscando formas de reducir costos. Cuando se necesita calificar un gran número de ensayos demuestra tener ventajas evidentes. Aparte de la velocidad y un menor costo, ofrece objetividad y consistencia en casos que de otro modo requerirían muchos calificadores humanos. La tecnología también ofrece a los estudiantes una retroalimentación instantánea que se adapta a tareas que de otro modo no recibirían un escrutinio detallado por parte de un instructor. Por ejemplo, muchos cursos de comunicación requieren o alientan a los estudiantes en leer el periódico todos los días; un algoritmo puede evaluar cada una de las participaciones y quizá incluso hacer sugerencias, para ello basta con apretar un botón. Parece razonable suponer que la evaluación automatizada será, al menos en el futuro inmediato, relegada a los cursos introductorios de enseñanza de habilidades básicas de comunicación. Los profesores de inglés tienen pocas razones para temer que los algoritmos estén a punto de invadir sus creativos seminarios a nivel superior. Sin embargo, su despliegue en cursos introductorios eventualmente podría desplazar a los adjuntos que ahora llevan a cabo estas tareas rutinarias.

El escándalo sobre la evaluación automatizada representa solo un pequeño ejemplo de la violenta reacción que surge en tanto toda la fuerza de la aceleración de la tecnología finalmente impacta sobre el sector educativo. Hasta el momento los colegios y las universidades han sido en gran medida inmunes a los sustanciales aumentos de productividad que han transformado a otras industrias. Las ventajas de la tecnología de la información todavía no se han reflejado en todo el sector de la educación superior. Esto explica, de cierta manera, el aumento desorbitado de los costos de las universidades en las últimas décadas.

Hay fuertes indicios de que las cosas están a punto de cambiar. Uno de los efectos más perturbadores vendrá de los cursos en línea ofrecidos por instituciones de élite. En muchos casos, a estos cursos se inscriben enormes cantidades de personas, por lo tanto se convertirán en un importante motor de prospectiva para automatizar la enseñanza y la evaluación. edX, un consorcio de universidades de élite fundado para ofrecer cursos gratuitos en línea, anunció a principios de 2013 que hará que su *software de* ensayo-evaluación esté a disposición de todas las instituciones educativas que deseen utilizarlo de manera gratuita.[4] En otras palabras, los sistemas de calificación mediante algoritmos se han convertido en un ejemplo más de *software de construcción* de bloques basado en internet, que ayudará a acelerar el impulso inevitable hacia el aumento de la automatización del trabajo humano calificado.

El auge y la caída de los cursos masivos y abiertos en línea (MOOC)

Los cursos gratuitos establecidos en internet, así como los ofrecidos por edX son parte de la tendencia hacia los cursos masivos abiertos en línea que inundaron la conciencia pública desde finales del verano de 2011, cuando dos informáticos de la Universidad de Stanford, Sebastian Thrun y Peter Norvig, anunciaron que darían una clase introductoria de inteligencia artificial a través de internet y que estaría disponible para cualquier persona, sin que tuviera costo alguno. Ambos instructores eran celebridades en su campo y tenían estrechos lazos con Google; Thrun había dirigido el proyecto para desarrollar la autoconducción de vehículos de dicha compañía, mientras que Norving fue el director de investigación y coautor de los principales libros de texto de Inteligencia Artificial. Pocos días después del anuncio, más de 10 000 personas se habían inscrito al curso. Cuando John Markoff escribió un artículo[5] sobre el curso, que apareció en la primera plana de *The New York Times* en ese mes de agosto, la matrícula se disparó a más de 160 000 personas en más de 190 países. El número de estudiantes en línea que tenían inscritos solo de Lituania excedía a toda la matrícula de licenciatura y posgrado de la Universidad de Stanford. Los estudiantes inscritos al curso tenían de 10 a 70 años, y lo que querían era aprender los conceptos básicos de la Inteligencia Artificial directamente de dos de los investigadores más prominentes de este campo, una oportunidad extraordinaria previamente disponible solo para unos 200 estudiantes de Stanford.[6]

El curso de 10 semanas se dividió en segmentos cortos que duraban solo unos minutos y estaban disponibles en videos, que por cierto tuvieron un enorme éxito entre los alumnos de nivel medio y de bachillerato de la Academia Khan.

Yo mismo tomé el curso y me pareció un vehículo de aprendizaje poderoso y atractivo. La producción empleada no es nada espectacular; todo lo contrario, consiste en la presentación por parte de Thurn o Norvig de distintos temas mientras escriben en un cuaderno. Cada segmento, que es muy breve, está acompañado por un cuestionario interactivo, una técnica que prácticamente garantiza que los conceptos claves sean asimilados a medida que avanza el curso. Alrededor de 23 000 personas tomaron todas las clases, presentaron el examen final y recibieron una notificación de la Universidad de Stanford que reconoce su conclusión.

En cuestión de meses, una industria completamente nueva se materializó alrededor del fenómeno de los cursos masivos abiertos en línea. Sebastian Thrun consiguió capital de riesgo y formó una nueva empresa llamada Udacity para ofrecer clases gratuitas o de bajo costo en línea. En todo el país y en el mundo entero las universidades de élite se apresuraron a entrar en el juego. Otros dos profesores de Stanford, Andrew Ng y Daphne Koller, fundaron Coursera con una inversión inicial de 22 millones de dólares y construyeron una asociación con Stanford, la Universidad de Michigan, la Universidad de Pensilvania, y Princeton. Harvard y el MIT invirtieron de forma rápida 60 millones para formar edX. Coursera respondió sumando otra docena de universidades, incluyendo la Johns Hopkins y el Instituto de Tecnología de California, y en los 18 meses siguientes ya trabajaba con más de un centenar de instituciones alrededor del mundo.

A principios de 2013, la publicidad en torno a los cursos masivos abiertos en línea era igual de alta que la cantidad de inscripciones. Se creyó que las clases en línea estaban a punto de marcar el comienzo de una nueva era en la que la educación de élite se convertiría en una herramienta accesible para todo el mundo o muy bajo costo o de manera gratuita. Los pobres en toda África y Asia pronto asistirían a universidades de la Ivy League (ocho universidades privadas del noreste de los Estados Unidos: Brown, Columbia, Cornell, Dartmouth, Pennsylvania, Princeton y Yale) mediante tabletas y teléfonos celulares. Thomas Friedman, el columnista de *The New York Times* se atrevió a decir que los cursos masivos abiertos en línea eran una «revolución para la educación superior a nivel mundial» y sugirió que los cursos en línea tenían el potencial de «desbloquear a más de mil millones de cerebros para resolver los mayores problemas del mundo».[7]

Sin embargo, la realidad golpeó bajo la forma de dos estudios publicados por la Universidad de Pensilvania durante los últimos meses de 2013. Uno de ellos cubrió a un millón de personas que se habían inscrito en clases ofrecidas por Coursera y encontró que los cursos masivos abiertos en línea «tienen relativamente pocos usuarios activos, el compromiso de los usuarios cae drásticamente, sobre todo después de las primeras dos semanas del curso y son pocos los usuarios que persisten hasta el final».[8] La mitad de las personas que se inscribieron a las clases vieron una sola de las conferencias. Los índices de conclusión del curso variaron de 2 a 14%, y la media es 4%. Los cursos masivos abiertos en línea también estaban fracasando en gran medida para atraer a los estudiantes pobres y sin educación que todos pensaron serían beneficiados; aproximadamente 80% de las personas que se inscribieron a los cursos ya contaba con un título universitario.

Varios meses antes la asociación de alto perfil entre Udacity y la Universidad Estatal de San José se había venido abajo por no cumplir las expectativas que se tenían del proyecto. El programa estaba destinado a ofrecer a los estudiantes menos favorecidos clases de regularización en línea de bajo costo para las materias de matemáticas, álgebra e introducción a la estadística; esta noticia se anunció en rueda de prensa por Sebastian Thrun y el gobernador de California, Jerry Brown, en enero de 2013, quienes la promocionaban como una posible solución para paliar los costos de matrícula y el hacinamiento de las universidades estatales. Los cursos costaban solo 150 dólares y ofrecían tutoriales en línea que les proporcionaban asistencia individual, pero los resultados del primer grupo de alumnos que se matriculó no fueron nada buenos. Tres cuartas partes de los estudiantes que tomaron la clase de álgebra y casi 90% de los que venían de la escuela secundaria reprobaron el curso. En general, los estudiantes de los cursos masivos abiertos en línea estuvieron significativamente peor que los estudiantes inscritos en las clases tradicionales en la Universidad Estatal de San José. El programa fue suspendido por parte de la universidad al menos temporalmente.[9]

Actualmente Udacity está restando importancia a la educación básica y se centra en clases de formación profesional destinadas a proporcionar a los trabajadores conocimientos técnicos más especializados. Empresas como Google y Salesforce.com, por ejemplo, están financiando cursos que enseñan a los desarrolladores de *software* a trabajar con sus productos. Udacity también se ha asociado con el Instituto de Tecnología de Georgia para ofertar el primer grado de una maestría en ciencias de la computación mediante cursos masivos abiertos en línea. La matrícula para el programa de tres semestres tendrá un costo de solo 6 600 dólares, aproximadamente 80% menos de lo que cuesta una carrera en el campus. Los costos de instalación del programa están siendo financiados por la empresa AT&T, que planea enviar a muchos de sus empleados al programa. Inicialmente, el Tecnológico de Georgia inscribirá alrededor de 375 estudiantes, pero el objetivo es ampliar esta matrícula para que pueda servir a miles.

Mientras los cursos masivos abiertos en línea continúen evolucionando y mejorando, la esperanza de que impulsarán una revolución a nivel global que llevará a la educación superior a cientos de millones de personas, entre los que se incluyen los pobres del mundo, en última instancia puede materializarse. Sin embargo, parece evidente que a corto plazo estos cursos en línea son más propensos a atraer a estudiantes que ya forman parte del sector de la educación superior o que no tienen duda en que ese es el camino. En otras palabras, los cursos masivos abiertos en línea están preparándose para competir por las mismas personas que podrían inscribirse a las clases presenciales. Suponiendo que los patrones de las empresas le dieran el reconocimiento a los cursos masivos abiertos en línea como formadores de un capital humano que podría entrar al mundo productivo que está a su cargo, podría desencadenarse una interrupción traumática en todo el sector de la educación superior.

Créditos universitario normales o en función de la competencia

Cuando Thrun y Norvig revisaron los resultados de su curso de Inteligencia Artificial de 2011, descubrieron que 248 participantes habían tenido una calificación perfecta, y que nunca habían respondido a una pregunta del examen de forma incorrecta. También descubrieron que ni un solo estudiante de Stanford estaba en ese grupo de élite. De hecho, el puntaje más alto en el campus fue superado por al menos 400 participantes en línea. Sin embargo, ninguno de estos sobresalientes estudiantes recibió un documento oficial por parte de la Universidad de Stanford como reconocimiento a su trabajo.

Meses antes, cuando los administradores de Stanford se enteraron de la participación e inscripción en línea, pidieron reuniones con sus profesores con el fin de negociar la naturaleza de cualquier tipo de acreditación que podría ser otorgada a los participantes en al curso en línea. La preocupación no era solo que la reputación de Stanford podría potencialmente diluirse a través de decenas de miles de personas, ninguna de las cuales había pagado los cerca de 40 000 dólares de la matrícula anual que pagan los estudiantes regulares del campus; también les preocupaba no conocer la identidad de los estudiantes y que esta no podía ser verificada. Los administradores finalmente acordaron que un documento en el que se leyera «conclusión del curso en línea» era lo que podía entregarse a los estudiantes que completaran el curso a través de internet. Los funcionarios de Stanford estaban tan preocupados con esta terminología que cuando un periodista utilizó la palabra «certificado» en una columna que hacía referencia al curso, inmediatamente llamaron para solicitar la corrección.

La preocupación de los funcionarios de Stanford por la verificación de la identidad de los estudiantes en línea no era infundada. De hecho, ¿cómo se podría garantizar que el reconocimiento que se otorga a una persona corresponda en realidad a quien termina el curso y presenta los exámenes en uno de los retos más significativos que están asociados con la acreditación que ofrece la universidad o con las reconocimientos oficiales otorgados por los cursos masivos abiertos en línea? Sin poder lograr un proceso de identificación sólido, podría surgir una industria vibrante para la participación fraudulenta en cursos y exámenes. De hecho, hay una serie de sitios en línea que ofrecen «tomar los cursos en nombre de alguien más, a cambio de un pago». A finales de 2012, el periodista de la página web *Inside Higher Ed* se hizo pasar por estudiantes solicitando información a algunos de estos sitios sobre cómo podrían conseguirle completar un curso de introducción a la economía en línea como parte de la matrícula de la Universidad del estado de Pensilvania. Los sitios le solicitaron el pago de honorarios por 775 a 900 dólares y se le garantizaba al menos una calificación de «B» en el curso. Y esto fue para aprobar una clase en la Universidad del estado de Pensilvania, donde la verificación de la identidad del estudiante debe ser un desafío menos grande que para una clase abierta con un enorme número de participantes.[10] La matrícula total de esta universidad es de cerca de 6 000 estudiantes de licenciatura y posgrado, una pequeña fracción de la cantidad de personas susceptibles de ser inscritas en un solo curso masivo abierto en línea.

Que se haga trampa también ha sido un problema significativo con las clases masivas en línea. Durante 2012 se presentaron decenas de quejas sobre el plagio en los cursos de humanidades ofrecidos a través de Coursera. Estos cursos se basan en la calificación por pares —en lugar de algoritmos— para evaluar el desempeño de los estudiantes, por lo que los administradores del curso que responden a las quejas tuvieron que lidiar tanto con la posibilidad de un descontrolado plagio como con la probabilidad de que al menos algunas de las acusaciones fueran erróneas. En una clase de ciencia ficción y literatura fantástica se aseguró que los ensayos de los estudiantes estaban siendo copiados de Wikipedia u otras fuentes anteriormente publicadas, lo que llevó al profesor de inglés Eric Rabkin, de la Universidad de Michigan, a enviar una carta a los 39 000 estudiantes advirtiéndoles las consecuencias que tiene la apropiación del trabajo de otros, y en la que también señaló que «una acusación de plagio es algo profundamente serio y que solo debe hacerse contando con la evidencia que lo sustente».[11] Lo notable de este tipo de

incidentes es que ninguna de estas clases ofrece créditos académicos. Al parecer, algunas personas hacen trampa «simplemente porque pueden» o tal vez porque no entienden las reglas. En cualquier caso, no cabe duda de que al asociar este
tipo de cursos con reconocimiento académico aumentaría
drásticamente el incentivo para portarse mal.

Hay una serie de posibles soluciones técnicas a los problemas de identificación y de engaño. Un método sencillo es
plantear preguntas de seguridad que solicitan datos personales al comienzo de cada sesión. Si usted está planeando hacer
trampa mediante la contratación de alguien para que tome
una clase en su nombre, podría pensarlo dos veces antes de
darle su número de seguridad social. Aunque es claro que
sería difícil implementar este tipo de estrategia a nivel mundial, una solución podría ser la observación a través de una
cámara activa en el equipo de cómputo para que los administradores puedan supervisar al estudiante. En 2013 edX, el
consorcio fundado por Harvard y el MIT para ofrecer cursos
masivos abiertos en línea, comenzó a ofrecer certificados de
identificación que verifican a los estudiantes que pagan una
cuota adicional y toman la clase bajo la atenta mirada de una
cámara web. Dichos certificados se pueden presentar a los
patrones potenciales, pero en general no se pueden utilizar
para obtener créditos académicos. Dar seguimiento de esta
manera es caro y, obviamente, no extensible a decenas de
miles o millones de personas que toman un curso gratuito,
pero parece probable que los algoritmos de reconocimiento
facial del tipo que utiliza actualmente Facebook para etiquetar fotos puede eventualmente entrar a jugar ese papel. Otros
algoritmos pueden pronto ser capaces de identificar a los estudiantes mediante el análisis de la cadencia de sus pulsaciones de teclas o bien, de erradicar a plagiarios comparando

automáticamente la transcripción de grandes cantidades de datos de obras existentes.[12]

Un camino especialmente prometedor para que se pueda obtener reconocimiento académico mediante los cursos masivos abiertos en línea puede ser ofrecer certificados basados en la competitividad. Con esta perspectiva, los estudiantes no obtienen créditos asistiendo a una clase, sino al pasar las pruebas de evaluación independientes en las que demuestren tener competencia en áreas específicas. La educación basada en competencias (CBE) fue iniciada en la Western Governer's University (WGU), una página en línea institucional propuesta en la conferencia de 1995 a la que asistieron los gobernadores de 19 estados del oeste de los Estados Unidos. WGU comenzó a operar en 1997 y en 2013 tenía más de 40 000 estudiantes, muchos de los cuales son adultos que buscan completar los programas de titulación que comenzaron años atrás o que quieren cambiar a nuevas disciplinas. El enfoque que le dio la CBE recibió un impulso importante en septiembre de 2013, cuando la Universidad de Wisconsin anunció que iba a introducir un programa basado en competencias que daría lugar a la titulación.

Los cursos masivos abiertos en línea y la CBE pueden llegar a formar una buena conjunción para lograr mayor participación de estudiantes que esperan un reconocimiento oficial. Temas como la identificación del estudiante y el engaño tendrían que ser abordados solo en las pruebas de evaluación. Incluso pueden ser una oportunidad para que una empresa de capital de riesgo entre en calidad de emisor de reconocimientos y evite por completo el asunto complicado y caro de la oferta de clases. Los estudiantes automotivados tendrían la libertad de utilizar todos los recursos disponibles, incluyendo los cursos masivos abiertos en línea, autoestudio, o clases tradicionales para lograr entrar en el mundo de la competencia y, a continuación, podrían pasar una prueba de evaluación administrada por la empresa para que les otorgue una certificación. Dicha prueba podría ser muy rigurosa, en efecto, la creación de un filtro comparable a los procesos de admisión en las universidades más selectivas. Si una empresa de este tipo la pone en marcha es capaz de construir una reputación sólida para el otorgamiento de credenciales solo a graduados altamente competentes, y sí, tal vez lo más importante es que podría construir fuertes relaciones con los empresarios de alto perfil para que sus graduados sean buscados y tener un claro potencial que a su vez podría poner de cabeza a la institución de la educación superior tradicional.

Una encuesta anual de altos funcionarios en cerca de 3 000 universidades de los Estados Unidos demuestra que las expectativas con respecto al futuro de los cursos masivos abiertos en línea ha disminuido significativamente en el transcurso de 2013. Casi 40% de los encuestados dijeron que los cursos en línea masivos no eran un método sustentable de la instrucción; en la encuesta del año anterior, solo una cuarta parte de administradores de la universidad había expresado esa misma opinión. La *Chronicle of Higher Education* (Crónica de la Educación Superior) ofrece un informe relativamente sombrío sobre la marcha que lleva este proceso y señala que «los cursos masivos abiertos en línea no tienen avances significativos en el sistema de acreditación existente en la educación superior, lo que cuestiona que vayan a ser perjudiciales para el *status quo,* como algunos observadores primero pensaron».[13]

Una de las paradojas asociadas con los cursos masivos abiertos en línea es que, como un mecanismo de educación masiva, puede ser un método de aprendizaje enormemente eficaz para los alumnos que tengan la suficiente motivación y autodisciplina. Cuando Thrun y Norvig comenzaron a ofrecer su clase de Inteligencia Artificial en línea se sorprendieron al ver que la cantidad de asistentes a sus clases de Stanford rápidamente empezó a descender, y a la larga solo alrededor de 30 de los 200 alumnos matriculados en el campus aparecieron de manera sistemática. Sus estudiantes, al parecer, preferían tomar clase en línea. También encontraron que el nuevo formato de cursos masivos abiertos en línea tuvo como resultado un incremento significativo en el desempeño en los exámenes de sus estudiantes en el campus, en comparación con los estudiantes que tomaron la misma clase en años anteriores.

Creo que sería muy prematuro declarar que el fenómeno de los cursos masivos abiertos en línea está fuera de combate. Es posible que se hayan manifestado los tropiezos de una etapa temprana, tan típicos en las nuevas tecnologías. Vale la pena recordar, por ejemplo, que Microsoft Windows no maduró como una fuerza dominante en la industria hasta que Microsoft lanzó la versión 3.0, y que se introdujo por primera vez al mercado al menos cinco años después de su inicio. De hecho, el pesimismo entre los administradores de la universidad con respecto a la sustentabilidad futura de cursos masivos abiertos en línea está bastante ligado en gran medida a sus temores sobre el impacto económico que estos cursos podrían tener en sus instituciones y en el conjunto de todo el sector de la educación superior.

Al borde del precipicio

Si la irrupción de los cursos masivos abiertos en línea aún está por darse, cerrará de golpe una industria que carga con medio billón de dólares en ingresos anuales y emplea a más de tres y medio millones de personas.[14] Entre 1985 y 2013 los costos universitarios se dispararon 583%, mientras que el índice general de precios al consumidor aumentó solamente 121%. Incluso los costos médicos se quedaron muy por debajo de la educación superior, al aumentar aproximadamente 286% con respecto al mismo periodo.[15] Gran parte de los costos universitarios está siendo financiada con préstamos estudiantiles, que ahora ascienden a por lo menos 1.2 billones en los Estados Unidos. Alrededor de 70% de los estudiantes universitarios de ese país tuvieron un préstamo, y la deuda media al titularse es un poco menor de 30 000 dólares.[16] Tenga en cuenta que solo 60% de los estudiantes universitarios en los programas de licenciatura se gradúan después de seis años, dejando que el resto pague cualquier deuda acumulada sin el beneficio de un título.[17]

Sorprendentemente, el costo de la actual instrucción en los colegios y universidades ha hecho una contribución relativamente menor a estos costos crecientes. En su libro de 2013 *College Unbound* (Universidad sin consolidación), Jeffrey J. Selingo cita datos recogidos por el Proyecto Delta, una pequeña organización de investigación que produce un análisis muy bien considerado por la industria de la educación superior. Entre 2000 y 2010 las grandes universidades de investigación públicas aumentaron el gasto en servicios estudiantiles 19%, en administración 15% y en operaciones 20%. Dejando muy por detrás el costo de la enseñanza, que aumentó solo 10%.[18] En el sistema de la Universidad de California, el empleo de docentes en las facultades cayó 2.3% entre 2009 y 2011, aunque la inscripción de estudiantes aumentó 3.6%.[19] Para mantener bajos los costos de enseñanza, los colegios están confiando en mayor medida en profesores de tiempo parcial y adjuntos, en lugar de contratar profesores de tiempo completo; los docentes que cobran por curso llegan a recibir en algunos casos tan poco como 2 500 dólares por semestre, sin ningún tipo de prestaciones. Sobre todo en las artes liberales, programa de pregrado en el que se estudian materias de diferentes disciplinas académicas, estas posiciones adjuntas se han convertido en trabajos sin futuro para un gran número de egresados del doctorado que alguna vez soñaron que esa iba a ser la manera de engancharse a una carrera académica.

Mientras que los costos de instrucción han sido frenados, la cantidad de dinero que se gasta en la administración y en las instalaciones se ha disparado. En muchas universidades grandes, el número de los administradores ahora excede al número de profesores. Durante el mismo periodo de dos años en el que el empleo docente se redujo en más de 2% en la Universidad de California, los empleos de los administradores aumentaron 4.2%. El gasto en los profesionales que ofrecen a los estudiantes orientación y asesoramiento personalizado del mismo modo se ha disparado, y los puestos de este tipo constituyen ahora casi un tercio de los trabajadores en las principales universidades estadounidenses.[20] La industria de la educación superior aparentemente se ha convertido en una máquina de empleo perpetua para las personas con todas las acreditaciones, a menos que realmente quieran un trabajo de enseñanza. El otro gran pozo de dinero se ha invertido en casas de lujo para los estudiantes, recreación e instalaciones deportivas. Selingo señaló que «el gasto más absurdo es el Río Perezoso, esencialmente un parque acuático temático en el que flotan en balsas los estudiantes».[21] Y que administradores de las universidades de Boston, Akron, Alabama y Missouri consideran como una parte indispensable de la experiencia universitaria.

El factor más importante, por supuesto, ha sido simplemente la capacidad de los estudiantes y sus familias de pagar los precios cada vez más altos para la compra de entradas a la clase media. No es de extrañar, entonces, que muchos observadores hayan expresado la opinión de que la educación superior se ha convertido en una «burbuja», o al menos en un castillo de naipes que está listo para el mismo tipo de transformación digital que cambió a la industria de los periódicos y revistas. Los cursos masivos abiertos en línea ofrecidos por las instituciones de élite son vistos como el probable mecanismo para imponer el escenario de «el ganador se lleva todo» que invariablemente predomina una vez que una industria se vuelve digital.

Los Estados Unidos tienen más de 2 000 colegios y universidades. Si en esta lista se incluye a las instituciones que otorgan grados académicos después de dos años de curso, ese número crece a más de 4 000. De éstos, quizá de 200 a 300 podrían caracterizarse como selectivos. El número de escuelas con reputación nacional, o que podrían considerarse verdaderamente de élite, es por supuesto mucho más pequeño. Imaginar un futuro en el que los estudiantes universitarios pueden asistir a cursos en línea gratuitos impartidos por profesores de Harvard o Stanford y posteriormente reciben una acreditación que sea aceptable para los patrones o las escuelas de posgrado es risible por el simple hecho de que, entonces, ¿quiénes estarían dispuestos a endeudarse para pagar la matrícula en una institución de tercer o cuarto niveles?

Clyton Christensen, un profesor de la escuela de negocios de Harvard y experto en innovación disruptiva dentro de las industrias, ha predicho que la respuesta a esa pregunta dará lugar a un futuro sombrío para miles de instituciones. En una entrevista de 2013, Christensen dijo que «dentro de 15 años, la mitad de las universidades de los Estados Unidos pueden estar en quiebra».[22] Aunque la mayoría de las instituciones se mantengan a flote, es fácil imaginar la disminución espectacular tanto de la matrícula como de sus ingresos al mismo tiempo que los despidos masivos de los administradores y los docentes.

Muchas personas asumen que la irrupción vendrá desde lo más alto, ya que los estudiantes acuden a los cursos ofrecidos por las instituciones de la Ivy League. Sin embargo, esto supone que la «educación» es el producto principal que se va a digitalizar. El mismo hecho de que escuelas como Harvard y Stanford estén dispuestas a brindar cursos de educación de manera gratuita prueba que estas instituciones están principalmente en el negocio de acreditar el conocimiento más que en el del saber. Los reconocimientos de la élite no se dan de la misma manera como, por ejemplo, un archivo de música digital; sino más bien como las impresiones de arte de edición limitada o como el papel moneda creado por un banco central. Si se otorgan demasiados su valor cae. Por esta razón, sospecho que realmente las universidades de primer nivel se mantendrán bastante preocupadas de proporcionar acreditaciones.

Es más probable que la irrupción venga en el siguiente nivel, especialmente en las principales universidades públicas que tienen fuerte reputación académica y un gran número de alumnos, así como marcas ancladas por los programas de futbol y basquetbol de alto perfil, y están cada vez más desesperadas por obtener ingresos, como consecuencia de los recortes de fondos estatales. La asociación del tecnológico de Georgia con Udacity para ofrecer el título de informática con base en los cursos masivos abiertos en línea y el experimento de la Universidad de Wisconsin con el reconocimiento basado en competencias pueden ofrecer vistas previas de lo que pronto llegará en una escala mucho más amplia. Como he sugerido anteriormente, también puede haber oportunidades para que una o varias empresas privadas reclamen una gran parte del mercado, ofreciendo credenciales de orientación profesional basadas exclusivamente en las pruebas de evaluación.

Incluso si los cursos masivos abiertos en línea no evolucionan pronto en un camino directo a la titulación o algún otro mecanismo de acreditación, aún podrían socavar los modelos de negocio de muchas universidades en una relación de clase por clase. Las grandes conferencias introductorias en cursos como economía y psicología son fuentes de efectivo para los colegios, ya que requieren relativamente pocos recursos para enseñar a cientos de estudiantes, la mayoría de los cuales están pagando la carrera completa. Si en algún momento los estudiantes tienen la opción de tomar un curso masivo abierto en línea, gratuito o de bajo costo, a cargo de un profesor célebre de una institución de élite, podría representar un duro golpe para la estabilidad financiera de muchas escuelas de menor reputación.

Como los cursos masivos abiertos en línea siguen evolucionando, sus cuantiosas inscripciones serán por sí mismas un importante motor de la innovación. Se recoge un gran volumen de datos acerca de los estudiantes que participaron y de las formas en que tienen éxito o fracasan a medida que avanzan los cursos. Como hemos visto, las técnicas de acumulación de grandes volúmenes de datos aseguran dar lugar a importantes conocimientos que conducen a mejores resultados en el tiempo. Las nuevas tecnologías educativas también están surgiendo y se incorporarán a los cursos masivos abiertos en línea. Los sistemas de aprendizaje adaptativo, por ejemplo, proporcionan lo que equivale a un tutor robótico.

Estos sistemas siguen de cerca el progreso de los estudiantes individuales y ofrecen instrucción personalizada y asistencia. También pueden ajustar el ritmo de aprendizaje para empatar con las capacidades de los estudiantes. Tales sistemas ya están demostrando ser un éxito. Un estudio aleatorio exploró en los cursos de introducción a la estadística en seis universidades públicas. Los estudiantes en un grupo tomaron el curso en un formato tradicional, mientras que en el otro recibieron instrucción principalmente robótica combinada con tiempo limitado de clase en salón. El estudio encontró que ambos grupos de estudiantes alcanzaron el mismo nivel «en términos de tasas de aprobación, las calificaciones de los exámenes finales y el desempeño en una evaluación estandarizada de los conocimientos estadísticos».[23]

Si la industria de la educación superior en última instancia sucumbe a la avalancha digital, es muy probable que la transformación sea una espada de doble filo. Una credencial de la universidad también puede llegar a ser menos costosa y más accesible para muchos estudiantes, pero al mismo tiempo la tecnología podría devastar a una industria que es en sí misma un nexo importante de empleo para los trabajadores altamente calificados. Y como hemos visto en toda una gama de otras industrias, el *software avanzado y la automatización* continuarán afectando a muchos de los puestos de trabajo altamente calificados que los nuevos graduados son propensos a buscar. A pesar de que los algoritmos de ensayo-clasificación y los tutores robóticos ayudan a enseñar a los estudiantes a escribir, algoritmos como los desarrollados por Narrative Science posiblemente ya hayan automatizado gran parte de la escritura rutinaria en muchas áreas.

También puede probar que hay una sinergia natural entre el aumento de los cursos masivos abiertos en línea y la práctica de la deslocalización de los empleos basados en el conocimiento. Si los cursos en línea masivos pueden dar lugar a títulos universitarios, parece inevitable que una gran parte de las personas y un alto porcentaje de los candidatos con mejor rendimiento galardonados con estas nuevas credenciales se encuentren en el mundo desarrollado. A medida que los patrones se acostumbren a contratar trabajadores educados a través de este nuevo paradigma, también podrán estar inclinados a adoptar un enfoque cada vez más global de reclutamiento.

LA EDUCACIÓN SUPERIOR es una de las dos principales industrias de Estados Unidos que ha estado relativamente inmune a los efectos de la aceleración de la tecnología digital. No obstante, innovaciones como los cursos masivos abiertos en línea, los algoritmos de evaluación y la automatización en los sistemas de aprendizaje adaptativo ofrecen un camino relativamente prometedor hacia una eventual irrupción. Como veremos a continuación, el otro reducto importante, la salud, representa un desafío aún mayor para los robots.

Notas

[1] Esta solicitud puede ser vista en http://humanreaders.org/petition/.

[2] Nueva versión de «Hombre y máquina, mejores escritores, mejores promedios» por la Universidad de Akron, 12 de abril de 2012, http://www.uakron.edu/education/about-the-college/news-details.dot?newsId=40920394–9e62–415d-b038–15fe2e72a677&pageTitle=Recent%20Headlines&crumbTitle=Man%20and%20%20machine:%20Better%20writers,%20better%20grades.

[3] Ry Rivard, «La pelea de los hombres sobre los robot lectores», *Inside Higher Ed*, 15 de marzo de 2013, http://www.insidehighered.com/news/2013/03/15/professors-odds-machine-graded-essays.

[4] John Markoff, «El *software* para calificar ensayos ofrece a los profesores un descanso», *The New York Times*, 4 de abril de 2013, http://www.nytimes.com/2013/04/05/science/new-test-for-computers-grading-essays-at-college-level.html.

[5] John Markoff, «Virtual y artificial, pero 58 000 quieren tomar el curso», *The New York Times*, 15 de agosto de 2011, http://www.nytimes.com/2011/08/16/science/16stanford.html?_r=0.

[6] La historia del curso de Inteligencia Artificial en Stanford está reseñada por Max Chafkin en «Udacity's Sebastian Thurn, el padrino de los cursos gratuitos en línea cambia rumbo», *Fast Company*, diciembre de 2013-enero de 2014, http://www.fastcompany.com/3021473/udacity-sebastian-thrun-uphill-climb; Jeffrey J. Selingo, *College Unbound: The Future of Higher Education and*

What It Means for Students (La universidad sin conslolidación, El futuro de la educación superior y lo que significa para los estudiantes), blog de Reuter, 23 de enero de 2012, http://blogs.reuters.com/felix-salmon/2012/01/23/udacity-and-the-future-of-online-universities/.

[7] Thomas L. Friedman, «La revolución llega a las universidades», *The New York Times,* 26 de enero de 2013, http://www.nytimes.com/2013/01/27/opinion/sunday/friedman-revolution-hits-the-universities.html.

[8] Penn Graduate School of Education Press Release, «El estudio de grado de la Universidad de Pensilvania muestra que los MOOC son poco frecuentados, con solo unos cuantos perseverantes que terminan el curso», 5 de diciembre de 2013, http://www.gse.upenn.edu/pressroom/press-releases/2013/12/penn-gse-study-shows-moocs-have-relatively-few-active-users-only-few-persisti.

[9] Tamar Lewin, «Después de los reveses, habrá que repensar los cursos en línea», *The New York Times,* 10 de diciembre de 2013, http://www.nytimes.com/2013/12/11/us/after-setbacks-online-courses-are-rethought.html.

[10] Alexandra Tilsley, «Se paga por una A», *Inside Higher Ed,* 21 de septiembre de 2012, http://www.insidehighered.com/news/2012/09/21/sites-offering-take-courses-fee-pose-risk-online-ed.

[11] Jeffrey R. Young, «Son reportados decenas de plagios en los cursos gratuitos en línea de Coursera», *Chronicle of Higher Education,* 16 de agosto de 2012, http://chronicle.com/article/Dozens-of-Plagiarism-Incidents/133697/.

[12] «Los MOOC y la seguridad», blog del Centro de información Geoespacial del MIT, 9 de octubre de 2012, http://cybersecurity.mit.edu/2012/10/moocs-and-security/.

[13] Steve Kolowich, «En las encuestas se muestra que las dudas sobre los MOOC continúan a la alza», *Chronicle of Higher Education,* enero 14 de 2014, http://chronicle.com/article/Doubts-About-MOOCs-Continue-to/144007/.

[14] Selingo, *La Universidad sin consolidación,* p. 4

[15] Michelle Jamrisko e Ilan Kole, «En las gráficas del día el aumento en las universidades estadounidenses es de 500% desde 1985», *Bloomberg Personal Finance,* 26 de agosto de 2013, http://www.bloomberg.com/news/2013–08–26/college-costs-surge-500-in-u-s-since-1985-chart-of-the-day.html.

[16] Sobre los préstamos estudiantiles véase Rohit Chopra, «Se abulta la deuda de los estudiantes, los préstamos federales ahora representan un billón de dólares», Oficina de Protección Financiera al Consumidor, 17 de julio de 2013, y Blake Ellis, «El promedio de la deuda por estudiante es de 29 400 dólares, *CNN Money, 5 de diciembre de 2013,* http://money.cnn.com/2013/12/04/pf/college/student-loan-debt/.

[17] La información sobre los precios en la educación superior provienen del Centro Nacional de Estadísticas de la Educación, http://nces.ed.gov/fastfacts/display.asp?id=40.

[18] Selingo, *La Universidad sin consolidación,* p. 27.

[19] «En la Universidad de California, los altos puestos administrativos superaron a los académicos», blog de reclamación de la Universidad de California, 19 de septiembre de 2011, http://reclaimuc.blogspot.com/2011/09/senior-administrators-now-officially.html.

[20] Selingo, *La Universidad sin consolidación,* p. 28.

[21] *Ibid.*

[22] Clayton Christensen entrevista a Mark Suster en *Startup Grind,* puede consultarse en YouTube, http://www.youtube.com/watch?v=KYVdf5xyD8I.

[23] William G. Bowen, Matthew M. Chingos, Kelly A. Lack y Thomas I. Nygren, «La enseñanza interactiva en línea en las universidades públicas: prueba de ensayos aleatoria», *Ithaka S+R Research Publication,*, 22 de mayo de 2012, http://www.sr.ithaka.org/research-publications/interactive-learning-online-public-universities-evidence-randomized-trials.

Capítulo 6
El reto de la asistencia a la salud

En mayo de 2012, un hombre de 55 años de edad ingresó en la clínica de la Universidad de Marburgo en Alemania. El paciente presentaba el siguiente cuadro: fiebre, inflamación del esófago, hipotiroidismo y problemas de visión. Anteriormente había visitado a una serie de médicos quienes se mostraban muy preocupados por su estado. En el momento en que llegó a la clínica Marburgo estaba casi ciego y a punto de sufrir un infarto agudo de miocardio. Meses antes, y en otro continente, un misterio médico muy similar había culminado con el trasplante de corazón a una mujer de 59 años en el Centro Médico de la Universidad de Colorado en Denver.

La causa de ambas afecciones resultó ser la misma: envenenamiento por cobalto.[1] A los dos pacientes se les había realizado anteriormente un implante de cadera cuyo material era el metal que después de un tiempo se había desgastado y liberado partículas de cobalto, de esa manera los pacientes fueron expuestos a toxicidad crónica. Como una coincidencia extraordinaria ambos casos se publicaron de manera independiente en dos revistas médicas casi simultáneamente en el mes de febrero de 2014. El informe de los médicos alemanes estaba acompañado de una anécdota muy peculiar. Mientras que el equipo norteamericano había optado por la cirugía, el alemán había logrado resolver el misterio no como resultado de la formación que tenían los médicos, ni por su experiencia, sino porque uno de ellos había visto en febrero de 2011 un

episodio de la serie televisiva *House*, durante el cual el protagonista de la serie, el doctor Gregory House, se enfrentó con
un caso idéntico, que pudo resolver cuando logró diagnosticar que el paciente al que atendía sufría de envenenamiento
por cobalto como resultado de una sustitución de la cadera
por prótesis de metal.

El hecho de que dos equipos médicos se enfrentaran a una
situación tan compleja con el mismo diagnóstico —y que
pudieran hacerlo incluso cuando la respuesta al misterio había sido transmitida a millones de televidentes durante el
horario estelar— es un testimonio de la medida en que el
conocimiento médico y la habilidad para diagnosticar están
compartimentadas en los cerebros de los médicos individuales, aun cuando internet ha permitido un grado de colaboración y de acceso a la información que no tiene precedentes.
Como podemos apreciar, el proceso que los médicos realizan
para el diagnóstico y tratamiento de enfermedades ha perma-
necido, de manera importante, sin transformaciones. Cambiar el enfoque tradicional para resolver los problemas médicos y desenmarañar todo el conocimiento que se encuentra
encapsulado en las mentes de los profesionistas individuales
o que se ha publicado en revistas especializadas de poca distribución, y por lo tanto, casi desconocidas, representa una
de las ventajas más importantes que brindan la Inteligencia
Artificial y los datos masivos al campo de la medicina.

En general, los avances en la información tecnológica que
están impactando en otras áreas de la economía han hecho
hasta el momento relativamente pocas incursiones en el sector salud. Es particularmente complicado encontrar evidencia de que la tecnología esté dando lugar a mejoras significativas en la eficiencia en su conjunto. En 1960, el Sistema de
Salud representaba menos de 6% de la economía de los Estados Unidos.[2] En 2013 esta cifra casi se había triplicado, con

un crecimiento de 18%, y un gasto per cápita que se ha elevado a más o menos el doble que en la mayoría de los otros países industrializados. Uno de los mayores riesgos que enfrenta el futuro es que la tecnología continúe impactando de forma asimétrica: reduciendo los salarios o provocando el desempleo en la mayor parte de la economía, mientras el costo de los servicios de salud sigue en ascenso. El peligro, en cierto sentido, no es que haya demasiados robots a cargo del cuidado de la salud, sino que hay muy pocos. Si la tecnología falla para atender el desafío del cuidado de la salud, el resultado será un alza insostenible tanto para los hogares individuales como para la economía en su conjunto.

La inteligencia artificial y la medicina

La cantidad de información que podría ser potencialmente útil para que un médico diagnosticara el estado de un paciente o para que diseñara una estrategia de tratamiento óptima es asombrosa. Los médicos se enfrentan a un torrente continuo de nuevos descubrimientos, tratamientos innovadores y evaluaciones de estudios clínicos que se publican en revistas médicas y científicas de todo el mundo. Por ejemplo, MEDLINE, una base de datos en línea de la Biblioteca Nacional de Medicina de los Estados Unidos, contiene más de 5 600 índices de revistas, cada una de las cuales puede publicar al año de decenas a cientos de distintos trabajos de investigación en cualquier lugar del mundo. Además, hay millones de registros médicos, historias de pacientes y estudios de casos que podrían ofrecer pistas importantes. Según cálculos, el volumen total de estos datos se duplica aproximadamente cada cinco años.[3] Sería imposible para cualquier ser humano asimilar más de una pequeña fracción de la información relevante, incluso dentro de áreas muy específicas de la práctica médica.

Como vimos en el capítulo 4, la medicina es una de las principales áreas en las que IBM prevé que la tecnología Watson tendrá un impacto inmensurable. El sistema de IBM es capaz de navegar a través de enormes caudales de información en formatos dispares y casi al instante construye inferencias que podrían escaparse incluso al especialista humano más minucioso. Es fácil imaginar un futuro a corto plazo en el que dicha herramienta de diagnóstico se considere indispensable, al menos para los médicos que enfrentan casos especialmente complicados.

El Centro Médico Anderson para el Cáncer, de la Universidad de Texas, atiende a más de 100 000 pacientes en su clínica de Houston cada año y es considerado el mejor centro de tratamiento de cáncer en los Estados Unidos. En 2011 el equipo de IBM, Watson, comenzó a trabajar con los médicos de este centro para construir una versión personalizada del sistema, orientada a ayudar a los oncólogos que trabajan con casos de leucemia. El objetivo es crear un asesor interactivo capaz de recomendar las mejores opciones de tratamiento basadas en la evidencia, encontrar casos similares entre pacientes sujetos a ensayos clínicos con medicamentos, y que ponga especial atención en los posibles riesgos o efectos secundarios que podrían amenazar a pacientes específicos. El progreso inicial en el proyecto resultó ser un poco más lento que lo que el equipo esperaba, en gran parte debido a los desafíos asociados con el diseño de algoritmos que fueran capaces de asumir las complejidades de diagnóstico y tratamiento del cáncer, pues resultó que este era más complejo que *Jeopardy!* No obstante, en enero de 2014, *The Wall Street Journal* informó que el sistema Watson especializado en leucemia estaría de vuelta en el Centro Médico Anderson para empezar a trabajar.[4] Los investigadores esperan ampliar el sistema de Watson para poder tratar otros tipos de cáncer durante los siguientes dos años. Es muy probable que las lecciones que saque IBM de este programa piloto le permitirán a la compañía agilizar la implementación de la tecnología de Watson.

Una vez que el sistema esté funcionando sin problemas, el personal del Centro Médico Anderson planea hacerlo disponible a través de internet para que pueda convertirse en un poderoso recurso para los médicos de todo el mundo. Según la doctora Courtney DiNardo, una experta en leucemia, la tecnología Watson tiene el «potencial para democratizar el tratamiento de cáncer», ya que le permite a cualquier médico «tener acceso a los más recientes conocimientos médicos y a la experiencia del Centro Médico Anderson». «Para los médicos que no son especialistas en leucemia», añadió, el sistema «puede funcionar como una segunda opinión de un experto, permitiéndoles tener acceso al mismo conocimiento e información» que están sustentados por el mejor centro de tratamiento de cáncer de la nación. DiNardo también cree que, más allá de ofrecer consejos para pacientes específicos, el sistema «proporcionará una plataforma de investigación que no tiene precedentes y que puede ser utilizada para generar preguntas, explorar hipótesis y dar respuestas a las preguntas fundamentales de la investigación».[5]

Watson es actualmente la aplicación más ambiciosa y prominente de la Inteligencia Artificial de la medicina, pero hay otras historias de éxito igualmente importantes. En 2009, los investigadores de la Clínica Mayo de Rochester, Minnesota, construyeron una red neuronal artificial diseñada para diagnosticar casos de endocarditis, una inflamación de la capa interna del corazón. La endocarditis normalmente requiere que se inserte una sonda en el esófago del paciente con el fin de determinar si la inflamación es causada por una infección potencialmente mortal; es un procedimiento incómodo, costoso, y que conlleva riesgos para el paciente. Los médicos de la Clínica Mayo entrenaron una red neuronal para realizar el diagnóstico basándose en pruebas de rutina y síntomas observables, sin la necesidad de utilizar la técnica invasiva. este fue un estudio realizado a 189 pacientes en los que se encontró que el sistema era preciso en más del 99% de los casos, por lo que más de la mitad de los pacientes no tuvieron que someterse innecesariamente al anterior procedimiento de diagnóstico invasivo.[6]

Es probable que una de las ventajas más importantes que tenga la Inteligencia Artificial en la medicina sea la prevención de errores potencialmente fatales que se dan tanto en el diagnóstico como en el tratamiento. En noviembre de 1994 Betsy Lehman, de 39 años y madre de dos niñas, quien además escribía una columna muy leída en el *Boston Globe* acerca de los problemas relacionados con la salud, había sido calendarizada para recibir su tercer ciclo de quimioterapia mientras continuaba su batalla contra el cáncer de mama. Lehman fue admitida en el Instituto para el Cáncer Dana Farber de Boston, que al igual que el Centro Médico Anderson está considerado como uno de los centros de salud especializados en el tratamiento de cáncer más prominentes del país. En el plan de tratamiento de Lehman tenía que administrarse una fuerte dosis de ciclofosfamida, un fármaco altamente tóxico destinado a acabar con las células cancerosas. El médico que escribió la receta cometió un simple error numérico, lo que significó que la dosis recibida por Lehman fuera aproximadamente cuatro veces mayor al tratamiento que le correspondía. Como consecuencia de esta sobredosis Lehman murió el 3 de diciembre de 1994.[7]

Lehman fue solo una de los 98 000 pacientes que mueren en los Estados Unidos cada año como resultado directo de los errores médicos prevenibles.[8] Un informe del año 2006 del Instituto de Medicina de los Estados Unidos estima que por lo menos un millón y medio de estadounidenses son perjudicados a causa de los errores de prescripción, y que tales errores resultan en más de 3 500 millones de dólares anuales en costos de tratamientos adicionales.[9] Un sistema de Inteligencia Artificial con acceso a historiales médicos detallados de los pacientes, así como a información sobre los medicamentos, incluidos sus efectos tóxicos y secundarios asociados, podría potencialmente ser capaz de prevenir errores incluso en situaciones muy complejas que implican la interacción de múltiples medicamentos. Tal sistema podría actuar como un asesor interactivo para los médicos y las enfermeras, ofreciendo una verificación instantánea de la seguridad y eficacia antes de administrar el medicamento y, sobre todo en situaciones en las que el personal del hospital está cansado y distraído, sin duda serviría para salvar vidas y evitar molestias innecesarias y gastos también innecesarios.

Una vez que las aplicaciones médicas de la Inteligencia Artificial evolucionen al punto en el que el sistema pueda actuar como un asesor capaz de proporcionar una segunda opinión médica, entonces también la tecnología podrá servir para paliar los grandes costos asociados a la negligencia médica. Muchos médicos se sienten con la necesidad de practicar la «medicina desde una trinchera» por lo que ordenan todas las pruebas que puedan llegar a ser imaginables en un intento de protegerse contra las posibles demandas. Una segunda opinión documentada de un sistema de Inteligencia Artificial versado en estándares altamente competentes podría ofrecer a los médicos una defensa frente a dichas demandas. El resultado de esto podría ser el pago de menos gastos en pruebas médicas y exploraciones innecesarias, así como la reducción de las primas de los seguros médicos a causa de la negligencia médica.*

Si vemos más hacia el futuro, podemos imaginar fácilmente que la Inteligencia Artificial tendrá un impacto verdaderamente transformador en los servicios médicos. Una vez que las máquinas demuestren que pueden brindar un diagnóstico preciso y un tratamiento eficaz tal vez no será necesario que un médico supervise directamente todas las consultas con cada paciente.

En un artículo de opinión que escribí para *The Washington Post*, poco después del triunfo de Watson en *Jeopardy!* durante 2011, sugerí que podría haber una oportunidad para crear una nueva clase de profesionistas de la medicina: personas con una formación de cuatro años de carrera, o una maestría, entrenadas principalmente para interactuar con los pacientes y examinarlos, y luego transmitir esa información en un sistema de diagnóstico y tratamiento estandarizado.[10] Estos nuevos profesionistas tendrían un menor costo y serían capaces de atender muchos casos rutinarios, y podrían apoyar la atención a la enorme cantidad de pacientes con enfermedades crónicas como obesidad y diabetes.

Los grupos médicos seguramente se opondrían a este tipo de competidores que no cuentan con el mismo nivel educa-

---

*Esto plantea la cuestión de si la responsabilidad simplemente migraría al fabricante del sistema de Inteligencia Artificial. Dado que tales sistemas podrían ser usados para diagnosticar decenas o incluso cientos de miles de pacientes, la responsabilidad potencial de errores podría ser desalentadora. Sin embargo, el Supremo Tribunal de Estados Unidos dictaminó en 2008 en el caso Riegel vs. Medtronic, Inc., que los fabricantes de dispositivos médicos están protegidos de algunas acciones legales si sus productos han sido aprobados por la FDA. Un razonamiento similar se extendería al sistema de diagnóstico. Otra cuestión es que los abogados litigantes, quienes tienen gran influencia política, se han opuesto vigorosamente a intentos anteriores de crear leyes que sean «puerto seguro» para los médicos.

tivo.* Sin embargo, la realidad es que la gran mayoría de los egresados de la escuela de medicina no están especialmente interesados en entrar en la práctica familiar, y están aún menos entusiasmados en prestar sus servicios en las áreas rurales del país. Varios investigadores predicen que habrá una escasez de hasta 200 000 médicos en los próximos 15 años y esto se debe a que un gran número de médicos tendrá que retirarse, pero el programa de Cuidado de Salud para Todos (Affordable Care Plan) incorporará 32 millones de nuevos pacientes al sistema de salud; el otro factor que debe ser considerado es el envejecimiento de la población que requerirá cuidados.[11] La escasez de médicos más grande se dará entre los médicos familiares, ya que los recién egresados están agobiados por cubrir el pago de la deuda que han adquirido como estudiantes, por lo que quieren elegir alguna de las especialidades de la medicina más lucrativas.

Estos nuevos profesionales estarían entrenados para utilizar un sistema de Inteligencia Artificial estandarizada que encapsula gran parte del conocimiento que los médicos adquieren en el transcurso de casi una década de entrenamiento intensivo, y podían hacerse cargo de los casos de rutina mientras remiten a los pacientes que requieren una atención más especializada a los otros médicos. Los recién egresados universitarios se beneficiarían considerablemente de la posibilidad de una nueva rama en su carrera, especialmente mientras el *software* inteligente erosiona cada vez más oportunidades en otros sectores del mercado de trabajo.

En algunas ramas de la medicina, en particular aquellas que no requieren de la interacción directa con los pacientes, los avances con la Inteligencia Artificial están preparados para

* Los profesionales en enfermería con grados avanzados han sido capaces de superar tal oposición política en 17 estados de los Estados Unidos y es probable que sean un componente importante de la atención primaria en el futuro.

conducir dramáticos incrementos en la productividad y quizás eventualmente la automatización total. Los radiólogos, por ejemplo, están capacitados para interpretar imágenes que resultan de diversas exploraciones médicas. La interpretación de imágenes y la tecnología de reconocimiento están avanzando rápidamente y pronto pueden ser capaces de usurpar el papel tradicional que tenían estos especialistas. El *software* es capaz de reconocer a las personas de las fotos publicadas en Facebook e incluso ayudar a identificar potenciales terroristas en aeropuertos. Durante septiembre de 2012, la FDA (Administración de Alimentos y Medicamentos) aprobó un sistema de ultrasonido automatizado para identificar el cáncer de mama en mujeres. El dispositivo, de la compañía T-Systems, Inc., está diseñado para ayudar a identificar el cáncer en aproximadamente 40% de las mujeres cuyo tejido mamario es denso, lo que puede hacer que la tecnología de mamografía estándar sea ineficaz. Los radiólogos todavía tienen que interpretar estas imágenes, pero eso actualmente toma unos tres minutos. Comparemos esto con los 20 a 30 minutos para imágenes producidas usando la tecnología estándar de ultrasonido portátil.[12]

Los sistemas automatizados también pueden proporcionar una segunda opinión viable. Una forma que es muy eficaz, aunque también muy costosa, para aumentar las tasas de detección del cáncer es que dos radiólogos lean simultáneamente la imagen de la mamografía por separado y luego lleguen a un consenso sobre la existencia de anomalías médicas potencialmente identificadas. Esta estrategia de «doble lectura» mejora significativamente la detección de cáncer y también reduce drásticamente el número de pacientes que requieren mayor seguimiento. Un estudio de 2008 publicado en el *New England Journal of Medicine* descubrió que una máquina puede jugar el papel del segundo médico. Cuando un radiólogo está emparejado con un sistema de detección asistida por computadora, los resultados son tan buenos como tener a dos médicos interpretando por separado dichas imágenes.[13]

La patología es otra área en la que la Inteligencia Artificial ya está incursionando. Cada año, más de 100 millones de mujeres en todo el mundo recibieron una prueba de Papanicolaou para detectar el cáncer cervicouterino. La prueba requiere que se depositen las células del cuello del útero en un portaobjetos de vidrio para luego ser examinadas por un técnico o médico en busca de signos de malignidad. Es un proceso de trabajo intensivo que puede costar hasta 100 dólares por prueba. Muchos laboratorios de diagnóstico, sin embargo, ahora están recurriendo a un sistema automatizado de imágenes de gran alcance fabricado por BD, una compañía de dispositivos médicos con sede en Nueva Jersey. En 2011 el columnista especializado en tecnología Farhad Manjoo publicó una serie de artículos sobre el autómata *Slate* en los que describía al sistema *BD FocalPoint* y al *sitema de imagen GS* «como una maravilla de la ingeniería médica», cuyo «*software* de búsqueda de imágenes escanea rápidamente y se desliza en busca de más de 100 signos visuales de células anormales». El sistema entonces «clasifica las imágenes por rangos de coincidencia con la probabilidad que tienen de contener enfermedad» y finalmente «identifica 10 áreas en cada diapositiva para que un ser humano pueda hacer un trabajo de indagación profunda».[14] La máquina hace mucho mejor trabajo que el que puede realizar un analista humano para encontrar casos de cáncer, e incluso puede duplicar la velocidad con que se procesa la prueba.

Robótica hospitalaria y farmacéutica

La farmacia del Centro Médico de la Universidad de California en San Francisco prepara cerca de 10 000 dosis individuales de medicamentos todos los días y, sin embargo, un farmacéutico nunca toca una sola píldora ni tampoco un solo frasco de medicina. Un sistema masivo automatizado maneja miles de diferentes medicamentos y se ocupa de todo, desde el almacenamiento hasta la recuperación de productos farmacéuticos a granel para la distribución y el envasado de comprimidos individuales. Un brazo robótico recoge continuamente pastillas de una serie de contenedores y las coloca en pequeñas bolsas de plástico. Cada dosis entra en una bolsa separada y se etiqueta con un código de barras que identifica tanto el medicamento como al paciente que debe recibirla. La máquina se encarga del orden en el que deben ser suministradas las medicinas diarias de cada paciente. Más tarde, la enfermera que administra el medicamento va a escanear los códigos de barras tanto en la bolsa de dosificación como en la banda de la muñeca del paciente. Si no coinciden, o si el medicamento se está dando en el momento equivocado, suena una alarma. Otros tres robots especializados automatizan la preparación de medicamentos inyectables; uno de estos robots se ocupa exclusivamente de los medicamentos de quimioterapia altamente tóxicos. El sistema elimina virtualmente la posibilidad de que se cometa cualquier tipo de error humano mediante la reducción casi total de personas a cargo de este procedimiento.

El sistema automatizado de la USCF costó siete millones de dólares y es solo uno de los ejemplos más espectaculares de la transformación robótica que se está desarrollando en la industria farmacéutica. Otros robots mucho menos costosos, que no son más grandes que una máquina expendedora, están invadiendo las farmacias de las calles y las localizadas en supermercados. Los farmacéuticos en los Estados Unidos están altamente especializados (cuentan con un título de doctorado de cuatro años) y tienen que pasar un examen que los acredite como tales. También están bien pagados, ganaban cerca de 117 000 dólares en promedio durante 2012. Sin embargo, especialmente en los entornos minoristas, gran parte del trabajo es fundamentalmente rutinario y repetitivo, y la principal preocupación es evitar un error potencialmente mortal. En otras palabras, gran parte de lo que hacen los farmacéuticos es casi ideal para ser automatizado.

Una vez que la receta de un paciente está lista para dejar una farmacia del hospital, es cada vez más probable que lo hará bajo el cuidado de un robot. Estas máquinas se cruzan en los pasillos de los hospitales, son enormes robots que pueden moverse alrededor de obstáculos y utilizar ascensores. En 2010, El Hospital El Camino, en Mountain View, California, rentó 19 robots de la compañía Aethon, Inc., con un costo anual de aproximadamente 350 000 dólares. De acuerdo con un administrador del hospital, pagar a la gente para desempeñar ese mismo trabajo habría costado más de un millón de dólares por año.[15] A principios de 2013, General Electric anunció que tenía planes para desarrollar un robot móvil capaz de localizar, limpiar, esterilizar y entregar miles de instrumentos quirúrgicos utilizados en los quirófanos. Los instrumentos se pueden etiquetar con chip localizador identificado por radio frecuencia (RFID), de modo que es fácil para la máquina encontrarlos.[16]

Más allá de las áreas específicas de farmacia, logística hospitalaria y entregas, los robots autónomos han hecho hasta ahora relativamente pocas incursiones. Los robots quirúrgicos son de uso generalizado, pero están diseñados para ampliar las capacidades de los cirujanos y la cirugía robótica en realidad cuesta más que los métodos tradicionales. Hay algunos trabajos preliminares que se realizan para la construcción de robots quirúrgicos más ambiciosos; por ejemplo, el proyecto I-Sur es un consorcio, con respaldo de los Estados Unidos, de investigadores europeos que están tratando de automatizar procedimientos básicos como la punción, el corte y la sutura.[17] Sin embargo, en el futuro que podemos prever parece inconcebible que cualquier paciente permita un procedimiento invasivo sin que esté un médico presente y listo para intervenir, por lo que incluso cuando las tecnologías se materializaran cualquier ahorro de costos sería marginal en el mejor de los casos.

Robots para el cuidado de personas mayores

Las poblaciones de todos los países industrializados, así como las de muchas naciones en vías de desarrollo están envejeciendo rápidamente. Se proyecta que para el año 2030 los Estados Unidos tendrán más de 70 millones de adultos mayores, lo que constituye aproximadamente 19% de la población, frente a solo 12.4% del año 2000.[18] En Japón, la longevidad combinada con una baja tasa de natalidad crea un problema aún más extremo: en 2025 un tercio de su población tendrá más de 75 años. Estos japoneses también tienen una aversión xenofóbica al aumento de la inmigración que podría ayudar a mitigar este problema. Como resultado, Japón ya tiene al menos 700 000 trabajadores al cuidado de los ancianos, y se espera que habrá una escasez de personal durante las próximas décadas.[19]

Este creciente desequilibrio demográfico a nivel mundial está creando una de las mayores oportunidades en el campo de la robótica: el desarrollo de máquinas asequibles que pueden ayudar al cuidado de los ancianos. La película *Robot & Frank*, de 2012, es una comedia que cuenta la historia de un hombre mayor y su cuidador robótico, y ofrece una esperanzadora mirada de muchas cosas que con seguridad el progreso nos depara para el futuro. La película inicia avisándole al espectador que se encuentra ante un escenario situado en un «futuro cercano». El robot entonces procede a exhibir una destreza extraordinaria, lleva a cabo conversaciones inteligentes, y en general actúa como una persona. En un momento dado, se cae un vaso desde una mesa y el robot lo atrapa en el aire. Eso último, me temo, no es un escenario de un «futuro cercano».

De hecho, el principal problema con los robots que existen hoy en día al cuidado de los ancianos es que realmente no hacen mucho. Gran parte del progreso inicial ha sido con mascotas terapéuticas como *Paro*, una foca bebé robot que proporciona compañía (cuesta cerca de 5 000 dólares). Otros robots son capaces de levantar y mover a las personas de edad avanzada, ahorrando una gran cantidad de desgaste físico en el cuidado de adultos mayores. Sin embargo, este tipo de máquinas son caras y pesadas —pesan alrededor de diez veces más que la persona que están levantando—, por lo que probablemente estarán desplegadas principalmente en los hogares de ancianos y en los hospitales. La construcción de un robot de bajo costo con la destreza suficiente para ayudar con la higiene personal o el uso del baño sigue siendo un reto extraordinario. Han aparecido algunas máquinas experimentales que son capaces de tareas muy particulares. Por ejemplo, los investigadores de Georgia Tech han construido un robot con un tacto suave que puede dar a los pacientes un baño de cama, pero que tenga la capacidad de brindar atención autónoma a las personas que dependen casi por completo de los demás está lejos de ser una realidad a corto plazo.

Una de las ramificaciones de los obstáculos técnicos que son desalentadores es que, a pesar de las enormes oportunidades de mercado que hay en teoría, existen relativamente pocos indicios de compañías enfocadas en el diseño de robots al cuidado de los ancianos y también hay poco capital de riesgo que esté dispuesto a invertir en este campo. Es casi seguro que serán los japoneses quienes traerán una propuesta para este mercado y eso se debe a que esta nación, como he dicho anteriormente, está al borde de una crisis, mientras que otras como los Estados Unidos tienen un poco de aversión a la colaboración directa entre industria y gobierno. En 2013 el gobierno japonés inició un programa mediante el cual se pagarán dos tercios de los costos asociados con el desarrollo de dispositivos robóticos de bajo costo para ayudar a las personas mayores o a sus cuidadores.[20]

Tal vez la más notable innovación de cuidado a los ancianos implementada en Japón hasta el momento es el «miembro híbrido de asistencia» (HAL), un traje «exoesqueleto venido directamente de la ciencia ficción. El traje HAL fue desarrollado por el profesor Yoshiyuki Sankai, de la Universidad de Tsukuba, y es el resultado de 20 años de investigación. El traje tiene unos sensores que son capaces de detectar e interpretar las señales del cerebro. Cuando la persona que lleva el traje piensa en ponerse de pie o caminar, poderosos motores al instante entran en acción brindándole asistencia mecánica. También hay una versión disponible para la parte superior del cuerpo, que podría ayudar a los cuidadores en el levantamiento de los ancianos.

Los ancianos que están confinados a las sillas de ruedas han sido capaces de ponerse de pie y caminar con la ayuda de

HAL. La compañía Cyberdyne, de Sankai, también ha diseñado una versión más robusta del exoesqueleto para que lo utilicen los trabajadores de limpieza de la planta nuclear de Fukushima Daiichi a raíz de la catástrofe de 2011. La compañía dice que el traje es capaz de blindar casi por completo una carga de más de 130 libras, protegiendo a los trabajadores de la radiación del tungsteno.* HAL es el primer dispositivo robótico al cuidado de los ancianos que tendrá reconocimiento por el Ministerio de Economía, Comercio e Industria de Japón. Los trajes están a la renta por menos de 2 000 dólares al año y ya se usan en más de 300 hospitales y asilos de ancianos japoneses.[21]

Otros proyectos que pronto estarán llevándose a cabo probablemente incluirán andadores robóticos para ayudar con la movilidad y robots de bajo costo que serán capaces de llevar medicina, proporcionar un vaso de agua, o recuperar objetos que comúnmente estén fuera de su lugar, como los anteojos. (Esto probablemente se llevaría a cabo poniendo etiquetas RFID a los artículos.) Robots que pueden ayudar a seguir y vigilar a las personas con demencia también están apareciendo. Robots de telepresencia que permiten a los médicos o cuidadores interactuar con pacientes de forma remota ya están en uso en algunos hospitales y centros de atención. Los dispositivos de este tipo son relativamente fáciles de desarrollar ya que eluden el desafío de la destreza. En un corto plazo la historia de la robótica de cuidados de enfermería va a ser principalmente sobre las máquinas que ayudan, moni-

---

*Los nombres seleccionados por Sankai parecen un poco extraños para una empresa dedicada principalmente al cuidado de ancianos. HAL, por supuesto, fue el equipo antipático que no podía abrir las puertas de la bodega en 2001: *Odisea del espacio.* Cyberdyne era la corporación ficticia que construyó Skynet en las películas de Terminator. Tal vez la empresa quiere incursionar en otros mercados.

torean o permiten la comunicación. Los robots asequibles que pueden realizar de manera independiente tareas genuinamente útiles tardarán más tiempo en llegar.

Dado que son muy necesarios robots verdaderamente capaces y autónomos que estén al cuidado de los ancianos, es probable que surjan en un futuro próximo. Podría parecer razonable esperar que la escasez inminente de trabajadores en hogares de ancianos así como de ayudantes en los centros de salud y en el hogar sea evidente y se necesite compensar cualquier pérdida, impulsada por la tecnología, de empleos en otros sectores de la economía; tal vez el empleo simplemente migrará al sector de la salud y al cuidado de los ancianos. La Oficina de Estadísticas Laborales de los Estados Unidos ha proyectado que para el año 2022 habrá 580 000 nuevos puestos de trabajo en el sector salud en las ramas auxiliares de cuidado personal y 527 000 para enfermeras registradas (estos dos son los empleos de más rápido crecimiento en los Estados Unidos), así como 424 000 para ayudantes en los hogares y 312 000 enfermeros cuidadores,[22] que suman alrededor de 1.8 millones de empleos.

Este número puede parecer muy grande, pero ahora debe tenerse en cuenta que el Instituto de Política Económica estima que, en enero de 2014, los Estados Unidos tenían un déficit de 7.9 millones de puestos de trabajo como consecuencia de la gran recesión. Esto incluye 1.3 millones de empleos que se perdieron durante la recesión y que aún no han sido recuperados, así como otros 6.6 millones de puestos de trabajo que nunca fueron creados.[23] En otras palabras, si esos 1.8 millones de puestos de trabajo aparecieron hoy en día, solo le darían cabida a una cuarta parte de los desempleados.

Otro factor que por supuesto debe ser considerado es que estos puestos de trabajo están muy mal pagados y no pueden ser realizados por una gran parte de la población. Según el BLS (Basic Life Support/Soporte Vital Básico), los auxiliares de salud a domicilio y los ayudantes personales tuvieron un ingreso promedio de 21 000* dólares anuales en 2012 y cuentan un nivel de instrucción menor al de escuela secundaria. Cabe mencionar que un gran número de trabajadores no tienen el temperamento necesario para progresar en este tipo de puestos de trabajo. Si un trabajador odia su trabajo, cualquiera que este sea, es una cosa, pero si una persona desprecia su trabajo de cuidar a una persona mayor que es dependiente, ése es un problema mayor.

Suponiendo que las proyecciones de la BLS son correctas y estos puestos de trabajo se materializan, está la cuestión de quién realmente les pagará a estos trabajadores. Las décadas de estancamiento de los salarios, junto con la transición de pensiones de prestación definida a los planes 401k, a menudo insuficientemente financiados, dejarán a una gran fracción de los estadounidenses en situación de jubilación relativamente insegura. En el momento en que la mayoría de las personas mayores lleguen al punto en que necesiten asistencia personal todos los días, y en el que serán relativamente pocas las que tengan los medios privados para contratar servicios para el cuidado de la salud, incluso con salarios tan bajos como de los que hemos hablado, esta situación se convertirá en un problema que tendrá que ser atendido por el gobierno, quizá a través de programas cuasi financiados como Medicare o Medicaid y por lo tanto, serán vistos más como un problema que como una solución.

---

*Nota del editor en español: lo que representa aproximadamente 399 000 pesos mexicanos al año; es decir, lo que actualmente gana un puesto medio —bueno— en México.

Liberar el poder de la información

Como vimos en el capítulo 4, la revolución de los grandes datos ofrece la promesa de nuevos conocimientos de gestión a la par de mejorar significativamente la eficiencia. De hecho, la creciente importancia de todos estos datos puede ser un argumento de peso para la consolidación del sector de seguros de la salud, o alternativamente, para la creación de un mecanismo para compartir datos entre las compañías de seguros, hospitales y otros proveedores. El acceso a los datos podría significar más innovación. Así como Target, Inc., fue capaz de predecir el embarazo sobre la base de patrones de compra de los clientes, los hospitales o las compañías de seguros con acceso a grandes conjuntos de datos podrían potencialmente descubrir correlaciones entre los factores específicos que pueden ser controlados y la probabilidad de un resultado positivo para el paciente. La compañía AT&T original era famosa por el patrocinio que daba a los *Laboratorios Bell*, lugar donde se llevaron a cabo muchos de los avances más importantes del siglo XX en la tecnología de la información. Tal vez una o más compañías de seguros de salud de gran escala podrían desempeñar un papel similar, excepto que las innovaciones no vendrían de pequeños ajustes en un laboratorio sino a partir de un análisis continuo de montones de datos de los pacientes y de la operación hospitalaria.

Los sensores médicos implantados o unidos en los pacientes, proporcionarán otra importante fuente de datos. Estos dispositivos producen un flujo continuo de información biométrica que se puede utilizar tanto en el diagnóstico como en el tratamiento de enfermedades crónicas. Una de las áreas más prometedoras de la investigación es el diseño de sensores capaces de monitorear la glucosa en personas con diabetes. El sensor podría comunicarse con un teléfono inteligente u otro dispositivo externo, alertando constantemente a los pacientes si su nivel de glucosa cae fuera del rango seguro y así evitarían la necesidad de incómodos análisis de sangre. Ya hay un gran número de empresas que fabrican monitores de glucosa que se pueden incrustar bajo la piel de un paciente. En enero de 2014, Google anunció que estaba trabajando en un lente de contacto que contendría un pequeño detector de glucosa y un chip inalámbricos. Las lentes darían un seguimiento continuo de los niveles de glucosa mediante el análisis de las lágrimas; si el nivel de azúcar en la sangre del usuario es demasiado alto o bajo se encendería una pequeña luz LED, proporcionando una alerta instantánea. Dispositivos como Apple Watch, anunciado oficialmente en septiembre de 2014, servirán para proporcionar un torrente de datos relacionados con la salud.

Los costos de atención a la salud y un mercado disfuncional

El 4 de marzo de 2013, la revista *Time* incluyó en su portada una historia de Steven Brill titulada «La píldora amarga». El artículo daba cuenta de las fuerzas subyacentes que están alrededor de los costos médicos y de la manera en que está siendo desfalcado el sistema sanitario estadounidense, el artículo documentó caso tras caso lo que solo puede ser categorizado como especulación de precios en el sistema sanitario; incluía, por ejemplo, el sobreprecio de hasta 10 000% en la venta de píldoras de acetaminofeno que se pueden comprar en cualquier farmacia local o de supermercado Walmart. Los análisis de sangre rutinarios por los que Medicare pagaría alrededor de 14 dólares se cobraban hasta en 200 o más. Las tomografías computarizadas cuyos precios de Medicare oscilan alrededor de 800 dólares estaban inflados a más de 6 500 dólares. Por la atención de lo que se pensó era un ataque al corazón, y que en realidad resultó ser un caso de acidez estomacal, se cobraron 17 000 dólares, sin incluir los honorarios del médico.[24]

Unos meses más tarde, Elisabeth Rosenthal, de *The New York Times* escribió una serie de artículos que cuentan esencialmente la misma historia; una laceración que requiere tres puntos de sutura simples asciende a más de 2 000 dólares. Una gota de pegamento para la piel en la frente de un niño cuesta más de 1 600 dólares. A un paciente le cobraron casi 80 dólares por una botella pequeña de anestésico local que se puede comprar por 5 dólares en internet. Rosenthal señaló que es muy probable que el hospital, por comprar este tipo de suministros por mayoreo, pague mucho menos por ellos.[25]

Ambos reporteros encontraron que estos los precios tan inflados originan por lo general una enorme, y a menudo secreta, lista de precios masiva y desquiciada conocida como el «Chargemaster» (lista maestra de precios). Los precios que aparecen en el Chargemaster aparentemente no tienen pies ni cabeza y no guardan relación lógica con los costos reales. Lo único que se puede decir con certeza sobre Chargemaster es que sus precios son muy, muy altos. Tanto Brill como Rosenthal encontraron que los casos más graves de abuso por Chargemaster ocurrieron con los pacientes sin seguro. Los hospitales suelen esperar que estas personas paguen el precio completo de la lista y a menudo se apresuran para hacer demandas o contratar agiotistas que no dejan de presionar a los pacientes que no pueden pagar o que podrían no hacerlo.

Incluso las principales compañías de seguros de salud facturan cada vez más en las tarifas basadas en un descuento de precios Chargemaster. En otras palabras, los costos se inflaron en muchos casos por un factor de 10 o incluso 100, y luego quizá un descuento de 30, o incluso 50%, y se aplica un porcentaje que depende de la eficacia de la aseguradora con la que se negocia. Imagine que compra un galón de leche por 20 dólares después de negociar un descuento de 50% del precio de lista de 40 dólares. Teniendo en cuenta esto, no debe sorprendernos que los gastos del hospital sean el motor más importante del aumento de los costos de salud en los Estados Unidos.

Una de las lecciones más importantes de la historia es que hay una poderosa simbiosis entre el progreso tecnológico y una economía de mercado que funcione bien. Los mercados saludables crean los incentivos que conducen a la innovación significativa y cada vez mayor productividad, y ésta ha sido la fuerza impulsora detrás de nuestra prosperidad.* La mayoría de las personas inteligentes entienden esto (y es muy probable que aparezcan Steve Jobs y el iPhone cuando se habla de ello). El problema es que la atención sanitaria es un mercado roto y es probable que ninguna cantidad de tecnología reduzca los costos si no se resuelven los problemas estructurales en la industria.

También hay, creo, una gran confusión acerca de la naturaleza del mercado del cuidado de la salud y de exactamente dónde un mecanismo de fijación de precios de mercado eficaz debe entrar en juego. A muchas personas les gustaría creer que la asistencia sanitaria es un mercado normal del consumidor: si tan solo pudiéramos conseguir que las compañías de seguros, y sobre todo el gobierno salieran del camino en lugar de empujar decisiones y costos sobre el consumidor (o

---

*Consideremos, por ejemplo a la Unión Soviética, que a todas luces tenía algunos de los mejores científicos e ingenieros en el mundo. Los soviéticos fueron capaces de lograr resultados sólidos en la tecnología militar y espacial, pero nunca fueron capaces de escalar los beneficios de la innovación en toda la economía civil. La razón sin duda tiene mucho que ver con la ausencia de los mercados de trabajo.

paciente) a continuación tendríamos innovaciones y resultados similares a lo que hemos visto en otras industrias (Steve Jobs podría ser mencionado de nuevo aquí).

La realidad, sin embargo, es que el cuidado de la salud no es comparable a otros mercados de productos y servicios de consumo, y esto ha sido bien entendido por más de medio siglo. En 1963, el premio Nobel de Economía Kenneth Arrow escribió un artículo que detallaba la forma en que la atención médica se distingue de otros bienes y servicios. Entre otras cosas, el artículo de Arrow destacó el hecho de que los costos médicos son extremadamente impredecibles y con frecuencia muy altos, por lo que los consumidores no pueden ni pagar por ellos ni planificar de manera efectiva por adelantado como lo harían para otras compras importantes. La atención médica no se puede probar antes de comprarla; no es como visitar la tienda de inalámbricos y probar todos los teléfonos inteligentes. En situaciones de emergencia, por supuesto, el paciente puede estar inconsciente o a punto de morir. Y, en cualquier caso, todo el asunto es muy complejo y requiere tanto conocimiento especializado que una persona común y corriente no puede razonablemente esperar para tomar tales decisiones. Los proveedores de salud y los pacientes simplemente no llegan a la mesa como iguales o algo parecido, y como Arrow señaló: «ambas partes son conscientes de esta desigualdad, y su relación está determinada por ello».[26] La conclusión es que los altos costos, la imprevisibilidad y la complejidad de los principales servicios médicos y de hospitalización hacen que sea esencial algún modelo de seguro para la industria sanitaria.

También es fundamental comprender que el gasto sanitario está muy concentrado en un pequeño número de personas que están muy enfermas. Un informe de 2012 realizado por el Instituto Nacional de Administración Sanitaria encontró que solo 1% de la población —personas muy enfermas— representan más de 20% del gasto total del sector salud. Casi la mitad de todos los gastos, alrededor de 623 millones de dólares de 2009, representaban 5% de los más enfermos de la población.[27] De hecho, el gasto en salud está sujeto a la misma clase de desigualdad que hay en la distribución de ingresos en los Estados Unidos. Si se dibuja una gráfica, sería muy parecida a la gráfica de distribución de cola larga de «el ganador se lleva todo» que ha sido descrita previamente en el capítulo 3.

La importancia de esta intensa concentración del gasto no puede ser exagerada. La pequeña población de personas que están muy enfermas en quienes estamos gastando todo este dinero son, evidentemente, personas que no están en condiciones de negociar los precios con los proveedores. El «mercado» que necesitamos que funcione es el existente entre los proveedores y las compañías de seguros, no entre los proveedores y los pacientes. La lección que nos dejan los artículos de Brill y Rosenthal es que este mercado es disfuncional debido a un desequilibrio de poder fundamental entre las aseguradoras y los proveedores. Mientras que los consumidores individuales pueden ver la evidente relación entre las compañías de seguros de salud tan poderosas y dominantes, la realidad es que, en relación con los proveedores, como los hospitales, los médicos y la industria farmacéutica, son en muchos casos *demasiado débiles.* Ese desequilibrio se agravó de manera constante por una onda continua de consolidaciones entre los proveedores. El artículo de Brill observa que a medida que los hospitales se apoderan cada vez más de «las labores del médico y de los hospitales de la competencia, su influencia sobre las compañías de seguros es cada vez mayor».[28]

Imagine un futuro cercano en el cual un médico trabaja con una poderosa tablet de computadora que le permite ordenar una serie de pruebas médicas y exploraciones con solo unas pocas pulsaciones en su pantalla digital. Una vez que se completa una prueba, los resultados se enrutan al instante a su dispositivo. Si un paciente necesita una tomografía computarizada, o tal vez una resonancia magnética, los resultados van acompañados de un análisis detallado realizado por un programa de inteligencia artificial. El *software* señala la existencia de anomalías en la exploración y hace recomendaciones para el cuidado adicional mediante el acceso a una enorme base de datos de registros de pacientes y la identificación de casos similares. El médico puede ver exactamente cómo fueron tratados los pacientes comparados, los problemas que surgieron y cómo pudieron resolverse las cosas. Todo esto debe implicar eficiencia, ser conveniente y conducir a un mejor resultado para el paciente. Este es el tipo de escenario que les gusta imaginar a los tecno-optimistas sobre la revolución que pronto llegará al campo de la salud.

Supongamos ahora que el médico tiene un interés financiero en la compañía que realiza los diagnósticos de las pruebas y exploraciones. O que el hospital ha adquirido la práctica del médico y también es propietaria de las instalaciones de las pruebas. Los precios de las pruebas y de las exploraciones tienen poca relación con los costos reales de estos servicios, todo esto está relacionado en la Chargemaster —y es altamente rentable—. Cada vez que nuestro médico presiona su pantalla digital está produciendo dinero.

Si bien este ejemplo es, por el momento, imaginario, hay una gran cantidad de pruebas que demuestran que las nuevas tecnologías encargadas del cuidado de la salud muy a menudo conducen a un mayor gasto en lugar de mejorar la productividad. La razón principal es que no existe un mecanismo de fijación de precios de mercado eficaz. A falta de presión del mercado, los proveedores a menudo invierten en tecnologías diseñadas para aumentar los ingresos en lugar de la eficiencia, o cuando lo hacen alcanzan una mayor productividad que simplemente conserva los beneficios en lugar de bajar los precios

El emblema de la inversión tecnológica como motor de la inflación de asistencia sanitaria bien puede referirse a las instalaciones de «haz de protones» que están siendo construidas para el tratamiento de cáncer de próstata. Un artículo de mayo de 2013 por Jenny Oro, de *Kaiser Health News,* daba cuenta de que «a pesar de los esfuerzos para tener el gasto en salud bajo control, los hospitales están todavía compitiendo para poder construir e implementar la nueva y costosa tecnología, incluso cuando los dispositivos no funcionan necesariamente mejor que los que suelen ser más baratos».[29] El artículo describe una instalación de haz de protones como «un cajón de cemento gigantesco metido en un edificio del tamaño de un campo de futbol, y cuyos costos ascienden a más de 200 millones de dólares». La idea detrás de esta costosa y novedosa tecnología es que entra menos radiación a los pacientes, y sin embargo los estudios no han encontrado ninguna evidencia de que la tecnología de haz de protones dé mejores resultados en pacientes que enfoques menos costosos.[30] El experto en cuidado sanitario, doctor Ezekiel Emanuel dice: «No tenemos ninguna evidencia de que exista una necesidad de ellos en términos de atención médica. Estos rayos simplemente están hechos para generar mayores ganancias».[31]

A mí me parece evidente que el pueblo estadounidense podría, en principio, tener mayores beneficios gracias a la irrupción tecnológica en el sector sanitario que en el sector de, digamos, la comida rápida. Después de todo, es probable que precios más bajos y una mayor productividad en la asistencia sanitaria conduzcan directamente a una vida mejor y más larga. Tal vez la comida rápida haga lo contrario, sin embargo, la industria de la comida rápida tiene mercados que funcionan bien y el sector de la salud no. Mientras se permita que esta situación persista, hay pocas razones para ser optimistas de que la aceleración de la tecnología por sí misma tendrá éxito para frenar el alza de los costos de salud. Ante esta realidad me gustaría tomar un pequeño desvío de nuestra narrativa tecnológica con el fin de sugerir dos estrategias alternativas que podrían ayudar a corregir el desequilibrio de poder que existe entre las aseguradoras y los proveedores, y es de esperar que permitan el tipo de sinergia entre los mercados y la tecnología que podría traer la transformación que esperamos.

Consolidar la industria y tratar los seguros médicos como un servicio público

Uno de los mensajes principales que nos saltan a la vista tras analizar los precios cobrados por los proveedores de Medicare es que el programa administrado por el gobierno para las personas de 75 años o más es lo más eficiente de nuestro sistema de salud. Como escribe Brill: «A menos que usted esté protegido por Medicare, el mercado sanitario no es un mercado en absoluto, es un juego de azar». La solicitud para la creación de la Ley de Asistencia Asequible (Obamacare) sin duda mejorará la situación en lo que se refiere a las personas que anteriormente carecían de seguro, pero hace relativamente poco para frenar activamente los costos hospitalarios; en cambio, los costos inflados se transladarán a las aseguradoras y en última instancia a los contribuyentes en forma de subsidios que se aplicaron para que el seguro de salud fuera costeable para las personas con ingresos moderados.

El hecho de que Medicare sea relativamente eficiente al controlar los gastos médicos de los pacientes y de que invierta mucho menos que las aseguradoras privadas en gastos de administración y generales, está detrás del argumento para ampliar el programa e incluir a todos y, en efecto, crear un sistema financiado únicamente por el gobierno (*single-payer system*). Este ha sido el camino seguido por otros países desarrollados que gastan mucho menos en atención médica que lo que gastan los Estados Unidos y que por lo general obtienen mejores resultados y mejor atención de acuerdo con mediciones hechas a partir de las tasas de esperanza de vida y mortalidad infantil. Aunque un sistema financiado y administrado por el gobierno está sustentado por la lógica y la evidencia, no se puede negar la realidad de que en los Estados Unidos la idea es ideológicamente tóxica para aproximadamente la mitad de la población. Implantar un sistema de este tipo también tendría como resultado la desaparición de casi todo el sector privado de seguros de gastos médicos; y eso no parece que sea probable debido a la enorme influencia política que ejerce esta industria.

Un sistema financiado únicamente por el gobierno en la práctica supone que sea él mismo el que lo dirija, pero en teoría esto no tiene por qué ser así. Otro enfoque podría ser combinar todas las compañías de seguros privadas en una sola corporación nacional, que luego sería fuertemente regulada. El ejemplo de modelo sería el que tenía AT&T antes de ser disuelta durante la década de 1980. La idea central es que el cuidado de la salud es en muchos aspectos similar al sistema de telecomunicaciones; es decir, esencialmente se rige por las utilidades. Como el agua y el sistema sanitario o la infraestructura eléctrica de la nación, el sistema de salud no se sostiene solo, es una industria sistémica cuya operación eficiente es fundamental tanto para la economía como para la sociedad. En muchos casos, la prestación de un servicio público lleva a escenarios de monopolio naturales. En otras palabras, es más eficiente si una sola empresa opera en el mercado. Una variación aún más eficaz en este tema podría ser permitir que un pequeño número de grandes compañías de seguros que compiten entre sí se unieran e hicieran un oligopolio sancionado. Este inyectaría un elemento de competencia en el sistema. Las empresas seguirían siendo lo suficientemente grandes como para tener un peso significativo en el mercado durante la negociación con los proveedores, y no tendrían más remedio que competir sobre la base de permitir una atención de alta calidad, ya que su reputación podría determinar su éxito. La regulación estricta de la industria limitaría los aumentos de precios y evitaría que las empresas hicieran prácticas indeseables como, por ejemplo, el diseño de planes de seguros dirigidos específicamente a pacientes más jóvenes y más sanos, o encaminados a ofrecer planes con una protección deficiente. En lugar de ello, tendrían que centrarse en la verdadera innovación y la eficiencia.

La unión de las compañías de seguros existentes en uno o más «servicios públicos de atención a la salud» estrictamente regulados podría proporcionar muchas de las ventajas de un sistema financiado por el gobierno al mismo tiempo que se preserva la industria. En lugar de ser eliminados, los accionistas de las compañías de seguros privadas podrían concebir sus ganancias como resultado de una amplia fusión de la industria. El mecanismo por medio del cual una consolidación de esta naturaleza podría ser provocada está, por supuesto, lejos de ser realista. Tal vez el gobierno podría emitir un pequeño número de licencias de explotación, e incluso se podría realizar una subasta como lo hace para el espectro electromagnético de las telecomunicaciones.*

* En los Estados Unidos la autoridad constitucional que permitiría la creación un sistema financiado solo por el estado —independientemente de si es administrado por el propio gobierno o por corporaciones privadas—, tendría

Fijar tarifas para los usuarios

Una alternativa, quizá más factible, es la estrategia de implementar un sistema de financiado por particulares. En este escenario, en el que todos pagan por los servicios, el gobierno fija el tabulador de precios que pueden cobrar los proveedores de salud. Al igual que Medicare determina el precio que pagará por los servicios, un sistema financiado por particulares haría lo mismo para todos los pacientes que reciben atención de cualquier proveedor. Un sistema financiado por todos se utiliza en varios países, entre ellos, Francia, Alemania y Suiza. En los Estados Unidos, el estado de Maryland también tiene un sistema de este tipo para los hospitales, y ese estado ha visto un crecimiento relativamente lento en los costos de hospitalización.[32] Los sistemas financiados por todos los particulares varían en los detalles de su aplicación; las tasas pueden establecerse mediante la negociación colectiva entre los proveedores y los pagadores, o pueden ser establecidas por una comisión reguladora después de un análisis de los costos reales en los hospitales particulares.

Puesto que el sistema financiado por todos los particulares obliga a los proveedores de servicios médicos a cobrar lo mismo a todos los pacientes, ello tiene importantes implica-

que provenir de la habilidad del gobierno para imponer a toda la población un impuesto para financiar el sistema. De esta manera, la totalidad o una gran parte de las primas sería pagada por el gobierno. Este ya es el caso de los subsidios que se dan a los seguros asociados a la Ley de Asistencia Asequible. En otras palabras, el gobierno federal puede obligar a toda la población a pagar por el sistema de salud mediante los impuestos, pero no puede prohibir la existencia de un sistema privado paralelo. Así que probablemente todavía habría servicios adicionales disponibles para aquellos que estén dispuestos y sean capaces de pagar de su bolsillo, de la misma manera que hay escuelas privadas. Esto es diferente en Canadá, donde se prohíben la mayoría de los servicios de salud privados, lo que obliga a algunos canadienses a buscar servicios de salud en los Estados Unidos.

ciones en la transferencia de costos que se producen entre los pacientes privados y aquellos cubiertos por los sistemas públicos de los Estados Unidos (Medicaid para personas de bajos ingresos y Medicare para los mayores de 65 años). Cuando se establece una política de tarifas fijas, los precios al público tienden a elevarse considerablemente, aumentando la carga a los contribuyentes. Los pacientes con seguro de gastos médicos privado y especialmente aquellos que no cuentan con seguro, se beneficiarían si hubiera tarifas más bajas ya que no estarían subsidiando los programas públicos con sus impuestos. Este ha sido el caso con el programa de Maryland.*

Me parece que un enfoque mucho más simple que produciría ahorros de inmediato sería fijar un *tope* en el sistema financiado por todos en lugar de establecer tarifas fijas. Por ejemplo, supongamos que el tope se fija tomando como base la tasa de Medicare más un 50%. En un ejemplo tomado del artículo de Brill se dice que un análisis de sangre en Medicare cuesta 14 dólares, entonces en este caso, el estudio podría llegar a costar hasta 21 dólares, pero nunca podría alcanzar un precio de 200 dólares. Las compañías de seguros con suficiente poder en el mercado seguirían siendo libres para negociar un pago menor que el tope establecido. Esta estrategia eliminaría inmediatamente los peores excesos y, siempre y cuando el tope sea lo suficientemente alto, todavía proporcionaría suficientes ingresos para los proveedores. Un documento que fue publicado en 2010 por la Asociación Americana

*Maryland tiene una dispensa especial que ha estado vigente durante más de 30 años, la cual le permite pagar las mayores tasas de Medicare. A partir de 2014, Maryland se cambió a un nuevo sistema experimental que está permitido por la Ley de Protección Asequible: además de fijar los precios de todos los pagadores, el nuevo programa aplicará los límites explícitos sobre el gasto per cápita en hospital. El estado espera ahorrar 330 millones en costos de Medicare durante un periodo de cinco años.

de Hospitales afirma que Medicare pagó «90 centavos por cada dólar gastado por los hospitales que atendieron a pacientes de Medicare en 2009».[33] Si las propias organizaciones cabilderas de la industria indican que Medicare cubre 90% de los gastos del hospital, un techo algo más alto a la tasa de Medicare debe ser suficiente para permitir una transferencia de costos que sea suficiente para compensar la falta de ese 10%.* Un techo de todo pagador también sería muy fácil de implementar ya que se basa directamente en las tarifas de Medicare ya publicadas.

Uno de los enfoques más esperanzadores para controlar los costos de salud, que está ganando algo de aceptación en el entorno actual, es hacer una transición lejos de un modelo de pago por servicio hacia un sistema de «cuidado responsable» en el que a los médicos y a los hospitales se les pague una tarifa fija para administrar la salud general de los pacientes. Una de las principales ventajas de este enfoque es que reorientaría los incentivos con respecto a la innovación. En lugar de simplemente ofrecer una nueva forma de la aspiradora hasta tasas aún más altas de acuerdo con un catálogo fijo, las tecnologías emergentes serían vistas en términos de su potencial para reducir costos y hacer más eficiente la atención. La clave para hacer que esto suceda, sin embargo, es empujar más del riesgo financiero asociado a la atención del paciente lejos de las aseguradoras (o del gobierno) a los hospitales, los médicos y otros proveedores. No es necesario decir que es muy poco probable que esto último sea aceptado y que se vea el aumento de riesgo de buena manera. En otras palabras, con el fin de impulsar una transición exitosa hacia la atención responsable todavía

---

*El mismo documento dice que Medicaid (el programa para los pobres) pagó 89% de los costos hospitalarios reales.

tenemos que abordar el desequilibrio de poder de mercado que a menudo existe entre las aseguradoras y los proveedores.

Con el fin de llevar a una regulación el aumento de los costos de atención a la salud en los Estados Unidos, creo que será necesario adoptar una de las dos estrategias generales que he descrito. Tendremos que avanzar hacia un sistema de pagador único, donde el gobierno o una o más empresas privadas grandes ejerzan mayor poder de negociación en el mercado de seguros para la salud o, alternativamente, tendremos que tener reguladores que ejerzan un control directo sobre las tasas pagadas a los proveedores. En cualquiera de los casos, moverse agresivamente hacia un modelo de atención de cuentas podría ser una parte vital de la solución. Ambos enfoques, en diversas combinaciones, se utilizan con éxito en otros países avanzados. La conclusión es que un enfoque puro de «libre mercado» en el que dejamos al gobierno fuera del circuito y esperamos que lleguen pacientes que actúen como consumidores de tiendas de abarrotes o de teléfonos inteligentes nunca va a funcionar. Como Kenneth Arrow señaló hace más de 50 años, la atención de la salud es simplemente diferente.

Esto no quiere decir que no hay peligros significativos asociados con uno u otro enfoque. Ambas estrategias se basan en regulaciones tanto para el control de primas o para el ajuste de los precios que se pagan a los proveedores. Existe un riesgo evidente de que se controle al regulador; poderosas empresas o industrias pueden ejercer su influencia para que la política gubernamental se incline en su beneficio. Los intentos de tal influencia ya se han aplicado con éxito en Medicare, donde está específicamente prohibido el uso de su poder dentro del mercado para negociar precios de los medicamentos. Los Estados Unidos es prácticamente el único país del mundo donde esto sucede; todos los otros gobiernos nacionales negocian los precios con las compañías farmacéuticas. El resultado es que los estadounidenses, en efecto, subvencionan precios más bajos de los medicamentos en el resto del mundo. En los tres años entre 2006 y 2009 se produjo un aumento de 68% en la tasa de «abandono de recetas» en los Estados Unidos.[34] Esto sucede cuando los pacientes solicitan la receta, pero a la hora de saber el precio se dan la vuelta. Es un misterio para mí por qué esto no es más inquietante para los estadounidenses, y para los conservadores de base en particular. El Partido del Té, después de todo, se inició luego de un famoso discurso emitido por Rick Santelli, un comentarista de CNBC, quien censuró el hecho de que las personas con hipotecas que no podían pagar podrían ser subvencionadas por los contribuyentes. ¿Por qué los estadounidenses promedio no se molestan más por el hecho de estar pagando el flete farmacéutico para el resto del mundo, incluyendo a un número de países que tienen ingresos per cápita significativamente más altos que los norteamericanos?

A pesar de este problema, Medicare proporciona constantemente atención de alta calidad a un costo significativamente menor que el sector de los seguros privados. En otras palabras, no hay que hacer que lo perfecto sea enemigo de lo bueno. No obstante, la prohibición de Medicare en contra de la negociación con la industria farmacéutica merece ser objeto de un mayor escrutinio público. La industria argumenta que los precios inflados de medicamentos en los Estados Unidos son necesarios con el fin de financiar la investigación que se realiza. Sin embargo, es probable que haya formas más eficientes y ciertamente más equitativas para asegurar que la investigación de fármacos tenga suficiente financiamiento.[35]*

---

*Un tema relacionado tiene que ver con las patentes concedidas a los fabricantes de medicamentos. Éstas impiden la introducción de medicamentos genéricos más baratos por largos periodos. Muchos economistas creen que el sistema de patentes farmacéuticas es ineficiente. Otros países también pueden

También es seguro que existe el potencial para reformar o simplificar los procedimientos de la Administración Federal de Medicamentos para el ensayo y la aprobación de nuevos medicamentos.

Otro problema con Medicare, y que está relacionado directamente con el tema de este libro, es que la publicidad de productos dirigidos a personas de la tercera edad puede incluir productos que en realidad son desechos, y en los comerciales se les dice explícitamente que presionen a sus médicos para que se los prescriban y que Medicare entonces asumirá casi la totalidad de los costos. Una auditoría del gobierno encontró que hasta 80% de los medicamentos pagados por Medicare no los necesitaban realmente los pacientes de edad avanzada que los recibieron y que incluso podrían ser perjudiciales para su salud. Los dos más grandes fabricantes de medicamentos gastaron más de 180 millones de dólares en publicidad dirigida a los beneficiarios de Medicare durante 2011.[36] Este es otro tema que merece un análisis exhaustivo, ya que, como hemos visto, es poco probable que un ejército robótico vaya a proporcionar asistencia a personas de la tercera edad. Tales avances tienen un gran potencial para mejorar la calidad de vida de las personas de edad, mientras reducen el costo de su atención, pero no si pagan por la tecnología cuando sea innecesaria o tal vez incluso perjudicial. El espectro de millones de ciudadanos mayores sentados cómodamente mientras ven anuncios que les dicen que Medicare

potencialmente amenazar con invalidar las patentes de medicamentos como mecanismo de negociación de precios, poniendo una carga aún mayor a los estadounidenses. El Centro de Estudios Económicos y de Política Pública publicó en 2004 un informe que resumió estas cuestiones y presentó algunas alternativas más eficientes para financiar la investigación de drogas. Por favor, véase la nota al final para más detalles.

estará feliz de pagar por un robot capaz de recuperar su control de la televisión debería darnos en qué pensar.*

Si bien las recientes aplicaciones DE la Inteligencia Artificial y la robótica en el campo de la salud son impresionantes y el avance es rápido, apenas están empezando, en su mayor parte, a mordisquear los bordes del problema de los costos hospitalarios. Con la excepción de los farmacéuticos, y posiblemente de los médicos o de los técnicos especializados en el análisis de imágenes y muestras de laboratorio, automatizar incluso una parte importante de los trabajos realizados por la mayoría de los trabajadores de salud calificados sigue siendo un desafío de enormes proporciones. Para aquellos que buscan una carrera que probablemente esté relativamente a salvo de la automatización, una profesión sanitaria especializada que requiera la interacción directa con los pacientes sigue siendo una excelente opción. Ese cálculo, por supuesto, podría cambiar en un futuro más lejano. A partir de ahora, me parece imposible decir con certeza lo que en 20 o 30 años podría ser tecnológicamente posible.

La tecnología no es la única consideración, desde luego. La atención sanitaria, más que cualquier otro sector de la economía, está sujeta a una compleja red de normas y regulaciones impuestas por gobiernos, organismos como la FDA y autoridades de concesión de licencias. Cada acción y cada decisión también se ven amenazadas por un litigio si se llega a dar un error, o tal vez solo un resultado desafortunado.

Incluso entre los farmacéuticos al por menor el impacto específico de la automatización en el empleo no es fácilmen-

---

*La idea detrás de que se requieran recetas es que los pacientes no son capaces (o no se les puede confiar) de decidir por sí mismos qué medicamentos tomar. ¿Por qué, entonces, permitimos que las compañías farmacéuticas o los fabricantes de los equipos médicos lleven su publicidad directamente a los pacientes?

te discernible, la razón probable es la regulación. Farhad Manjoo entrevistó a un farmacéutico quien le dijo: «La mayoría de los farmacéuticos están empleados solo porque la ley dice que tiene que haber un farmacéutico presente para dispensar medicamentos».[37] Eso, al menos por el momento, es probable que sea una exageración. Las perspectivas de empleo para los farmacéuticos de nuevo cuño han empeorado desde la década anterior y la situación podría agravarse. Un análisis de 2012 identifica una «crisis de desempleo que se avecina para los nuevos egresados en farmacéutica» y sugieren que la tasa de desempleo podría llegar a 20%.[38] Sin embargo, esto es probablemente debido en gran parte a una explosión en el número de nuevos graduados que entran en el mercado de trabajo ya que las carreras en farmacéutica han aumentado dramáticamente su matrícula.*

*También se podría especular con respecto a que la tecnología está contribuyendo *indirectamente* a la reducción de las perspectivas para los egresados en farmacéutica para desempeñarse en una vida profesional. En la primera década del nuevo milenio casi 50 nuevas escuelas de graduados de farmacia abrieron sus puertas (60% de crecimiento), y los programas existentes también aumentaron drásticamente la matrícula. El número de farmacéuticos recién graduados podría alcanzar hasta 15 000 por año, para 2016; eso es más de dos veces el número de títulos otorgados en el año 2000. Algo muy similar (y tal vez incluso más extremo) ocurrió con las facultades de derecho, pero la burbuja de inscripción del colegio de abogados está ahora desinflándose. La facultad de derecho siempre ha sido un camino muy transitado hacia la monetización. La farmacéutica ofrece un potencial similar para un grado de licenciatura de biología. Puede ser que la creciente demanda de estos grados, al menos en parte, se haya dado a partir de la evaporación de otras buenas oportunidades para los graduados universitarios. Con relativamente pocas alternativas atractivas, los universitarios han clamado inscripción y en última instancia la producción de muchos más graduados de los que el mercado podía absorber. El hecho de que tanto la farmacia como las leyes también sean impactadas por la automatización hace que las cosas se vuelvan aún más insostenibles. Mi predicción para la próxima burbuja escolar profesional es: el programa de MBA (Maestría en Derecho y Administración).

En relación con la mayoría de otras ocupaciones, no hay duda de que los profesionistas sanitarios gozan de un extraordinario grado de seguridad en el empleo, como consecuencia de factores que no tienen relación con los desafíos técnicos asociados a la automatización de sus puestos de trabajo.

Esto puede ser una buena noticia para los trabajadores de la salud, pero si la tecnología tiene un impacto silencioso en los costos del cuidado de la salud mientras perturba otros sectores de empleo, los riesgos económicos que enfrentamos serán amplificados. En ese escenario, la carga de los crecientes costos de atención de la salud será cada vez más insostenible, ya que la tecnología sigue avanzando para producir desempleo e incluso aumento de la desigualdad, así como ingresos estancados o depreciados para la mayoría de los trabajadores de otras industrias. Esta perspectiva hace que sea aún más crítica la introducción de reformas significativas que corrijan el desequilibrio de poder de mercado entre las aseguradoras y los proveedores, de modo que el avance de la tecnología puede ser aprovechado al máximo como un mecanismo para aumentar la eficiencia en el sector de la atención sanitaria. Sin eso, corremos el riesgo de que nuestra economía de mercado eventualmente llegará a ser dominada por un sector que es ineficiente y, de hecho, no por un mercado especialmente bien articulado.

El control de la carga de los costos de atención médica es especialmente crítico debido a que, como veremos en el capítulo 8, lo último que necesitan los hogares estadounidenses es un desagüe cada vez mayor de sus ingresos discrecionales. En efecto, el estancamiento de los ingresos y la creciente desigualdad ya están socavando la demanda de consumo de amplia base que es vital para el crecimiento económico continuo.

Hasta ahora nos hemos centrado principalmente en escenarios en que la tecnología tiene posibilidades de transformar los sectores de empleo existentes. En el siguiente capítulo vamos a dar el salto de una década o más adelante en el tiempo e imaginar cómo pueden parecer las cosas en un futuro poblado de economías, tecnologías e industrias totalmente nuevas.

Notas

[1] Ambos casos de envenenamiento por cobalto fueron expuestos por Gina Kolata, en «Como se vieron por televisión. Misterios causados por los implantes de cadera son resueltos», *The New York Times,* 6 de febrero de 2014, http://www.nytimes.com/2014/02/07/health/house-plays-a-role-in-solving-a-medical-mystery.html.

[2] Catherine Rampell, «En Estados Unidos se dan saltos en el gasto sanitario», *The New York Times* (Economix blog), 8 de julio de 2009, http://econo mix.blogs.nytimes.com/2009/07/08/us-health-spending-breaks-from-the-pack/.

[3] Sitio corporativo de IBM, http://www-03.ibm.com/innovation/us/wat son/watson_in_healthcare.shtml.

[4] Spencer E. Ante, «IBM lucha para meter a Watson en un gran negocio», *The Wall Street Journal,* 7 de enero de 2014 , http://online.wsj.com/news/arti cles/SB10001424052702304887104579306881917668654.

[5] La doctora Courtney DiNardo, como se cita en Laura Nathan-Garner, «El futuro del tratamiento del cáncer y la investigación: ¿El Watson de IBM atenderá a nuestros pacientes?», *MD Anderson-Cancerwise,* 12 de noviembre de 2013, http://www2.mdanderson.org/cancerwise/2013/11/the-future-of-can cer-treatment-and-research-what-ibm-watson-means-for-patients.html.

[6] Comunicado de prensa de la clínica Mayo: «La inteligencia artificial ayuda a diagnosticar infecciones cardiacas», 12 de septiembre de 2009, http://www.eurekalert.org/pub_releases/2009–09/mc-aih090909.php.

[7] Consejo Nacional de Investigación, *Preventing Medication Errors: Quality Chasm Series,* Washington, DC, National Academies Press, 2007, p. 47.

[8] Consejo Nacional de Investigación, *To Err Is Human: Building a Safer Health System*, Washington, DC, National Academies Press, 2000, p. 1.

[9] Comunicado de prensa de las Academisa Nacionaes, «Errores de medicación lesionan a 1.5 millones de personas y cuestan miles de millones de dólares al año», 20 de julio de 2006, http://www8.nationalacademies.org/onpinews/newsitem.aspx?RecordID=11623.

[10] Martin Ford, «Dr. Watson: cómo la supercomputadora de IBM podría mejorar la atención sanitaria», *The Washington Post,* 16 de septiembre de 2011, http://www.washingtonpost.com/opinions/dr-watson-how-ibms-supercom puter-could-improve-health-care/2011/09/14/gIQAOZQzXK_story.html.

[11] Roger Stark, «La escasez de médicos que se avecina», Centro de Política de Washington, noviembre de 2011, http://www.washingtonpolicy.org/publications/notes/looming-doctor-shortage.

[12] Marijke Vroomen Durning, , «La automatización de ultrasonido en mama es mucho más rápida que el diagnóstico por Imagen», *Diagnostic Imaging,* 3 de mayo de 2012, http://www.diagnosticimaging.com/articles/automated-breast-ultrasound-far-faster-hand-held.

[13] Para la estrategia de «doble lectura» en radiología, véase Farhad Manjoo, «¿Por qué los médicos mejor pagados son los más vulnerables a la automatización», *Slate,* 27 de septiembre de 2011, http://www.slate.com/articles/technology/robot_invasion; I. Anttinen, M. Pamilo, M. Soiva y M. Roiha, «Doble lectura para las mamografías exploratorias. Un radiólogo o dos?», *Clinical Radiology,* 48, núm. 6, diciembre de 1993, pp. 414-421, http://www.ncbi.nlm.nih.gov/pubmed/8293648?report=abstract; y Fiona J. Gilbert *et al.,* «La lectura individual con detección asistida por computadora para las mamografías exploratorias», *New England Journal of Medicine,* 16 de octubre de 2008, http://www.nejm.org/doi/pdf/10.1056/NEJMoa0803545.

[14] Manjoo, «¿Por qué los médicos mejor pagados son los más vulnerables a la automatización».

[15] Rachel King, «Pronto, este trabajador podría ser un robot», *Bloomberg Businessweek,* 2 de junio de 2010, http://www.businessweek.com/stories/2010–06–02/soon-that-nearby-worker-might-be-a-robotbusinessweek-business-news-stock-market-and-financial-advice.

[16] Comunicado de prensa del Corporativo GE, «GE desarrolla el sistema inteligente de robótica habilitado que podría ayudar a ahorrar millones a los pacientes y hospitales», 30 de enero de 2013, http://www.genewscenter.com/Press-Releases/GE-to-Develop-Robotic-enabled-Intelligent-System-Which-Could-Save-Patients-Lives-and-Hospitals-Millions-3dc2.aspx.

[17] Sitio web de I-Sur, http://www.isur.eu/isur/.

[18] Las estadísticas sobre el envejecimiento en Estados Unidos pueden ser consultadas en el sitio web del Departamento de Salud y Administración de Servicios Humanos sobre el Envejecimiento, http://www.aoa.gov/Aging_Statistics/.

[19] Para las estadísticas sobre el envejecimiento japonés, véase «Máquina Diferencial: El cuidado Robótico», *The Economist,* 14 de mayo de 2014, http://www.economist.com/blogs/babbage/2013/05/automation-elderly.

[20] *Ibid.*

[21] «Exoesqueleto robótico obtiene luz verde», *Discovery News,* 27 de febrero de 2013, http://news.discovery.com/tech/robotics/robotic-exoskeleton-gets-safety-green-light-130227.htm.

[22] Oficina de Estadísticas Laborales de los Estados Unidos, *Occupational Outlook Handbook,* http://www.bls.gov/ooh/most-new-jobs.htm.

[23] Heidi Shierholz, «Seis años desde su inicio. Sombra de la gran recesión se cierne sobre el mercado de trabajo», Instituto de Política Económica, 9 de enero de 2014, http://www.epi.org/publication/years-beginning-great-recessions-shadow/.

[24] Steven Brill, «Píldora amarga: notorias e indignantes ganancias están destruyendo nuestro sistema de salud», *Time,* 4 de marzo de 2013.

[25] Elisabeth Rosenthal, «A medida que los precios hospitalarios se disparan, una puntada cuesta 500 dólares», *The New York Times, 2 de* diciembre de 2013, http://www.nytimes.com/2013/12/03/health/as-hospital-costs-soar-single-stitch-tops-500.html.

[26] Kenneth J. Arrow, «La incertidumbre y la economía del bienestar de la atención médica», *American Economic Review,* diciembre de 1963, http://www.who.int/bulletin/volumes/82/2/PHCBP.pdf.

[27] «La concentración del gasto en salud: Fundación NIHCM, datos breves, julio de 2012», Instituto Nacional de Gestión Sanitaria, julio de 2012, http://nihcm.org/images/stories/DataBrief3_Final.pdf.

[28] Brill, «Píldora amarga».

[29] Jenny Gold, «Haz de protones en terapia hospitalaria calienta la carrera de armamentos hospitalaria», *Kaiser Health News,* mayo de 2013, http://www.kaiserhealthnews.org/stories/2013/may/31/proton-beam-therapy-washington-dc-health-costs.aspx.

[30] James B. Yu, Pamela R. Soulos, Jeph Herrin, Laura D. Cramer, Arnold L. Potosky, Kenneth B. Roberts y Cary P. Gross, «Protón contra Intensidad-Modulada, radioterapia para el cáncer de próstata: los patrones de atención y la toxicidad temprana», *Journal of the National Cancer Institute,* 105, núm. 1, 2 de enero de 2013, http://jnci.oxfordjournals.org/content/105/1.toc.

[31] Gold, Haz de protones en terapia hospitalaria calienta la carrera de armamentos hospitalaria».

[32] Sara Kliff, «Plan de Maryland para poner de cabeza el gasto en salud», *The Washington Post* (Wonkblog), 10 de enero de 2014, http://www.washingtonpost.com/blogs/wonkblog/wp/2014/01/10/%253Fp%253D74854/.

[33] «Pago insuficiente por análisis informativo de Medicare y Medicaid», Asociación Americana Hospitalaria, diciembre de 2010, http://www.aha.org/content/00–10/10medunderpayment.pdf.

[34] Ed Silverman, «Aumento en el abandono de prescripciones significa menor con- trol de las enfermedades crónicas», *Managed Care,* junio de 2010, http://www.managedcaremag.com/archives/1006/1006.abandon.html.

[35] Dean Baker, «Financiamiento de los medicamentos para la investigación: ¿Cuál es el problema?», Centro para la Investigación Económica y Política, septiembre de 2004, http://www.cepr.net/index.php/Publications/Reports/financing-drug-research-what-are-the-issues.

[36] Matthew Perrone, « Anuncios de escrutinio enfrentan las acusaciones gubernamentales, médicos», Associated Press, 28 de marzo de 2013, http://

news.yahoo.com/scooter-ads-face-scrutiny-govt-doctors-141816931–finance.
html.

[37] Farhad Manjoo, «Mi Padre el farmacéutico frente a una gigantesca máquina empacadora de píldoras», *Slate,* http://www.slate.com/articles/technology/robot_invasion/2011/09/will_robots_steal_your_job_2.html.

[38] Daniel L. Brown, «La amenaza de una crisis por la falta de empleo para los egresados en farmacéutica y las implicaciones que tiene para la academia», *American Journal of Pharmacy Education* 77, núm. 5, 13 de junio de 2012, p. 90, http://www.ncbi.nlm.nih.gov/pmc/articles/PMC3687123/

Capítulo 7
Tecnologías e industrias del futuro

YouTube fue fundada en 2005 por tres personas. En menos de dos años Google compró la compañía por alrededor de 1 650 millones de dólares. En el momento de su adquisición YouTube empleaba tan solo a 65 personas, la mayoría de las cuales eran ingenieros calificados. Eso equivale a una estimación de más de 25 millones de dólares por empleado. En abril de 2012 Facebook adquirió la aplicación Instagram que sirve para compartir fotos y videos en redes sociales y pagó por ella 1 000 millones de dólares; en el momento de la compra la compañía tenía empleadas a 13 personas, lo que equivale a 77 millones de dólares por trabajador. En febrero de 2014 Facebook compró la compañía de mensajería móvil WhatsApp por 19 000 millones de dólares y esta vez WhatsApp tenía una plantilla de 55 personas, lo que supone una estimación de la asombrosa cantidad de 345 millones de dólares por empleado.

Las altas estimaciones por empleado son una clara demostración de la forma como la aceleración de la tecnología de la información y de la comunicación pueden aprovechar el trabajo de una mínima mano de obra para generar un enorme valor de inversión que se verá reflejado en los ingresos. Esta situación es una clara evidencia de cómo se ha modificado la relación entre la tecnología y el empleo. Hay una creencia generalizada —sustentada en evidencia histórica que se remonta por lo menos a la revolución industrial— de que si bien la tecnología puede acabar con puestos de trabajo, empresas, e incluso industrias enteras, por otro lado también genera nuevas ocupaciones, y el proceso de «destrucción creativa» da lugar a la aparición de nuevas industrias y nuevos sectores laborales, a menudo en áreas que ni nos imaginamos. Un ejemplo clásico es el surgimiento de la industria automotriz a principios del siglo xx y la correspondiente desaparición de las empresas dedicadas a la fabricación de carretas tiradas por caballos.

Sin embargo, como vimos en el capítulo 3, la tecnología de la información ha llegado al punto en que puede considerarse como una verdadera utilidad, comparable incluso con la electricidad. Parece casi inconcebible que las exitosas nuevas industrias emergentes no vayan a sacar el máximo provecho de la poderosa nueva utilidad así como de la Inteligencia Artificial que la acompaña. Como consecuencia de esta innovación tecnológica, en las industrias emergentes muy rara vez, o nunca, tendrá cabida la contratación de una mano de obra extensa. La amenaza para el empleo en general es que a medida que se despliegue la destrucción creativa, la «destrucción» caerá principalmente en empresas donde se lleven a cabo actividades de trabajo intensivo en áreas tradicionales, como la preparación y venta de alimentos, y mientras esto sucede, la «creación» generará nuevas empresas e industrias que sencillamente no contratarán muchos empleados. En otras palabras, es probable que la economía se dirija hacia un punto de inflexión en el que la creación de trabajos empezará a ser insuficiente para mantener empleada a toda la fuerza de trabajo.

YouTube, Instagram y WhatsApp son, por supuesto, ejemplos extraídos directamente del sector de la tecnología de la información, y en la que esperamos habrá una mínima contratación de fuerza de trabajo acompañada de enormes valuaciones e ingresos. Para ilustrar la manera en que esto afectará en un frente mucho más amplio, vamos a revisar a profundidad dos tecnologías en particular que tienen gran potencial en el futuro: la impresión en 3D y el vehículo autónomo. Ambas están a punto de tener un impacto significativo en la próxima década y eventualmente podrían desencadenar una transformación tanto en el mercado laboral como en la economía.

La impresión en 3D

La impresión tridimensional, también conocida como fabricación aditiva, emplea un cabezal de impresión controlado por una computadora que fabrica objetos sólidos depositando repetidamente capas delgadas de material. Este método de construcción capa-por-capa permite a las impresoras 3D crear fácilmente objetos con curvas y huecos que pueden ser difíciles o incluso imposibles de producir usando técnicas de fabricación tradicionales. El plástico es el material de construcción más común, pero algunas máquinas también pueden imprimir en metal, o en otros cientos de materiales disponibles, incluyendo los de alta resistencia, en sustancias flexibles similares a la goma, e incluso madera. Las impresoras más complejas son capaces de construir productos que contengan hasta una docena de materiales distintos. Quizá lo más notable es que las máquinas pueden imprimir en una sola unidad complejos diseños que contienen partes enganchadas o que pueden tener movimiento, eliminando cualquier necesidad de ensamblaje.

Una impresora 3D deposita capas de material, ya sea por diseño o simplemente copiando un objeto existente mediante un escáner láser 3D, o con herramientas complejas como la tomografía computarizada (TC). El comediante Jay Leno, un aficionado a los coches antiguos, elabora con esta técnica refacciones para sus automóviles.

La impresión tridimensional es ideal para elaborar productos «únicos». La tecnología ya está siendo utilizada para construir coronas dentales, implantes de hueso, e incluso prótesis. Los prototipos de diseño y modelos arquitectónicos son otras aplicaciones donde también es muy usada.

Una enorme cantidad de publicidad rodea a la impresión en 3D y, en particular, a su potencial para invertir el modelo tradicional de producción de fábrica. Gran parte de esta especulación se centra en la aparición de equipo de escritorio de bajo costo. Algunos entusiastas prevén una era de fabricación distribuida, en la que prácticamente todo el mundo poseerá una impresora 3D y la utilizará para producir lo que necesita. Otros proyectan el surgimiento de una nueva economía basada en un mercado «artesanal» (o «fabricante») donde las pequeñas empresas desplazarán la producción de las fábricas de grandes volúmenes con productos más personalizados, de producción local.

Creo que hay buenas razones para ser escépticos a tales predicciones. La razón más importante es que la posibilidad de personalización que ofrece la impresión en 3D se da a costa de las economías de escala. Si se necesita imprimir algunas fotocopias de un documento es posible hacerlo en una impresora láser en casa, pero si necesitamos 100 000 fotocopias sería mucho más rentable utilizar una impresora comercial. La impresión en 3D, en comparación con la fabricación tradicional, implica esencialmente la misma disyuntiva. Mientras que las impresoras en sí están devaluándose continuamente, no puede decirse lo mismo de los materiales utilizados en el proceso, especialmente si se requiere cualquier material además del plástico. Las máquinas también son lentas; la construcción de un objeto sólido en una impresora 3D puede tomar varias horas. La mayoría de los productos que utilizamos no necesitan ser personalizados; de hecho, la estandarización a menudo tiene ventajas importantes. La impresión en tres dimensiones podría ser una gran manera de crear una caja de encargo para su iPhone, pero parece poco probable que alguna vez pueda imprimir el teléfono en sí.*

Si las impresoras baratas se volvieran omnipresentes probablemente destruirían el mercado de los objetos que produjeran, pues el valor del objeto dependería en su totalidad de su diseño digital. Algunos empresarios tendrían éxito en la venta de dichos diseños, aunque es muy probable que el mercado evolucionaría en la dirección de «el ganador se lo lleva todo», un escenario que caracteriza a otros productos y servicios digitales. También habría una multitud de diseños —probablemente gratuitos o de código abierto para casi cualquier producto imaginable— disponibles para ser descargados. La conclusión es que la impresión personalizada en 3D llegaría a parecerse mucho a lo que es internet: un montón de cosas gratis o de bajo costo disponibles para los usuarios, pero mucho menos oportunidades para que la gran mayoría de las personas sean capaces de generar un ingreso significativo mediante ella.

*Las impresoras tridimensionales ya pueden imprimir circuitos electrónicos básicos, pero parece muy poco probable que alguna vez serán capaces de imprimir los chips de memoria y procesadores con tecnología de última generación utilizados en los teléfonos inteligentes. La fabricación de estos chips ocurre a escala industrial y no requiere precisión mucho más allá de la capacidad de cualquier impresora. Una obvia tendencia que se tendrá en un futuro es que los objetos cotidianos que más utilizamos sean cada vez más propensos a incorporar procesadores avanzados y *software* inteligente. Yo creo que esto sugiere que la impresión personalizada 3D muy probablemente no será capaz de seguir el ritmo a la innovación en los productos que los consumidores realmente quieren comprar. Un aficionado, por supuesto, podría imprimir más de un producto y luego ensamblar los componentes necesarios, pero dudo que atraiga a la mayoría de la gente.

Esto no quiere decir que la tecnología de impresión en 3D no sea transformadora. El verdadero impacto es muy probable que se dé a escala industrial. En lugar de desplazar la fabricación tradicional, la impresión en 3D se integrará a ella. De hecho, eso ya está sucediendo. La tecnología ha realizado avances significativos en la industria aeroespacial donde a menudo se utiliza para crear equipos más ligeros. La división de aviación de General Electric tiene previsto utilizar la impresión en 3D para producir al menos 100 000 piezas en 2020, ya que potencialmente reducirá 453.5 kilos de peso de cada uno de los motores de las naves.[1] Para tener una idea de la cantidad de combustible que se reducirá a causa de la pérdida de casi media tonelada y del ahorro en los costos que esto supone, recuerde que en el 2013 American Airlines sustituyó los manuales de vuelo de papel por versiones digitales descargados en iPads de Apple logrando una reducción de 15.8 kilos en cada avión con lo que ahorraron 12 millones de dólares en costos.[2] La reducción en la cantidad de combustible a causa de quitar más o menos 1 360 kilos en cada nave podría ahorrar anualmente unos mil millones de dólares o más. Uno de los componentes que GE tiene previsto imprimir, una boquilla de combustible, normalmente requiere el montaje de veinte partes separadas. Una impresora 3D permitirá que todo el componente sea descargado en una sola unidad y esté completamente ensamblado.[3]

Como vimos en el capítulo 1, es probable que la manufactura sea más flexible, y en muchos casos las fábricas estarán más cerca de los mercados de consumo. La impresión en 3D jugará un papel importante en esta transición. La tecnología será utilizada donde sea más rentable: por ejemplo, en la creación de aquellas partes que deben ser personalizadas, o tal vez en la impresión de componentes complejos que de otro modo requerirían un montaje especializado. Allí donde la impresión en 3D no se pueda utilizar directamente para crear grandes volúmenes de piezas se encontrará la manera para hacerlas de manera tradicional. Es decir, la impresión en 3D probablemente termine siendo otra forma de automatización de fábricas. Los robots manufactureros y las impresoras industriales trabajarán de manera coordinada y los trabajadores humanos cada vez participarán menos.

Las impresoras tridimensionales se pueden usar con prácticamente cualquier material, y la tecnología está encontrando muchos usos importantes fuera del medio fabril. Quizá la aplicación más exótica sea la impresión de órganos humanos. La compañía Organovo, establecida en San Diego, es una empresa especializada en bioimpresión que ya ha fabricado hígados humanos experimentales y tejido óseo con material de impresión en 3D que contiene células humanas. La compañía espera producir un hígado impreso completo a finales de 2014. Estos primeros esfuerzos producirán órganos para la investigación o el análisis de medicamentos. Los órganos adecuados para hacer los trasplantes probablemente surjan por lo menos dentro de una década, pero si la tecnología es capaz de llegar a estos niveles las consecuencias serían asombrosas para las aproximadamente 120 000 personas en espera de trasplantes de órganos tan solo en los Estados Unidos.[4] Más allá de hacer frente a la escasez, la impresión en 3D también permitiría que los órganos fueran fabricados a partir de las propias células madre del paciente, eliminando por completo el riesgo de rechazo después de un trasplante.

La impresión de los alimentos es otra aplicación popular. Hod Lipson propone en su libro de 2013 que lleva el título *Fabricado: el nuevo mundo de la impresión 3D*, que la cocina digital puede llegar a ser la «aplicación asesina» en 3D; dicho de otra manera, esta puede ser la aplicación que motive a un gran número de personas a salir a comprar una impresora.[5]

La impresión de alimentos se utiliza actualmente para producir galletas de diseño, pasteles y chocolates, pero también tiene el potencial para combinar los ingredientes de una forma única y sincronizar sabores y texturas sin precedentes. Tal vez algún día los alimentos de las impresoras en 3D serán ubicuos para el hogar y para las cocinas de los restaurantes y los chefs *gourmet* serán sometidos al mismo tipo de esquema del ganador se lleva todo que domina al mercado digital y al que actualmente se enfrentan los músicos profesionales.

La mayor irrupción de todas podría venir cuando las impresoras 3D escalen al mundo de la construcción. Behrokh Khoshnevis, un profesor de ingeniería en la Universidad del Sur de California, está construyendo una impresora masiva en 3D capaz de fabricar una casa en tan solo 24 horas. La máquina se desplaza sobre rieles temporales junto al sitio de la construcción y de una boquilla de la impresora salen enormes capas de hormigón controladas por una computadora. El proceso es totalmente automático, y las paredes resultantes son sustancialmente más fuertes que las construidas utilizando técnicas tradicionales.[6] La impresora podría ser utilizada para construir casas, edificios, e incluso torres de varios niveles. Actualmente la máquina únicamente construye muros de hormigón para la estructura, dejando que los trabajadores instalen puertas, ventanas y otros accesorios. Sin embargo, es fácil imaginar que las impresoras de construcción del futuro serán capaces de manejar múltiples materiales.

El impacto de la impresión en 3D en la manufactura puede ser relativamente silencioso, simplemente porque la producción fabril ya está muy automatizada. La historia podría ser muy diferente en la industria de la construcción. La edificación de casas con estructura de madera es una de las áreas de la economía que utiliza intensivamente mano de obra y ofrece una de las pocas oportunidades laborales a los trabajadores manuales relativamente poco calificados. Solo en los Estados Unidos casi seis millones de personas están empleadas en el sector de la construcción, mientras que la Organización Internacional del Trabajo estima que el empleo de la construcción a nivel global llega casi a 110 millones de personas.[7] Las impresoras tridimensionales podrían algún día construir casas mejores y más baratas, así como ofrecer nuevas posibilidades arquitectónicas, pero la tecnología también podría eliminar muchos millones de puestos de trabajo.

Vehículos autónomos

El vehículo de autoconducción entró en la recta final que lo llevaría desde la ciencia ficción hasta la realidad el 13 de marzo de 2004. Esa fecha marcó el primer gran reto para la Agencia de Investigación de Proyectos Avanzados de la Defensa (DARPA): una carrera que la agencia esperaba ayudaría a dar el salto al progreso del desarrollo de vehículos militares autómatas. La carrera inició con 15 vehículos robóticos que arrancaron cerca de la ciudad de Barstow, California, con el objetivo de cruzar 241 km a través del desierto de Mojave. Estaba en juego un premio de un millón de dólares para el primer participante que cruzara la línea de meta. Los resultados fueron decepcionantes, ninguno de los vehículos logró completar siquiera 10% de la carrera. El mejor prototipo era un Humvee modificado fabricado por la Universidad Carnegie Mellon, que se salió de la carretera después de solo 12 km y se sumergió en un terraplén. La DARPA declaró que la carrera había sido un desastre y no otorgó ningún premio.

Sin embargo la DARPA vio que había un gran potencial y convocó a una revancha por un premio de dos millones de dólares. La segunda carrera se celebró el 8 de octubre de 2005;

en las reglas de la convocatoria se estableció que los vehículos tenían que dar más de un centenar de giros cerrados, pasar a través de tres túneles, y viajar por un camino montañoso con bajadas pronunciadas en ambos lados del sinuoso camino de tierra. El progreso fue sorprendente. Después de tan solo 18 meses de progreso continuo, cinco de estos vehículos saltaron literalmente de la zanja a la línea de meta. El ganador de esta proeza fue un Volkswagen Touareg modificado que había sido diseñado por un equipo dirigido por Sebastian Thrun de la Universidad de Stanford, que pudo completar la carrera en menos de siete horas. El diseño refinado de la Humvee de la Carnegie Mellon cruzó la línea de meta cerca de 10 minutos más tarde y otros dos vehículos lo hicieron menos de media hora después.

La DARPA organizó otro reto en noviembre de 2007. Esta vez la agencia creó un entorno urbano en el que los vehículos robóticos compartían el camino con una flota de treinta Ford Taurus tripulados por conductores profesionales. Los vehículos de autoconducción tenían que obedecer las leyes de tránsito, incorporarse al tráfico, estacionarse, y maniobrar en intersecciones muy transitadas. Seis de cada 35 vehículos robóticos lograron completar la misión. El coche de Stanford fue una vez más el primero en cruzar la línea de meta, pero bajó al segundo lugar después de que los jueces analizaron los datos y le restaron puntos por haber cometido infracciones a la ley de tránsito de California.[8]

El proyecto del vehículo autónomo de Google inició en 2008. Sebastian Thrun había llegado a la compañía un año antes a trabajar en el diseño de *Street View*, y fue puesto a cargo de la nueva misión; muy pronto, Google empezó a incorporar a los mejores ingenieros que habían trabajado en los vehículos inscritos en las carreras de DARPA. En dos años el equipo desarrolló un Toyota Prius modificado al que se le incorporó un complejo equipo que incluía cámaras, cuatro sistemas de radar independientes, y un telémetro láser con un costo de 80 000 dólares que tiene la capacidad de crear un modelo tridimensional completo del entorno del coche. Los vehículos pueden rastrear automóviles, objetos y peatones, reconocer señales de tránsito y manejar en casi cualquier escenario. Para 2012 la flota autómata de Google había recorrido más de 482 800 km sin haber sufrido ningún percance circulando por caminos atascados de tráfico, con semáforos y hasta por la famosa, empinada y serpenteante calle Lombard situada en la bahía de San Francisco. En octubre de 2013 la empresa dio a conocer los datos que muestran que sus autos superan constantemente al conductor humano típico en términos de aceleración y frenado suave, así como en las prácticas generales de seguridad vial.[9]

El proyecto de Google ha tenido un efecto estimulante en la industria automotriz. Casi todos los más importantes fabricantes de coches han anunciado planes para poner en práctica al menos un sistema de conducción semiautónomo durante el transcurso de la próxima década. El actual líder es Mercedes-Benz, con su modelo 2014 Clase S que es capaz de conducirse de forma autónoma en pleno tráfico citadino o en autopistas a velocidades de hasta 193 km por hora. El sistema capta las señales tanto de las marcas del camino como del vehículo que vaya adelante suyo y calcula la dirección, aceleración y frenado que debe tener. Sin embargo, Mercedes Benz ha elegido inicialmente adoptar un enfoque cauteloso, que requiere que el conductor mantenga sus manos en el volante en todo momento.

De hecho, los sistemas que están desarrollándose dentro de la industria automotriz se orientan casi universalmente hacia la automatización parcial, con la idea de que sea el conductor humano quien tenga el control final. La responsabilidad en caso de accidente puede ser uno de los problemas más complicados en torno a los coches totalmente automatizados; algunos analistas han sugerido que puede haber ambigüedad en cuanto a quién sería responsable. Chris Urmson, uno de los ingenieros que llevaron a materializar el proyecto del automóvil de Google, dijo en una conferencia de 2013 para la industria automotriz que tales preocupaciones están fuera de lugar, y que la ley actual de los Estados Unidos deja claro que el fabricante del coche sería responsable en caso de accidente. Es difícil imaginar que haya algo que la industria automotriz tema más que esto. Las grandes compañías automotrices serían el objeto más deseado de los abogados encargados de reclamaciones de responsabilidad patrimonial. Sin embargo, Urmson continuó argumentando que debido a que los coches autómatas recogen y almacenan los datos operativos podrían ofrecer una imagen completa del entorno del vehículo hasta el momento del accidente; de esta manera, sería casi imposible que las demandas frívolas tuvieran éxito.[10] Aun así, ninguna tecnología es 100% confiable, y por lo tanto es inevitable que un sistema autónomo en el transcurso del tiempo pueda causar un accidente que debería que ser asumido por el fabricante, quien tendría que enfrentar demandas por responsabilidad civil que conllevarían enormes consecuencias. Una posible solución sería la instauración de leyes que determinen los límites razonables ante tales demandas.

Sin embargo, el enfoque semiautómata también tiene sus propios problemas. Ninguno de los sistemas es capaz de controlar cada situación. El blog corporativo de Google señaló en 2012 que si bien los avances en los automóviles autómatas han sido alentadores, «todavía hay un largo camino por delante» y que sus coches aún «necesitan dominar las carreteras cubiertas de nieve, interpretar las señales temporales de construcción y manejar otras situaciones complicadas ante las cuales muchos conductores se enfrentan.[11] La zona gris en que un automóvil semiautómata necesite detectar que se está enfrentando a una situación inmanejable y sea capaz de pasar exitosamente el control al conductor probablemente representa la mayor debilidad que tiene la tecnología. Los ingenieros que trabajan en los sistemas han detectado que toma alrededor de 10 segundos alertar a un conductor y asegurarse de que recupere el control del vehículo. En otras palabras, el sistema tiene que anticiparse a un problema potencial antes de que el auto esté realmente en problemas; conseguir que esto sea factible con un alto grado de confiabilidad es desafío sustancial. Esto se agrava si los conductores no están obligados a mantener sus manos en el volante durante la conducción automática. Un funcionario de Audi señaló que mientras el sistema está siendo desarrollado por la empresa, no se permite que el conductor «duerma, lea un periódico, o utilice una laptop».[12] No está muy claro cómo planea la compañía hacer cumplir esta disposición —o si estaría permitido utilizar un teléfono inteligente, ver una película, o realizar cualquier otra cosa que distraiga la atención.

Una vez que estos obstáculos sean superados, el vehículo autónomo ofrece un enorme potencial, especialmente en términos de mejorar la seguridad. En 2009 se registraron alrededor de 11 millones de accidentes automovilísticos en los Estados Unidos, y cerca de 34 000 personas perdieron la vida a causa de choques. Mundialmente, alrededor de un 1 250 000 personas mueren en las carreteras cada año.[13] La Junta Nacional de Seguridad del Transporte calcula que 90% de los accidentes se producen debido a un error humano. En otras palabras, un enorme número de vidas podrían salvarse mediante la tecnología realmente fiable que ofrece la autoconducción. Los datos preliminares sugieren que los sistemas de prevención de choques actualmente disponibles en algunos coches están teniendo un impacto muy positivo. Un estudio de los datos de reclamaciones de seguros realizado por el Instituto de Datos de Pérdidas en Carretera encontró que algunos modelos de Volvo equipados con ese tipo de sistemas experimentaron aproximadamente 15% menos accidentes que los coches que no tienen esta tecnología.[14]

Además de la prevención de accidentes, los defensores de los automóviles autómatas señalan muchos otros aspectos potencialmente positivos. Los vehículos autónomos serán capaces de comunicarse y colaborar entre sí. Podrían viajar en convoyes aprovechando el impulso de cada uno de los coches y así ahorrar combustible. La coordinación de alta velocidad en las autopistas reduciría, o quizás incluso virtualmente eliminaría el tráfico. En este sentido, creo que la publicidad está muy adelantada a cualquier realidad a corto plazo. Los beneficios se darán en gran medida por un efecto de red: una fracción sustancial de los coches en la carretera tendrían que ser autómatas y la realidad es que un gran número de conductores son ambivalentes respecto a la tecnología de autoconducción, al mismo tiempo que a mucha gente simplemente le gusta conducir. Revistas entusiastas como *Motor Trend* y *Car and Driver* tienen millones de suscriptores. Después de todo, ¿cuál es el chiste de ser dueño de «la máquina de conducción definitiva» si no se puede conducir? Incluso entre los automovilistas amantes de la tecnología la adopción se dará muy probablemente de manera gradual. Una consecuencia de la creciente desigualdad y de décadas de estancamiento de los ingresos es que los coches nuevos son cada vez más inasequibles para una gran parte de la población. De hecho, las estadísticas más recientes sugieren que los consumidores estadounidenses no tienen ninguna prisa por participar en el cambio del mercado automovilístico. Durante 2012, el promedio de antigüedad de los autos en circulación en los Estados Unidos era de 11 años, un récord de todos los tiempos.

En algunos casos la mezcla de conductores humanos y robóticos podría en realidad llevar a más problemas. Piense en el último conductor agresivo al que se enfrentó, la persona que se le metió o aquel que imprudentemente zigzaguea en los carriles de la carretera. Ahora imagine que esa persona compartiría las calles con los coches autónomos y que este individuo hipotético sabe que estos automóviles están programados para ser defensivos ante cualquier escenario. Este escenario de «lobo en medio de las ovejas» podría invitar a que se diera un comportamiento aún más arriesgado.

Los promotores más optimistas de la tecnología del vehículo autómata esperan alcanzar un mayor impacto dentro de 5 a 10 años. Sospecho que los desafíos técnicos, la aceptación social y los obstáculos relacionados con la responsabilidad y la regulación pueden hacer que tales proyecciones parezcan demasiado optimistas. Sin embargo, creo que hay pocas dudas de que el vehículo completamente autónomo, o «sin conductor» llegará con el tiempo. Cuando lo haga, tendrá el potencial de revolucionar no solo a la industria automotriz, sino también a sectores enteros de nuestra economía y del mercado laboral, así como la relación fundamental entre la gente y los coches.

Tal vez lo más importante es entender que en el futuro en el que su coche sea totalmente autónomo probablemente *ya no será su coche*. La mayoría de las personas que han pensado seriamente en la función óptima de coches de auto-conducción parecen coincidir en que, al menos en las zonas densamente pobladas, es probable que sea un recurso compartido. Esta ha sido la intención de Google desde el principio. Como el cofundador de Google, Sergey Brin, explicó al periodista Burkhard Bilger de *The New Yorker*, «mira para afuera y camina a través de los estacionamientos y carreteras de varios carriles: la infraestructura de los medios de transporte es la que domina, cobrándole un precio muy alto al planeta».[15]

Google espera poder acabar con el modelo de propietario-operador que prevalece para el automóvil. En el futuro, usted simplemente podrá tomar su teléfono o cualquier otro dispositivo conectado y llamar a un coche de autoconducción cada vez que lo necesite. En lugar de que estén estacionados 90% o más de su tiempo, los coches tendrían una tasa de rendimiento mucho más alta. Ese cambio por sí solo desencadenaría una revolución de bienes raíces en las ciudades. Grandes extensiones de terrenos que actualmente están destinadas a ser estacionamientos, estarían disponibles para otros usos. Los automóviles aún deberían tener un espacio para ser resguardados mientras no se utilicen, pero no habría necesidad de salidas azarosas; los coches podrían estar pegados uno al otro. Si llama a un coche, y no hay alguno cercano del lugar donde usted se encuentra, simplemente obtendrá el siguiente vehículo que esté disponible.

Hay, por supuesto, algunas razones para ser escépticos de que los coches urbanos se convertirán en recursos públicos. Por un lado, intentarlo sería ir directamente en contra de los objetivos de la industria automotriz, a la que le gustaría que cada hogar tuviera al menos un coche. Por otra parte, a fin de que este modelo funcionara, los pasajeros tendrían que compartir los coches en las horas pico; de lo contrario podría ser tan escaso y caro que muchas personas no podían permitírselo. Un problema relacionado es la seguridad en un coche compartido. Incluso si el *software* del vehículo es capaz de resolver los problemas de logística y ofrecer un servicio eficiente y oportuno, un coche es pequeño, es un espacio mucho más íntimo que un autobús o un tren para que pueda compartirse con completos extraños. Sin embargo, es fácil imaginar soluciones a este problema. Por ejemplo, los coches diseñados para ser compartidos por los viajeros solitarios simplemente se podrían dividir en compartimentos. Ni siquiera tendrían que ver o estar al tanto de los otros pasajeros que comparten el coche. Para evitar una sensación de estar encerrados, podrían colocarse entre las paredes divisorias unas ventanas virtuales con pantallas de alta resolución en las que se verían imágenes captadas por las cámaras montadas en el exterior del coche. En el momento en que los coches de autoconducción estén en operación rutinaria, el *hardware* de todos estos equipos se abaratará. Cuando el vehículo pare, una luz verde se prendería en una de las puertas para indicar que está disponible y que puede ser utilizado para llevar a un nuevo pasajero. Usted compartiría el vehículo, pero cada pasajero tendría un viaje distinto sin tener que interactuar con quien está a su lado. Otros vehículos pueden ser diseñados para llevar grupos de pasajeros (o viajeros en solitario más sociables), o tal vez las barreras podrían deslizarse con el consentimiento mutuo.*

Entonces, una vez más, la barrera entre pasajeros no tendría que ser «virtual». En mayo de 2014, Google anunció que la siguiente línea de investigación que llevarían a cabo en relación con los vehículos de autoconducción estaría focalizada en el desarrollo de automóviles para dos pasajeros que tuvieran una velocidad máxima de 40 km por hora orientados específicamente a los entornos urbanos, para que los pasajeros solicitaran un coche a través de una aplicación telefónica en la que especificaran el destino del viaje. Los ingenieros de

---

* Uno de los problemas con los coches automáticos compartidos, especialmente si tienen compartimentos privados, probablemente sería su mantenimiento. Este es un problema muy común en autobuses y trenes subterráneos, y ante la ausencia de un conductor (o de otros pasajeros) algunas personas podrían comportarse indebidamente.

Google llegaron a la conclusión de que la conducción de los vehículos debía ser completamente automatizada, y que eliminarían tanto el pedal de freno como el volante. En una entrevista de John *Markoff*, de *The New York Times*, a Sergey Brin este destacó la dramática salida de Google del «incremento de diseños» que están siendo el principal objetivo de las compañías automotrices, porque «eso no se ajusta a nuestra misión transformadora».[16]

El mercado también podría crear otras soluciones orientadas a los vehículos autómatas compartidos. Kevin Drum, de *Mother Jones,* piensa que los «verdaderos vehículos de autoconducción estarán disponibles en el mercado hasta dentro de una década y van a representar cambios significativos»,[17] sugiere la posibilidad de que se comparta la propiedad de un automóvil y así se garantice su disponibilidad, lo que representará una fracción del costo de un vehículo. En otras palabras, usted podría compartir el coche solo con otros suscriptores del servicio en lugar de con el público en general.*†

---

* Si el modelo compartido no se llevara a cabo, los coches podrían tener un impacto negativo en las zonas congestionadas. Si el propietario de un coche automatizado tiene la necesidad de asistir a una zona donde no hay lugares para estacionarse o es costoso hacerlo, puede optar por tener el coche simplemente circulando alrededor y una vez que complete su estadía pedir que lo recoja. O tal vez sería posible enviarlo a estacionarse en un vecindario residencial adyacente en lugar de pagar por el estacionamiento. Puede ser incluso que hubiera descargado una aplicación de *software* que permita que su coche se estacione en un lugar prohibido y que esté al pendiente de la aproximación de un vehículo oficial.

† Si el modelo compartido no se llevara a cabo, los coches podrían tener un impacto negativo en las zonas congestionadas. Si el propietario de un coche automatizado tiene la necesidad de asistir a una zona donde no hay lugares para estacionarse o es costoso hacerlo, puede optar por tener el coche simplemente circulando alrededor y una vez que complete su estadía pedir que lo recoja. O tal vez sería posible enviarlo a estacionarse en un vecindario residencial adyacente en lugar de pagar por el estacionamiento. Puede ser incluso que hubiera descargado una aplicación de *software* que permita que su coche se estacione en

Si prevaleciera el modelo compartido, una mayor utilización de cada vehículo, por supuesto, significaría un menor número de vehículos en relación con la población. Los ecologistas y los planificadores urbanos probablemente se llenarían de alegría; los fabricantes de automóviles no tanto. Más allá de la perspectiva de un menor número de vehículos per cápita, también podría ser una amenaza significativa para las marcas de automóviles de lujo. Si alguien no es el propietario del coche y lo usará únicamente para un solo viaje, le importarán muy poco la marca y modelo del mismo. Los coches podrían dejan de ser objetos de status, y el mercado automovilístico podría llegar a ser de consumo general. Por estas razones, creo que es una buena apuesta pensar que los fabricantes de automóviles se aferrarán muy fuertemente en mantener a alguien en el asiento del conductor, incluso si él o ella rara vez tocan los controles. Los fabricantes de automóviles podrían estar a punto de afrontar el tipo de dilema que las empresas poderosas a menudo deben resolver ante las tecnologías de punta. La empresa se ve obligada a elegir entre la protección del negocio que proporciona ingresos hoy y en el futuro, o ayudar a impulsar una tecnología emergente que puede en última instancia devaluar o incluso destruir ese negocio en un futuro próximo. La historia demuestra que las empresas casi siempre optan por proteger sus intereses.* Si se va a dar el tipo de revolución orientada al progreso tecnológico que prevé Brin, entonces es muy probable que surja fuera de la industria automotriz. Y, por supuesto, Brin puede estar exactamente en el lugar correcto para hacer que esto suceda.

un lugar prohibido y que esté al pendiente de la aproximación de un vehículo oficial.

*Un ejemplo clásico de esta situación es cuando Microsoft se aferró a su flujo masivo de ingresos con base en Windows y no se apoyó en los mercados de telefonía y las tabletas inteligentes.

Si en última instancia cae el modelo individual de propiedad privada de los automóviles, tendrá un gran impacto en amplios sectores de la economía y en el mercado laboral. Piense en todos los concesionarios de automóviles, talleres de reparación independientes, y estaciones de servicio que hay en las inmediaciones de su hogar. Su existencia está ligada directamente al hecho de que la propiedad del automóvil se encuentra ampliamente distribuida. En el mundo que Google prevé, los coches robóticos se concentrarán en flotas. El mantenimiento, reparación, seguros y abastecimiento de combustible estarían centralizados. Miles y miles de pequeñas empresas y puestos de trabajo asociados con ellos desaparecerían. Para tener una idea de cuántos puestos de trabajo podrían estar en riesgo, considérese que, solamente en Los Ángeles, cerca de 10 000 personas trabajan en centros de lavado de autos.[18]

El impacto más inmediato para el empleo estaría en aquellos que conducen para ganarse la vida. Los puestos de trabajo de choferes de taxis se evaporarían, los autobuses podrían ser automatizados, o tal vez simplemente los desaparecerán y serán reemplazados por un tipo de transporte público mejor y más personalizado. Los servicios de entrega también podrían desaparecer. Amazon, por ejemplo, ya está experimentando con las entregas el mismo día en gavetas que están en ubicaciones fijas. ¿Por qué no poner las gavetas sobre ruedas? Una furgoneta de reparto automático podría enviar un mensaje de texto al cliente unos minutos antes de su llegada y luego simplemente esperar a que el consumidor introduzca un código y recupere el paquete.*

---

* Esto me parece mucho más viable que la idea basada en una entrega mediante drones no tripulados que Amazon dio a conocer en un episodio de *60 Minutes, de la CBS*, en 2013. Ninguna tecnología puede ser 100% confiable. El negocio de Amazon es tan grande que, con el fin de tener un impacto signi-

De hecho, creo que las flotas comerciales podrían ser uno de los primeros lugares en que veremos la adopción generalizada de vehículos automatizados. Las empresas que poseen y operan estas flotas ya se enfrentan a una enorme responsabilidad. Un error particular por parte de un solo conductor puede hacer una jornada muy mala. Una vez que la tecnología tenga un sólido historial y los datos demuestren una clara ventaja de seguridad y fiabilidad, habrá un muy poderoso incentivo para automatizar estos vehículos. En otras palabras, el primer lugar donde los coches de autoconducción harán sus primeras incursiones serias podría ser exactamente en el área que afecta directamente a la mayor cantidad de puestos de trabajo.

He visto muchas sugerencias de que los camiones pesados, de larga distancia, también pueden ser totalmente automatizados en un futuro relativamente próximo. Pienso que ahí el progreso será mucho más gradual. Mientras que los camiones podrían muy pronto, de hecho, ser conducidos de manera autómata, el potencial destructivo de estos vehículos probablemente significa que la conducción tradicional permanecerá en el futuro más cercano. Los experimentos con convoyes automatizados, donde un camión está programado para seguir al vehículo que va delante de él, ya han tenido éxito y pueden tener un papel importante en el ejército o en zonas menos pobladas. En una entrevista de 2013 con la revista *Time,* David Von Drehle, un ejecutivo de la empresa de transporte resaltó que la deteriorada infraestructura de los Estados Unidos presenta un obstáculo importante para reali-

ficativo, un enorme número de entregas en drones no tripulados tendría que ocurrir. Incluso una tasa de error muy pequeña multiplicada por el gran número de vuelos probablemente resultaría en un flujo continuo de incidentes desafortunados. Un incidente con una carga útil de dos kilos y cuarto suspendidos potencialmente a decenas de metros en el aire no es algo que uno quisiera tener.

zar la automatización completa.[19] Los conductores de camiones tienen que tratar rutinariamente con la realidad de que nuestras carreteras y puentes están básicamente cayéndose a pedazos, y que constantemente se están remendando. Como sugerí en el capítulo 1, deshacerse de los conductores de camiones por completo también puede hacer a las entregas de alimentos y otros suministros críticos susceptibles a la piratería o al ataque cibernético.

Con la excepción quizá de electricidad, no hay otra innovación que por sí misma haya sido más importante para el desarrollo de la clase media estadounidense y de la estructura de la sociedad en los países desarrollados que el automóvil. El verdadero vehículo sin conductor tiene el potencial de poner de cabeza por completo la manera de pensar y de interactuar con los carros. También podría vaporizar millones de sólidos empleos de la clase media y destruir miles y miles de empresas. Un pequeño adelanto del conflicto y la agitación social que acompañaría la llegada de los vehículos de autoconducción se puede encontrar en la conflagración que rodea a Uber, una empresa de nueva creación que permite a las personas llamar para solicitar un servicio de transporte privado utilizando el teléfono celular; la compañía se ha visto envuelta en la controversia y litigio en casi todos los mercados en que ha entrado. En febrero de 2014 los operadores de taxis de Chicago presentaron una demanda contra la ciudad, alegando que Uber está devaluando cerca de 7 000 licencias de funcionamiento expedidas por la Ciudad, con un valor total de mercado de más de 2 300 millones de dólares.[20] Imagínese el alboroto cuando los coches de Uber empiecen a llegar sin conductor.

A medida que los puestos de trabajo se evaporan y los salarios se estancan, o incluso a veces se desploman, corremos el riesgo de que una fracción muy grande y en crecimiento de nuestra población no tenga los suficientes ingresos para continuar impulsando la demanda de los servicios y productos que genera nuestra economía. En el siguiente capítulo examinaremos este peligro y veremos cómo esto podría poner en peligro el crecimiento económico, y tal vez incluso precipitar una nueva crisis.

Notas

[1] Página corporativa de General Electric, https://www.ge.com/stories/additive-manufacturing.

[2] Boletín de prensa de American Airlines, «American Airlines se convierte en la primera gran compañía comercial que implementa manuales de operación digital en su flota dejando atrás los reglamentos en papel» 24 de junio de 2013, http://hub.aa.com/en/nr/pressrelease/american-airlines-completes-electronic-flight-bag-implementation.

[3] Tim Catts; «GE recurre a las impresoras 3D para piezas de avión», *Bloomberg Businessweek*, 27 de noviembre de 2013 http://www.businessweek.com/articles/2013–11–27/general-electric-turns-to-3d-printers-for-plane-parts.

[4] Mearian Lucas, «La primera impresión 3D de órganos —un hígado— se espera en 2014» *ComputerWorld*, 26 de diciembre de 2013, http://www.computerworld.com/s/article/9244884/The_first_3D_printed_organ_a_liver_is_expected_in_2014?taxonomyId=128&pageNumber=2.

[5] Hod Lipson y Melba Kurman, *Fabricados: El nuevo mundo de la impresión en 3D*, Nueva York, John Wiley & Sons, 2013.

[6] Marc Hattersley, «La impresora 3D que puede construir una casa en 24 horas», *MSN Innovation*, 11 de noviembre de 2013, http://innovation.uk.msn.com/design/the-3d-printer-that-can-build-a-house-in-24-hours.

[7] Información sobre empleo en la construcción en los Estados Unidos se puede encontrar en el sitio web de la Oficina de Estadísticas Laborales de los Estados Unidos, http://www.bls.gov/iag/tgs/iag23.htm.

[8] Hay más detalles disponibles en el sitio web de DARPA Grand Challenge, http://archive.darpa.mil/grandchallenge/.

[9] Tom Simonite, «Datos muestran que los coches robot de Google son conductores más ligeros y más seguros que usted y que yo», *Technology Review*, 25 de octubre de 2013, http://www.technologyreview.com/news/520746/data-shows-googles-robot-cars-are-smoother-safer-drivers-than-you-or-i/.

[10] Véase *ibid.* para los comentarios de Chris Urmson.

[11] «Las coches de auto-conducción registran más millas en New Wheels», (blog corporativo de Google) 7 de agosto de 2012, http://googleblog.blogspot.co.uk/2012/08/the-self-driving-car-logs-more-miles-on.html.

[12] Como se cita en Heather Kelly, «La tecnología de conducción autómata se pone seria en el CES,» CNN, 9 de enero de 2014 http://www.cnn.com/2014/01/09/tech/innovation/self-driving-cars-ces/.

[13] Para las estadísticas de accidentes en los Estados Unidos, véase http://www.census.gov/compendia/statab/2012/tables/12s1103.pdf; for global accident statistics, see http://www.who.int/gho/road_safety/mortality/en/.

[14] Información sobre los sistemas de prevención de colisiones se puede encontrar en http://www.iihs.org/iihs/topics/t/crash-avoidance-technologies/qanda.

[15] Como se cita en Burkhard Bilger, «La corrección automática: ¿el vehículo de auto-conducción por fin ha llegado?», *The New Yorker,* 25 de noviembre de 2013, http://www.newyorker.com/reporting/2013/11/25/131125fa_fact_bilger?currentPage=all.

[16] John Markoff, «La siguiente fase de Google en los coches sin conductor: sin volante ni pedales de freno», *The New York Times,* 27 de mayo de 2014, http://www.nytimes.com/2014/05/28/technology/googles-next-phase-in-driverless-cars-no-brakes-or-steering-wheel.html.

[17] Kevin Drum, «Los coches sin conductor cambiarán nuestras vidas. Pronto», *Mother Jones (blog), 24 de enero 2013,* http://www.motherjones.com/kevin-drum/2013/01/driverless-cars-will-change-our-lives-soon.

[18] Lila Shapiro, «Los lavachoches se sindicalizan en Los Ángeles», *Huffington Post,* 23 de febrero de 2012, http://www.huffingtonpost.com/2012/02/23/car-wash-workers-unionize_n_1296060.html.

[19] David Von Drehle, «La economía del robot», *Time,* 9 de septiembre de 2013, pp. 44-45.

[20] Andrew Harris, «Los taxistas de Chicago demandan a los servicios de Uber», *Bloomberg News,* 6 de febrero de 2014, http://www.bloomberg.com/news/2014–02–06/chicago-cabbies-sue-over-unregulated-uber-lyft-services.html.

Capítulo 8
Consumidores, límites al crecimiento... y ¿crisis?

Se cuenta con frecuencia que Henry Ford II y Walter Reuther, legendario líder del Sindicato de Trabajadores de la Industria Automotriz, inspeccionaban una planta recientemente automatizada. De pronto, el director de la Ford bromeó: «Walter, ¿cómo le harás para que estos robots paguen las cuotas sindicales?», a lo que Reuther contestó: «Henry, ¿cómo le vas a hacer tú para que compren tus coches?».

Acaso esta conversación jamás sucedió, pero la anécdota capta una preocupación central con respecto a la expansión de la automatización: los trabajadores también son consumidores, y dependen de sus sueldos para comprar los bienes y servicios que la economía produce. Tal vez más que en cualquier otro sector económico la industria automotriz ha mostrado la importancia de esta doble función. Cuando el original Henry Ford aumentó la producción del Modelo T en 1914, duplicó al mismo tiempo los salarios a cinco dólares diarios, y así aseguraba que su personal pudiera comprar los coches que fabricaban. A partir de entonces, el ascenso de la industria automotriz estaría unido a la creación de una inmensa clase media en los Estados Unidos. Como ya vimos, la evidencia sugiere que esta poderosa simbiosis entre los ingresos y un consumo vigoroso está en vías de desaparecer.

Un experimento mental

Para visualizar las implicaciones más extremas de la advertencia de Reuther, haga este experimento mental: imagine que la Tierra es invadida por una extraña especie de extraterrestres; a medida que miles de estas criaturas salen de su enorme nave espacial, la humanidad comprende de pronto que los visitantes no vienen a conquistarnos ni a explotar nuestros recursos, ni siquiera a conocer a nuestro líder. Los extraterrestres vienen a trabajar.

Esta especie ha evolucionado por un camino dramáticamente distinto al de los seres humanos. La sociedad alienígena se compara aproximadamente con la de los insectos sociales, como las hormigas, y en particular las criaturas de la nave provienen de su casta obrera; cada sujeto es muy inteligente y capaz de aprender un lenguaje, resolver problemas, e incluso mostrarse creativo. Sin embargo, a los alienígenas les mueve un único e urgente imperativo biológico: tan solo les satisface llevar a cabo trabajo útil.

O sea que a estos extraterrestres no les interesan el ocio, el entretenimiento ni la búsqueda de satisfacción intelectual. No conciben que exista un hogar o espacio personal, ni la propiedad privada, el dinero y la riqueza. Pueden dormir de pie en sus talleres. No les importa la comida pues carecen de sentido del gusto. Se reproducen asexualmente y maduran en cuestión de meses. No se enamoran ni desean destacar como individuos. Ellos sirven a la colonia; lo suyo es trabajar.

Gradualmente, los alienígenas se integran a nuestra sociedad y a la economía. Están ansiosos por trabajar y hacerlo gratis. Para ellos el trabajo se recompensa solo; en efecto, es la única recompensa que pueden concebir. Así pues, el único costo que implica su contratación es proporcionarles agua y algún tipo de comida, a partir de esto comienzan a reproducirse rápidamente. Pronto empresas de todo tipo destinan a los extraterrestres a desempeñar diversas funciones, empezando con las tareas más rutinarias y nimias; pronto se muestran capaces de llevar a cabo actividades más complejas. Poco a poco los alienígenas desplazan a los humanos. Inclusive aquellos empresarios que se resistían a emplearlos se percatan de que no pueden dejar de hacerlo por cuanto sus competidores ya lo hacen.

Así, entre los humanos el desempleo empieza a cundir implacablemente mientras los ingresos de los todavía empleados se estancan e incluso comienzan a descender conforme aumenta la competencia por los trabajos. Al cabo de meses y años se agotan las prestaciones por desempleo. El clamor en favor de que intervenga el gobierno no conduce a nada. En los Estados Unidos los demócratas exigen que se restrinja la contratación de alienígenas; los republicanos ceden a la presión de los empresarios, bloquean estas iniciativas y señalan que los extraterrestres trabajan en todo el mundo, y cualquier limitación a la capacidad de las empresas estadounidenses para contratar mano de obra alienígena pondría al país en una tremenda desventaja competitiva.

Por consiguiente, cada vez más al público le aterra el futuro. Los mercados de consumo se polarizan abismalmente. Un puñado de personas, aquellos que poseen empresas exitosas, tienen grandes inversiones o puestos ejecutivos de alto rango disfrutan las crecientes ganancias que esta situación genera; se ha producido una bonanza de ventas de bienes y servicios de lujo. Los demás viven en una economía muy limitada. A medida que cada vez más personas se desemplean, o que temen perder sus empleos, la frugalidad se vuelve indispensable para sobrevivir.

Pronto, sin embargo, se evidencia que los dramáticos incrementos en las ganancias empresariales son insostenibles.

Éstas se deben casi exclusivamente a los recortes de personal. Los ingresos se mantienen estables y pronto empiezan a caer. Los alienígenas, desde luego, no compran nada. En cambio, los consumidores humanos se abstienen de comprar salvo lo esencial. Eventualmente, quiebran muchas empresas que producen bienes y servicios que no son esenciales; se agotan las líneas de crédito y los ahorros, los dueños de casas ya no pueden pagar sus hipotecas ni los inquilinos sus alquileres. Así, se disparan las tasas de incumplimiento en el pago de los créditos hipotecarios, financieros, de consumo y becas-crédito. Al mismo tiempo que se desploman los ingresos fiscales aumenta enormemente la demanda de servicios sociales, lo cual amenaza la solvencia del Estado. En efecto, ante una crisis financiera latente, hasta la élite financiera debe recortar su consumo: en vez de adquirir caros bolsos de mano o coches de lujo, pronto estarán más interesados en comprar oro. La invasión extraterrestre, según se observa, no ha sido algo tan bueno después de todo.

Las máquinas no compran

La parábola de la invasión alienígena es, por supuesto, extrema. Tal vez sería más práctica como trama de una película de ciencia ficción barata. Aun así, captura el sentido teórico de una progresión irreversible hacia la automatización, al menos ante la falta de políticas ideadas para adecuarse a la situación. (Más sobre este tema en el capítulo 10.)

El principal mensaje de este libro es que el avance tecnológico seguirá amenazando los empleos industriales y de una amplia gama de habilidades. Si dicha tendencia se materializa tendría importantes implicaciones en toda la economía. A medida que empleos e ingresos sean sustituidos y erradicados por la automatización, el grueso de los consumidores pudiera eventualmente carecer de los ingresos y del poder de compra necesarios para impulsar la demanda, que es crucial para un crecimiento económico sostenido.

Y es que cada bien y servicio que la economía genera es a fin de cuentas comprado por alguna persona. En términos económicos, la «demanda» quiere decir una necesidad o deseo de obtener algo, apoyado por la capacidad y la disposición de pagar por ello. Son dos las entidades que crean demanda final de bienes y servicios: los individuos y los gobiernos. El consumo individual asciende a por lo menos dos tercios del PIB de los Estados Unidos y aproximadamente a 60% o más en la mayoría de los países desarrollados. Por supuesto, la inmensa mayoría de los consumidores depende del empleo para casi todos sus ingresos. Los empleos representan el principal mecanismo mediante el cual se distribuye el poder de compra en la sociedad.

Claro que las empresas también compran cosas, pero ésta no constituye su demanda final. Las empresas adquieren insumos con el propósito de producir nuevas mercancías; incluso pueden comprar cosas para producir bienes a futuro. Sin embargo, si no hay demanda de lo que la empresa produce, ésta deberá cerrar y dejará de comprar insumos. Asimismo, una empresa puede venderle a otras, pero al final de la cadena se encuentran una persona o un gobierno que compran aquello que desean o necesitan.

El meollo del asunto es que el trabajador es también un consumidor (que puede a su vez apoyar a otros consumidores). Ellos impulsan la demanda final. Cuando se sustituye a un obrero por una máquina, ésta no sale a la tienda a comprar algo. La máquina bien puede utilizar energía y refacciones, así como requerir mantenimiento, pero, de nueva cuenta, representan compras de insumos, no demanda final; para que una impresora consuma cartuchos de tinta, es necesario que un humano imprima hojas de papel con ella. Si nadie compra lo que la máquina produce, eventualmente tendrá que ser desconectada. Un robot industrial en una planta automotriz no tiene nada que hacer si nadie compra los coches que ha armado.*

De tal modo, si la automatización elimina una parte sustancial de empleos, de los que dependen los consumidores para abastecerse de bienes necesarios, o si los sueldos se reducen tanto que pocas personas puedan contar con ingresos superiores al mínimo indispensable para sobrevivir, entonces es difícil ver cómo puede prosperar una moderna economía de mercado. Casi todas las industrias en las que se sustenta nuestra economía (automovilística, servicios financieros, electrodoméstica, telecomunicaciones, servicios de salud, etcétera) están orientadas hacia mercados compuestos por millones de consumidores potenciales. Los mercados están impulsados no solo por el dinero que circula sino también por la demanda por unidad. Un solo millonario puede comprar un bello automóvil y tal vez hasta una docena, pero no comprará miles de ellos. Lo mismo vale para los teléfonos móviles, las computadoras personales, cenas en restaurantes, suscripciones en televisión de paga, hipotecas, crema dental, revisiones dentales o cualesquiera otros bienes y servicios imaginables. En una economía de mercado la distribución

---

* No todos los robots se utilizan en la producción, por supuesto. También hay robots de consumo. Supongamos que algún día tiene un robot personal, capaz de hacer cosas en la casa. Puede «consumir» electricidad y requerir reparación y mantenimiento. Sin embargo, en términos económicos, usted es el consumidor, no el robot. Es necesario que usted tenga un trabajo e ingresos o no será capaz de pagar por los gastos de funcionamiento de su robot. Los robots no llevan cabo consumo final como hace la gente. (Suponiendo, por supuesto, que los robots no tienen en realidad inteligencia, sentimientos, y la respectiva libertad económica que sería necesaria para actuar como consumidores. Vamos a considerar esa posibilidad especulativa en el siguiente capítulo.)

del poder adquisitivo entre los consumidores es muy importante. Una concentración extrema del ingreso en muy pocos consumidores potenciales a la larga amenazará la viabilidad del mercado que respalda a dichas industrias.

Desigualdad y gastos de consumo: la evidencia que hay hasta el momento

En 1992, de todo el consumo en los Estados Unidos, 5% de los hogares de mayor ingreso representaban 27%; para 2012 esta proporción había aumentado a 38%. En el transcurso de esos 20 años, en cambio, el consumo atribuido a 80% de los hogares con ingresos más bajos descendió de 47 a 39%.[1] Ya para 2005 la tendencia hacia una concentración creciente del ingreso y el gasto era tan obvia e implacable que un equipo de analistas financieros de Citygroup escribió una serie de memorandos dirigidos exclusivamente a sus clientes más ricos. Ellos argumentaron que los Estados Unidos se convertían en una «plutonomía», es decir, un sistema económico jerárquico en el cual el crecimiento es impulsado principalmente por una élite mínima y próspera que consume una creciente fracción de todo cuanto la economía produce. Entre otros temas, los memorandos aconsejaban a los acaudalados inversionistas que se abstuvieran de comprar acciones de empresas dedicadas a satisfacer la demanda de la clase media estadounidense, en proceso de veloz disolución, y que mejor se concentraran en los proveedores de bienes y servicios de lujo dirigidos a los consumidores más pudientes.[2]

Los datos que demuestran que desde hace décadas la economía marcha hacia una concentración del ingreso son indiscutibles. Aun así, albergan una paradoja fundamental. Desde hace mucho los economistas han comprendido que los ricos gastan una menor proporción de sus ingresos que quienes están en la clase media y, especialmente, que los pobres. Los hogares de menores ingresos no pueden hacer otra cosa que gastar casi todo lo que ganan en tanto que, por el contrario, los muy ricos no pueden gastar esa misma proporción aunque quisieran. La implicación más clara es que a medida que el ingreso se concentra entre unos pocos millonarios, podemos esperar un consumo general menos vigoroso. Esta minoría ínfima que está absorbiendo una proporción cada vez mayor del ingreso nacional simplemente no podrá gastárselo todo y ello debe ser obvio cuando se observan los datos económicos.

Sin embargo, la realidad histórica es muy distinta. Entre 1972 y 2007 el gasto promedio en proporción al ingreso disponible aumentó de aproximadamente 85% a 93%.[3] Durante la mayor parte de ese periodo el consumo no solo fue el principal componente del PIB de Estados Unidos, era el de mayor ritmo de crecimiento. En otras palabras, aun cuando el ingreso se volvía cada vez más desigual y concentrado, de algún modo los consumidores incrementaron su gasto total, lo cual implicó el principal factor que impulsó el crecimiento de la economía de los Estados Unidos.

En enero de 2014 Barry Cynamon y Steven Fazzari, respectivamente del Banco de Reserva Federal de San Luis y de la Universidad Washington de esa ciudad, publicaron una investigación acerca de la paradoja de la creciente desigualdad en el ingreso aparejada a un alza en el gasto en el consumo. Su principal conclusión fue que por décadas la tendencia alcista en el consumo se debía principalmente al endeudamiento creciente de 95% de los consumidores de menores ingresos. Entre 1989 y 2007 la proporción de endeudamiento contra el ingreso de esta enorme mayoría se duplicó aproximadamente pasando de 80% a un máximo de casi 160%; por el contrario, en el grupo del 5% más rico la proporción se sostuvo en 60%.[4] El aumento más agudo en los niveles de deuda corría al parejo de la burbuja inmobiliaria y el fácil acceso al crédito hipotecario en los años que antecedieron a la crisis financiera de 2008.

El endeudamiento desaforado por parte de la casi todos los estadounidenses fue, desde luego, insostenible a la larga. Cynamon y Fazzari arguyen que «la fragilidad financiera creada por el endeudamiento sin precedentes ocasionó la Gran Recesión cuando la incapacidad de endeudarse más condujo a un descenso en el consumo».[5] A medida que la crisis se desarrollaba, el gasto total se desplomó en 3.4%, una caída que no se había visto desde la Segunda Guerra Mundial. La reducción del consumo fue asimismo muy larga; tardó casi tres años en recuperarse a sus niveles de antes de la crisis.[6]

Cynamon y Fazzari descubrieron una marcada diferencia entre los dos grupos de ingresos tanto antes como después de la Gran Recesión. El grupo de 5% pudo moderar su gasto echando mano de otros ingresos, mientras que el restante 95% no pudo sino recortar sus gastos de manera considerable. Asimismo, ambos economistas hallaron que la recuperación en el consumo había sido impulsada exclusivamente por la cúpula social. En 2012 ese grupo había aumentado su gasto 17% real (ajustado a la inflación). El restante 95% no se había rehecho, pues su consumo se estimó en los mismos niveles de 2008. Cynamon y Fazzari ven pocas posibilidades de una recuperación considerable en beneficio de la mayoría de los consumidores y «temen que la débil demanda, producto de la creciente desigualdad y cuyo aumento se pospuso durante décadas por el endeudamiento de la mayoría, ahora está obstaculizando el crecimiento del consumo y lo seguirá haciendo en los años venideros».[7]

Entre los círculos empresariales estadounidenses se ha vuelto evidente que en lo relativo a los consumidores domésticos las cosas buenas ocurren en la azotea. En prácticamente toda la industria que depende del consumo masivo, desde los electrodomésticos, pasando por los restaurantes y los hoteles hasta el comercio al menudeo, las empresas medianas están en ascuas con ventas estancadas o en declive, mientras que prosperan las grandes firmas que se dedican al mercado de alto poder adquisitivo. Algunos empresarios han comenzado a reconocer la amenaza obvia a la producción de bienes y servicios para el mercado de masas. En agosto de 2013, John Skipper, presidente de ESPN, red de televisión satelital y de cable especializada en programación deportiva, la cual está calificada como la marca mediática más valiosa del mundo, aseguró que el estancamiento en los ingresos representaba la principal amenaza al futuro de la empresa. El costo de los servicios de televisión por cable en los Estados Unidos ha aumentado 300% en los últimos 15 años aun cuando los ingresos se han mantenido estables. Skipper señaló que «ESPN es un producto masivo», y aun así el servicio pudiera eventualmente estar fuera del alcance de una gran parte del público televidente.[8]

Como el mayor supermercado en Estados Unidos, Walmart se ha convertido en blanco de los consumidores de clase media y baja que invaden sus tiendas en busca de precios bajos. En febrero de 2014 la empresa publicó un pronóstico de ventas anuales que desalentó a los inversionistas y ocasionó que su valor accionario cayera considerablemente. Las ventas en las tiendas establecidas (aquellas que han estado abiertas por al menos un año) habían descendido por cuarto trimestre consecutivo. La empresa advirtió que los recortes en el programa federal de cupones de alimentos (llamado oficialmente Programa de Asistencia de Nutrición Suplementaria) y los aumentos en los impuestos a la nómina habían golpeado severamente a los clientes de bajos ingresos. Aproximadamente uno de cada cinco clientes de Walmart depende de los cupones de alimentos, y la evidencia sugiere que muchos de ellos apenas pueden contar con dinero adicional.

A raíz de la Gran Recesión, en las tiendas de Walmart se aprecia rutinariamente una explosión de actividad después de la medianoche en el primer día del mes, el día en que el gobierno recarga las tarjetas de Transferencia Electrónica de Beneficios para los beneficiarios de los programas sociales de complemento al ingreso. A finales del mes, los clientes más pobres de Walmart ya han agotado sus despensas, de modo que cargan sus carritos y se ponen en fila en espera de que el programa de cupones de alimentos les conceda crédito, lo cual ocurre poco después de la medianoche.[9] Asimismo Walmart ha sufrido por la competencia de las tiendas de a dólar; en muchos casos sus clientes se dirigen a estos locales no por cuanto sus precios sean más bajos, sino porque ofrecen cantidades que les permiten estirar sus escasos ingresos en los últimos días del mes.

De hecho, en todo el sector privado la recuperación se ha caracterizado ampliamente por el aumento de las ganancias empresariales junto con ingresos generales poco cuantiosos. Las empresas han conseguido altos grados de rentabilidad, pero lo han logrado mediante los recortes a la nómina, no por medio de un incremento en las ventas de los bienes y servicios que proporcionan. Esto no debiera sorprender: tan solo obsérvese las figuras 2.3 y 2.4. Las ganancias corporativas en proporción al PIB alcanzaron niveles sin precedente incluso cuando la proporción de los ingresos laborales en la Renta Nacional se había desplomado a niveles históricos. A mi juicio, esto sugiere que muchísimos consumidores estadounidenses apenas pueden comprar los bienes y servicios que las empresas producen. La figura 8.1, que muestra cómo los ingresos de las compañías estadounidenses se recuperaron ve-

Figura 8.1. Beneficios empresariales y ventas al menudeo durante la recuperación de la Gran Recesión en Estados Unidos.

FUENTE: Banco de la Reserva Federal de San Luis (FRED).[10]

lozmente y se han distanciado de las ventas al menudeo a lo largo de este periodo, permite comprender mejor esta situación.* Tómese en consideración que, como ya hemos visto, la recuperación del gasto ha sido impulsada completamente por los consumidores en la cúspide de la pirámide social.

La sabiduría de los economistas

Pese a la evidencia que sugiere que un amplio porcentaje de los consumidores estadounidenses simplemente carecen de los ingresos para crear una demanda adecuada para los bienes

---

*Importa señalar que las ventas al menudeo representan una pequeña fracción del consumo total, o lo que técnicamente se denomina Gasto de Consumo Personal (GCP). Este se halla comúnmente en alrededor de 70% del PIB de los Estados Unidos e incluye todos los bienes y servicios que adquieren los consumidores así como los gastos de los hogares, ya sea renta o «renta atribuida» (medida usada para las viviendas ocupadas por sus dueños).

y servicios que la economía produce, no hay un acuerdo general entre los economistas de que la desigualdad en los ingresos esté obstaculizando sustancialmente el crecimiento económico. Incluso entre los economistas más progresistas de los Estados Unidos —de los cuales casi todos prefieren concordar en que la falta de demanda es el problema principal de la economía— no existe un consenso en torno al impacto directo en la desigualdad.

Tal vez el premio Nobel de Economía Joseph Stiglitz ha sido el proponente más agudo de la idea de que la desigualdad socava el crecimiento económico; en un artículo de opinión de *The New York Times* escribió que «la desigualdad está aplastando nuestra recuperación» porque «nuestra clase media es demasiado débil para respaldar el gasto de consumo que históricamente impulsa nuestro crecimiento económico».[11] Al parecer, Robert Solow —quien ganó el premio Nobel de Economía en 1987 por su trabajo acerca de la importancia de la innovación tecnológica para el crecimiento a largo plazo— está de acuerdo, pues en una entrevista de enero de 2014 aseveró que «una creciente desigualdad tiende a ahuecar la distribución del ingreso, y perdemos los sólidos empleos de clase media y sus ingresos estables que proporcionan el flujo confiable de demanda que mantiene a la industria creciendo e innovando».[12] Sin embargo, Paul Krugman, otro laureado con el Nobel —y muy visible como columnista y bloguero de *The New York Times*—, desacuerda en su blog expresando que «ojalá pudiera apoyar esta tesis», pero la evidencia no la fundamenta. [13]*

*La principal objeción de Krugman señala que los consumidores, según su lugar en la escala de la distribución del ingreso, no se hallan en el mismo lugar todo el tiempo. Algunas personas pudieran estar en medio de un año muy bueno o malo, por lo que sus gastos estarán más en razón de sus expectativas a largo plazo que en su situación actual. (Esto, como veremos luego, se vincula

Los economistas más conservadores suelen descalificar tajantemente la idea de que la desigualdad es un obstáculo importante para el crecimiento. En efecto, muchos economistas de derecha son reacios incluso a aceptar el argumento de que la falta de demanda ha sido el problema primordial de la economía. En cambio, a lo largo de la recuperación han señalado a cuestiones relacionadas con la incertidumbre, como los niveles de la deuda pública, alzas potenciales de impuestos, una mayor regulación y la puesta en práctica de la Ley de Protección al Paciente y Cuidado de Salud Asequible (Ley Obamacare). Recortar el gasto gubernamental y reducir los impuestos y la reglamentación, aseguran, animará a los inversionistas y a los empresarios, lo cual conducirá a mayores inversión, crecimiento económico y empleo. Esta idea —la cual me parece extraordinariamente ajena a la realidad evidente— ha sido repetidamente menospreciada por Krugman, quien se refiere a ella como fe en el *hada de la confianza*.[14]

Mi punto central es que los economistas profesionales —todos los cuales han examinado los mismos datos— no han sido capaces de ponerse de acuerdo en lo que yo caracterizaría como una interrogante fundamental: ¿la reducción en la demanda está limitando el crecimiento económico?, y de ser así, ¿es acaso la desigualdad en el ingreso un factor que

a lo que se ha denominado «la hipótesis del ingreso permanente».) Por consiguiente, Krugman afirma que si vemos los datos en cualquier momento esto «nada nos dice acerca de lo que pasará». Él señala que «la economía no es un drama moral» y se atreve a sugerir que podemos tener «pleno empleo con base en la compra de yates, coches de lujo y los servicios de entrenadores personales y chefs de fama». No estoy muy de acuerdo con él. Como ya señalé casi todas las industrias principales que constituyen una economía moderna producen bienes y servicios para mercados masivos. Los yates y los Ferrari carecen de la importancia para compensar una reducción en la demanda de las cosas que 99% de las personas adquieren. En todo caso, la producción de yates y autos deportivos será crecientemente automatizada, y el 1% ¿cuántos entrenadores personales y chefs necesita?

contribuye al problema? Sospecho que la falta de consenso en esta cuestión nos brinda una buena idea de qué podemos esperar de la profesión económica a medida de que se desarrolla la perturbación tecnológica que he estado comentando. Aun cuando es ciertamente posible que dos «científicos» pudieran examinar la misma información e interpretarla de manera distinta, en el campo de la economía con demasiada frecuencia las opiniones corresponden a posturas políticas predeterminadas. A menudo, para predecir la postura de un economista en torno a un tema la mejor manera es conocer su postura ideológica más que considerar lo que la información que examina pudiera arrojar. En otras palabras, si usted espera que los economistas emitan algún veredicto definitivo en torno al impacto de los avances tecnológicos en la economía debe prepararse para una espera muy larga.

Al margen de la discordancia ideológica en la ciencia económica, otro problema latente es la extrema cuantificación de esta disciplina. Desde la Segunda Guerra Mundial la ciencia económica se ha vuelto extraordinariamente matemática y empírica. Aunque esto ciertamente ha sido muy positivo, es importante considerar que no hay información acerca del futuro. Cualquier análisis cuantitativo depende necesariamente de la información recopilada del pasado y, en algunos casos, dicha información debe haber sido capturada hace años o incluso decenios. Los economistas han empleado toda la información disponible para elaborar sus modelos matemáticos, que, empero, en su mayoría se remontan a la economía del siglo XX. Las limitaciones de los modelos económicos se han evidenciado por el fracaso casi total de los economistas para predecir la crisis financiera global de 2008. Paul Krugman escribió en 2009, en un artículo titulado «¿Cómo es que los economistas entendieron tan mal?», que «este fracaso predictivo fue el menos grave de los cometidos por la disciplina. El más importante fue su ceguera ante la mera posibilidad de que la economía de mercado pudiera fallar catastróficamente».[15]

Pienso que hay buenas razones para preocuparse por un fracaso semejante de los modelos matemáticos a medida que el avance exponencial de la tecnología de la información siga perturbando a la economía. A esto hay que agregar que muchos de estos modelos parten de supuestos simplistas y a veces absurdos en torno al modo como los consumidores, los trabajadores y las empresas se comportan e interactúan. John Maynard Keynes lo expresó mejor hace 80 años en *La teoría general del empleo, el interés y el dinero*, el libro que acaso fundó la ciencia económica como una disciplina moderna: «Una proporción demasiado grande de la ciencia económica 'matemática' es una mera fabricación tan imprecisa como los supuestos iniciales en los que descansa, los cuales permiten al autor perder de vista las complejidades e interdependencias del mundo real en un laberinto de símbolos inútiles y pretensiosos».[16]

Complejidad, efectos de la retroalimentación, comportamiento de los consumidores y ¿dónde está esa productividad tan al alza?

La economía es un sistema enormemente complejo, repleto de miríadas de elementos interdependientes y ciclos que se retroalimentan; si se cambia una variable diversas consecuencias se desparramarán a lo ancho del sistema, algunas de las cuales pudieran mitigar o contrarrestar el cambio inicial.

En efecto, probablemente esta propensión de la economía para moderarse mediante efectos retroalimentadores sea una razón importante por la cual el debate en torno al efecto del avance tecnológico en la creación de desigualdad se ha mantenido vigente. Los economistas escépticos acerca del impacto de la tecnología y la automatización a menudo señalan al hecho de que el ascenso de los robots no es evidente en los datos de productividad, en especial a corto plazo. Por ejemplo, en el último trimestre de 2013 en los Estados Unidos la productividad cayó a una tasa anualizada de tan solo 1.8% comparada con 3.5% del trimestre anterior.[17] Hay que recordar que la productividad se mide dividiendo la producción entre el número de horas laboradas. Así, si el *software* y las máquinas están sustituyendo efectivamente a la mano de obra humana, sería de esperarse que el número de horas trabajadas cayera de manera estrepitosa y que, en cambio, la productividad se elevara por las nubes.

El problema con este supuesto es que en la economía real las cosas no son tan sencillas. La productividad no se mide con base en lo que las empresas *pueden* producir por hora, sino con base en lo que éstas efectivamente producen. En otras palabras, la productividad se ve influenciada directamente por la demanda. Después de todo, la producción representa el numerador de la ecuación de la productividad; esto es especialmente importante si se toma en cuenta que la mayor parte de la economía de los países desarrollados se compone de empresas de servicios. Si bien una firma manufacturera que afronta una demanda débil puede continuar fabricando sus productos para luego mantenerlos en el almacén o en sus canales de distribución, una compañía de servicios no puede hacer esto. En el sector servicios, la producción obedece inmediatamente a la demanda, y cuando una empresa sufre una demanda débil de sus productos muy posiblemente sufrirá al mismo tiempo una menor productividad, a menos de que recorte de inmediato su personal o reduzca su jornada laboral lo suficiente como para cuadrar sus números.

Imagine que es el dueño de un pequeño negocio que brinda servicios de análisis a grandes empresas. Cuenta con

10 empleados de tiempo completo. De repente, aparece una nueva aplicación de *software* que permite llevar a cabo el mismo trabajo con tan solo ocho trabajadores; por tanto, adquiere el programa y despide a dos trabajadores. ¡Ha iniciado la revolución robótica! Se espera que la productividad vuele. Pero, ¡espere!… Resulta que su principal cliente anuncia un decremento en la demanda del bien o servicio que usted brinda, por lo que jamás se firma el contrato que esperaba. El futuro inmediato se avizora sombrío. Acaba de recortar dos plazas por lo que lo último que desea es desmoralizar al resto de su personal con nuevos despidos. De improviso, sus ocho empleados están pasando el tiempo viendo videos de YouTube a cuenta suya. ¡La productividad se ha desplomado!

De hecho, esto es lo que normalmente ha sucedido en las pasadas recesiones en los Estados Unidos. Típicamente las recesiones vieron a la productividad reducirse porque la producción cayó más que las horas trabajadas. Sin embargo, durante la Gran Recesión de 2007-2009 ocurrió lo contrario: la productividad en realidad aumentó. La producción se desplomó, pero las horas trabajadas cayeron aún más, a medida que las empresas recortaron agresivamente sus nóminas, lo cual incrementó la carga de trabajo en los trabajadores que permanecieron en sus puestos. Aquellos que no fueron despedidos (quienes de seguro temían ser víctimas de inminentes recortes) quizá trabajaban más duro y redujeron el tiempo que solían dedicar a actividades que no estaban ligadas directamente a sus trabajos; el resultado fue un aumento de la productividad.

En la economía real, desde luego, los escenarios de este tipo se presentan en innumerables organizaciones de todos los tamaños. En algún lugar una empresa pudiera estar integrando nueva tecnología que aumentara la productividad. En cambio, otra firma pudiera estar recortando su producción obedeciendo a una demanda débil. En conjunto, ambas representan solo la cifra de productividad promedio. El punto es que, al igual que la productividad, las estadísticas económicas de corto plazo pueden variar y mostrarse algo incoherentes. Con todo, a largo plazo esta tendencia se podrá observar con mayor claridad. En efecto, hay que recordar que la productividad ha aventajado a los salarios desde inicios de los años setenta.

El impacto de una demanda débil sobre la productividad representa tan solo un ejemplo de la clase de efecto de retroalimentación que opera en la economía. Hay muchos otros, y pueden actuar en ambas direcciones. Por ejemplo, una demanda algo débil puede asimismo retardar el desarrollo y la adopción de nueva tecnología. Cuando las empresas toman decisiones de negocios, consideran tanto el ambiente económico actual como el que anticipan. Cuando el vaticinio es malo o las ganancias caen, la inversión en investigación y desarrollo o en capital suelen reducirse, por lo cual el desarrollo tecnológico subsiguiente puede ser más lento.

Otro ejemplo implica la relación entre la tecnología que ahorra trabajo y los salarios de los trabajadores relativamente poco calificados. Si los avances tecnológicos (u otro factor) ocasionan que los salarios se estanquen o decaigan, entonces desde el punto de vista de la gerencia la mano de obra humana pudiera volverse más atractiva que las máquinas, al menos por un tiempo. Considérese la industria de comida rápida. Ya especulé que este sector estaría listo para transformarse a raíz de la introducción de la tecnología robótica. Pero esto sugiere una pregunta básica: ¿por qué esa industria no se ha automatizado más? Después de todo, cocinar tacos y hamburguesas no parece tan complicado como la manufactura de precisión. La respuesta reside en parte en que la tecnología ya ha impactado dramáticamente en ese sector. Aun cuando las máquinas no han remplazado por completo a los trabajadores humanos a gran escala, la tecnología requiere de trabajadores cada vez menos calificados e intercambiables. Los trabajadores de la industria de la comida rápida están integrados a un proceso de cadena de montaje automática que demanda muy poco entrenamiento.* Por ello esta industria puede tolerar altas tasas de rotación y a trabajadores con bajísima calificación. Esto ha resultado en que dichos empleos estén en la categoría del salario mínimo. Y en los Estados Unidos el salario mínimo ha descendido en términos reales más de 12% desde finales de los años sesenta.[18]

Eric Schlosser, en su libro *Fast Food Nation*, publicado en 2001, relataba cómo McDonald's experimentaba con tecnología muy avanzada en los años noventa. En talleres de Colo-

---

*Este «efecto de comida rápida» puede observarse en los trabajadores calificados de muchos otros campos. Mucho antes de que los robots puedan sustituir por completo a estos trabajadores, la tecnología bien pudiera desprofesionalizar los empleos y reducir su cotización salarial. Un ejemplo clásico de la desprofesionalización implica a los taxistas londinenses. Contratarse en esta tarea demanda que el conductor memorice el plano de la vía pública de Londres, lo cual se denominaba «el conocimiento», requisito indispensable para los cocheros desde 1865. Eleanor Maguire, neurocientífica del University College de Londres, descubrió que la memorización llevaba a cambios en los cerebros de los conductores: los taxistas londinenses en promedio desarrollaban un centro de memoria (o hipocampo) más grande que en otras profesiones. Por supuesto, el advenimiento de la tecnología de navegación satelital por GPS ha reducido mucho el valor de ese saber. Los taxistas que poseen el «conocimiento» son quienes manejan los famosos taxis negros (ya no son negros sino que muestran publicidad colorida) que todavía predominan en Londres, pero esto se debe principalmente a la regulación. Los conductores sin el conocimiento deben ser llamados por teléfono, no pueden ser requeridos en la calle. Por supuesto, servicios nuevos como Uber, que permite llamar un taxi mediante un teléfono móvil, pronto volverán obsoleto esperar en la calle a un taxi libre. Los taxistas eventualmente serán remplazados por coches automatizados, pero mucho antes de que esto suceda la tecnología bien podría desprofesionalizar sus empleos y reducir sus sueldos. Tal vez la reglamentación le ahorre a los taxistas londinenses este destino, pero en otros campos los trabajadores no serán tan afortunados.

rado Springs, «robots expendedores de refresco seleccionaban vasos de papel, los llenaban con hielo y con gaseosas», en tanto las papas a la francesa se cocían automáticamente y «un avanzado programa de computadora prácticamente dirigía la cocina».[19] Para que no todas estas innovaciones fueran introducidas en los restaurantes de McDonald's acaso tuvo algo que ver que los sueldos del personal se han mantenido muy bajos. No obstante, esta situación pudiera no continuar indefinidamente. Eventualmente, la tecnología se desarrollará hasta el punto en que los bajos salarios ya no competirán con los beneficios potenciales de la automatización. Introducir más máquinas pudiera asimismo implicar mayores beneficios que tan solo reducir los costos laborales, como, por ejemplo, ofrecer una mejor calidad o que la clientela tenga la percepción de que la preparación automatizada de alimentos es más higiénica. Además, pudiera haber sinergias entre la producción robótica y otras tecnologías en ciernes. Por ejemplo, hoy es fácil imaginar una aplicación móvil que permita a los clientes diseñar una comida completamente personalizada, pagarla por adelantado y recogerla a una hora exacta, lo cual hubiera sido una fantasía en los años noventa. La consecuencia de esto es que la tecnología ahorradora de trabajo en una industria como la de la comida rápida bien podría no avanzar por un camino predecible. En cambio pudiera mantenerse relativamente estable por mucho tiempo y de improviso dar el salto apenas se llegue a un punto de inflexión que obligue a una revaluación de la relación entre el hombre y la máquina.

Otro tema sería el comportamiento del consumidor al enfrentarse al desempleo o a ingresos mucho menores. Si el consumidor esperara que la reducción del ingreso pudiera ser permanente o de larga duración, ello repercutiría en su gasto más que si esta reducción fuese de corta duración. Los economistas han acuñado un término impresionante para esto: «la hipótesis del ingreso permanente», que fue formalizado por el premio Nobel Milton Friedman. En gran medida, tiene que ver empero con el sentido común. Si usted ganara mil dólares en la lotería pudiera gastar una parte y ahorrar el resto, pero difícilmente hará un cambio importante y continuo en sus costumbres de consumo; después de todo, esto no es sino un aumento accidental en su ingreso. Por otra parte, si se le aumentan mil dólares mensuales a su sueldo, es factible comprar un auto nuevo, comer afuera más a menudo e incluso mudarse a una casa más cara.

Históricamente, el desempleo se ha considerado como un fenómeno de corto plazo. Si alguien pierde el empleo, pero se siente confiado de hallar otro con un sueldo similar en poco tiempo, podría simplemente mantener el mismo nivel de gasto extrayendo de los ahorros o usando la tarjeta de crédito. Durante la posguerra, era común que las empresas despidieran trabajadores por algunas semanas para luego recontratarlos apenas la situación mejoraba. Obviamente esto ya es muy diferente. A raíz de la crisis de 2008 la tasa de desempleo a largo plazo se disparó a niveles sin precedente y sigue estando a niveles históricamente altos. Inclusive aquellos trabajadores que lograron hallar un nuevo empleo a menudo debieron aceptar un puesto peor pagado. Los consumidores, desde luego, toman esto en cuenta. Por tanto, es válido especular con que está cambiando la percepción de lo que significa estar desempleado. En la medida en que las personas comienzan a ver al desempleo como una situación de largo plazo e incluso permanente, se engrandece aparentemente el impacto de la pérdida del empleo en la forma como se gasta. En otras palabras, la historia no necesariamente predice el futuro: a medida que las implicaciones de la tecnología se vuelvan evidentes para los consumidores, éstos pudieran decidir recortar sus gastos de una manera más agresiva que nunca.

La complejidad de la economía del mundo real es de muchas maneras similar a la del sistema climático, el cual a su vez se caracteriza por una red casi impenetrable de efectos de retroalimentación e interdependencias. Los climatólogos nos dicen que a medida que aumente la cantidad de bióxido de carbono en la atmósfera podemos esperar un aumento constante de las temperaturas. En cambio, las temperaturas avanzan caóticamente en una tendencia ascendente mediada por periodos de estancamiento y muy posiblemente años o lapsos aún más largos relativamente más fríos. Podemos también esperar un incremento en las tormentas y otros hechos climáticos extremos. Un fenómeno algo semejante pudiera acaecer en la economía si la riqueza y el ingreso se concentraran cada vez más y una creciente proporción de los consumidores enfrentaran una sequía de poder adquisitivo. Mediciones como la productividad o la tasa de desempleo no avanzarían de manera constante y bien pudiera aumentar la posibilidad de una crisis financiera. A los climatólogos asimismo les preocupan los puntos de inflexión. Por ejemplo, un riesgo pudiera ser que las temperaturas crecientes causaran que se derritieran las tundras del Ártico liberando enormes cantidades de carbono lo que a su vez acelerará el calentamiento global. Igualmente, es posible que en el futuro rápidas innovaciones tecnológicas pudieran alterar las expectativas de los consumidores acerca de la posibilidad y la duración del desempleo, lo que ocasionaría que recortaran sus gastos de manera agresiva. Si ello sucediera, es fácil de entender cómo precipitaría una espiral descendente en la economía que impactaría incluso a aquellos trabajadores cuyos empleos no están amenazados por el avance tecnológico.

¿Es sostenible el crecimiento económico si la desigualdad se dispara?

Como hemos visto, en los Estados Unidos el gasto en consumo ha seguido creciendo incluso a pesar de que se ha ido concentrando cada vez más; actualmente a 5% de los hogares de mayores ingresos les corresponde casi 40% del consumo total. La verdadera cuestión es si dicha tendencia puede sostenerse en los años venideros a medida que la tecnología de la información continúa su aceleración imparable.

Aunque ese 5% posee ingresos muy altos, la enorme mayoría de estas personas depende muchísimo de sus empleos. Incluso en estos hogares acomodados el ingreso se concentra a un grado increíble; el número de hogares realmente ricos —aquellos que pueden sobrevivir y seguir gastando mucho tan solo con base en su riqueza acumulada— es bastante menor. En el primer año de la recuperación de la Gran Recesión, 95% del crecimiento en los ingresos se ubicó en 1% de las personas más ricas.[20]

La composición de ese 5% de personas ricas consta en gran parte de profesionistas e investigadores con al menos un grado académico. Como ya hemos visto, sin embargo, muchas de sus profesiones están en la mira de los avances tecnológicos. La automatización por *software* pudiera eliminar algunas profesiones por completo. En otros casos, los empleos pudieran desprofesionalizarse, por lo que los sueldos podrían descender. La deslocalización de plantas y la transición a la administración informática, que a menudo requiere de menos analistas y gerentes, se presentan como otras amenazas latentes para muchos trabajadores. Aparte de que impactan directamente los hogares de altos ingresos, estas tendencias podrían dificultarle a los trabajadores más jóvenes ascender a posiciones de alto nivel.

En resumidas cuentas, ese 5% está destinado a asemejar un microcosmos del mercado laboral: está en riego de ahuecarse. A medida que avanza la tecnología, el número de hogares estadounidenses con suficiente ingreso y confianza en el futuro como para gastar vigorosamente pudiera seguir contrayéndose. El riesgo crece porque muchos hogares ricos son probablemente más frágiles de lo que sus ingresos hacen suponer. Dichos consumidores tienden a concentrarse en las zonas urbanas más caras y, en muchos casos, probablemente no se sienten tan ricos. Muchos de ellos han escalado a este 5% mediante el emparejamiento selectivo: se han asociado con otro egresado de alguna universidad importante. Sin embargo, los costos residenciales y educativos con frecuencia son tan altos que estas familias se ven en riesgo si alguno de sus miembros pierde el empleo. En otras palabras, en un hogar de dos ingresos se duplica la posibilidad de que un súbito desempleo lleve a un recorte sustancial del gasto.

A medida que los hogares más ricos se ven cada vez más presionados por la tecnología se aprecian pocas razones para esperar que mejoren de manera importante las posibilidades de 95% de los hogares. La tecnología robótica y de autoservicio en el sector de servicios seguirá avanzando, abatiendo los salarios y dejando a los trabajadores poco calificados con pocas opciones. Los vehículos automatizados y las impresoras en 3D pudieran eventualmente destruir millones de empleos. Muchos de estos trabajadores pudieran experimentar una movilidad social descendente; algunos inclusive preferirán abandonar la fuerza laboral. Existe el riesgo de que con el tiempo más hogares acaben viviendo de ingresos de subsistencia; incluso veríamos más clientes a la medianoche esperando a que les recarguen sus tarjetas para poder alimentar a sus familias.

A falta de ingresos al alza, el único mecanismo que permitiría que 95% gaste más sería un mayor endeudamiento. Como Cynamon y Fazzari descubrieron, el endeudamiento fue lo que hizo que los consumidores estadounidenses impulsaran el crecimiento económico durante 20 años hasta que sobrevino la crisis financiera de 2008, a raíz de la cual, sin embargo, los presupuestos familiares se muestran débiles y los criterios de crédito se han endurecido considerablemente, tanto que muchos estadounidenses no pueden financiar el consumo en los años venideros. Incluso si el crédito volviera a fluir a estos hogares sería necesariamente una solución temporal. El aumento del endeudamiento es insostenible sin un aumento de los ingresos, y entrañaría el peligro de que la morosidad pudiera generar una nueva crisis. En la única área donde los hogares estadounidenses de bajos ingresos cuentan con acceso a financiamiento, las becas crédito, el peso de la deuda ya es tan extraordinariamente grande que los pagos diezmarán el ingreso de los egresados universitarios por varias décadas (sin mencionar el de aquellos que no terminan la carrera).

Si bien lo que argumento aquí es teórico, hay evidencia estadística que apoya que la desigualdad puede ser dañina al crecimiento económico. En un informe de abril de 2011, los economistas Andrew G. Berg y Jonathan D. Ostry, del Fondo Monetario Internacional (FMI), estudiaron diversas economías avanzadas y emergentes y concluyeron que la desigualdad en el ingreso es un factor vital que afecta la sustentabilidad del crecimiento económico.[21] Berg y Ostry señalaron que las economías raramente crecen de manera consistente durante décadas. En cambio, «los periodos de crecimiento rápido son interrumpidos por caídas y a veces estancamiento: las colinas, los valles y mesetas del crecimiento». Lo que distingue a las economías exitosas es la duración de sus ciclos de expansión. Los economistas descubrieron que ante mayor desigualdad hay periodos más breves de crecimiento económico. De hecho, un decremento de 10% en la desigualdad se vincula con ciclos de crecimiento 50% más largos. En un escrito en el blog del FMI ellos advirtieron que una desigualdad extrema en el ingreso en los Estados Unidos tendría claras implicaciones en las expectativas de crecimiento: «Algunos descartan la desigualdad y se focalizan en el crecimiento total, arguyendo, en efecto, que la marea alta eleva todos los botes». Sin embargo, «cuando un puñado de yates se convierten en transatlánticos mientras el resto siguen siendo canoas, algo está fallando seriamente».[22]

Riesgos a largo plazo: consumidores asfixiados, deflación, crisis económica y... tal vez incluso tecnofeudalismo

Después de que en 2009 publiqué mi primer libro sobre la automatización, muchos lectores me comentaron que no había mencionado un tópico muy importante: los robots podrían abatir los salarios o causar desempleo, pero una producción más eficiente abarataría todo. De modo que si se redujeran los ingresos, aun así se podría consumir, ya que los precios serían más bajos. Esto parece tener sentido, aunque hay algunas advertencias notables.

Lo más obvio es que muchas personas podrían estar desempleadas y por lo mismo no contar con ingreso alguno. En tal situación, precios bajos no resolverían su problema. Además, algunos de los componentes más importantes de un presupuesto familiar promedio son relativamente inmunes al impacto de la tecnología, al menos a corto y mediano plazo. Por ejemplo, los costos de la tierra, la casa y el seguro están ligados al valor general de activos, los cuales a su vez dependen del estándar general de vida. Es por ello que ciertos países en desarrollo, como Tailandia, prohíben a los extranjeros comprar tierra, por cuanto ello resultaría en precios tan exorbitantes que sus ciudadanos jamás podrían adquirir una vivienda. Como ya vimos, los costos de servicios de salud asimismo representan un reto para los robots en el corto plazo. Posiblemente la automatización tendría su mayor impacto inmediato en los costos de producción y en algunos servicios, en especial de información y entretenimiento. Aun así, estas cosas constituyen una pequeña fracción en la mayoría de los presupuestos familiares. Los componentes más caros (vivienda, alimentos, energía, salud, transporte, seguros) difícilmente verán el abaratamiento en poco tiempo. Existe el peligro de que los hogares acaben presionados por ingresos estancados o a la baja mientras aumentan los precios de bienes y servicios necesarios.

Incluso si la tecnología redujera eventualmente los precios en todos los ámbitos, este escenario alberga un problema toral. El camino histórico a la prosperidad pasa generalmente por ingresos que aumentan más rápido que los precios. Si alguien de 1900 viajara al futuro y visitara un supermercado, desde luego que le asombrarían los precios tan altos. No obstante, actualmente podemos gastar una parte mucho menor de nuestros ingresos en alimentos que en 1900; los alimentos se han abaratado en términos reales incluso aunque los precios nominales hayan crecido muchísimo. Eso se debe a que los ingresos aumentaron mucho más.

Ahora imagínese un escenario contrario: los ingresos descienden pero los precios descienden a un ritmo más acelerado. En teoría, esto implicaría un aumento en el poder adquisitivo: se podrían comprar más cosas. Todo lo contrario, en la realidad la deflación representa un escenario económico muy feo. Para empezar, una vez iniciado un ciclo deflacionario es muy difícil de interrumpir. Si se sabe que los precios serán menores en el futuro, ¿para qué comprar ahora? Los consumidores, por ello, posponen sus compras, pues esperan los precios más bajos, y ello a su vez obliga a nuevas reducciones de precios al tiempo que la producción de bienes y servicios se reduce. Otro problema es que en la práctica a los patrones frecuentemente les es difícil reducir los salarios y optan mejor por despedir trabajadores. De ahí que la deflación se asocie típicamente con un desempleo galopante y, de nueva cuenta, esto conduce eventualmente a tener muchos consumidores sin ingreso.

El tercer gran problema es que la deflación dificulta mucho la administración de las deudas. En una economía deflacionaria, la economía personal puede estarse desplomando (siempre que usted tenga la suerte de contar con un ingreso), de seguro también el valor de su vivienda lo mismo que el mercado de valores. Sin embargo, sus pagos de hipoteca, automóviles y becas crédito no decaerán, pues las deudas tienen un valor fijo, por lo que a medida que descienden los ingresos, se aprieta a los deudores y tienen cada vez hay menos dinero que gastar. Asimismo los gobiernos experimentan problemas por el descenso en sus ingresos fiscales. Si la situación continuara, eventualmente las tasas de morosidad se dispararían y estallaría una crisis bancaria. La deflación en realidad no es algo deseable. La historia sugiere que lo ideal sería una inflación muy moderada en la cual los ingresos crecen más rápido que los precios, de modo que con el tiempo los bienes se vuelven accesibles.

Cualquiera de ambos escenarios —hogares aplastados entre costos al alza e ingresos estancados o deflación— pudiera eventualmente desatar una severa recesión a medida que los consumidores recortan su gasto. Como he sugerido, existe el riesgo de que la perturbación tecnológica pudiera cambiar fundamentalmente el comportamiento de consumo debido a que más y más personas temerán racionalmente la posibilidad del desempleo de largo plazo e incluso el retiro anticipado. En tal caso, las políticas fiscales de corto plazo que los gobiernos suelen aplicar para combatir una recesión, como los incrementos en el gasto público o las devoluciones a los contribuyentes, pudieran ser poco efectivas, pues su intención suele ser estimular la demanda para provocar una recuperación que conduzca a un incremento en el empleo. Sin embargo, si las innovaciones en automatización permiten a las empresas cumplir con esta demanda sin contratar a muchos trabajadores, entonces el impacto en el desempleo pudiera ser decepcionante. Si los bancos centrales aplicaran ajustes monetarios se presentaría el mismo problema: se imprimiría más dinero, pero como no aumentan las contrataciones no habría cómo brindar poder adquisitivo de los consumidores.* En

---

* Normalmente cuando un banco central, como la Reserva Federal, «imprime dinero», compra bonos gubernamentales. Cuando lleva a cabo la transacción, deposita dinero en la cuenta bancaria de quienquiera haya comprado los bonos. Es dinero nuevamente creado, que ha aparecido de la nada. Apenas este dinero nuevo se halla en el sistema financiero, se procura que sea prestado. Esto es lo que se conoce como reserva fraccional, mediante la cual los bancos conservan un pequeño porcentaje de dinero nuevo mientras pueden prestar el resto. Se supone que los bancos presten dicho dinero nuevo a las empresas para que se expandan y contraten a más empleados, o que los bancos puedan prestar a los consumidores para que gasten y generen nueva demanda. Como quiera, se crean empleos y el dinero (poder adquisitivo) fluye a los consumidores. Eventualmente el dinero vuelve a depositarse al banco y la mayor parte puede volver a prestarse, y así sucesivamente. De este modo, el dinero recién creado se derrama por la economía, multiplicándose y fructificando. Sin embargo, si la automatización posibilita eventualmente a las empresas expandirse y satisfacer la nueva demanda sin contrataciones importantes, o si la demanda es tan débil que a las empresas no les interesa solicitar créditos, entonces muy poco del dinero recién creado llegará a los consumidores, por lo cual no será gastado ni se multiplicará de la manera proyectada. Se derramará dentro del sistema bancario. Esto es más o menos lo que sucedió durante la crisis financiera de 2008,

suma, las políticas económicas convencionales muy poco pueden hacer para calmar los temores de los consumidores respecto a no contar con ingresos a largo plazo.

Existe asimismo el riesgo de una nueva crisis bancaria y financiera a medida que los hogares sean incapaces de pagar sus deudas. Incluso una pequeña cartera vencida puede presionar mucho al sistema bancario. La crisis financiera de 2008 inició cuando los solicitantes de préstamos que habían adquirido créditos de baja calidad comenzaron a no pagar en masa en 2007. Aun cuando el número de préstamos de baja calidad se incrementaron entre 2000 y 2007, en su momento de auge representaban tan solo como 13.5% de las nuevas hipotecas en los Estados Unidos.[23] El impacto de estos incumplimientos fue, por supuesto, ampliado dramáticamente porque los bancos usaron complejos derivados financieros. Dicho riesgo no ha sido eliminado. En un informe de 2014, redactado por una coalición de reguladores bancarios de los Estados Unidos y de otros nueve países desarrollados, se advirtió que «a cinco años de la crisis las grandes empresas han progresado muy poco» en reducir los riesgos de los derivados, y «el progreso ha sido desigual e insatisfactorio, en general».[24] En otras palabras, es muy real el peligro de que hasta un aumento localizado en la morosidad de créditos pudiera desatar otra crisis global.

El escenario a largo plazo más aterrador sería que el sistema económico global eventualmente se adaptara a esta nueva realidad. En un proceso perverso de creación destructiva, las industrias que abastecen al mercado masivo y actualmente impulsan nuestra economía serían sustituidas por nuevas in-

---

no debido a la automatización, sino porque los bancos no hallaron deudores responsables o nadie deseaba solicitar prestamos. Simplemente, todos deseaban guardar su dinero. Los economistas llaman a esta situación una «trampa de liquidez».

dustrias que producen bienes y servicios de alto valor destinados exclusivamente para los muy ricos. La gran mayoría de
la humanidad sería efectivamente privada de sus derechos. La
movilidad económica sería inexistente. La plutocracia viviría
aislada en comunidades amuralladas o en ciudades selectas,
acaso resguardadas por robots y aviones militares no tripulados. En otras palabras, veríamos el retorno a algo similar al
sistema feudal que predominó en la Edad Media, con una
importante diferencia: los siervos de la gleba medievales eran
esenciales para el sistema porque proporcionaban la mano de
obra agrícola; en un mundo futurista gobernado por el feu-
dalismo automatizado, los campesinos serían mayormente
superfluos.

La película *Elysium,* de 2013, presenta esta visión distópi-
ca del futuro en el cual los plutócratas han emigrado a un
edénico mundo artificial en órbita terrestre. Algunos economistas incluso han empezado a preocuparse por este escenario. Noah Smith, popular bloguero economista, advirtió en
2014 sobre un futuro posible en el cual «una masa harapien-
ta de lumpen humanidad se tambalea al borde de la hambru-
na» afuera de las rejas que protegen a la élite, y «a diferencia
de las tiranías de Stalin y de Mao la tiranía de los robots sería
inmune a los vaivenes de la opinión pública, pues los robots
siempre serán leales; la chusma puede decir misa pero los
Señores de los Robots tendrán las armas. Para siempre».[25]
Incluso viniendo de un practicante de la ciencia pesimista, es
un futuro bastante sombrío.*

---

* En *Elysium,* la chusma eventualmente se infiltra en la fortaleza orbital de
la élite por medio del jaqueo del sistema. Es al menos una nota esperanzadora
en este escenario: la élite tendría que cuidarse de a quienes designa para diseñar
y administrar su tecnología. Los jaqueos y ciberataques representarían los mayores peligros a su predominio.

Entre la tecnología y una fuerza laboral que envejece

Las poblaciones de todas las naciones industrializadas están envejeciendo constantemente y ello ha llevado a muchas vaticinios sobre una escasez latente de trabajadores a medida que los *baby boomers* se jubilan de la mano de obra. En un informe de 2010, Barry Bluestone y Mark Melnik, de la Northeastern University, predijeron que para 2018 habría por lo menos cinco millones de plazas no cubiertas en Estados Unidos como consecuencia directa de una mano de obra que envejece, y que «de 30 a 40% de todas las plazas adicionales del sector social» —que para los autores abarcan áreas como la salud, la educación, los servicios comunales, las artes y el gobierno— pudieran «estar vacantes a menos que los trabajadores ancianos se desempeñen en ellas como carreras adicionales».[26] Es obviamente un pronóstico contrapuesto a mi argumento. Por lo mismo, ¿cuál visión del futuro sería la correcta? ¿Nos dirigimos hacia un desempleo generalizado e incluso más desigualdad, o acaso los salarios volverán a elevarse a medida que los patrones deban esforzarse en encontrar trabajadores jóvenes para cubrir los empleos disponibles?

En los Estados Unidos el impacto de los jubilados es muy leve en comparación con las auténticas crisis poblacionales que enfrentan otros países desarrollados, en particular Japón. Si los Estados Unidos y otros países avanzados se dirigen en efecto hacia una escasez general de empleos, podríamos esperar que dicho problema se evidencie primero en Japón.

Hasta el momento, sin embargo, la economía japonesa muestra muy poco de esta carencia amplia de empleos. Ciertamente se aprecia escasez en algunas áreas, más notablemente entre los cuidadores mal pagados, y el gobierno expresó preocupación acerca de una insuficiencia de trabajadores calificados de cara a las obras para los Juegos Olímpicos de

2020 en Tokio. Ahora bien, si en general escasean los trabajadores, se tendrían que incrementar los salarios para atraerlos, pero esto no se evidencia en ninguna parte. Desde su crisis inmobiliaria y del mercado de valores de 1990, Japón ha experimentado 20 años de estancamiento e incluso deflación. En lugar de generar los empleos que faltan, la economía ha producido una generación perdida de jóvenes, llamados los «libres», que no pueden emprender carreras estables y con frecuencia viven con sus padres hasta que rebasan los 30 o los 40 años de edad. En febrero de 2014 el gobierno japonés anunció que los salarios de 2013 habían descendido 1% en términos reales, igualando una baja de 16 años que ocurrió después de la crisis financiera de 2008.[27]

La carencia generalizada de empleo es aun más difícil de localizar en otras partes del mundo. Para enero de 2014 las tasas de desempleo juvenil en Italia y España, dos de los países europeos con mayor envejecimiento poblacional, se hallaban a niveles catastróficos: 42% en Italia y un increíble 58% en España.[28] Aun cuando estas extraordinarias cifras son, desde luego, resultado directo de la crisis financiera, no se puede salvo pensar cuánto habrá que esperar antes de que la prometida escasez de empleos comience a hacerse un hueco en el desempleo entre los trabajadores más jóvenes.

Pienso que una de las lecciones más importantes que debemos aprender de Japón es que los *trabajadores también son consumidores*. A medida que envejecen los individuos eventualmente abandonan la fuerza laboral, pero asimismo consumen menos y sus gastos se dirigen cada vez más hacia el cuidado de la salud. Así, mientras decrece el número de trabajadores la demanda de bienes y servicios se reduce al mismo tiempo, y esto quiere decir menos empleos. En otras palabras, el impacto de los jubilados puede ser nimio, y a medida que los ancianos reducen su gasto al parejo de sus ingresos decre cientes, ello pudiera representar otra poderosa razón para cuestionar si el crecimiento económico es sostenible. En efecto, en aquellos países, como Japón, Polonia y Rusia, donde la población está decreciendo, es muy posible que el estancamiento a largo plazo o incluso la contracción sean difíciles de evadir ya que la población determina críticamente el tamaño de una economía.

Inclusive en los Estados Unidos, donde la población sigue creciendo, la situación poblacional bien pudiera abatir el gasto en el consumo. La transición de las pensiones tradicionales a planes de ahorro para el retiro (401K) ha dejado a muchos hogares estadounidenses en una situación muy vulnerable de cara a la jubilación. En un análisis publicado en febrero de 2014, James Poterba, economista del MIT, descubrió que 50% de los hogares estadounidenses de entre 65 a 69 años de edad poseen cuentas de retiro con menos de 5 000 dólares.[29] Según Poterba, incluso un hogar con ahorros de 100 000 dólares recibiría un ingreso garantizado de solo 5 400 dólares anuales (o 450 dólares mensuales) sin ajustes al costo de la vida, si los usaran totalmente para adquirir una anualidad fija.[30] En otras palabras, la gran mayoría de los estadounidenses acabaría dependiendo del Seguro Social. En 2013 el pago mensual promedio era de 1 300 dólares y algunos jubilados recibían 804 dólares. No son ingresos que puedan sostener un consumo vigoroso, en especial si se deducen las primas de *Medicare*, actualmente de unos 150 dólares mensuales (y se espera que aumenten).

Como en Japón, seguramente en los Estados Unidos se presentará carencia de trabajadores en ciertas áreas, en especial en las ligadas directamente a la tendencia al envejecimiento. Como ya vimos, la Oficina de Estadísticas Laborales pronostica que para 2022 habrá cerca de 1.8 millones de nuevos empleos en actividades como enfermería o cuidado personal de personas de la tercera edad. No obstante, si se compara dicha cifra con la que se menciona en la investigación de 2013 por Carl Benedickt Frey y Michael A. Osborne, de la Universidad de Oxford, quienes sugieren que 47% —aproximadamente 64 millones— de los empleos que abarcan el mercado laboral estadounidense pudieran automatizarse en «quizás una década o dos»,[31] es muy difícil argüir que nos dirigimos a una escasez importante de trabajadores. En efecto, en vez de contrarrestar el impacto de la tecnología, la tendencia al envejecimiento combinada con una creciente desigualdad bien pudiera socavar bastante el gasto de consumo. La demanda débil pudiera desatar una ola secundaria de pérdida de empleos que afectaría hasta aquellas ocupaciones que no son susceptibles de automatizarse.*

La demanda en China y en otras economías emergentes

A medida que la desigualdad y los problemas poblacionales se combinan para abatir el consumo en los Estados Unidos, Europa y otras naciones avanzadas, parece razonable esperar que los consumidores en países en desarrollo compensen la tendencia. Esas esperanzas se dirigen especialmente a China, donde un crecimiento sorprendente ha llevado a predicciones de que su economía se convertirá en la más grande del mundo, quizás en 10 o 20 años.

---

*Por ejemplo, atender mesas en un restaurante pudiera exigir un robot muy avanzado, algo que difícilmente veremos en el corto plazo. Sin embargo, cuando los consumidores están luchando, las comidas en restaurantes son uno de los primeros gastos que se recortan, por lo cual los meseros podrían estar en riesgo.

Pienso que hay razones para ser escépticos sobre la idea de que pronto China y el resto del mundo emergente impulsarán la demanda global. El primer problema es que China enfrenta su propio shock poblacional. Su política de un solo hijo ha tenido éxito en limitar el crecimiento de la población, pero ha conducido a una sociedad que envejece rápidamente. Para 2030 habrá más de 200 millones de ancianos en China, aproximadamente el doble de 2010. Para 2050 más de un cuarto de la población del país tendría más de 65 años y más de 90 millones rebasarán los ochenta.[32] El ascenso del capitalismo en China desembocó en el fin de la política del «plato de arroz de hierro», por medio de la cual las paraestatales dispensaban pensiones de retiro. Ahora los jubilados deben valerse por sí mismos o depender de sus hijos, pero la decreciente tasa de fertilidad ha llevado al notorio problema del 1-2-4 en el cual un solo trabajador adulto tendrá eventualmente que sostener a dos padres y cuatro abuelos.

La inexistencia de una red de seguridad social para los ancianos es probablemente un eje importante de la altísima tasa de ahorro de China, la cual se estima en 40%. Otro factor cardinal es la relación entre los ingresos y los costos de bienes raíces. De manera rutinaria, muchos trabajadores ahorran la mitad de sus ingresos con la esperanza de que algún día podrán pagar el adelanto de una casa.[33]

Así pues, obviamente los hogares que han estado acumulando una inmensa porción de sus ingresos no están consumiendo mucho, y, en efecto, el consumo personal representa tan solo 35% de la economía china, aproximadamente la mitad de la tasa en la estadounidense. En cambio, el crecimiento económico de China ha sido impulsado principalmente por las exportaciones industriales además de por un nivel de inversión extraordinariamente alto. En 2013 la porción del PIB chino correspondiente a la inversión en fábricas, equipo, vivienda y demás infraestructura física creció 54%, un incremento de 48% respecto del año anterior.[34] Casi todos concuerdan que esto es fundamentalmente insostenible. Después de todo, eventualmente la inversión debe pagarse por sí misma, y ello gracias al consumo: las fábricas deben producir bienes que puedan venderse de manera rentable, se deben alquilar nuevas viviendas, y así sucesivamente. El que China debe restructurar su economía a fin de orientarla más al gasto doméstico ha sido reconocido por el gobierno y debatido por años; aun así, no se aprecia progreso alguno. Al buscar en Google la frase «China se reequilibra» se tienen en respuesta tres millones de páginas electrónicas, casi todas, sospecho, dicen aproximadamente lo mismo: los consumidores chinos deben emprender el programa y empezar a comprar.

El problema es que cumplir ese objetivo demanda un incremento importante en los ingresos de los hogares, así como enfrentar la problemática que ha llevado a la elevación del ahorro. Iniciativas como mejorar los sistemas de salud y previsión social pudieran ayudar a reducir el riesgo financiero de los hogares. Recientemente, el banco central chino ha anunciado planes para aligerar la regulación que abate las tasas de interés sobre las cuentas de ahorro. Esto pudiera representar una espada de doble filo; por un lado, aumentaría los ingresos de los hogares; por otro lado, incentivaría el ahorro. Permitir que se eleven las tasas de interés pudiera amenazar la solvencia de muchos bancos chinos, los cuales actualmente se benefician de tasas de interés artificialmente bajas.[35] Algunos de los factores detrás de la propensión china al ahorro serían difíciles de cambiar. Los economistas Shang-Jin Wei y Xiaobo Zhang han propuesto que las altas tasas de ahorro pudieran deberse al desequilibrio entre los sexos como resultado de la política de un solo hijo. Como las mujeres escasean, el mercado matrimonial es muy competitivo, por lo cual los hombres deben acumular una fortuna cuantiosa o ser propietarios de una casa para atraer a una esposa.[36] Es asimismo posible que el deseo ferviente de ahorrar sea parte integral de la cultura china.

A menudo se asevera que China enfrenta el peligro de envejecer antes de volverse una nación rica, pero lo que pienso es que se reconoce poco que China es un país en una carrera no solamente con su tendencia poblacional sino con la tecnología. Como vimos en el capítulo 1, las fábricas chinas están invirtiendo mucho en robots y en la automatización. Algunas fábricas están reapuntalando a países más avanzados o moviéndose a otros donde la mano de obra es más barata, como Vietnam. Si volvemos a observar la figura 2.8, queda claro que los avances tecnológicos han desembocado en 60 años de colapso en el empleo en la manufactura estadounidense. China seguirá inevitablemente el mismo camino y es muy posible que este declive en el empleo fabril pudiera resultar más veloz que en los Estados Unidos. Mientras la automatización en las fábricas estadounidenses progresó solo tan rápido como se ha inventaba la nueva tecnología, el sector manufacturero chino puede, en muchos casos, simplemente importar la tecnología de vanguardia.

Para negociar esta transición sin estimular el desempleo, China tendría que emplear una creciente porción de su mano de obra en el sector de servicios. Sin embargo, el camino típico que los países avanzados han transitado ha sido el de enriquecerse primero con base en un fuerte sector manufacturero y luego desarrollar una economía de servicios. A medida que aumentan los ingresos, los hogares gastan una mayor proporción de su ingreso en servicios, lo cual ayuda a crear empleos fuera del sector fabril. Estados Unidos ha tenido el lujo de construir una fuerte clase media durante su periodo de «rizos de oro» que siguió a la Segunda Guerra Mundial, cuando la tecnología progresaba velozmente, pero aun así estuvo lejos de sustituir completamente a su mano de obra por máquinas. China afronta el mismo reto en esta era robótica, cuando las máquinas y los *softwares* amenazarán crecientemente los empleos tanto en el sector industrial como en el de servicios.

Incluso si China logra reequilibrar su economía inclinándose hacia el consumo doméstico, sería optimista esperar que sus mercados de consumo estén abiertos a las empresas extranjeras. En los Estados Unidos la élite empresarial y financiera se ha beneficiado enormemente de la globalización; el sector políticamente más influyente de la sociedad está muy incentivado para mantener el flujo de las importaciones. En China la situación es muy distinta. La élite de ese país está aliada al gobierno y su principal preocupación es mantener al régimen en el poder; la amenaza de desempleo y descontento social masivos es quizás su mayor temor. Es poco dudoso que elegirán instrumentar políticas abiertamente proteccionistas si se enfrentan a dicha posibilidad.

Los retos que China enfrenta son aún mayores en los países más pobres, los cuales se hallan más rezagados en la carrera contra la tecnología. A medida que las fábricas, incluso en las áreas más dependientes de la mano de obra humana, comiencen a automatizarse, el camino histórico a la prosperidad pudiera evaporarse en dichos países. Según un estudio, entre 1995 y 2002, aproximadamente 22 millones de empleos fabriles desaparecieron en todo el mundo. Durante ese periodo de siete años la producción manufacturera aumentó 30%.[37] No está claro cómo los países más pobres de Asia y África lograrán aumentar sustancialmente sus posibilidades en un mundo que ya no necesita millones de trabajadores de bajo costo.

A MEDIDA QUE LOS AVANCES TECNOLÓGICOS SIGUEN impulsando la desigualdad en el ingreso y el consumo, eventualmente socavarán la demanda amplia y dinámica que es crucial para una prosperidad continua. Los mercados de consumo desempeñan un papel fundamental no solamente para apoyar la actividad económica presente sino para impulsar el proceso de innovación. Aun cuando los individuos o los equipos generan nuevas ideas, son finalmente los mercados de consumo los que incentivan la innovación. Asimismo los consumidores determinan cuáles ideas nuevas tienen éxito y cuáles fracasan. Esta «sabiduría de las masas» es tan esencial como el proceso darwiniano por el cual destacan las mejores innovaciones y finalmente se insertan en la economía y la sociedad.

Aunque comúnmente se cree que la inversión de las empresas se focaliza en el futuro a largo plazo y es mayormente independiente del consumo actual, la información histórica señala que esto es un mito. En prácticamente todas las recesiones en los Estados Unidos desde los años cuarenta la inversión se ha desplomado enormemente.[38] Las decisiones de inversión de las empresas están muy influidas tanto por el ambiente de negocios en vigor como por las expectativas a corto plazo. En otras palabras, una baja demanda pudiera robarnos la prosperidad futura.

En un ambiente difícil para los consumidores, muchas empresas pudieran centrarse en recortar costos en vez de pensar en expandir sus mercados. Uno de los ámbitos más atractivos para la inversión sería la tecnología que ahorra mano de obra. El capital de inversión y la inversión en investigación y desarrollo podrían preferir las innovaciones dirigidas específicamente a eliminar o desprofesionalizar empleos. En algún momento pudiéramos acabar teniendo un exceso de robots pero menos innovación que mejore nuestra calidad de vida.

Todas las tendencias que he examinado se basan en lo que caracterizo como una perspectiva realista e incluso conservadora de cómo la tecnología pudiera progresar. Indudablemente aquellas ocupaciones que principalmente implican la ejecución de tareas rutinarias y predecibles muy posiblemente serán automatizadas en los próximos 10 años. A medida que estas tecnologías mejoren, más y más empleos se transformarán.

Sin embargo, existe otra posibilidad extrema. Muchos tecnólogos, algunos de ellos líderes en sus disciplinas, plantean una visión más agresiva de lo que será posible. En el siguiente capítulo daremos una mirada equilibrada a algunas de estas tecnologías más avanzadas e incluso especulativas. Bien pudiera ser que estos avances sigan siendo ciencia ficción en el futuro inmediato. Pero si se vuelven realidad, ampliarán enormemente el riesgo de elevar el desempleo y la desigualdad en el ingreso, y quizá conducirán a escenarios mucho más peligrosos que los riesgos económicos que hemos examinado hasta ahora.

Notas

[1] Véanse las estadísticas sobre el gasto en consumo en Nelson D. Schwartz, «La clase media se erosiona continuamente. Solo pregunte al mundo de los negocios», *The New York Times*, 2 de febrero de 2014, http://www.nytimes.com/2014/02/03/business/the-middle-class-is-steadily-eroding-just-ask-the-business-world.html.

[2] Rob Cox, y Eliza Rosenbaum, «Los beneficiarios de la recesión», *The New York Times*, 28 de diciembre de 2008, http://www.nytimes.com/2008/12/29/business/29views.html. Los famosos «memorandos de la plutonomía» también aparecen en el documental *Capitalism. A Love Story* de Michael Moore.

[3] Barry Z. Cynamon, y Steven M. Fazzari, «La desigualdad, la Gran Recesión, y la recuperación lenta», 23 de enero de 2014, http://pages.wustl.edu/files/pages/imce/fazz/cyn-fazz_consinequ_130113.pdf.

[4] *Ibid.*

[5] *Ibid.*, p. 18.

[6] Mariacristina De Nardi, Eric French y David Benson, «El consumo y la Gran Recesión», Oficina Nacional de Investigación Económica, Cuaderno de trabajo del NBER, núm. 17688, publicado en diciembre de 2011, http://www.nber.org/papers/w17688.pdf.

[7] Barry Z. Cynamon, y Steven M.Fazzari, «La desigualdad, la Gran Recesión, y la recuperación lenta», p. 29.

[8] Derek Thompson, «El president de ESPN: El estancamiento de los salarios, no la tecnología, es la mayor amenaza para el negocio de la TV», *The Atlantic*, 22 de agosto de 2013, http://www.theatlantic.com/business/archive/2013/08/espn-president-wage-stagnation-not-technology-is-the-biggest-threat-to-the-tv-business/278935/.

[9] Hooper, Jessica, «A la espera de la medianoche, las familias hambrientas dan a Walmart una 'enorme espiga' en cupones de alimentos», *NBC News*, 28 de noviembre de 2011, http://rockcenter.nbcnews.com/_news/2011/11/28/9069519-waiting-for-midnight-hungry-families-on-food-stamps-give-walmart-enormous-spike.

[10] Fuente: Datos Económicos de la Reserva Federal, FRED, Banco de la Reserva Federal de San Luis: Ganancias corporativas después de impuestos (sin IVA ni CCAdj) [CP] y ventas al menudeo: Total (Excluyendo servicios de comida) [RSXFS], en http://research.stlouisfed.org/fred2/series/CP/; http://research.stlouisfed.org/fred2/series/RSXFS/; consultado el 29 de abril de 2014.

[11] Joseph E. Stiglitz, «La desigualdad está frenando la recuperación», *The New York Times*, 19 de enero de 2013, http://opinionator.blogs.nytimes.com/2013/01/19/inequality-is-holding-back-the-recovery.

[12] Washington Center for Equitable Growth, entrevista a Robert Solow, 14 de enero de 2014, video disponible en http://equitablegrowth.org/2014/01/14/1472/our-bob-solow-equitable-growth-interview-tuesday-focus-january-14–2014.

[13] Paul Krugman, «Desigualdad y recuperación», *The New York Times* (The Conscience of a Liberal Blog), 20 de enero de 2013, http://krugman.blogs.nytimes.com/2013/01/20/inequality-and-recovery/.

[14] Véase, por ejemplo, Paul Krugman, «Cogan, Taylor y el hada de la confianza», *The New York Times* (The Conscience of a Liberal Blog), 19 de marzo de 2013, http://krugman.blogs.nytimes.com/2013/03/19/cogan-taylor-and-the-confidence-fairy/.

[15] Paul Krugman, «Cómo los economistas entendieron tan mal?», *New York Times Magazine*, 2 de septiembre de 2009, http://www.nytimes.com/2009/09/06/magazine/06Economic-t.html.

[16] John Maynard Keynes, *Teoría general del empleo, el interés y el dinero*, Londres, Macmillan, 1936, cap. 21, http://gutenberg.net.au/ebooks03/0300071h/chap21.html.

[17] Para las cifras de la productividad en los Estados Unidos, véase Oficina de Estadísticas Laborales de los Estados Unidos, Comunicado económico de prensa, 6 de marzo de 2014, http://www.bls.gov/news.release/prod2.nr0.htm.

[18] Lawrence Mishel, «La disminución de valor del salario mínimo federal es un factor de evolución de la desigualdad», Economic Policy Institute, 21 de febrero de 2013, http://www.epi.org/publication/declining-federal-minimum-wage-inequality/.

[19] Eric Schlosser, *Fast Food Nation: The Dark Side of the All-American Meal*, Nueva York, Harper, 2004, p. 66.

[20] Emmanuel Saez, «Volverse rico: la evolución de los ingresos más altos en los Estados Unidos», Berkeley, University of California, 3 de septiembre de 2013, http://elsa.berkeley.edu/~saez/saez-UStopincomes-2012.pdf.

[21] Andrew G. Berg, y Jonathan D. Ostry, «Desigualdad y crecimiento insostenible: ¿dos lados de la misma moneda?», Fondo Monetario Internacional, 8 de abril de 2011, http://www.imf.org/external/pubs/ft/sdn/2011/sdn1108.pdf.

[22] Andrew G. Berg, y Jonathan D. Ostry, «¡Advertencia! La desigualdad puede ser peligrosa para su crecimiento», *iMFdirect*, 8 de abril de 2011, http://blog-imfdirect.imf.org/2011/04/08/inequality-and-growth/.

[23] Ellen Florian Kratz, «El riesgo en los préstamos por debajo de lo óptimo», *CNN Money*, 1 de marzo de 2007, http://money.cnn.com/2007/02/28/magazines/fortune/subprime.fortune/index.htm?postversion=2007030117.

[24] Senior Supervisors Group, «Progress Report on Counterparty Data», 15 de enero de 2014, http://www.newyorkfed.org/newsevents/news/banking/2014/SSG_Progress_Report_on_Counterparty_January2014.pdf.

[25] Noah Smith, «Los drones causarán un trastorno de la sociedad como no hemos visto en 700 años», *Quartz*, 11 de marzo de 2014, http://qz.com/185945/drones-are-about-to-upheave-society-in-a-way-we-havent-seen-in-700-years.

[26] Barry Bluestone, y Mark Melnik, «Después de la recuperación: se necesita ayuda», *Civic Ventures*, 2010, http://www.encore.org/files/research/Jobs-BluestonePaper3-5-10.pdf.

[27] Andy Sharp, y Masaaki Iwamoto, «Japan Real Wages Fall to Global Recession Low in Abe [Japanese Prime Minister] Risk», Bloomberg Businessweek, 5 de febrero de 2014, en http://businessweek.com/articles/2014-02-05/japan-real-wages-fall-to-global-recession-low-in-spending-risk.

[28] Sobre el desempleo juvenil, véase Ian Sivera, , «El desempleo de los jóvenes en Italia en 42% mientras la tasa de desempleo llega a su tope más alto en 35 años», *International Business Times*, 8 de enero de 2014, http://www.ibtimes.co.uk/italys-jobless-rate-hits-37-year-record-high-youth-unemployment-reaches-41-6-1431445, e Ian Sivera, , «El desempleo juvenil en España alcanza una tasa de 57.7% mientras Europa se enfrenta a una generación perdida», *International Business Times*, 8 de enero de 2014, http://www.ibtimes.

co.uk/spains-youth-unemployment-rate-hits-57–7-europe-faces-lost-genera tion-1431480.

[29] James M. Poterba, «El seguro para el retiro en una sociedad que envejece», Oficina Nacional de Investigación Económica, Cuaderno de trabajo del NBER, núm. 19930, publicado en febrero de 2014, http://www.nber.org/ papers/w19930 y también http://www.nber.org/papers/w19930.pdf, véase el cuadro 9, p. 21.

[30] *Ibid.*, basado en cuadro 15, p. 39; véase la fila de «Joint & Survivor, Male 65 and Female 60, 100% Survivor Income-Life Annuity». Un plan alternativo con un aumento anual de 3% arroja tan solo 3700 dólares (o cerca de 300 dólares mensuales).

[31] Carl Benedickt Frey, y Michael A. Osborne, «El futuro del empleo: ¿que tan susceptibles son los empleos a la computarización?», Oxford Martin School, Programme on the Impacts of Future Technology, 17 de septiembre de 2013, p. 38, http://www.futuretech.ox.ac.uk/sites/futuretech.ox.ac.uk/files/ The_Future_of_Employment_OMS_Working_Paper_1.pdf.

[32] Respecto de las cifras de la población en China, véase Deirdre Wang Morris, «El envejecimiento de la población de China podría amenazar su manufactura», CNBC, 24 de octubre de 2012, http://www.cnbc.com/id/49498720 y «Envejecimiento de la Población Mundial 2013», Naciones Unidas, Departamento de Asuntos Económicos y Sociales, División de Población, p. 32, http:// www.un.org/en/development/desa/population/publications/pdf/ageing/ WorldPopulationAgeing2013.pdf.

[33] Sobre la tasa de ahorro de China (la cual, como se ha señalado, es tan alta como 40%), véanse Keith B. Richburg, «Conseguir que China deje de ahorrar y empiece a gastar es tarea difícil», *Washington Post*, 5 de julio de 2012, http:// www.washingtonpost.com/world/asia_pacific/getting-chinese-to-stop-saving-and-start-spending-is-a-hard-sell/2012/07/04/gJQAc7P6OW_story_1.html, y «La tasa de ahorro de China es la más alta del mundo», *China's People Daily*, 3 de noviembre de 2012, http://english.people.com.cn/90778/8040481.html.

[34] Mike Riddell, « La razón inversión/PIB de China se eleva a un totalmente insostenible 54.4% . Tenga miedo», *Bond Vigilantes,* 14 de enero de 2014, en http://www.bondvigilantes.com/blog/2014/01/24/chinas-investmentgdp-ratio-soars-to-a-totally-unsustainable-54–4-be-afraid/.

[35] Robert Dexter, «Esperan la liberalización de la tasa de depósito en China en un plazo de dos años, dice el jefe del Banco Central», *Bloomberg Businessweek*, 11 de marzo de 2014, http://www.businessweek.com/articles/2014–03–11/ china-deposit-rate-liberalization-within-two-years-says-head-of-chinas-central-bank.

[36] Shang-Jin Wei, y Xiaobo Zhang, «Las relaciones sexuales y las tasas de ahorro: evidencia de 'exceso de hombres' en China», 16 de febrero de 2009, http://igov.berkeley.edu/sites/default/files/Shang-Jin.pdf.

[37] Caroline Baum, «Entonces, ¿quién está robando los trabajos de manufactura chinos?», *Bloomberg News,* 14 de octubre de 2003, http://www.bloomberg.com/apps/news?pid=newsarchive&sid=aRI4bAft7Xw4.

[38] Respecto de los ciclos de negocios e inversión, véase Paul Krugman, «Barro sorprendente», *The New York Times* (The Conscience of a Liberal Blog), 12 de septiembre de 2011, http://krugman.blogs.nytimes.com/2011/09/12/shocking-barro/.

Capítulo 9

Superinteligencia y la Singularidad

En mayo de 2014 el físico Stephen Hawking de la Universidad de Cambridge escribió un artículo en el cual dio la alarma en torno a los peligros de una Inteligencia Artificial que se desarrolla rápidamente. Hawking, quien publicaba en *The Independent* del Reino Unido, junto con colegas suyos como los físicos del MIT Max Tegmark y el premio Nobel Frank Wilczek, así como el experto en informática Stuart Russell de la Universidad de California, advertía que la creación de una verdadera máquina pensante «sería el mayor acontecimiento en la historia humana». Una computadora que excediera el nivel de la inteligencia humana podría ser capaz de «burlar a los mercados financieros, aventajar a los investigadores humanos, manipular a los líderes y desarrollar armas que no podemos siquiera comprender». Descartar todo esto como ciencia ficción pudiera ser «potencialmente el peor de nuestros errores en la historia».[1]

La tecnología que he descrito hasta ahora —robots que acarrean cajas o cuecen hamburguesas, algoritmos que crean música, redactan informes, trafican en Wall Street— emplea lo que se denomina Inteligencia Artificial «estrecha» o especializada. Hasta *Watson* de IBM, tal vez la demostración más impresionante de la inteligencia mecánica hasta la fecha, no le llega razonablemente a los tobillos a la inteligencia humana general. En efecto, fuera del reino de la ciencia ficción, toda la tecnología de la Inteligencia Artificial funcional es, de hecho, Inteligencia Artificial estrecha.

Uno de los argumentos principales que he formulado es, sin embargo, que la naturaleza especializada de la Inteligencia Artificial del mundo real no impide necesariamente la automatización final de muchos empleos. Las tareas que desempeñan la mayoría de los trabajadores son, a cierto nivel, mayormente rutinarias y predecibles. Como hemos visto, los robots especializados en veloz desarrollo o los algoritmos mecánicos que escudriñan a través de vastas cantidades de datos eventualmente amenazarán a muchas ocupaciones en un amplio espectro de habilidades. Nada de esto exige máquinas que piensen como personas. Una computadora no tiene que reproducir toda la gama de nuestra capacidad intelectual para desplazarnos de nuestros empleos, solo debe hacer aquello por lo que a un trabajador se le paga. En efecto, la mayor parte de la investigación y el desarrollo de la Inteligencia Artificial, y casi todo el capital de inversión, se dirigen a las aplicaciones especializadas y se debe esperar que dichas tecnologías sean mucho más poderosas y flexibles en los años y décadas venideros.

Inclusive, a medida que las actividades especializadas sigan produciendo resultados prácticos y atrayendo inversiones se asoma un reto aún más amenazador. La búsqueda para desarrollar un sistema realmente inteligente —una máquina que concibe nuevas ideas, demuestra tener conciencia de su propia existencia, y dialoga coherentemente— sigue siendo el Santo Grial de la Inteligencia Artificial.

La fascinación con la idea de construir una máquina verdaderamente pensante se remonta al menos hasta 1950, cuando Alan Turing publicó el trabajo que marcó el inicio del campo de la Inteligencia Artificial. En las décadas siguientes la investigación en Inteligencia Artificial fue sometida a oscilaciones cíclicas en las cuales repetidamente las expectativas alcanzaban alturas que rebasaban cualquier fundamento técnico realista, sobre todo dada la velocidad de las computadoras de aquel entonces. Cuando cundía la inevitable desilusión, se desplomaban la investigación y la inversión y seguían largos periodos de estancamiento, que han sido llamados «inviernos de Inteligencia Artificial». No obstante, regresaban las primaveras. El extraordinario poder de las actuales computadoras, además de los avances en áreas específicas de la investigación en Inteligencia Artificial y en nuestra comprensión del cerebro humano, está prohijando mucho optimismo.

Autor de un libro sobre las implicaciones de la Inteligencia Artificial avanzada, James Barrat llevó a cabo una encuesta informal entre 200 investigadores en Inteligencia Artificial, a nivel humano, no en su modalidad estrecha; en esta disciplina se le refiere como Inteligencia Artificial general (IAG). Barrat solicitó a los expertos en informática que seleccionaran de entre cuatro predicciones posibles en qué momento sería posible la Inteligencia Artificial General. Los resultados fueron que 42% creían que la máquina pensadora sería una realidad en 2030, 25% sostuvieron que para 2050, y 20% aseguraban que para 2100; tan solo 2% lo creían imposible. Extraordinariamente, varios de ellos comentaron que Barrat debió haber incluido un reactivo con una fecha anterior: tal vez 2020.[2]

A algunos expertos les preocupa que se esté formando otra burbuja de expectativas. En una entrada de blog de octubre de 2013, Yann LeCun, director del recién fundado laboratorio de Inteligencia Artificial de Facebook en la ciudad de Nueva York, advirtió que la «Inteligencia Artificial había 'muerto' unas cuatro veces en cinco décadas a consecuencia de las expectativas exageradas; las personas hacían declaraciones descabelladas (con frecuencia para impresionar a inversionistas potenciales o agencias financieras) y luego no cumplían. Seguía una violenta reacción negativa».[3] Igualmente, Gary Marcus, profesor de la Universidad de Nueva York, experto en ciencia cognitiva y bloguero para la revista *New Yorker*, ha argüido que los recientes avances en áreas como redes neurales de aprendizaje profundo, e incluso algunas de las capacidades atribuidas a *Watson*, han sido bastante exageradas.[4]

Aun así, según parece, la disciplina ha cobrado un enorme ímpetu. En particular, el ascenso de empresas como Google, Facebook y Amazon han impulsado gran cantidad de avances. Nunca antes este tipo de empresas con mucho dinero habían considerado a la Inteligencia Artificial como algo absolutamente central para sus modelos de negocio, ni jamás la investigación en este campo se había colocado tan cerca de la competencia entre entidades tan poderosas. Una dinámica competitiva semejante se está desarrollando entre diversas naciones. La Inteligencia Artificial se está volviendo indispensable para las fuerzas armadas, las agencias de inteligencia y el sistema de vigilancia de Estados autoritarios.* En efecto, una carrera armamentista general pudiera ser inminente. Pienso que el verdadero problema no es si la disciplina vuelva a caer en un nuevo invierno sino si el progreso se limitará a la Inteligencia Artificial estrecha o si finalmente se expandirá también hacia la Inteligencia Artificial general.

Si los investigadores en Inteligencia Artificial pudieran dar el salto a la Inteligencia Artificial general, el resultado

---

* En virtud de ciertos acontecimientos, algunos lectores pudieran querer introducir un comentario sarcástico acerca de la Agencia de Seguridad Nacional de Estados Unidos. Como sugiere el artículo de Hawking, se observan peligros auténticos (y acaso existenciales) relacionados con la Inteligencia Artificial. Si la Inteligencia Artificial realmente avanzada estuviera destinada a surgir, la NSA distaría de ser la opción menos atractiva.

sería seguramente una máquina capaz de imitar a la inteligencia humana. Apenas la Inteligencia Artificial general sea un hecho, por la Ley de Moore solamente será posible producir una computadora que exceda la capacidad humana. Una máquina pensante podría, desde luego, contar con todas las ventajas de las computadoras actuales, como la capacidad para calcular y procesar información a velocidades incomprensibles. Inevitablemente, pronto podríamos compartir el planeta con algo sin precedentes: un intelecto auténticamente excepcional y superior.

Y ello representaría tan solo el comienzo. Los investigadores en Inteligencia Artificial aceptan generalmente que semejante sistema pudiera dirigir su inteligencia hacia sí mismo; se focalizaría en mejorar su propio diseño, rescribir su *software* o acaso usar una programación evolucionaria para crear, probar y optimizar su diseño. Esto conduciría a un proceso reiterado de «mejoramiento recursivo». Con cada revisión, el sistema se volvería más astuto y capaz. A medida que el ciclo se acelere, el resultado final sería una «explosión de inteligencia», que quizás culminara en una máquina miles o millones de veces más inteligente que un ser humano. Como Hawking y sus colaboradores señalaron, «sería el mayor acontecimiento en la historia humana».

Si semejante explosión de inteligencia ocurriese, ciertamente tendría implicaciones extraordinarias para la humanidad. En efecto, podría prohijar una ola de rupturas que se derramaría a lo largo de toda la civilización, además de la economía. En palabras del inventor y futurista Ray Kurzweil, «rasgaría la tela de la historia» y daría pie a un acontecimiento, o tal vez una era, que se denominaría de la «Singularidad».

La Singularidad

La primera aplicación del término «singularidad» a un futuro evento tecnológico se atribuye al pionero de las computadoras John von Neumann, quien en los años cincuenta aseveró que «un progreso tecnológico cada vez más acelerado en la esfera humana, que parece acercarse a alguna singularidad esencial en la historia de la especie más allá de la cual los asuntos humanos, tal y como los conocemos, no podrían continuar».[5] El tema fue desarrollado en 1993 por Vernor Vinge, matemático de la Universidad Estatal de San Diego, quien en un escrito intitulado «La inminente singularidad tecnológica», dijo hiperbólicamente que «en 30 años contaremos con los medios matemáticos para crear inteligencia sobrehumana. Poco después, la era humana habrá terminado».[6]

En la astrofísica, una singularidad se refiere al punto en un agujero negro donde las leyes de la física no se aplican. Dentro del límite del agujero negro, u horizonte de eventos, la fuerza de gravedad es tan fuerte que la luz no puede zafarse de ella. Vinge consideró a la singularidad en términos semejantes: representa una discontinuidad en el progreso humano que sería fundamentalmente enigmática hasta que ocurriera. Los intentos para predecir el futuro ulterior a la Singularidad serían análogos a los de un astrónomo que intentara mirar dentro de un agujero negro.

A continuación, la estafeta pasó a Ray Kurzweil, quien publicó en 2005 *Se acerca la Singularidad: cuando los humanos trasciendan la biología*. A diferencia de Vinge, Kurzweil —quien se ha convertido en el principal evangelista de la Singularidad— no tiene empacho en tratar de dar una mirada más allá del horizonte de eventos y brindarnos un relato extraordinariamente detallado del futuro posible. La primera computadora realmente inteligente, asegura, será construida a finales de la década del veinte de este siglo. La Singularidad misma sucederá como por 2045.

Kurzweil es considerado por muchos un brillante inventor e ingeniero. Ha fundado varias compañías exitosas a fin de vender sus inventos en áreas como el reconocimiento de caracteres ópticos, el habla generada por computadora y la síntesis musical. Ha sido reconocido con 20 doctorados *honoris causa,* así como condecorado con la Medalla Nacional de Tecnología y ha sido incorporado al Salón de la Fama de la Oficina de Patentes de los Estados Unidos. La revista *Inc.* se refirió a él como el «heredero legítimo» de Thomas Alva Edison.

Sin embargo, su trabajo sobre la Singularidad es una extraña mezcla de una narración coherente y bien fundada acerca de la aceleración tecnológica con ideas tan especulativas que rayan en lo absurdo, incluyendo, por ejemplo, un sincero deseo de resucitar a su padre mediante la recopilación de su ADN de su tumba y luego regenerar el cuerpo con nanotecnología futurista. Asimismo, una dinámica comunidad, compuesta de personajes brillantes y a menudo extravagantes, se ha agrupado en torno a Kurzweil y sus ideas. Estos «singularianos» han llegado a establecer su propia institución educativa. La Universidad de la Singularidad, ubicada en Silicon Valley, ofrece programas de estudios sin validez oficial dirigidos a la investigación en tecnología exponencial y es patrocinada por Google, Genentech, Cisco y Autodesk, entre otras.

Entre las más importantes predicciones de Kurzweil se encuentra la idea de que inevitablemente nos fusionaremos con las computadoras. Los humanos serán potencializados con implantes cerebrales que incrementarán inmensamente la inteligencia. En efecto, esta amplificación intelectual se considera esencial para comprender y mantenernos en control de la tecnología cuando atravesemos la Singularidad.

Tal vez el aspecto más controvertido y dudoso de la visión de Kurzweil es el acento que sus seguidores colocan sobre la posible inmortalidad. Los singularianos en su mayoría esperan no morir; planean evitar la muerte por medio de «la velocidad de escape a la longevidad», es decir, que uno puede mantenerse vivo el tiempo suficiente para alcanzar la siguiente innovación médica y así concebiblemente volverse inmortal. Esto pudiera lograrse empleando avanzadas tecnologías que preserven y potencialicen el cuerpo biológico, o pudiera hacerse cargando la mente dentro de algún robot o computadora. Naturalmente, Kurzweil desea asegurarse de que estará en el mundo cuando la Singularidad sea un hecho, por lo cual toma hasta 200 píldoras y suplementos alimenticios todos los días y recibe otros regularmente a través de una sonda. Aunque sea común que los libros de consejos de dieta y salud hagan promesas exageradas, Kurzweil y su médico y coautor, Terry Grossman, llevaron las cosas a otro nivel en sus libros *Viaje fantástico: vive lo suficiente para vivir por siempre* y *Trascender: nueve pasos para vivir bien por siempre*.

No se le escapa a los críticos del movimiento singularista que todo lo relativo a la inmortalidad y la transformación tiene fuertes connotaciones religiosas. En efecto, esta idea ha sido denostada como una cuasirreligión de la élite tecnológica y «arrebato para *nerds*». La reciente atención que se le ha brindado a la Singularidad, incluyendo un reportaje de portada del semanario *Time*, ha preocupado a algunos observadores por su eventual intersección con religiones tradicionales. El profesor de estudios religiosos en el Manhattan College, Robert Geraci, en un ensayo titulado «El culto a Kurzweil» escribió que si el movimiento de marras logra atraer a un público mayor, pudiera «representar un desafío serio a las comunidades religiosas tradicionales, cuyas promesas de salvación parecerían comparativamente endebles».[7] Por su parte, Kurzweil rechaza vehementemente cualquier connotación religiosa y arguye que sus vaticinios se basan en el análisis sólido y científico de datos históricos.

El concepto pudiera ser fácilmente descartado por entero de no ser porque todo un panteón —en el sentido de conjunto de divinidades— de multimillonarios de Silicon Valley ha mostrado un gran interés en la Singularidad. Tanto Larry Page como Sergey Brin de Google, así como Peter Thiel, cofundador de Paypal e inversionista de Facebook, se han asociado con este tema. Bill Gates asimismo ha elogiado la capacidad de Kurzweil de predecir el futuro de la Inteligencia Artificial. En diciembre de 2012 Google contrató a Kurzweil para que dirigiera el proyecto de investigación en Inteligencia Artificial y al año siguiente Google estableció un nuevo proyecto de biotecnología llamado Calico, cuyo objetivo es conducir la investigación en la búsqueda de una cura para el envejecimiento y prolongar la esperanza de vida.

Mi propio punto de vista es que si bien la Singularidad es posible, no es inevitable. El concepto, al parecer, es más útil cuando se le priva de su equipaje superfluo (como la búsqueda de la inmortalidad) y se concentra, en cambio, en un periodo futuro de grandes rupturas y aceleración tecnológicas. Pudiera resultar que el catalizador esencial para la Singularidad —la invención de la superinteligencia— fuese finalmente imposible o se logre en un futuro muy lejano.* Varios in-

---

*Vale la pena señalar que, aunque la inteligencia mecánica sea el camino más mencionado hacia la superinteligencia, pudiera estar basada en lo biológico. La inteligencia humana pudiera aumentarse por medio de la tecnología o humanos futuros pudieran ser modificados genéticamente para contar con una inteligencia superior. Aun cuando la mayoría de los países occidentales tendrían probablemente escrúpulos con respecto de cualquier cosa asociada con la eugenesia, existen evidencias de que los chinos tienen pocos. El Insti-

vestigadores importantes con experiencia en el estudio de neurociencia han expresado este punto de vista. Noam Chomsky, quien ha estudiado ciencia cognitiva en el MIT por más de 60 años, dice que estamos a «eones» de construir una Inteligencia Artificial de nivel humano y que la Singularidad es «ciencia ficción».[8] Steven Pinker, psicólogo de Harvard, concuerda con él, al decir: «No existe el menor motivo para creer en una inminente singularidad. El que usted pueda avizorar el futuro con su imaginación no evidencia que sea factible o incluso posible».[9] Gordon Moore, cuyo nombre parece destinado a ser asociado a una tecnología que avanza exponencialmente, es asimismo escéptico respecto de que suceda algo que se parezca a la Singularidad.[10]

Aun así, la expectativa temporal de Kurzweil para el arribo de la Inteligencia Artificial tiene sus muchos defensores. Max Tegmark, físico del MIT, uno de los coautores del artículo de Hawking, dijo a James Hamblin de *The Atlantic* que esto es «una cosa inminente. Quienquiera que piense en lo que sus hijos deban estudiar en la prepa o en la universidad debe preocuparse mucho de esto».[11] Otros ven a una máquina pensante como algo muy posible, aunque muy a futuro. Por ejemplo, Gary Marcus cree que desarrollar una Inteligencia Artificial fuerte tomaría al menos el doble de tiempo que estima Kurzweil, pero «es muy posible que las máquinas sean más inteligentes que nosotros antes de fin de siglo, no solamente para jugar ajedrez o responder preguntas de trivia, sino en prácticamente todo, desde las matemáticas y la ingeniería hasta la ciencia y la medicina».[12]

tuto Genómico de Pekín ha recopilado miles de muestras de ADN de personas con coeficientes de inteligencia muy altos y actualmente trabaja aislando genes vinculados con la inteligencia. Los chinos pudieran usar esta información para filtrar embriones en busca de alta inteligencia y con el tiempo lograr que la población sea más inteligente.

En años recientes, la especulación respecto de la Inteligencia Artificial de nivel humano se ha alejado de un abordaje de programación vertical para acercarse a la ingeniería inversa y luego simular al cerebro humano. Hay mucho desacuerdo sobre la viabilidad de este tema y en torno al grado de comprensión detallada necesaria antes de que se pueda crear una simulación funcional del cerebro. En general, los expertos en informática tienden a ser más optimistas, mientras que los especialistas y conocedores de ciencias biológicas o psicología son a menudos los más escépticos. El biólogo P. Z. Myers de la Universidad de Minnesota ha sido especialmente crítico. En una desdeñosa entrada de blog en respuesta a la predicción de Kurzweil de que el cerebro sería sujeto de ingeniería inversa para 2020, Myers dijo que Kurzweil es un «loquito» que «nada sabe acerca de cómo funciona el cerebro» y tiene una propensión por «inventar sandeces y hacer afirmaciones ridículas sin relación con la realidad».[13]

Esto pudiera no venir al caso. Los optimistas de la Inteligencia Artificial arguyen que la simulación no tiene que ser fiel al cerebro biológico en todos sus detalles. Después de todo, los aviones no aletean como pájaros. Los escépticos seguramente dirían que no estamos siquiera cerca de entender la aerodinámica de la inteligencia lo suficiente como para construirnos alas, sea que batan o no. Los optimistas pudieran entonces responder que los hermanos Wright construyeron su avión con base en ensayos y experimentación, y ciertamente no se basaron en la teoría aerodinámica. Y así sucesivamente.

El lado oscuro

Aun cuando típicamente los singularianos poseen un punto de vista bastante optimista respecto de la probabilidad de una futura explosión de inteligencia, otros se muestran más circunspectos. Para muchos expertos que han pensado en profundidad acerca de las implicaciones de la Inteligencia Artificial avanzada, parece irremediablemente ingenuo el supuesto de que una inteligencia completamente extraña y sobrehumana pudiera, como cuestión de rutina, ser conducida a abocar su energía hacia el mejoramiento de la humanidad. La preocupación de algunos miembros de la comunidad científica es tan alto que han fundado varias organizaciones para dedicarse específicamente a analizar los peligros de la inteligencia mecánica o a investigar cómo integrar «amigabilidad» en los futuros sistemas de Inteligencia Artificial.

En su libro *Nuestro invento final: Inteligencia Artificial y el fin de la era humana*, publicado en 2013, James Barrat describe lo que llama «el escenario del niño ocupado».[14] En algún lugar secreto —acaso un laboratorio gubernamental, una firma de Wall Street o alguna corporación de la industria de tecnología de la información—, un grupo de expertos en informática observa cómo una máquina de Inteligencia Artificial se aproxima a la capacidad humana y finalmente la excede. A este chico de Inteligencia Artificial los científicos ya le habían proporcionado vastas series de información, incluyendo acaso casi todos los libros que se han escrito así como datos tomados de internet. A medida que el sistema se acerca a una inteligencia humana, empero, los investigadores lo desconectan del mundo exterior. De hecho, lo encierran en una caja. La cuestión es si permanecerá ahí. Después de todo, la Inteligencia Artificial bien podría desear escapar de su caja y extender sus horizontes. Para lograr esto, podría emplear su capacidad superior para engañar a los científicos y hacer promesas o amenazas dirigidas al grupo o a individuos en lo particular. La máquina, así, no solo sería más lista, podría concebir y evaluar ideas y alternativas a una velocidad sorprendente. Sería como jugar ajedrez contra Gary Kasparov sin reglas justas: si bien uno tendría que mover en 15 minutos, a él se le permitiría hacerlo en una hora. Desde el punto de vista de esos científicos preocupados, es inaceptablemente alto el riesgo de que de alguna manera la Inteligencia Artificial escape de la caja, acceda a internet y tal vez se copie toda y parte de sí misma en otras computadoras. Si la Inteligencia Artificial se liberara, obviamente amenazaría diversos sistemas cruciales, incluyendo el financiero, las redes de control militar, y la red eléctrica y demás infraestructura energética.

El problema, claro está, es que todo esto suena extraordinariamente cercano a los escenarios urdidos en las películas y novelas de ciencia ficción. La idea está afianzada tan firmemente en la fantasía que cualquier intento de discutirla seriamente invitaría a ser ridiculizada. No es difícil imaginar la burla que se le dispensaría a cualquier funcionario público o político que formulara dichas inquietudes.

Tras bambalinas, sin embargo, no hay duda de que el interés por la Inteligencia Artificial en las fuerzas armadas, las agencias de seguridad y las grandes empresas solamente crecerá. Una de las implicaciones más obvias de una explosión de inteligencia potencial es que resultaría en una abrumadora ventaja para aquel que la desarrolle primero. En otras palabras, quien llegue primero a la meta será indudablemente inalcanzable. Este es uno de los principales motivos del temor a una carrera armamentista en Inteligencia Artificial. La magnitud de tal ventaja inicial asimismo llevará a que cualquier Inteligencia Artificial emergente se incitará velozmente hacia su automejoramiento, si no por el sistema mismo, por sus creadores humanos. En este sentido, la explosión de inteligencia bien pudiera convertirse en una profecía que se cumple a sí misma. Así pues, pienso que sería de sabios aplicar algo similar a aquella doctrina del «uno por ciento» del exvicepresidente de Estados Unidos, Dick Cheney, al espectro de la Inteligencia Artificial: las posibilidades de que ocurra, al menos en el futuro inmediato, pudieran ser muy bajas, pero sus implicaciones serían tan graves que debieran tomarse en serio.

Incluso si descalificáramos los riesgos existenciales vinculados a la Inteligencia Artificial avanzada y asumiéramos que cualquier futuro con máquinas pensantes sería amable, el impacto sobre el mercado laboral y la economía sería tremendo. En un mundo donde las máquinas pudieran alcanzar e incluso sobrepasar la capacidad de las personas más inteligentes, se vuelve muy difícil imaginar quién exactamente tendría un empleo. En la mayoría de las áreas, no obstante su educación o entrenamiento, inclusive de las universidades más exclusivas, ningún ser humano podría competir contra tales máquinas. Incluso estarían en riesgo las ocupaciones reservadas —creemos— a las personas. Por ejemplo, los actores y los músicos deberán competir con simulaciones digitales imbuidas de verdadera inteligencia así como de talento sobrehumano. Pudieran ser creaciones totalmente nuevas, diseñadas a la perfección física, o podrían estar basadas en personas reales, vivas o muertas.

En esencia, el advenimiento de una Inteligencia Artificial ampliamente distribuida significa el cumplimiento del experimento de la «invasión alienígena» que ya expuse. En lugar de implicar una amenaza a aquellas tareas rutinarias, repetitivas y predecibles, las máquinas podrían hacer casi cualquier cosa. Ello significaría, desde luego, que prácticamente nadie podrá devengar un ingreso del trabajo. La renta proveniente del capital, o, de hecho, de la propiedad de las máquinas, se concentraría en las manos de una ínfima élite. Los consumidores, por su parte, carecerán del ingreso suficiente para adquirir la producción creada por las máquinas inteligentes. La consecuencia sería una amplificación extraordinaria de las tendencias que hemos comentado.

Sin embargo, ello no representaría necesariamente el fin de la historia. Tanto los que creen en la promesa de la Singularidad como a quienes preocupan los peligros de la Inteligencia Artificial a menudo la ven interactuando con, o tal vez permitiendo, otra fuerza potencialmente perturbadora: la llegada de la nanotecnología avanzada.

Nanotecnología avanzada

Es difícil definir a la nanotecnología. Desde su origen esta disciplina se ha colocado en el límite entre la ciencia realista y lo que se caracterizaría como pura fantasía. Ha sido sometida a un grado extraordinario de publicidad exagerada, controversia e incluso terror, y ha sido el foco de batallas políticas multimillonarias así como de una guerra de palabras e ideas entre dos de las grandes celebridades de la disciplina.

Las ideas fundamentales que subyacen en la nanotecnología se remontan al menos hasta diciembre de 1959, cuando el legendario Richard Feynman, premio Nobel de física, se dirigió a un auditorio del Instituto Tecnológico de California. Su conferencia se titulaba «Hay mucho espacio en el fondo» y expuso «el problema de manipular y controlar las cosas a pequeña escala» y por «pequeñas» se refería a cosas *realmente* diminutas. Feynman declaró que «no temía concebir la cuestión final como que finalmente —en el futuro lejano— podríamos arreglar los átomos como quisiéramos; los meros átomos, ¡hasta el fondo!». Claramente Feynman estaba avizorando un abordaje mecánico a la química arguyendo que casi todas las sustancias podrían sintetizarse simplemente colocando los «átomos donde el químico dice y así elaborar la sustancia».[15]

A finales de los años setenta, K. Eric Drexler, entonces alumno del Instituto Tecnológico de Massachusetts, tomó la estafeta de Feynman para llevarla, si no a la meta, al menos a la siguiente vuelta. Drexler imaginó un mundo donde máquinas moleculares a nanoescala podrían restructurar átomos para transformar instantáneamente materias primas baratas y abundantes en casi cualquier cosa que se quisiera producir. Acuñó para esto el término «nanotecnología» y escribió dos libros sobre el tema. El primero, *Motores de creación: la era inminente de la nanotecnología*, publicado en 1986, se popularizó y se constituyó en el propulsor de la nanotecnología en la esfera pública; la obra proporcionó nuevo material para los escritores de ciencia ficción y, según algunos, inspiró a una toda una generación de jóvenes científicos a dedicarse a la nanotecnología. El segundo libro de Drexler, *Nanosistemas: maquinaria, manufactura y computación moleculares*, fue mucho más técnico, basado en su tesis doctoral en el MIT, donde obtuvo el primer doctorado en nanotecnología molecular.

La sola idea de máquinas moleculares pudiera parecer una farsa hasta que se toma en cuenta que tales aparatos existen y, de hecho, integran la química de la vida. El ejemplo más destacado es el ribosoma, en esencia una fábrica molecular dentro de las células que lee la información codificada en el ADN y a continuación ensambla las miles de moléculas de proteína que conforman las partes funcionales de todo organismo biológico. Aun así, Drexler estaba haciendo una afirmación radical al sugerir que tales maquinitas podrían, algún día, desplazarse fuera del ámbito de la biología —donde los ensambladores moleculares operan en ambiente suave y acuático—, hacia un mundo ocupado ahora por máquinas a gran escala construidas de materiales duros y secos como el acero y el plástico.

No obstante lo radicales que eran las ideas de Drexler, para el cambio de milenio la nanotecnología había claramente entrado a la cultura general. En 2000 el Congreso de los Estados Unidos aprobó y el presidente Clinton promulgó una iniciativa de ley que creaba la Iniciativa Nacional de Nanotecnología (NNI), un programa diseñado para coordinar los esfuerzos en este ramo. La administración de George W. Bush a su vez impulsó en 2004 la Ley Nacional de Investigación y Desarrollo en Nanotecnología para el Siglo XXI, la cual asignaba recursos por 3 700 millones de dólares. En total, entre 2001 y 2013 el gobierno federal de los Estados Unidos canalizó casi 18 000 millones de dólares a investigación en nanotecnología por medio de la NNI. A su vez la administración Obama solicitó 1 700 millones de dólares adicionales en 2014.[16]

Aunque todo esto parece maravilloso para la investigación en manufactura molecular, la realidad ha sido muy distinta. Según el relato de Drexler, se dio un inmenso subterfugio incluso apenas el Congreso asignó los fondos a la investigación nanotecnológica. En *Abundancia radical: cómo la revolución en la nanotecnología cambiará a la civilización*, publicado en 2013, Drexler señala que cuando la Iniciativa Nacional de Nanotecnología fue concebida en 2000, su plan explicaba que «la esencia de la nanotecnología es la capacidad de trabajar a nivel molecular, átomo por átomo, a fin de crear estructuras grandes con una organización molecular fundamentalmente nueva» y la investigación debía dirigirse a obtener «control sobre estructuras y dispositivos a nivel atómico, molecular y supramolecular, así como aprender a fabricarlos y usarlos eficientemente».[17] En otras palabras, el plan de la NNI se derivaba directamente de la conferencia de Feynman en 1959 y de los ensayos de Drexler en el MIT.

Sin embargo, apenas se puso en marcha la NNI se desplegó un panorama totalmente distinto. De acuerdo con Drexler, de inmediato los líderes recién autorizados «purgaron los planes de la NNI de cualquier mención de átomos o moléculas en relación a la manufactura y redefinieron la nanotecnología para que abarcara cualquier cosa lo suficientemente pequeña. Entraron las partículas diminutas y salió la precisión atómica».[18] Desde el punto de vista de Drexler al menos, era como si el barco de la nanotecnología hubiera sido secuestrado por piratas que echaron las máquinas moleculares dinámicas por la borda y se dieron a la vela con una carga compuesta totalmente de materiales hechos de partículas diminutas pero estáticas. Bajo la supervisión de la NNI, prácticamente todo el financiamiento para los proyectos nanotecnológicos se destinó a la investigación en técnicas tradicionales aplicadas a la química y la ciencia de materiales. La ciencia de ensamblaje molecular y manufactura acabó con poco más que nada.

Varios factores influyeron en este súbito alejamiento de la manufactura molecular. En 2000 Bill Joy, cofundador de la empresa Sun Microsystems, escribió un artículo publicado en la revista *Wired*, titulado «¿Por qué el futuro no nos necesita?» en el cual destacó los peligros existenciales relacionados con la genética, la nanotecnología y la Inteligencia Artificial. El mismo Drexler ha discutido la posibilidad de estar ante ensambladores moleculares fuera de control y capaces de reproducirse a sí mismos, como las escobas del aprendiz de brujo, que podrían utilizarnos, y a casi todo, como alimento. En *Motores de creación*, Drexler se refirió a esto como el escenario de la «plasta gris» y ominosamente señaló que «lo perfectamente claro es que no podemos darnos el lujo de sufrir accidentes con los ensambladores reproducibles».[19] Joy pensaba que ello era una especie de sobrentendido: «la plasta gris seguramente sería un final deprimente para nuestra aventura humana en la Tierra, mucho peor que morir por fuego o hielo, y uno que derivaría de un mero accidente de laboratorio».[20] Aun así, se echó más combustible al fuego en 2002 cuando Michael Crichton publicó su popular novela *Presa*, la cual relataba la historia de marabuntas de nanobots predadores y comenzaba con una introducción que citaba, de nueva cuenta, pasajes del libro de Drexler.

La preocupación pública en torno a la plasta gris y los nanobots hambrientos es tan solo parte del problema. Otros científicos empiezan a cuestionarse si la fabricación molecular es viable. Entre los escépticos más destacados estaba el finado Richard Smalley, premio Nobel de química por su trabajo sobre los materiales microscópicos. Smalley concluyó que la fabricación molecular, fuera del ámbito de los sistemas biológicos, se oponía fundamentalmente a las realidades de la química. En una polémica pública con Drexler, en revistas científicas, arguyó que los átomos no podían plantarse mecánicamente; por el contrario, solo podían ser inducidos a formar enlaces, por lo cual sería imposible construir maquinaria molecular capaz de lograr esto. Luego Drexler acusó a Smalley de citar su trabajo de manera incorrecta, apuntando que Smalley mismo había dicho que «cuando un científico dice que algo es posible, probablemente está subestimando cuánto tiempo tomará. Pero cuando dice que algo es imposible, probablemente está equivocado». El debate se intensificó y adquirió connotaciones personales; culminó cuando Smalley acusó a Drexler de «asustar a nuestros hijos» y concluyendo luego que «aunque nuestro futuro en el mundo real implicara un reto con riesgos reales, no habrá un monstruo como el nanobot mecánico reproducible que usted sueña».[21]

La naturaleza y magnitud del impacto futuro de la nanotecnología dependerá en gran medida de si Drexler o Smalley finalmente hayan tenido la razón en su evaluación de la viabilidad de la fabricación molecular. Si prevalece el pesimismo de Smalley, entonces la nanotecnología seguirá siendo una disciplina dedicada principalmente al desarrollo de nuevos materiales y sustancias. Ya se ha verificado un progreso muy grande en este campo, más notablemente con el descubrimiento y el desarrollo de los nanotubos de carbono, rollos de hojas de átomos de carbono que poseen amplias propiedades. Los materiales compuestos de nanotubos de carbono son en potencia cien veces más resistentes que el acero pero con un sexto de su peso.[22] Asimismo, ofrecen una muy alta conductividad al calor y la electricidad. Los nanotubos de carbono ofrecen la posibilidad de nuevos materiales estructuralmente ligeros para automóviles y aviones, además desempeñan un papel importante en el desarrollo de la siguiente generación de tecnologías electrónicas. Otros importantes avances se observan en el desarrollo de poderosos sistemas de filtro medioambiental, en los exámenes médicos y en los tratamientos contra el cáncer. En 2013 los investigadores del Instituto Indio de Tecnología en Madrás anunciaron que habían logrado una tecnología de filtro por nanopartículas que efectivamente puede proporcionar agua potable para una familia de cinco personas a un costo de 16 dólares anuales.[23] Los nanofiltros eventualmente pueden proporcionar medios más eficaces para desalinizar aguas marinas. Si la nanotecnología sigue este camino, crecerá su importancia, arrojando beneficios importantes en una amplia gama de aplicaciones que abarcan la manufactura, la medicina, la energía solar, la construcción y el medio ambiente. Sin embargo, la fabricación de nanomateriales es un proceso intensivo en capital y tecnología; por lo mismo, hay pocos motivos para esperar que esta tecnología pudiera crear muchos empleos nuevos.

Por otra parte, si la visión de Drexler se muestra siquiera parcialmente correcta, el impacto eventual de la nanotecnología pudiera expandirse a un nivel insólito. En *Abundancia radical*, Drexler describe cómo pudiera verse una fábrica futurista de bienes grandes. En una habitación del tamaño de una cochera, las máquinas robóticas rodean una plataforma móvil. El muro trasero del recinto está cubierto por diversos compartimentos, cada uno de las cuales es un modelo pequeño de la sala de montaje; a su vez cada uno contiene una miniversión de él mismo. A medida que los compartimentos se reducen en tamaño, la maquinaria es cada vez más pequeña, hasta alcanzar la escala microscópica, donde los átomos están dispuestos en moléculas. Apenas inicia el proceso, la fabricación comienza a nivel molecular y luego aumenta en cada nivel subsecuente conforme se ensamblan los componentes resultantes. Drexler imagina que una fábrica así puede producir y ensamblar un producto complejo, como un automóvil, en un minuto o dos. Una planta semejante pudiera revertir el proceso, desarmando productos terminados para reciclar sus partes.[24]

Claramente, en el futuro inmediato todo esto se halla en el ámbito de la ciencia ficción. No obstante, el logro final de la fabricación molecular significaría el fin de la industria manufacturera como la conocemos; conllevaría a su vez la desaparición de sectores de la economía, como la venta al menudeo, la distribución, y el manejo de desechos. El impacto sobre el empleo sería tremendo.

Al mismo tiempo, por supuesto, los bienes manufacturados serían muy baratos. En cierto sentido, la manufactura molecular ofrece una posible economía digital. Con frecuencia se dice que «la información quiere ser libre». La nanotecnología avanzada permitiría que se desarrolle un fenómeno semejante respecto de los bienes materiales. Algún día, las versiones de escritorio de la máquina fabricadora de Drexler pudieran presentar una capacidad similar a la del «reproductor» de la serie de televisión *Viaje a las estrellas*. Del mismo modo como la frecuente orden del capitán Picard, «Té, *Earl Grey*, caliente», resulta de inmediato en la bebida correcta, un fabricador molecular podría algún día crear casi cualquier cosa que quisiéramos.

Entre algunos tecnoptimistas, la posibilidad de la manufactura molecular se asocia fuertemente con el concepto de una economía «posescasez» en la cual casi todos los bienes materiales sean abundantes y prácticamente gratis. Igualmente se presume que los servicios serán brindados por sistemas de Inteligencia Artificial avanzada. En esta utopía tecnológica, los límites económicos y medioambientales serían eliminados por el reciclamiento molecular universal y la disponibilidad de energía abundante y limpia. La economía de mercado dejaría de existir y, como en *Viaje a las estrellas*, no se necesitaría el dinero. Si bien esto pudiera parecer un escenario muy atractivo, existen detalles que deben resolverse. Por ejemplo, la tierra seguirá escasa, lo cual dificulta el problema de cuánto espacio pudiera asignarse a las personas en un mundo mayormente sin empleos, dinero u oportunidades para que la mayoría pueda ascender en la escalera económica. Del mismo modo, no está claro cómo se mantendrán los incentivos para progresar en la ausencia de una economía de mercado.

Michio Kaku, físico y fanático de *Viaje a las estrellas*, ha dicho que considera la utopía nanotecnológica posible en unos 100 años.* Mientras tanto, se plantean diversas preguntas prácticas e inmediatas relativas a la manufactura molecular. El escenario de la plasta gris y demás temores relacionados con la autorreproducción siguen siendo muy preocupantes,

---

* Puede verse a Michio Kaku discutir el tema en el video «Can Nanotechnology Create Utopia?» en You Tube.

así como el posible poder destructor de dicha tecnología. En efecto, la fabricación molecular, si se dirigiera a la industria armamentista por un régimen autoritario, pudiera llevar a un mundo muy distante de la utopía. Drexler hace la advertencia de que si bien los Estados Unidos se ha alejado de la investigación organizada en fabricación molecular, otros países no lo han hecho. Estados Unidos, Europa y China se hallan aproximadamente en el mismo nivel de inversión en investigación nanotecnológica, pero esta se focaliza diferentemente.[25] Al igual que con la Inteligencia Artificial, pudiera estallar una carrera armamentista, por lo cual adoptar una actitud prematuramente derrotista respecto de la fabricación molecular pudiera ser equivalente al desarme unilateral.

Este capítulo se ha separado radicalmente de los argumentos más prácticos e inmediatos que he estado presentando a lo largo de este libro. La posibilidad de máquinas verdaderamente pensantes, la nanotecnología avanzada, y especialmente la Singularidad son, para decir lo menos, especulaciones. Quizás nada de esto sea posible o se halle a siglos de distancia en el futuro. Si estos avances se lograran finalmente, empero, indudablemente acelerarían la tendencia hacia la automatización y perturbarían la economía de modo insólito.

Asimismo, hasta cierto grado, se observa una especie de paradoja con estas tecnologías futuristas. El desarrollo de la Inteligencia Artificial y de la manufactura molecular demandarán una enorme inversión en investigación y desarrollo. Sin embargo, mucho antes de que las tecnologías auténticamente avanzadas se vuelvan una realidad práctica, formas más especializadas de Inteligencia Artificial y de robótica amenazarían numerosos empleos de diverso nivel de habilidad. Como ya hemos visto, esto pudiera socavar la demanda mercantil, y por lo mismo desincentivar la inversión en innovaciones tecnológicas. En otras palabras, la investigación necesaria para lograr la tecnología para la Singularidad podría jamás financiarse y el progreso podría, en efecto, autolimitarse. Ninguna de las tecnologías que hemos visto en este capítulo son necesarias para sostener los argumentos que he estado formulando; en su lugar, serían amplificadores posibles y dramáticos de una tendencia tecnológica hacia una mayor desigualdad y desempleo. En el siguiente capítulo veremos algunas medidas que pudieran contrarrestar esta tendencia.

Notas

[1] Stephen Hawking, Stuart Russell, Max Tegmark y Frank Wilczek, «Stephen Hawking: La trascendencia considera las implicaciones de la Inteligencia Artificial. Pero, ¿estamos tomando la Inteligencia Artificial suficientemente en serio?», *The Independent,* 1 de mayo de 2014, http://www.independent.co.uk/news/science/stephen-hawking-transcendence-looks-at-the-implications-of-artificial-intelligence-but-are-we-taking-ai-seriously-enough-9313474.html.

[2] James Barrat, *Our Final Invention: Artificial Intelligence and the End of the Human Era*, Nueva York, Thomas Dunne, 2013, pp. 196-197.

[3] Yann LeCun, Google+ Post, 28 de octubre de 2013, https://plus.google.com/+YannLeCunPhD/posts/Qwj9EEkUJXY.

[4] Gary Marcus, «Publicitando la Inteligencia Artificial, una vez más», *The New Yorker* (Elements blog), 1 de enero de 2014, http://www.newyorker.com/online/blogs/elements/2014/01/the-new-york-times-artificial-intelligence-hype-machine.html.

[5] Vernor Vinge, «La singularidad tecnológica que viene: cómo sobrevivir en la era post-humana», NASA VISION-21 Symposium, 30-31 de marzo de 1993.

[6] *Ibid.*

[7] Robert M. Geraci, «El culto de Kurzweil: ¿los robots salvarán nuestras almas?», *USC Religion Dispatches*, http://www.religiondispatches.org/archive/culture/4456/the_cult_of_kurzweil%3A_will_robots_save_our_souls/.

[8] «Noam Chomsky: ¡La Singularidad es ciencia ficción!», entrevista, YouTube, 4 de octubre de 2013, https://youtu.be/0kICLG4Zg8s.

[9] Citado por *IEEE Spectrum*, «Eminencias de la tecnología dirigen Singularidad», http://spectrum.ieee.org/computing/hardware/tech-luminaries-address-singularity.

[10] *Ibid.*

[11] James Hamblin, «Pero ¿qué podría significar para mí el fin de la humanidad?», *The Atlantic*, 9 de mayo de 2014, http://www.theatlantic.com/health/archive/2014/05/but-what-does-the-end-of-humanity-mean-for-me/361931/.

[12] Gary Marcus, « ¿Por qué debemos pensar en la amenaza de la Inteligencia Artificial?», *The New Yorker* (Elements blog), 24 de octubre de 2013, http://www.newyorker.com/online/blogs/elements/2013/10/why-we-should-think-about-the-threat-of-artificial-intelligence.html.

[13] P. Z. Myers, «Ray Kurzweil no entiende el cerebro», *Pharyngula Science Blog*, 17 de agosto de 2010, http://scienceblogs.com/pharyngula/2010/08/17/ray-kurzweil-does-not-understa/.

[14] Barrat, *Our Final Invention: Artificial Intelligence and the End of the Human Era*, Nueva York, Thomas Dunne Books/St Martin's Press, pp. 7-21.

[15] Richard Feynman, «Hay mucho sitio al fondo», conferencia en CalTech, 29 de diciembre de 1959, texto completo en http://www.zyvex.com/nanotech/feynman.html.

[16] Respecto del financiamiento federal de la investigación nanotecnológica, véase John F. Sargent Jr., «La Iniciativa Nacional de Nanotecnología: información general, reautorización y temas de asignaciones», Congressional Research Service, 7 de diciembre de 2013, https://www.fas.org/sgp/crs/misc/RL34401.pdf.

[17] K. Eric Drexler, *Radical Abundance: How a Revolution in Nanotechnology Will Change Civilization*, Nueva York, PublicAffairs, 2013, p. 205.

[18] *Ibid.*

[19] K. Eric Drexler, *Engines of Creation: The Coming Era of Nanotechnology*, Nueva York , Anchor Books, 1986, 1990, p. 173.

[20] Bill Joy, «Por qué el futuro no nos necesita», *Wired*, abril de 2000, http://www.wired.com/wired/archive/8.04/joy.html.

[21] «Nanotecnología: Drexler y Smalley toman posciciones en favor y en contra de los 'ensambladores moleculares' », *Chemical and Engineering News*, 1 de diciembre de 2003, http://pubs.acs.org/cen/coverstory/8148/8148counterpoint.html.

[22] Página electrónica del Institute of Nanotechnology: http://www.nano.org.uk/nano/nanotubes.php.

[23] Luciana Gravotta, «Filtro barato de nanotecnología limpia microbios peligrosos y químicos del agua potable», *Scientific American,* 7 de mayo de 2013, http://www.scientificamerican.com/article/cheap-nanotech-filter-water/

[24] Drexler, *Radical Abundance*, pp. 147-148.

[25] *Ibid.*, p. 210.

Capítulo 10

Hacia un nuevo paradigma económico

En una entrevista con el noticiero de *CBS News*, se le preguntó al presidente de los Estados Unidos si la grave situación del desempleo mejoraría pronto. «No hay una solución mágica», replicó, «para quedarnos quietos tenemos que movernos muy rápido». Se refería a que la economía debía crear decenas de miles de empleos nuevos cada mes tan solo para mantenerse al parejo del crecimiento poblacional e impedir que la tasa de desempleo creciera aún más. Señaló que «tenemos una combinación de trabajadores mayores que han sido echados de su trabajo debido a la tecnología, y de jóvenes que estarían ingresando» con muy poca educación. El presidente propuso un recorte fiscal para estimular a la economía, pero volvió a referirse una y otra vez al tema de la educación, en particular solicitando apoyo para los programas dirigidos a la «educación vocacional» y la «recapacitación laboral». El problema, dijo, no se solucionaría solo: «Demasiadas personas están entrando al mercado laboral y demasiadas máquinas las están echando».[1]

Las palabras del presidente capturan la suposición convencional y casi universal acerca de la naturaleza del problema del desempleo: la solución es siempre más educación o más capacitación vocacional. Con un entrenamiento adecuado, los trabajadores subirán por la escalera de las habilidades rebasando de alguna forma a las máquinas; efectuarán trabajo más creativo, más pensamiento elevado. Lo que las personas comunes pueden hacer no tiene límite cuando están educadas y capacitadas, y por ello tampoco hay límite al número de empleos de alto nivel que la economía puede crear para absorber a todos los trabajadores nuevamente capacitados. La educación y la capacitación, según parece, han sido la solución inmutable.

Para quienes sostienen este punto de vista, importa poco que el presidente citado se haya apellidado Kennedy y la fecha de la entrevista sea 2 de septiembre de 1963. Como el presidente Kennedy señaló, la tasa de desempleo entonces era de 5.5% y las máquinas estaban confinadas casi exclusivamente a «sustituir al trabajo manual». Siete meses más tarde, el informe de la Triple Revolución fue depositado en el escritorio del presidente Johnson. Pasaron otros cuatro años y entonces el doctor King se refirió a la ciencia y la tecnología en la Catedral Nacional de Washington DC. Al cabo de casi medio siglo, la creencia en la promesa de la educación como solución universal al desempleo y la pobreza apenas ha evolucionado. Empero, las máquinas han cambiado mucho.

Los rendimientos decrecientes de la educación

Si trazamos un gráfico de las ganancias producto de las crecientes inversiones en educación, muy posiblemente se parezca a las curvas S que vimos en el capítulo 3. La fruta al alcance de la mano que es la educación avanzada ya se encuentra lejos. Las tasas de escolaridad media se han estabilizado entre aproximadamente 75 y 80%. En décadas recientes, la mayoría de los resultados de los exámenes de evaluación muestran poca o ninguna mejora. Estamos en la meseta de la curva, donde los futuros progresos solo serán acumulativos en el mejor de los casos.

Gran parte de la evidencia sugiere que muchos estudiantes que asisten a las universidades y centros de educación superior de los Estados Unidos son incapaces académicamente o, en algunos casos, simplemente son inadecuados para el trabajo universitario. De estos, una amplia porción no pueden recibirse y al desertar quedan adeudando prestamos para estudiantes de enormes proporciones. De entre quienes se reciben la mitad no consigue un empleo que demande un grado académico, independientemente del perfil laboral. En total, cerca de 20% de los egresados de las instituciones de educación superior de los Estados Unidos se consideran sobrecalificados en su ocupación actual, y los ingresos promedio para los recién egresados han decaído en más de 10 años. En Europa, donde muchos países brindan educación gratuita y muy barata a sus estudiantes, aproximadamente 30% de los egresados están sobrecalificados para sus empleos.[2] En Canadá, la cifra es 27%;[3] en China un increíble 43% de la mano de obra lo está.[4]

En los Estados Unidos la creencia popular tiende a culpar a los alumnos y a los profesores. Se dice que los estudiantes universitarios pasan demasiado tiempo socializando y muy poco estudiando. Eligen disciplinas con pocas clases y poca carga académica, en lugar de las más rigurosas disciplinas técnicas. Aun así, hasta un tercio de los estudiantes estadounidenses que se gradúan como ingenieros, científicos y técnicos no se colocan en un puesto que aproveche su escolaridad.[5]

Steven Brint, sociólogo de la Universidad de California en Riverside que ha escrito mucho acerca de la educación superior, sostiene que de las instituciones estadounidenses egresan alumnos relativamente bien preparados para los empleos disponibles. Señala que «pocos empleos demandan habilidades especializadas que solo pueden adquirirse en programas técnicos, ya que la mayoría de los empleos son relativamente rutinarios». Lo esencial es «seguir las directrices de los supervisores» y «la confiabilidad y la constancia en el esfuerzo son muy valoradas». Concluyó que «trabajar con dedicación no se requiere en la universidad porque ello tampoco se requiere en el empleo. En la mayoría de los trabajos, asistir a tiempo y cumplir con las tareas es más importante que lograr un rendimiento extraordinario».[6] Difícilmente pueden hallarse mejores palabras para describir las características de un empleo vulnerable a la automatización.

La realidad es que otorgar más títulos académicos no incrementa la porción de la mano de obra que labora en los empleos profesionales, técnicos y administrativos que los egresados ambicionan. En su lugar, a menudo el resultado es la inflación de credenciales académicas; muchas ocupaciones que antes solo requerían un certificado de bachillerato ahora demandan licenciados con cuatro años de estudios, mientras que las maestrías se han convertido en las nuevas licenciaturas, y los títulos de las instituciones que no pertenecen a la élite están devaluados. Estamos enfrentando un límite fundamental en cuanto a las habilidades de las personas que estudian en las universidades como en el número de empleos de alta calificación a los que deberán aspirar si es que egresan. El problema es que la escalera de habilidades no es realmente una escalera: es una pirámide y hay muy poco espacio en la cúspide.

Históricamente, el mercado laboral siempre ha parecido una pirámide en cuanto a las habilidades laborales. En el vértice un grupo muy pequeño de profesionistas y empresarios muy capaces han sido responsables de las tareas más creativas e innovadoras. La gran mayoría de la mano de obra lleva a cabo actividades relativamente rutinarias y repetitivas. A medida que diversos sectores de la economía se han mecanizado o automatizado, los trabajadores han pasado de desempeñar trabajos rutinarios en un sector a hacerlo en otro. Aquel que hubiera trabajado en una granja en 1900, o en una fábrica en 1950, actualmente está registrando códigos de barra o llenando estantes en Walmart. En muchos casos, la transición ha exigido capacitación adicional y habilidades más complejas, pero el trabajo sigue siendo esencialmente rutinario. Por tanto, históricamente, ha habido una correspondencia razonable entre el tipo de trabajo que la economía exige y las habilidades de la mano de obra.

Sin embargo, es cada vez más claro que los robots, los algoritmos mecánicos u otras formas de automatización abarcarán gradualmente gran parte de la base de la pirámide de las habilidades laborales. Y dado que las aplicaciones de inteligencia artificial acapararán la mayoría de las ocupaciones calificadas, con el tiempo se contraerá hasta el área segura en la cúspide de la pirámide. La creencia popular sostiene que al invertir en más educación y capacitación, de algún modo lograremos retacar a todos los trabajadores en esa ínfima zona en la cima.* Pienso que suponer que esto es posible es como si creyéramos que a raíz de la mecanización de la agricultura la mayoría de los trabajadores desplazados encontrarán empleo conduciendo tractores. Las cifras simplemente dicen otra cosa.

La educación primaria y secundaria estadounidense, por supuesto, sufre de diversos problemas. En las grandes urbes, las escuelas de educación media enfrentan altísimas tasas de deserción, y los chicos en las zonas humildes están en gran desventaja aun antes de entrar al sistema escolar. Incluso si blandiéramos una varita mágica para darle a cada niño estadounidense una educación de gran calidad, ello solo entraña-

---

* Piénsese que muchos de esos empleos de alta calificación podrían también ser amenazados por la deslocalización en ultramar.

ría que más bachilleres irían a las universidades a competir por el escaso número de empleos en la cima de la pirámide. Esto no quiere decir, desde luego, que no agitemos la varita mágica: debemos hacerlo, pero no podemos esperar que ello resuelva nuestros problemas. Huelga decir que la varita en cuestión no existe, y que aunque hay un consenso universal de que tenemos que mejorar nuestras escuelas, este solo se da a un nivel muy superficial; si se comienza a hablar de obtener más dinero para las escuelas, subvencionarlas, despedir malos maestros, pagar más a los buenos docentes, tener ciclos escolares más largos, o dar vales para las escuelas privadas entonces deja de haber consenso y se tiene un tema políticamente intratable.

El punto de vista contrario a la automatización

Otra solución frecuentemente discutida es intentar detener la automatización. En términos más llanos, un sindicato podría oponerse a la instalación de máquinas nuevas en una fábrica, almacén o supermercado. Asimismo hay un argumento intelectualmente más matizado que formula que demasiada automatización simplemente pudiera ser mala para nosotros, incluso quizá peligrosa.

Nicholas Carr es acaso el exponente más famoso de este punto de vista. En su libro, *The Shallows* (Los banales) discute que internet podría estar impactando negativamente en nuestra capacidad para pensar. En un artículo que publicó en *The Atlantic* en 2013 titulado «Todo puede estar perdido: el riesgo de poner nuestro conocimiento en las manos de las máquinas», argumenta de manera similar sobre las repercusiones de la automatización. Carr se queja de que «el ascenso de la 'automatización tecnocéntrica' es la filosofía preponderante entre los programadores y expertos en informática» y cree que «esta filosofía privilegia las capacidades de la tecnología sobre los intereses de la gente».[7]

Este artículo incluye varias anécdotas que demuestran que la automatización puede erosionar las habilidades humanas, con resultados desastrosos en algunos casos. Algunos de ellos son un poco enigmáticos: por ejemplo, los cazadores inuit de Canadá septentrional están perdiendo una habilidad de navegar por el congelado ambiente, que se remonta a 4 000 años, en favor de buscar sus presas mediante un GPS. Los mejores ejemplos de Carr provienen, empero, de la aviación: la paradoja de la creciente automatización de la cabina reside en que si bien la tecnología aliviana la carga de conocimientos que los pilotos deben tener y ciertamente contribuye a una mayor seguridad, asimismo significa que los pilotos pasan menos tiempo volando el avión. En otras palabras, cuentan con menos práctica y, con el tiempo, las reacciones casi instintivas que distinguían a los pilotos profesionales se degradan. Preocupa a Carr que se aprecie un efecto similar en las oficinas, las fábricas y demás ámbitos laborales a medida que avance la automatización.

Esta idea de que la «filosofía del diseño» es el problema ha sido también abrazada, hasta cierto punto, por los economistas. Por ejemplo, Erik Brynjolfsson del MIT ha lanzado un «Gran reto para los empresarios, ingenieros y economistas» para que «inventen complementos, no sustitutos para el trabajo» y «remplacen la mentalidad de automatización y ahorro de trabajo humano con una mentalidad de hacedores y creadores».[8]

Supóngase que una empresa nueva tomara el reto de Brynjolfsson y construyera un sistema diseñado específicamente para mantener a las personas involucradas. Un competidor diseña un sistema totalmente automatizado o al menos uno que demanda una mínima intervención humana. Para que un sistema más humano sea económicamente competitivo, habrá de ser cierta una de dos premisas: o debe ser mucho menos caro, para compensar los costos laborales, o debe producir resultados tan superiores que brinde mayor valor a los consumidores y genere tales utilidades que los costos sean considerados una inversión racional. Hay buenos motivos para ser escépticos con ambos escenarios en la mayoría de las circunstancias. En el caso de la automatización de empleos de cuello blanco, ambos sistemas se compondrían principalmente de *software*, de tal manera que no habría una importante diferencia de costos. Es posible que, en algunas áreas centrales para el enfoque principal de una empresa, un sistema orientado a los seres humanos pudiera obtener una ventaja importante (y la capacidad de generar más ingresos a la larga), pero para la mayoría de las actividades rutinarias, donde simplemente asistir al trabajo es más importante que un desempeño destacado, esto parece poco probable.

Además, esta simple comparación de costos subraya su apoyo a la automatización. Cada trabajador nuevo que una empresa contrata añade una serie de costos periféricos. Cuantos más trabajadores se tengan, más gerentes y personal de recursos humanos se necesitan; asimismo los trabajadores necesitan oficinas, equipo y lugares para estacionarse, además, por otra parte, introducen incertidumbre: se enferman, trabajan mal, se toman vacaciones, se les descompone el auto, renuncian, y en general enfrentan muchísimas problemáticas.

Cada trabajador nuevo conlleva también una gama de pasivos. Un empleado puede lesionarse en el trabajo o pudiera lastimar a alguien. Existe el riesgo de daño a la reputación de la empresa. Si se quiere ver cómo se vapulea una marca corporativa, solo busque los resultados de la frase «conductor de camión pierde paquete» en Google.

El quid de la cuestión es que, pese a toda la retórica acerca de los «creadores de empleo», los empresarios *no desean* contratar más trabajadores: solo contratan porque no tienen alternativa. La progresión hacia una mayor automatización no es una «filosofía de diseño» o una preferencia personal de los ingenieros: es fundamentalmente impulsada por el capitalismo. El «ascenso de la automatización tecnocéntrica» que preocupa a Carr sucedió hace apenas 200 años y a los luditas —enemigos de la industrialización en la Inglaterra del siglo xix— les enfureció. La única diferencia es el progreso exponencial que actualmente avanza hacia el desenlace. Para cualquier empresa racional, la adopción de la tecnología ahorradora de trabajo humano será una tentación irresistible. Para cambiar esto no será suficiente apelar a los ingenieros y diseñadores: habrá que modificar los incentivos básicos de una economía de mercado.

Algunas de las preocupaciones de Carr son reales, pero la buena nueva es que en la mayoría de las áreas contamos con salvaguardas. Los ejemplos más dramáticos de riesgos ligados a la automatización son aquellos que amenazan vidas o pueden conducir a una catástrofe posible. De nuevo la aviación vuelve a la palestra. Aun así, estas áreas están sujetas a una amplia regulación. Por años la industria de la aviación ha estado consciente de la interacción entre la automatización de la cabina y los niveles de habilidad de los pilotos y presumiblemente ha incorporado este punto a sus procedimientos de entrenamiento. Sin duda, la trayectoria de seguridad del sistema de aviación moderno es extraordinaria. Algunos tecnólogos vaticinan que la automatización llegará al extremo; por ejemplo, Sebastian Thrun contó a *The New York Times* que la de «piloto de aerolínea» será una «profesión del pasado» en el futuro cercano.[9] Realmente no creo que pronto veamos a 300 personas abordando un avión sin piloto. La combinación de regulación, pasivos potenciales y la simple aceptación de parte de la sociedad ciertamente impulsará ocupaciones directamente ligadas a la seguridad pública. Será en las decenas de millones de *otros empleos* —los trabajadores de la industria de comida rápida, los oficinistas y demás— donde el impacto de la automatización será más notable. En dichas áreas, una posible falla técnica o la incapacidad personal acarrearían consecuencias menos espectaculares, y hay relativamente pocas barreras a la automatización total, impulsada, claro, por incentivos del mercado.

A lo largo de nuestra economía y sociedad, gradualmente las máquinas se están transformando: van dejando de desempeñar su papel histórico como herramientas y, en muchos casos, se están volviendo trabajadores autónomos. Carr estima que esto es peligroso y tal vez quisiera que el proceso se detuviera. Sin embargo, la realidad es que la extraordinaria riqueza y confort que hemos alcanzado en la civilización moderna son el resultado directo de la marcha de la tecnología, y la irresistible marcha para desarrollar formas más eficientes de economizar mano de obra humana ha sido, sin duda, el factor más importante que ha impulsado dicho progreso. Es fácil afirmar que uno se opone a una automatización excesiva sin ser un opositor de la tecnología en general. En la práctica, sin embargo, estas dos tendencias están interrelacionadas, y una intervención gubernamental masiva —y mal aconsejada— en el sector privado estaría destinada a fracasar si intenta detener el ascenso de la tecnología autónoma en el seno de las empresas.

En favor de un ingreso básico garantizado

Si aceptamos la idea de que una mayor inversión en educación y capacitación no resolvería nuestros problemas, y que no es realista detener la automatización, entonces estamos obligados a examinar opciones de políticas no convencionales. A mi juicio, la solución más efectiva sería alguna forma de ingreso básico garantizado.

Un ingreso básico, o mínimo garantizado, no es una idea nueva. En el contexto del paisaje político contemporáneo en los Estados Unidos, un ingreso garantizado ha sido rechazado como «socialismo» y como una expansión masiva del Estado de bienestar. Sus orígenes históricos, sin embargo, sugieran algo muy distinto. Si bien un ingreso básico ha sido adoptado por diversos economistas e intelectuales de ambos extremos de espectro político, la idea ha sido apadrinada con cierta vehemencia por conservadores y libertarios. Friedrich Hayek, quien se convirtió en un icono de los conservadores de hoy, fue uno de sus exponentes más elocuentes. En su obra *Law, Legislation and Liberty* (Ley, legislación y libertad), publicada entre 1973 y 1979, sugirió que un ingreso garantizado sería una política gubernamental legítima que tendría como propósito brindar un seguro contra la adversidad, y que la necesidad de este tipo de red de seguridad es resultado directo de la transición a una sociedad más móvil y abierta donde muchos individuos ya no pueden depender de los sistemas tradicionales de solidaridad social:

Sin embargo, respecto de la necesidad de acción por parte del gobierno se aprecia otra clase de riesgos comunes que no ha sido aceptada hasta recientemente [...] Aquí el problema reside principalmente en el destino de aquellos que, por diversos motivos, no pueden ganarse la vida en el mercado [...] es decir[,] todas las personas que sufren condiciones adversas que pueden afectar a cualquiera y contra las cuales la mayoría de los individuos no puede forjar en solitario una protección adecuada, pero que una sociedad que ha alcanzado un cierto nivel de riqueza puede brindar a todos sus miembros.

La seguridad de un cierto ingreso mínimo para todos, o una especie de límite debajo del cual nadie puede descender, incluso si es incapaz de valerse por sí mismo; representa no solo una protección absolutamente legítima contra el riesgo común a todos, sino una parte de la Gran Sociedad, donde el individuo ya no tiene derechos específicos sobre los miembros del grupo particular dentro del cual nació.[10]

Tales palabras pudieran sorprender a aquellos conservadores que han aceptado la caricatura de Hayek creada por la extrema derecha. Por supuesto, cuando Hayek utiliza las palabras «Gran Sociedad» se refiere a algo muy distinto a lo que el expresidente Lyndon Johnson concibió al acuñar la misma frase. En lugar de un acrecentamiento del Estado de bienestar, Hayek visualizó una sociedad basada en la libertad individual, principios de mercado, el Estado de derecho y un gobierno limitado. Aun así, su referencia a la «Gran Sociedad», aparte de su reconocimiento de que «una sociedad que ha alcanzado un cierto nivel de riqueza puede brindar a todos sus miembros», parece contrastar diametralmente con los puntos de vista conservadores más extremos de hoy día que suelen adoptar las palabras de Margaret Thatcher de que «no existe tal cosa como una sociedad».

En efecto, en la actualidad es casi seguro que la propuesta de un ingreso garantizado sería atacada como un mecanismo liberal que intentaría producir «resultados iguales». El mismo Hayek lo rechazaba explícitamente al escribir que «es lamentable que el esfuerzo de conseguir un ingreso mínimo uniforme para todos los que no pueden valerse por sí mismos se haya ligado al objetivo completamente distinto de asegurar una distribución 'justa' del ingreso».[11] Para Hayek, nada tiene que ver un ingreso garantizado con la igualdad o la «justa distribución»; se refería a un seguro contra la adversidad así como a una eficiente función socioeconómica.

Pienso que una de las principales aportaciones de Hayek es que era principalmente un realista en lugar de un ideólogo. Entendió que la naturaleza de la sociedad estaba cambiando; las personas habían abandonado las granjas, donde eran mayormente autosuficientes, por las ciudades, donde dependían de los empleos, y la familia extendida se estaba disolviendo, forzando a los individuos a afrontar mayores riesgos. No tenía problema con que el gobierno ayudara a asegurar a las personas contra dichos riesgos. Su idea de que el papel del gobierno podía cambiar con el tiempo se aplica, desde luego, a los retos que hoy enfrentamos.*

El argumento conservador a favor de un ingreso básico se centra en el hecho de que proporciona una red de seguridad al tiempo que respeta la libertad de elección individual. En vez de que el gobierno interfiera con las decisiones económicas o se dedique a brindar bienes y servicios, se trata de darle a todos los medios para participar en el mercado. Es fundamentalmente un abordaje capitalista a la conveniencia de proporcionar una red de seguridad mínima, cuya instrumentación volvería innecesarios otros mecanismos menos eficien-

---

* La idea de que tanto gobierno como sociedad deben evolucionar con los tiempos ha sido repetida por otro icono conservador. He aquí una cita de Thomas Jefferson, la cual se encuentra grabada en la placa número 4 del Monumento a Jefferson en Washington DC: «No abogo por cambios frecuentes a las leyes y las constituciones, pero las leyes y las instituciones deben corresponder al progreso de la mente humana. A medida que esta se desarrolla, se ilustra y nuevos descubrimientos se logran, se descubren nuevas verdades y cambian las costumbres y las opiniones; con el cambio de las circunstancias, las instituciones deben avanzar asimismo para adaptarse al ritmo de los tiempos. Podríamos lo mismo solicitarle a un hombre que porte un abrigo que le quedaba cuando era niño que a una sociedad civilizada que permanezca bajo el régimen de sus bárbaros ancestros».

tes, como el salario mínimo, los cupones de alimento, la previsión social y la ayuda a la vivienda.

Si adoptáramos el pragmatismo de Hayek y lo aplicáramos a la situación que se espera para las próximas décadas, es muy probable que el gobierno tuviera que actuar de cara a los crecientes riesgos que enfrenta la seguridad económica individual, ocasionados por los avances tecnológicos. Si rechazáramos la solución mercantil de Hayek, entonces acabaríamos con una expansión del Estado de bienestar tradicional, junto con todos los problemas que conlleva. Es fácil imaginar el ascenso eventual de una inmensa burocracia que deberá gestionar la alimentación y la vivienda para una enorme masa de personas privadas de derechos económicos, quizás en ambientes de distopías cuasiinstitucionales.

En efecto, muy probablemente este último sea el camino de menor resistencia, y el obligado si no hacemos nada. Un ingreso básico sería eficiente y acarrearía costos administrativos relativamente bajos. En cambio, una expansión de la burocracia del Estado de bienestar sería mucho más cara y su impacto mucho más desigual. Ciertamente ayudará a menos personas, pero creará muchos empleos tradicionales, algunos de los cuales serán muy lucrativos. Además, se prohijarán oportunidades para que contratistas privados se incorporen al tren de la corrupción. Estos beneficiarios de élite —los administradores de alto rango, los ejecutivos de empresas privadas— seguramente ejercerán presión política para que las cosas se dirijan por este sendero.

Por supuesto, actualmente hay muchos ejemplos de esto. Grandes programas de armamento que el Pentágono no desea están protegidos por el Congreso por cuanto generan unos cuantos empleos (en relación a su enorme costo) y forran de ganancias a grandes corporaciones. Los Estados Unidos tienen a 2 400 000 personas en prisión, una tasa de encarcelamiento *per cápita* del triple de cualquier país y más de 10 veces la de países avanzados como Dinamarca, Finlandia y Japón. Para 2008 cerca de 60% de estas personas eran delincuentes no violentos, y el costo anual de resguardarlos es de aproximadamente 26 000 dólares por persona.[12] Élites poderosas —que incluyen a los custodios, los sindicatos y los ejecutivos de grandes corporaciones que operan dichos reclusorios— están muy incentivadas para asegurarse de que los Estados Unidos se mantengan en este extremo.

Para los progresistas, un ingreso garantizado sería más fácil de vender en el actual clima político. A pesar del argumento de Hayek en contrario, muchos liberales pudieran adoptar la idea como método para lograr una mayor justicia económica y social. Un ingreso básico pudiera convertirse efectivamente en un algoritmo poderoso que aliviaría la pobreza y mitigaría la desigualdad de ingresos. Por decreto presidencial, la indigencia y la pobreza extrema en los Estados Unidos pudieran ser erradicadas.

La cuestión de los incentivos

El factor más importante para diseñar un plan viable de ingreso garantizado es que cuente con los incentivos correctos. El objetivo sería proporcionar una red de seguridad universal así como suplementar ingresos bajos, sin crear un elemento disuasorio para el trabajo y la productividad. El ingreso sería relativamente mínimo: el suficiente para cubrir las necesidades básicas, pero no para vivir con holgura. Asimismo, se ha sostenido que hay que fijar al inicio el nivel de ingreso por debajo del mínimo necesario e incrementarlo gradualmente luego de examinar su impacto en la mano de obra.

La posible instrumentación de un ingreso garantizado puede abordarse de dos formas: se paga un ingreso básico incondicional a cada ciudadano adulto independientemente de que goce de otros ingresos; o bien, se pagaría solamente un ingreso mínimo garantizado (y otras variantes, como una tasa negativa del impuesto sobre la renta) a aquellas personas que se hallen en la base de la distribución del ingreso y se eliminaría en la medida que sus ingresos aumenten. Si bien la segunda alternativa es obviamente menos cara, conlleva el peligro de un desastroso incentivo perverso. Si el ingreso garantizado se evaluara socioeconómicamente en niveles de ingresos bajos, los beneficiarios verían sus ingresos adicionales gravados fiscalmente a extremos que pudieran ser confiscatorios. En otras palabras, podrían ellos caer en una «trampa de pobreza» al haber poco o ningún beneficio en trabajar con afán. Tal vez el peor ejemplo de esto se observa en los programas de incapacidad del Seguro Social estadounidense, al que muchas personas echan mano como especie de ingreso garantizado, cuando se han agotado otras fuentes. Apenas una persona puede recibir pagos por incapacidad, cualquier intento de trabajar le acarrearía el peligro de perder tanto el ingreso como las prestaciones médicas. Por consiguiente, prácticamente nadie que entra al programa en cuestión vuelve a trabajar.

Claramente, si un ingreso garantizado se evaluara socioeconómicamente, tendría que situarse en un nivel relativamente alto, de preferencia muy adentro del campo de la clase media; quien decidiera rechazar otras oportunidades de obtener un ingreso mayor enfrentaría un abismo. Otra buena idea sería discriminar entre el ingreso activo y el pasivo. Un ingreso garantizado pudiera ser contrastado socioeconómicamente de manera agresiva contra ingresos pasivos, como una pensión, una renta por inversiones o los provenientes de un pequeño negocio, mientras que los ingresos activos, como los sueldos y salarios, no lo serían o en su defecto solo a un nivel mucho más alto. Esto aseguraría un incentivo constante para que todos trabajen tan duro como sea posible, conforme a las oportunidades disponibles.

Un programa de ingreso garantizado crearía a su vez incentivos más sutiles para los individuos y sus familias. En su libro *In Our Hands: A Plan to Replace the Welfare State* (En nuestras manos: un plan para sustituir el Estado de bienestar), publicado en 2006, el sociólogo conservador Charles Murray argumenta que el ingreso garantizado volvería más matrimoniables a los hombres sin educación superior. Este grupo ha sido el más golpeado por la tecnología y la deslocalización industrial. Un ingreso garantizado podría incrementar las tasas de nupcialidad entre los grupos de bajos ingresos, en tanto que ayudaría a revertir la tendencia que favorece a los hogares monoparentales. Desde luego, esto asimismo volvería más viable que un padre o madre elija quedarse en casa a cuidar a los hijos pequeños. Estas son las cosas que atraerían a las personas a lo largo del espectro político.

Más allá de esto, pienso que hay razones muy persuasivas para desarrollar incentivos más explícitos en el programa de ingresos básicos, los más importantes serían los que favorezcan la educación, especialmente a nivel medio. Datos recientes muestran que sigue habiendo un fuerte incentivo económico para obtener un título académico. Sin embargo, la triste realidad es que esto no se debe a que se estén expandiendo las oportunidades a aquellos con título universitario sino que las hay cada vez menos para los egresados de educación media. Pienso que esto acarrea un peligro real de que, para un gran número de personas que no tendrían por qué egresar de una universidad, hay poco incentivo para terminar el ciclo de educación media. Si un estudiante de bachillerato con pocos recursos sabe que recibirá un ingreso garantizado, ya sea que se gradúe o no, ello crea un fuerte incentivo perverso. Por tanto, debemos pagar un ingreso algo mayor a quienes obtienen su certificado de estudios (o su equivalente).

La idea general es que debemos valorar la educación como un bien social. Todos nos beneficiamos cuando quienes nos rodean están mejor educados; esto conduce generalmente a una sociedad más civilizada así como a una economía más productiva. Si estamos destinados a pasar a una era en la cual el trabajo tradicional se vuelve más escaso, entonces una población educada se hallaría en una mejor posición para usar constructivamente su tiempo libre. La tecnología está creando muchas oportunidades para pasar el tiempo de manera productiva. Wikipedia se debió a las incontables horas de trabajo gratuito de sus colaboradores. El movimiento de *software* abierto presenta otro ejemplo. Muchos echan a andar pequeños negocios en línea a fin de complementar sus ingresos. Aun así, para participar exitosamente en dichas actividades se necesita contar con un nivel de escolaridad adecuado.

Podrían instrumentarse otros incentivos. Por ejemplo, se pagaría un mayor ingreso a quienes se ofrezcan como voluntarios para el servicio a la comunidad o participen en proyectos medioambientales. Cuando sugerí establecer incentivos explícitos de esta clase en mi libro *The Lights in the Tunnel* (Las luces en el túnel), recibí muchas críticas de lectores libertarios que objetaron vehementemente la idea de un «Estado niñera». No obstante, pienso que hay incentivos básicos —el más crucial es la educación— con los cuales todos podemos estar de acuerdo. La idea esencial es replicar (aunque sea artificialmente) algunos incentivos ligados a los empleos tradicionales. En una época en la cual una mayor educación no siempre llevaría a una carrera ascendente, es importante que se asegure que todos tengamos un motivo imperativo para al

HACIA UN NUEVO PARADIGMA ECONÓMICO

menos terminar el bachillerato. Incluso Ayn Rand, si fuera racional, advertiría el beneficio personal de estar rodeada de personas con un nivel educativo mayor así como de más alternativas para el uso constructivo del tiempo libre.

El mercado como recurso renovable

Aparte de la necesidad de proporcionar una red básica de seguridad, pienso que al ingreso garantizado le asiste un poderoso argumento económico. Como hemos visto, la desigualdad que la tecnología impulsa amenazará el consumo en capas amplias de la sociedad. A medida que el mercado laboral se contraiga y se estanquen o desciendan los sueldos, el mecanismo que coloca poder adquisitivo en manos de los consumidores empezará a dislocarse menoscabando la demanda de bienes y servicios.

Para visualizar el problema, me parece útil concebir los mercados como un recurso renovable. Imagínese al mercado de consumo como un lago lleno de peces. Cuando una empresa vende bienes y servicios es como si atrapara peces; cuando se les pagan sueldos a los empleados es como si se echaran nuevos peces al lago. A medida que avanza la automatización y desaparecen los empleos, ello significa que cada vez menos peces regresan al lago. De nueva cuenta, hay que tomar en cuenta que casi todas las industrias más importantes dependen de atrapar grandes cantidades de peces de tamaño medio. Una creciente desigualdad arrojará un pequeño número de peces muy grandes, pero desde el punto de vista de la mayoría de las industrias de bienes de consumo, estos no valen lo mismo que los peces de tamaño normal. (Un multimillonario no va a comprar mil teléfonos móviles, coches o cenas en restaurantes.)

Esto es lo que se llama un problema clásico de «tragedia de los comunes». La gran mayoría de los economistas concordarían en que una situación de este tipo exigiría alguna intervención gubernamental. Como no existe, tampoco hay incentivos individuales salvo para capturar la mayor cantidad de peces posibles. Los pescadores reales pueden comprender claramente que su lago u océano está siendo depredado y que por ello su supervivencia podría estar amenazada, pero de todos modos zarparán todos los días a maximizar su pesca porque saben que sus competidores harán lo mismo. La única solución viable es que alguna autoridad regulatoria intervenga para imponer límites.

En el caso del mercado de consumo no queremos limitar el número de peces virtuales que las empresas pueden atrapar. Mejor aún, deseamos que haya cada vez más peces. Un ingreso garantizado es una forma muy efectiva de hacerlo. El ingreso otorga poder adquisitivo directamente a las manos de los consumidores de ingresos bajos y medios.

Si vislumbrásemos el futuro y asumiéramos que las máquinas eventualmente remplazarán al trabajo humano a un nivel sustancial, me parece que alguna forma de redistribución directa del poder adquisitivo se vuelve esencial si se desea que continúe el crecimiento económico. En un ensayo acerca del futuro del crecimiento económico estadounidense, publicado en mayo de 2014, los economistas John G. Fernald y Charles I. Jones especularon que los robots podrían «sustituir a los trabajadores cada vez más en la producción de mercancías». Ellos sugieren que «en el límite, si el capital puede remplazar al trabajo por completo, estallarían las tasas de crecimiento, con ingresos que se volverán infinitos en un tiempo finito».[13] Me parece que esto no tiene sentido; es la clase de resultado que se obtiene cuando se insertan números en una ecuación sin haber pensado en sus implicaciones. Si las máquinas sustituyen a los trabajadores, entonces nadie tendrá empleo o un ingreso dimanado del trabajo. La inmensa mayoría de los consumidores no tendría poder de compra. Por tanto, ¿cómo podría la economía crecer? Tal vez un mínimo porcentaje de personas con mucho capital se encargaría de todo el consumo, pero ellos tendrían que consumir continuamente bienes y servicios de inmenso valor para que la economía global pudiera seguir creciendo.* Y esto, desde luego, es el escenario de «tecnofeudalismo» que abordamos en el capítulo 8, lo cual no representa un desenlace halagüeño.

Sin embargo, según un punto de vista más optimista, tal vez el modelo matemático de Fernald y Jones *presuma* que existe un mecanismo, que no sea el ingreso proveniente del trabajo, para distribuir poder adquisitivo. Si se implementara alguna forma de ingreso garantizado, y si este aumentara a fin de respaldar un crecimiento económico sostenido, entonces tendría sentido la idea de que el crecimiento pudiera estallar y los ingresos elevarse exponencialmente. Esto no sucedería automáticamente; el mercado no resuelve las cosas por sí mismo. Se necesitaría un replanteamiento fundamental de nuestras reglas económicas.

Pienso que considerar a los mercados o a toda la economía como un recurso funciona asimismo desde otra perspectiva. En otra parte, argüí que las tecnologías que transforma-

---

*Lo que llamamos «la economía» es en realidad el valor total de todos los bienes y servicios producidos y vendidos a alguien. La economía puede ya sea producir enormes cantidades de productos y servicios baratos o de precio moderado, o un número menor de bienes y servicios de alto valor agregado. El primer escenario requiere una amplia distribución de poder de compra, esto es actualmente posible gracias a los empleos. En el segundo escenario no está claro cuáles bienes y servicios puede producir la economía que sean altamente valorados por la rica élite. Cualesquiera que fuesen estos caros bienes y servicios, tendrían que ser consumidos vorazmente por los pocos afortunados puesto que, de lo contrario, la economía no crecería, sino que se contraería.

rían el mercado de trabajo provienen de un esfuerzo acumulado durante generaciones y ha implicado a numerosos individuos, además de que ha sido financiado por los contribuyentes. Hasta cierto punto, puede argumentarse que estos avances, así como las instituciones políticas y económicas que hacen posible una dinámica economía de mercado, son en realidad un recurso que pertenece a todos los ciudadanos. Un término que se emplea a menudo en lugar de «ingreso garantizado» es «dividendo ciudadano», el cual me parece que captura el argumento de que todos al menos tenemos un derecho mínimo a compartir la prosperidad económica de una nación.

El efecto Peltzman y la toma de riesgos económicos

En 1975, Sam Peltzman, economista de la Universidad de Chicago, publicó un estudio en el cual muestra que las reglamentaciones diseñadas para mejorar la seguridad automotriz habían fracasado en reducir significativamente los accidentes fatales en las carreteras. La razón, aseguró, era que los conductores, al considerarse más seguros, se arriesgaban más.[14]

El efecto Peltzman ha sido demostrado en diversas áreas. Por ejemplo, los patios de juegos infantiles se han vuelto muy seguros. Se retiran las resbaladillas empinadas y las estructuras para escalar demasiado altas, y se instalan superficies mullidas, sin que ello haya repercutido, de acuerdo con algunos estudios, en una disminución sustancial en la incidencia de fracturas o visitas a las salas de urgencias.[15] Otros observadores han señalado el mismo fenómeno en el paracaidismo: el equipo se ha vuelto extraordinariamente seguro, pero la tasa de mortalidad sigue siendo la misma pues los paracaidistas asumen riesgos cada vez mayores.

El efecto Peltzman es invocado típicamente por los economistas conservadores que se oponen a cualquier incremento en la regulación gubernamental. Sin embargo, creo que hay razones para creer que este comportamiento de compensación al riesgo se extiende al campo económico. Quien cuente con una red de seguridad se atreverá a asumir más riesgos económicos. Si alguien tiene una buena idea para un negocio, es muy probable que se atreva a renunciar a su empleo seguro y dé el salto al emprendimiento si sabe que puede contar con un ingreso garantizado. Igualmente, puede decidir abandonar su empleo seguro que le ofrecía pocas oportunidades y asumir un puesto menos seguro en una empresa pionera. Un ingreso garantizado brindaría un colchón económico para todo tipo de actividad empresarial, desde iniciar un negocio en línea hasta una tienda al menudeo o un restaurante, o para que el ranchero o granjero enfrenten una sequía. En muchos casos puede ser suficiente para que los negocios pequeños afronten periodos difíciles que pudieran ser fatales en otra circunstancia. Lo que importa es que en vez de desembocar en una nación de flojos, un programa de ingresos garantizados podría volver más dinámica y empresarial a la economía.

Retos, problemas e incertidumbres

Un ingreso garantizado no carece de riesgos y problemas. El más importante a corto plazo es si no se estaría creando un fuerte elemento disuasorio al trabajo. Aunque las máquinas parecen claramente destinadas a asumir cada vez más funciones humanas, sin duda la economía dependerá muchísimo del trabajo humano para el futuro cercano.

A la fecha no hay ejemplos de la implementación de semejante política a escala nacional. Desde 1976 el estado estadounidense de Alaska ha pasado un modesto dividendo anual financiado por la renta petrolera; recientemente los pagos han fluctuado entre 1 000 y 2 000 dólares por persona. Niños y adultos califican, de modo que la cantidad puede significar mucho dinero para una familia. En octubre de 2013 se sometió a votación nacional una propuesta de ingreso garantizado en Suiza, la cual establecía un enorme estipendio incondicional de 2 500 francos suizos (2 800 dólares aproximadamente), aunque aún no se lleva a cabo el referéndum. Experimentos a pequeña escala en los Estados Unidos y Canadá han resultado en un descenso de aproximadamente 5% en el número de horas trabajadas para los beneficiados por el programa; sin embargo, estos fueron programas temporales y por ello es más difícil que influyan en el comportamiento que un programa permanente.[16]

Una de las mayores barreras políticas y psicológicas a la puesta en marcha de un programa de ingreso garantizado es la mera aceptación del hecho de que algunas personas inevitablemente tomarán el dinero y abandonarán la fuerza laboral. Algunas personas preferirán jugar videojuegos en sus casas o, peor aún, se gastarán el dinero en bebidas alcohólicas o drogas. Algunos optarán por acumular sus ingresos hacinándose en una sola casa o tal vez formando «comunidades de flojos». Mientras el ingreso sea mínimo y los incentivos sean diseñados de manera adecuada, el porcentaje de personas que opten por no trabajar será ínfimo. En cifras absolutas, claro está, esto sería muy difícil reconciliar con la narrativa general de la ética de trabajo protestante. Quienes se oponen a la idea del ingreso garantizado hallarán de seguro anécdotas perturbadoras para socavar el apoyo popular a esta política.

En términos generales, me parece que el hecho de que ciertas personas prefirieran trabajar menos, o de plano se rehusaran a trabajar, no tiene por qué ser visto como algo terrible. Es importante tomar en cuenta que los individuos que deseen abandonar lo harán por su propio deseo. En otras palabras, en general serían las personas menos ambiciosas e industriosas de la población.* En un mundo donde todos están obligados a competir por trabajos cada vez más escasos, no hay motivos para creer que las personas más productivas siempre serán las que ocuparán dichas plazas. Si algunas personas trabajan menos o dejan de hacerlo por completo, en consecuencia los sueldos de aquellos que han decidido trabajar pudieran aumentar un poco. El hecho de que los ingresos han estado estancados por décadas es, después de todo, uno de los principales problemas que se trata de afrontar. No veo nada especialmente distópico en ofrecer a algunas personas más o menos improductivas un ingreso mínimo como incentivo para abandonar el mercado de trabajo, siempre y cuando esto resulte en más oportunidades y mayores ingresos para quienes desean trabajar duro y mejorar su situación.

Aun cuando nuestro sistema de valores celebra la producción, es importante tomar en cuenta que el consumo es asimismo una función económica esencial. La persona que toma el dinero y se larga se convertirá en un consumidor solvente para el empresario laborioso que ha montado un pequeño negocio en el mismo vecindario. Y dicho empresario, desde luego, recibirá el mismo ingreso básico.

Un punto final es que la mayoría de los errores al implementar un programa de ingreso garantizado eventualmente se corregirían a sí mismos. Si el ingreso fuese inicialmente demasiado generoso y resultara, por tanto, en un fuerte ele-

---

*Obviamente, estoy dejando fuera a quienes pudieran decidir abandonar la fuerza laboral (al menos temporalmente) por motivos que pudiéramos considerar más legítimos, como cuidar a sus hijos o a otros miembros de la familia. Para algunas familias, por ejemplo, un ingreso básico sería apenas una solución parcial al problema latente del cuidado de los ancianos.

mento disuasorio para trabajar, pudiera suceder una de dos cosas: o la tecnología automática avanzaría lo suficiente para compensar la mengua en la producción (en tal caso no habría problema), o se produciría una escasez de trabajo y un incremento en la inflación; un aumento general de precios devaluaría el ingreso básico y volvería a crear el incentivo para complementarlo con el trabajo. A menos de que los funcionarios gubernamentales hagan algo realmente erróneo, como, por ejemplo, indexar el ingreso al costo de la vida, cualquier brote inflacionario sería probablemente breve, y la economía hallará luego un nuevo equilibrio.

Más allá de los desafíos y riesgos políticos de introducir elementos disuasorios al trabajo, queda la cuestión del impacto que el ingreso básico tendría sobre los costos habitacionales en las zonas de rentas altas. Imagínese que se le otorgaran a cada habitante de una ciudad como Nueva York, San Francisco o Londres unos mil dólares adicionales al mes. Es casi seguro que una gran parte de ese incremento, acaso casi todo, acabe en los bolsillos de los propietarios a medida que vean cómo las personas compiten por viviendas escasas. Para este problema no hay una solución sencilla; una pudiera ser el control de las rentas, pero ello conlleva complicaciones bien documentadas. Muchos economistas han sugerido suavizar las restricciones de zonificación de modo que se puedan edificar viviendas más densamente, pero ello de seguro va a ocasionar oposición entre los residentes.

Sin embargo, se observa una fuerza contraria. A diferencia de un puesto de trabajo, un ingreso garantizado sería móvil. Muy posiblemente algunas personas tomarán sus ingresos y se mudarán de las zonas más caras en busca de vecindarios más baratos. Se observaría un flujo de nuevos residentes hacia ciudades en decadencia como Detroit, mientras que otros acaso abandonen las ciudades. Un programa de ingresos básicos pudiera revitalizar muchos de los pequeños pueblos y áreas rurales que actualmente pierden población debido a la desaparición de los empleos. En efecto, pienso que el impacto económico positivo pudiera representar un factor que ayudaría a volver atractivo el programa de ingresos garantizados para los conservadores en los Estados Unidos.

La política inmigratoria sería otra área que tendría que ajustarse si se implementara un programa de ingreso garantizado. Muy posiblemente la inmigración, así como cualquier otro camino a la ciudadanía y de calificación para recibir este ingreso, tendría que restringirse, o tal vez habría que imponer un largo periodo de espera a los nuevos ciudadanos. Todo esto, desde luego, agregaría complejidad e incertidumbre a una problemática política que actualmente es muy divisiva.

Cómo pagar el ingreso básico

Si los Estados Unidos otorgaran a cada adulto de entre 21 y 65 años, así como a aquellos de más de 65 que no cobran una pensión o una jubilación del Seguro Social, un ingreso incondicional de 10 000 dólares anuales, el programa costaría aproximadamente dos billones de dólares.[17] Esto pudiera reducirse un poco si se circunscribe la calificación a los ciudadanos estadounidenses y acaso por medio de su suspensión a quienes rebasen cierto límite de ingreso. (Como he sugerido, sería importante hacerlo a un nivel muy alto para evitar el escenario de la trampa de la pobreza.) El costo total se compensaría reduciendo o eliminando varios programas federales y estatales de combate a la pobreza, como los cupones de alimento, la previsión social, asistencia a la vivienda, y el crédito fiscal al ingreso. El costo de tales programas asciende a un billón de dólares al año.

En otras palabras, un ingreso básico anual de 10 000 dólares demandaría un billón de dólares en ingresos fiscales adicionales, o quizás muchísimo menos si se elige algún tipo de
ingreso mínimo. Dicho monto se reduciría aún más, empero,
con un alza impositiva como resultado del plan, porque el
ingreso básico sería gravable y de seguro sacaría a muchas
familias del notorio 47% de la población que no paga el impuesto a la renta federal. La mayoría de los hogares de bajos
ingresos gastaría casi todo su ingreso básico y esto llevaría a
una mayor actividad económica gravable. En vista de que
los avances tecnológicos posiblemente impulsen a mayores
grados de desigualdad mientras socavan el consumo entre
amplios sectores sociales, un ingreso garantizado bien podría
traer consigo un incremento muy importante en la tasa de
crecimiento económico a largo plazo, y ello, claro, significará
mucho más recursos fiscales. Y en virtud de que el ingreso
básico mantendría constante el flujo de poder adquisitivo
en manos de los consumidores, serviría como un poderoso
estabilizador económico que permitiría que la economía evi-
tara algunos de los costos de las recesiones profundas. Todos
estos efectos serían, por supuesto, difíciles de cuantificar, pero
pienso que hasta cierto punto un ingreso básico se pagaría por
sí solo. Además, con el tiempo las ganancias económicas de su
aplicación aumentarían a medida que avance la tecnología y
la economía se vuelva cada vez más intensiva en capital.

Huelga decir que recabar los fondos suficientes implicará
un enorme desafío en el actual ambiente político, ya que a
todos los políticos estadounidenses les aterra hasta musitar la
palabra «impuesto» a menos que siga a la palabra «recorte».
El abordaje más viable pudiera ser utilizar diversos impuestos. Un seguro candidato sería el impuesto a las emisiones de
carbono, el cual podría recaudar hasta 100 000 millones de
dólares anuales al tiempo que ayudaría a abatir las emisiones

de gases de efecto invernadero. Ya se ha propuesto un impuesto al carbono que reembolsaría a cada hogar, el cual podría servir como punto de arranque para el ingreso básico. Otra alternativa es el impuesto al valor agregado (IVA). Los Estados Unidos son el único país avanzado que actualmente no ha aplicado este impuesto. Es esencialmente un impuesto al consumo que grava todo el proceso productivo. El IVA se pasa a los consumidores como parte del precio final de venta de bienes y servicios y se le considera un medio muy eficiente para recaudar impuestos. Hay además otras muchas posibilidades, como un alza a los impuestos a las empresas (o la eliminación de los medios de elusión), algún tipo de impuesto predial nacional, un mayor impuesto a las ganancias de capital y un impuesto a las transacciones financieras.

Parece inevitable que el impuesto a la renta personal también tenga que aumentar y una de las mejores formas de hacerlo es volver más progresivo al sistema. Una de las implicaciones de una desigualdad creciente es que la mayor parte del ingreso gravable se eleva a la cima de la pirámide. Nuestra estructura fiscal debe ser reformulada para reflejar la distribución del ingreso. En lugar de elevar los impuestos a todos los grupos sociales o a los más ricos, una estrategia mejor sería introducir nuevos tramos fiscales a fin de recaudar más ingresos de aquellos contribuyentes más ricos, acaso uno o más millones de dólares al año.

Todos somos capitalistas

Aun cuando creo que el ingreso garantizado es probablemente la mejor solución ante el ascenso de la tecnología de la automatización, pueden plantearse otras ideas viables. Una de las propuestas más comunes es concentrarse en la riqueza, no en el ingreso. En un mundo futuro donde casi todo el ingreso es absorbido por el capital, y el trabajo humano vale muy poco, ¿por qué no asegurarnos que todo el mundo posea capital para que estemos seguros económicamente?

La mayoría de estas propuestas implican estrategias como aumentar de alguna forma entre los empleados la propiedad accionaria de las empresas, o simplemente otorgar a todos un balance sustancial en un fondo de inversión. En un artículo de *The Atlantic*, el economista Noah Smith sugiere que el gobierno otorgue a todos «una donación de capital» por medio de la compra de una «cartera diversificada de acciones» para cada ciudadano cuando cumpla 18 años. Los retiros súbitos serían «prevenidos mediante un poco de paternalismo leve, como las disposiciones de suspensión temporal de retiros».[18]

El problema con esto es que el «paternalismo leve» pudiera ser insuficiente. Imagínese un futuro en el cual la habilidad para sobrevivir económicamente está determinada casi exclusivamente por lo que se posee; el trabajo vale poco o nada. En ese mundo desaparecerían los relatos acerca de las personas que lo perdieron todo y luego trabajaron duro para recuperar su patrimonio. Si se hace una mala inversión o si uno es estafado por un Bernie Maddoff, las pérdidas serían irrecuperables. Si las personas tuvieran control sobre el capital, este escenario sería inevitable para algunos infortunados. ¿Qué podríamos hacer por los individuos y las familias en esta situación? ¿Serían «demasiado grandes para quebrar»? De ser así, se presentaría un serio problema de conflicto moral: las personas asumirían riesgos excesivos sin ambages. De lo contrario, tendremos a personas viviendo situaciones terribles sin esperanza alguna de solución.

La inmensa mayoría de las personas podrían, desde luego, actuar con responsabilidad frente a riesgos de este orden. Pero ello acarrearía sus propios problemas. Si perder su capital significara la miseria para usted y sus hijos, ¿invertiría usted en una nueva empresa? La experiencia con los planes de jubilación 401K muestra que muchas personas deciden invertir muy poco en el mercado de valores y mucho, en cambio, en carteras de bajo rendimiento que se consideran seguras. En un mundo donde el capital sería todo, dicha preferencia se realzaría. Habría una inmensa demanda de acciones seguras y, en consecuencia, los dividendos serían muy bajos. En otras palabras, una solución que se basa en dotar de riqueza a las personas pudiera desembocar en algo muy distinto al efecto Peltzman que sugerí que veríamos como resultado del ingreso garantizado. Una excesiva aversión al riesgo pudiera llevar a menos capacidad de emprendimiento, ingresos menores, y una demanda mercantil menos dinámica.*

Otro problema, desde luego, es el pago por estas donaciones de acciones. Supongo que semejante redistribución de grandes cantidades de capital sería mucho más políticamente tóxica que en el caso del ingreso. Un mecanismo posible para echar mano de la riqueza de sus dueños actuales fue propuesto por Thomas Piketty en su libro *Capital in the Twenty-First Century* (El capital en el siglo XXI): un impuesto global a la riqueza. Semejante gravamen exigiría la colaboración internacional a fin de evitar una fuga masiva de capital a paraísos fiscales. Casi todos (incluyendo a Piketty) concuerdan en que esto sería impráctico en el futuro inmediato.

---

*Algunos economistas, más notablemente el exsecretario de Hacienda de los Estados Unidos, Larry Summers, han sugerido que actualmente la economía está atrapada en un «estancamiento secular», situación en la cual las tasas de interés son casi iguales a cero, la economía está operando por debajo de su potencial y se invierte muy poco en las oportunidades más productivas. Pienso que un futuro en el cual, para su supervivencia económica, todo mundo depende por completo de su fondo de inversión bien pudiera resultar en un desenlace similar.

El libro de Piketty, que fue objeto de mucha atención en 2014, asevera que las décadas venideras estarán marcadas por una progresión inevitable hacia una mayor desigualdad en ingreso y riqueza. Piketty aborda la temática de la desigualdad desde el análisis histórico de los datos económicos. Su tesis central es que los dividendos de capital son usualmente mayores que la tasa de crecimiento económico, de modo que la propiedad de capital se convierte inevitablemente en una porción cada vez mayor del pastel económico. Se muestra sorprendentemente poco interesado en las tendencias que he examinado aquí; en efecto, la palabra robot solo aparece en una de las casi 700 páginas del libro. Si la teoría de Piketty es correcta —y ha sido muy debatida—, me parece entonces que los avances tecnológicos ampliarán bastante sus conclusiones, muy posiblemente al producir mayores niveles de desigualdad que los que predice su modelo.

Posiblemente a medida que el tema de la desigualdad —y en especial su impacto en el proceso político en los Estados Unidos— atraiga mayor interés en el público, la clase de impuesto a la riqueza que Piketty propone se vuelva más viable. De ser así, me parece que en lugar de distribuir el capital sobrante entre los individuos, sería mejor establecer una especie de fondo soberano (semejante al fondo de Alaska) y luego utilizarlo para financiar un ingreso básico.

Políticas a corto plazo

Aunque establecer un ingreso garantizado sería políticamente inviable en el futuro cercano, algunas medidas pudieran ser convenientes en el corto plazo. Muchas de estas ideas son políticas económicas realmente genéricas que se dirigirían a propiciar una recuperación vigorosa luego de la Gran Recesión. En otras palabras, de todas maneras hay cosas que debiéramos estar haciendo, independientemente de cualquier preocupación respecto del impacto de los robots o la automatización en los empleos.

De inmensa importancia es atender la necesidad crítica de invertir en infraestructura pública en los Estados Unidos. Urge reparar y modernizar carreteras, puentes, escuelas y aeropuertos; dicho mantenimiento debe llevarse a cabo eventualmente; no hay de otra, y cuanto más se demore mayor será el costo. El gobierno federal estadounidense puede endeudarse con una tasa de interés cercana a cero mientras que las cifras de desempleo entre los obreros de la construcción siguen estando en doble digito. Nuestro fracaso para aprovechar esta oportunidad y hacer las inversiones necesarias mientras el costo sea bajo algún día será juzgado como una negligencia económica de la peor clase.

Aun cuando soy escéptico de que las políticas dirigidas a mejorar la educación y la capacitación vocacional ofrecerán una solución sistémica a largo plazo al problema del desempleo provocado por los avances tecnológicos, ciertamente hay varias cosas que se pueden hacer para mejorar el futuro inmediato de estudiantes y trabajadores. Probablemente no podamos cambiar la realidad de que solo habrá una cantidad limitada de empleos en la cima de la pirámide de habilidades laborales. Sin embargo, ciertamente podremos afrontar la problemática de trabajadores sin las habilidades necesarias para las oportunidades que aún existen. En particular, se necesita obviamente más inversión en los centros de educación técnica. Algunas profesiones con bajas tasas de desempleo, en especial en el cuidado de la salud, como la enfermería, experimentan fuertes carencias educacionales; se aprecia una enorme demanda de entrenamiento, pero los alumnos no pueden tomar clase en aulas atestadas. En términos generales, estos centros educativos constituyen uno de nuestros recursos más importantes para permitir a los trabajadores navegar por un mercado laboral cada vez más dinámico. En vista de que los empleos, y ocupaciones enteras, pudieran desaparecer a ritmo acelerado, debemos hacer todo lo posible para brindar todas las oportunidades de capacitación posibles. Con expandir el acceso a centros educativos más o menos baratos, al tiempo que refrenamos las escuelas que han sido creadas principalmente para conseguir dólares de ayuda financiera, se lograría mejorar las posibilidades de muchas personas. Como se vio en el capítulo 5, MOOC y otras innovaciones en educación en línea podrían eventualmente impactar de manera significa en las oportunidades de capacitación vocacional.

Otra proposición se centra en expandir el Programa de Crédito Fiscal al Salario (EITC), subsidio que en los Estados Unidos se paga a los trabajadores de bajos ingresos. Este programa está actualmente sujeto a dos limitaciones. Primera, los desempleados no califican; para incentivar el trabajo esta prestación se paga a asalariados. Segunda, el programa está configurado como una forma de ayuda a los hogares con hijos; un hogar monoparental con tres hijos o más recibió un máximo de 6 000 dólares al año en 2013, mientras que un trabajador sin hijos solo 487 dólares, o sea, 40 dólares al mes. La administración Obama ha propuesto expandir la cobertura a los trabajadores sin hijos, aunque lo máximo que podrían recibir sería 1 000 dólares al año. Para transformar el Crédito Fiscal al Salario en una viable solución a largo plazo habría que ampliar la cobertura a quienes no pueden encontrar un empleo, y ello, por supuesto, implicaría convertir el programa en uno de ingreso garantizado. Sus posibilidades a corto plazo son, de todos modos, poco halagüeñas, ya que en el Congreso los republicanos han expresado que desean recortar el programa.

Si se acepta el argumento de que la economía estadounidense se volverá cada vez menos dependiente de la mano de obra, entonces es lógico que se deban redirigir los gravámenes del trabajo hacia el capital. Actualmente, por ejemplo, los principales programas que apoyan a los ciudadanos de la tercera edad se financian mediante impuestos a la nómina, los cuales son pagados por los trabajadores y los patrones. Al gravar el trabajo, las empresas intensivas en capital o tecnología pueden beneficiarse de los mercados e instituciones sin pagar, al tiempo que evaden la obligación de contribuir a los programas que son fundamentales para la sociedad en su conjunto. A medida que la carga fiscal recaiga de manera desproporcionada sobre las empresas e industrias que emplean mano de obra, se incrementará el incentivo a desplazar el trabajo humano y adoptar la automatización. Eventualmente, todo el sistema se volvería insostenible. En cambio, debemos adoptar una forma de fiscalidad más exigente con las empresas tecnológicas que emplean a pocos trabajadores. Así podremos ir descartando la idea de que los trabajadores apoyan a los jubilados y pagan por los programas sociales, en cambio, adoptaremos la premisa de que estos son apoyados por toda la economía. Después de todo, el crecimiento económico ha rebasado considerablemente el ritmo en que se crean nuevos empleos y suelen aumentar los sueldos.

Si estas propuestas parecen demasiado ambiciosas, entonces solo resta mencionar al menos una política que debiera ser directa. Dadas las tendencias ya examinadas en este libro, parece evidente que no debemos desmantelar la red de previsión social de la cual dependen los miembros más vulnerables de la sociedad sin sustituirla por otra igual de viable, y de seguro *este no es el momento de hacerlo*.

EL AMBIENTE POLÍTICO en los Estados Unidos se ha vuelto tan tóxico y polarizado que resulta casi imposible ponerse de acuerdo hasta en las políticas económicas más convencionales. Así pues, es fácil oponerse a conversar sobre cualquier medida radical, como el ingreso garantizado. Existe una comprensible tentación para focalizarse exclusivamente en políticas más pequeñas, posiblemente más viables, que podrían morder los bordes de los problemas, mientras la discusión se pospone a un punto indeterminado en el futuro.

Esto es peligroso por cuanto hemos avanzado mucho en el arco del progreso de la tecnología de la información. Estamos llegando a la parte empinada de la curva exponencial. Las cosas se moverán más rápido y el futuro llegará cuando aún no estemos listos.

En los Estados Unidos la lucha por adoptar un sistema de cobertura universal de salud ofrece un adelanto muy bueno del reto que implicará intentar una reforma económica a gran escala. Casi 80 años tuvieron que pasar desde que el presidente Franklin Roosevelt propuso primero un sistema nacional de salud hasta que llegó la Ley de Protección al Paciente y Cuidado de Salud Asequible. En este caso, desde luego, los Estados Unidos podían ver dondequiera en el mundo a otros ejemplos de sistemas de salud que imitar, pero no existen ejemplos de un ingreso garantizado, o, en todo caso, de cualquier otra política diseñada para adaptarse a las implicaciones de la nueva tecnología. Tendremos, pues, que desarrollarla sobre la marcha. Por consiguiente, difícilmente tendremos un debate en el futuro cercano.

Esa discusión tendrá que escarbar entre los supuestos fundamentales del papel que desempeña el trabajo en la economía y la forma como las personas responden a los incentivos. Todos están de acuerdo en que los incentivos son importantes, pero hay buenos motivos para creer que nuestros incentivos económicos pueden moderarse un poco. Esto es cierto a ambos extremos del espectro de los ingresos. No es sostenible la premisa de que incluso un aumento marginal en la tasa impositiva podría destruir el ímpetu empresarial y la inversión. El hecho de que tanto Apple como Microsoft se fundaron a mediados de los años setenta cuando la tasa se encontraba en 70% evidencia claramente que los empresarios no pensaban mucho en el problema de pagar los impuestos. Igualmente, en el fondo, la motivación para trabajar es muy importante, pero en un país tan rico como los Estados Unidos acaso dichos incentivos no debieran ser tan extremos como para amenazar con la indigencia y la miseria. Nuestro miedo de que acabaremos con demasiadas personas dentro del carro económico y muy pocos jalándolo, debe ser replanteado a medida que las máquinas se muestren muy capaces de ser las que lo jalen.

En mayo de 2014 el empleo formal en los Estados Unidos regresó a su nivel previo a la recesión lo cual puso fin a una recuperación con desempleo que duró más de seis años. Incluso a medida de que se recuperaba el empleo se acordó que la calidad de dichos empleos había disminuido. La crisis había barrido con millones de empleos de clase media, mientras que los puestos creados durante la recuperación se encontraban predominantemente en las industrias de mano de obra barata. Muchos de estos estaban en las ocupaciones de la industria de la comida rápida y las ventas al menudeo, áreas que, como hemos visto, serán impactadas por los avances en robótica y la automatización de autoservicio. Tanto el desempleo a largo plazo como el número de personas que no pueden hallar un empleo permanecen a niveles muy altos.

Detrás de las cifras públicas de empleo se asoma otra cifra que amenaza al futuro. En los años desde el inicio de la crisis financiera la población de adultos en edad de trabajar en los

Estados Unidos ha aumentado en casi 15 millones de personas.[19] Para todos ellos, la economía no ha creado ninguna oportunidad. Como John Kennedy dijo: «Para quedarnos quietos tenemos que movernos muy rápido». Esto era posible en 1963, hoy día puede ser inalcanzable.

Notas

[1] Entrevista entre John F. Kennedy y Walter Cronkite, 2 de septiembre de 1963, https://www.youtube.com/watch?v=RsplVYbB7b8. Los comentarios de Kennedy sobre el desempleo comienzan a los 8 minutos.

[2] «El desajuste de competencias en Europa», European Centre for the Development of Vocational Training, junio de 2010, http://www.cedefop.europa.eu/EN/Files/9023_en.pdf?_ga=1.174939682.1636948377.1400554111.

[3] Jock Finlayson, «La difícil situación del trabajador sobreeducado», *Troy Media*, 13 de enero de 2014, http://www.troymedia.com/2014/01/13/the-plight-of-the-overeducated-worker/.

[4] Jin Zhu, «Más trabajadores dicen estar sobreeducados», *China Daily*, 8 de febrero de 2013, http://europe.chinadaily.com.cn/china/2013–02/08/content_16213715.htm.

[5] Hal Salzman, Daniel Kuehn y Lindsay Lowell, «Trabajadores inmigrantes en el mercado de trabajo altamente especializado en los Estados Unidos.», Economic Policy Institute, 24 de abril de 2013, http://www.epi.org/publication/bp359-guestworkers-high-skill-labor-market-analysis/.

[6] Steven Brint, «La lotería educacional», *Los Angeles Review of Books*, 15 de noviembre de 2011, http://lareviewofbooks.org/essay/the-educational-lottery.

[7] Nicholas Carr, «Transparencia a través de la opacidad» (blog), *Rough Type*, 5 de mayo de 2014, http://www.roughtype.com/?p=4496.

[8] Erik Brynjolfsson, «Carrera contra la máquina», presentación para el President's Council of Advisors on Science and Technology (PCAST), 3 de mayo de 2013, http://www.whitehouse.gov/sites/default/files/microsites/ostp/PCAST/PCAST_May3_Erik%20Brynjolfsson.pdf, p. 28.

[9] Claire Cain Miller, y Chi Birmingham, «Una visión del futuro por quienes probablemente lo inventen», *The New York Times* (The Upshot), 2 de mayo de 2014, http://www.nytimes.com/interactive/2014/05/02/upshot/FUTURE.html.

[10] F. A. Hayek, *Law, Legislation and Liberty, Volume 3: The Political Order of a Free People*, Chicago, University of Chicago Press, 1979, pp. 54-55.

[11] *Ibid.*, p. 55.

[12] John Schmitt, Kris Warner y Sarika Gupta, «El alto costo presupuestario del encarcelamiento», Center for Economic and Policy Research, junio de 2010, http://www.cepr.net/documents/publications/incarceration-2010–06.pdf.

[13] John G. Fernald, y Charles I. Jones, «El futuro del crecimiento económico de los Estados Unidos», *American Economic Review: Papers & Proceedings* 104, núm. 5, 2014, pp. 44-49, http://www.aeaweb.org/articles.php?doi=10.1257/aer.104.5.44.

[14] Sam Peltzman, «Los efectos de la reglamentación de seguridad automotriz», *Journal of Political Economy* 83, núm. 4, agosto de 1975, http://www.jstor.org/discover/10.2307/1830396?uid=3739560&uid=2&uid=4&uid=3739256&sid=21103816422091.

[15] Hanna Rosin, «El niño sobreprotegido», *The Atlantic*, 19 de marzo de 2014, http://www.theatlantic.com/features/archive/2014/03/hey-parents-leave-those-kids-alone/358631/.

[16] «La mejora de la seguridad social en Canadá, renta anual garantizada: un papel complementario», Gobierno de Canadá, 1994, http://www.canadiansocialresearch.net/ssrgai.htm.

[17] Para un análisis de costos y efectos posibles de los programas que pudieran eliminarse, véase: Danny Vinik, «Dar a todos los estadounidenses un ingreso básico pondría fin a la pobreza», *Slate*, 17 de noviembre de 2013, http://www.slate.com/blogs/business_insider/2013/11/17/american_basic_income_an_end_to_poverty.html.

[18] Noah Smith, «El fin del trabajo: cómo proteger a los trabajadores del despertar de los robots», *The Atlantic*, 14 de enero de 2013, http://www.theatlantic.com/business/archive/2013/01/the-end-of-labor-how-to-protect-workers-from-the-rise-of-robots/267135/.

[19] Nelson D. Schwartz, «217 000 empleos creados, empujando las nóminas a los niveles previos a la crisis», *The New York Times*, 6 de junio de 2014, http://www.nytimes.com/2014/06/07/business/labor-department-releases-jobs-data-for-may.html

Conclusión

En el mismo mes en que el empleo en Estados Unidos regresó finalmente al nivel de antes de la crisis, el gobierno de ese país publicó dos informes que arrojan alguna luz sobre la magnitud y complejidad de los retos que se afrontarán en las décadas venideras. El primero, que pasó casi inadvertido, fue el breve análisis de la Oficina de Estadísticas Laborales; este informe examinaba cómo había cambiado la cantidad de trabajo desempeñado por el sector privado estadounidense en los últimos 15 años. En lugar de contar el número de empleos, la dependencia examinó el número de horas trabajadas.

En 1998 los trabajadores del sector privado laboraron unas 194 000 millones de horas. Una década y media después, en 2013, el valor de los bienes y servicios producidos por las empresas estadounidenses había crecido en aproximadamente 3.5 billones de dólares en términos reales, un aumento de 42%. La cantidad de horas hombre necesarias para lograr esto ascendió a... 194 000 millones de horas. Shawn Sprague, economista de la Oficina de Estadísticas Laborales, quien elaboró el informe, apuntó que «esto significa que el número de horas trabajadas *no aumentó en lo más mínimo*, pese a que en ese tiempo la población de los Estados Unidos había crecido en 40 millones de personas, y a que se fundaron miles de nuevas empresas».[1]

La noticia del segundo informe, publicado el 6 de mayo de 2014, ocupó la primera plana de *The New York Times*. «La

Evaluación Nacional del Clima», importante proyecto gubernamental supervisado por un panel de 60 miembros, incluyendo a representantes de la industria petrolera, declaró que «el cambio climático, antes considerado un problema del futuro lejano, se ha establecido firmemente en el presente».[2] El informe señalaba que «los veranos son más largos y cálidos, y los periodos de calor inusitado duran más de lo que lo que cualquier estadounidense vivo haya experimentado». Los Estados Unidos han observado un incremento enorme en la frecuencia de lluvias torrenciales, que a menudo conllevan inundaciones y devastación. El informe proyectaba un alza en el nivel del mar de entre 30 cm y 1.22 m para 2100 y señalaba que ya «los residentes de algunas ciudades costeñas han visto sus calles inundadas regularmente durante las tormentas y mareas altas». La economía de mercado ha comenzado a ajustarse a la realidad del cambio climático; en áreas vulnerables los seguros por inundación cada vez cuestan más e incluso se vuelven totalmente inaccesibles.

Entre los tecnoptimistas se tiende a descartar las preocupaciones sobre el cambio climático y el impacto medioambiental. Se considera a la tecnología de una manera monodimensional: es una fuerza universalmente positiva cuyo progreso exponencial seguramente nos rescatará de los peligros que depare el futuro. Una energía limpia y abundante impulsará nuestra economía antes de lo esperado, e innovaciones en áreas como la desalinización de las aguas marinas y el reciclado más eficiente llegarán oportunamente para revertir cualquier consecuencia negativa. Se justifica cierto grado de optimismo. Recientemente la energía solar, en particular, se ha visto sujeta a una tendencia, similar a la Ley de Moore, que está abatiendo sus costos. La capacidad fotovoltaica global se ha estado duplicando aproximadamente cada dos años y medio.[3] Los optimistas más extremos piensan que podremos obtener toda nuestra energía del Sol para inicios de la década del treinta de este siglo.[4] Aun así, falta hacer cambios importantes; uno de los problemas es que, aun cuando el costo de los paneles solares ha descendido velozmente, otros costos, tales como los del equipo periférico y la instalación, no lo han hecho o al menos no al mismo ritmo.

Un punto de vista más realista sugiere que debemos recurrir a una combinación de innovación y regulación si queremos mitigar y adaptarnos exitosamente al cambio climático. La historia del futuro no será una simple contienda de la tecnología contra el impacto medioambiental. Será algo mucho más complicado. Como hemos visto, el avance de la tecnología de la información tiene su propio lado oscuro, y si desemboca en un desempleo o en la amenaza a la seguridad económica de una gran parte de nuestra población, los peligros planteados por el cambio climático serán cada vez más difíciles de enfrentar.

Una encuesta de 2013 llevada a cabo por investigadores de las universidades de Yale y George Mason halló que aproximadamente 63% de los estadounidenses creen que el cambio climático está en curso, y a poco más de la mitad le preocupan sus futuras implicaciones.[5] Sin embargo, una encuesta de Gallup más reciente coloca las cosas en una perspectiva más precisa.[6] En una lista de 15 ítems, el cambio climático ocupa el lugar 14 de las mayores preocupaciones; el primero en la lista era la economía, y para la gran mayoría de las personas «la economía» se refiere, desde luego, a empleos y sueldos.

La historia muestra que cuando los empleos escasean el temor a un incremento en el desempleo se convierte en un mecanismo poderoso en manos de los políticos y de los grupos de intereses especiales que se oponen a la protección al medio ambiente. Por ejemplo, este ha sido el caso de aquellos estados donde la minería de carbón ha sido históricamente una importante fuente de empleos, pese que dicha industria ha sido diezmada no por la regulación ambientalista sino por la mecanización. En los Estados Unidos, rutinariamente algunas empresas que ofrecen pocos empleos enfrentan a los estados y a las ciudades entre sí para obtener exenciones contributivas, subsidios gubernamentales y una regulación más laxa.

Fuera de los Estados Unidos y los países desarrollados, la situación pudiera ser más peligrosa. Como hemos visto, los empleos fabriles están desapareciendo velozmente. La manufactura mayormente manual se ha empezado a evaporar en muchos países en desarrollo al tiempo que asimismo la introducción de técnicas agrícolas más eficientes ha motivado a que los campesinos abandonen sus antiguos modos de vivir. Muchos de estos países sufrirán un impacto mayor debido al cambio climático, además de que están sujetos a una grave degradación ambiental. En el peor de los casos, una combinación de inseguridad económica generalizada, sequías y alimentos más caros eventualmente conducirá a inestabilidad política y social.

El mayor riesgo es que enfrentemos una «tormenta perfecta», una situación en la cual el desempleo creado por la tecnología y el impacto sobre el medio ambiente se desarrollen en paralelo, se refuercen y acaso se amplíen mutuamente. Sin embargo, si pudiéramos recurrir a los avances tecnológicos como una solución, al tiempo que reconocemos y nos adaptamos a sus implicaciones para el empleo y la distribución del ingreso, entonces el desenlace bien pudiera ser más optimista. Lograr mediante la negociación un sendero que transite por entre estas enredadas fuerzas y forjar un futuro que ofrezca una amplia seguridad y prosperidad pudiera significar el mayor desafío de nuestro tiempo.

Notas

[1] Shawn Sprague, «¿Qué puede decirnos la productividad laboral acerca de la economía estadounidense?», US Bureau of Labor Statistics, *Beyond the Numbers* 3, núm. 12, mayo de 2014, http://www.bls.gov/opub/btn/volume-3/pdf/what-can-labor-productivity-tell-us-about-the-us-economy.pdf.

[2] National Climate Assessment, «Bienvenidos a la evaluación nacional del clima», *Global Change.gov*, s.f., http://nca2014.globalchange.gov/.

[3] Stephen Lacey, «Gráfico: dos tercios de los paneles solares en el mundo han sido instalados en los últimos dos años y medio», *GreenTechMedia.com*, 13 de agosto de 2013, http://www.greentechmedia.com/articles/read/chart-2–3rds-of-global-solar-pv-has-been-connected-in-the-last-2.5-years.

[4] Lauren Feeney, «El cambio climático no es problema, dice futurista Ray Kurzweil», *The Guardian*, 21 de febrero de 2011, http://www.theguardian.com/environment/2011/feb/21/ray-kurzweill-climate-change.

[5] «El cambio climático en la mente estadounidense. Creencias y actitudes de los estadounidenses acerca del calentamiento global en abril de 2013», Yale Project on Climate Change Communication/George Mason University Center for Climate Change Communication, http://environment.yale.edu/climate-communication/files/Climate-Beliefs-April-2013.pdf.

[6] Rebecca Riffkin, «El cambio climático no es una de las principales preocupaciones en los Estados Unidos», *Gallup Politics*, 12 de marzo de 2014, http://www.gallup.com/poll/167843/climate-change-not-top-worry.aspx

Agradecimientos

En primer lugar quisiera agradecer al equipo editorial de Basic Books, especialmente a mi extraordinario editor, T. J. Kelleher, por haber trabajado conmigo para hacer realidad este libro. Mi agente, Don Fehr, de Trident Media, fue esencial para que este proyecto tuviera acogida en Basic Books. Asimismo estoy muy agradecido a los muchos lectores de mi obra previa, *The Lights in the Tunnel* (*Las luces en el Túnel*), quienes correspondieron conmigo para presentarme sus críticas y sugerencias, así como ejemplos de cómo el avance inmisericorde hacia la automatización está ocurriendo en el mundo real. Muchas de estas ideas y discusiones me ayudaron a afinar mis ideas mientras elaboraba este libro. En particular, agradezco a Abhas Gupta, de Mohr Davidow Ventures, haberme señalado algunos ejemplos específicos, citados en estas páginas, así como sus muchas y valiosas sugerencias después de leer el borrador de este libro. Muchos de los gráficos de este libro se han elaborado con información proporcionada por el excelente sistema de Datos Económicos de la Reserva Federal (FRED, por sus siglas en inglés) y del Banco de la Reserva Federal de San Luis. La serie de datos específica que utilizo aparece en las notas. Invito a cualquier persona interesada a consultar la página electrónica de FRED y que experimente con este fenomenal recurso. Asimismo les doy las gracias a Lawrence Mishel, de Economic Policy Institute, por permitirme reproducir sus análisis que demuestran la divergencia dramática del crecimiento de la productividad y la remuneración en Estados Unidos, y a Simon Colton por proporcionarme una ilustración creada por su aplicación artística de inteligencia artificial, The Painting Fool. Finalmente, agradezco a mi familia, y especialmente a mi hermosa esposa, Xiaoxiao Zhao, su apoyo y paciencia durante este largo proceso (y muchas largas noches) que condujeron a este libro.